Linda Winterberg

Der Winzerhof

Die goldenen Jahre

AF177947

atb aufbau taschenbuch

Hinter LINDA WINTERBERG verbirgt sich Nicole Steyer, eine erfolgreiche Autorin historischer Romane. Sie lebt mit ihrem Mann und ihren zwei Töchtern im Taunus.

Im Aufbau Taschenbuch und bei Rütten & Loening liegen neben den ersten Bänden der Winzerhof-Saga »Das Prickeln einer neuen Zeit« und »Tage des perlenden Glücks« von ihr die Romane »Das Haus der verlorenen Kinder«, »Solange die Hoffnung uns gehört«, »Unsere Tage am Ende des Sees«, »Die verlorene Schwester«, »Für immer Weihnachten«, »Die Kinder des Nordlichts« sowie die große Hebammen-Saga »Aufbruch in ein neues Leben«, »Jahre der Veränderung«, »Schicksalhafte Zeiten« und »Ein neuer Anfang« vor.

Rheingau, 1956: Henni und ihr Mann Georg führen die Sektkellerei Herzberg mit viel Geschick. Der Aufschwung der Wirtschaftswunderzeit sorgt dafür, dass sie expandieren und den Betrieb weiter ausbauen können. Bille hat sich von ihrem schweren Schicksalsschlag erholt und in einen Regisseur verliebt, der in der »Filmstadt« Wiesbaden für die Ufa dreht. Sie ist hochschwanger – mit Zwillingen. Dann ziehen erneut dunkle Wolken über der Sektkellerei Herzberg auf. Lisbeth mischt sich wieder mehr in das Familienunternehmen ein, immerhin hält sie Anteile daran. Es kommt erneut zu einem schweren Zerwürfnis der Schwestern – bis zu dem Tag, der alles verändert und von dem an sie zusammenhalten müssen.

Linda Winterberg

Die goldenen Jahre

atb aufbau taschenbuch

ISBN 978-3-7466-3813-3

Aufbau Taschenbuch ist eine Marke
der Aufbau Verlage GmbH & Co. KG

1. Auflage 2023
© Aufbau Verlage GmbH & Co. KG, Berlin 2023
Umschlaggestaltung www.buerosued.de, München
unter Verwendung von Motiven von
© George Marks/Getty Images
Satz Greiner & Reichel, Köln
Druck und Binden CPI books GmbH, Leck, Germany
Printed in Germany

www.aufbau-verlage.de

1. Kapitel

»Ich wünschte, ich könnte hierbleiben«, sagte Henni. »Du weißt, dass ich noch nie eine große Anhängerin der Fastnacht gewesen bin.« Sie widmete dem Piratenkostüm auf dem Tisch, das ihre Schwester Bille ihr mitgebracht hatte, nur einen kurzen Blick. Es sah nicht schlecht aus, das musste Henni zugeben. Ein schwarzer Hut, eine Augenklappe, das Oberteil war eine Korsage, der Rock aus einem roten Stoff gefertigt. Sie würde darin wie eine Piratenbraut aus der Südsee aussehen.

Die beiden befanden sich im Büro der Geschäftsführung der Sektkellerei Herzberg. Dem Herz des Familienbetriebs, wie Henni es gern bezeichnete. Obwohl sie zugeben musste, dass nach dem Feuer, das die Büroräume vor zehn Jahren zerstört hatte, von dem alten Herz nicht mehr viel übriggeblieben war. Henni hatte sich nie wirklich mit der neuen Einrichtung anfreunden können und vermisste an so manchen Tagen den mächtigen Schreibtisch ihres Großvaters und die aus dunklem Holz gefertigten Bücherregale, die die Wände gesäumt hatten. Durch das moderne Mobiliar fehlte diesem Raum die nostalgische Würde von damals, zu der auch der allgegenwärtige Geruch von Zigarren gehört hatte. Aber so war nun einmal der Lauf der Zeit. Das Leben schritt voran, und in den letzten Jahren hatte es das Schicksal gut mit ihnen gemeint. Ihr Großvater wäre stolz darauf, was sie alles auf die Beine gestellt hatten. Ihre neu eingeführte und preisgünstigere Marke *Herzberg trocken* eroberte die Bundesrepublik im Sturm und bescherte dem Unternehmen den lang ersehnten wirtschaftlichen Erfolg.

Henni berührte die Korsage des Kostüms. Der Stoff fühlte sich weicher an, als sie gedacht hatte. Sie stieß einen Seufzer aus. Von dem Kostüm würde man auf dem Fastnachtsumzug, der in zwei Stunden stattfinden sollte, nur den Hut und die Augenklappe sehen, denn ohne dicken Mantel, Mütze, Schal und Handschuhe hielt man sich besser nicht lange vor der Tür auf. Das ganze Land wurde seit Wochen von einer Kältewelle heimgesucht. Jeden Tag schienen die Temperaturen noch weiter unter null zu fallen, und der Rhein war bereits von einer dicken Eisschicht überzogen. Warum musste die Personalabteilung der Kellerei ausgerechnet in diesem Jahr auf die Idee kommen, die Wiesbadener Fastnacht in eine Mitarbeiterveranstaltung zu verwandeln? Es war geplant, zuerst dem Umzug beizuwohnen, im Anschluss daran sollte es einen Ball mit Tanzkapelle im Marmorsaal geben. Sogar das Wiesbadener Prinzenpaar war dazu geladen worden. Henni verfluchte sich dafür, ihr Veto nicht eingelegt zu haben. Was war an dem üblichen Sommerfest für die Mitarbeiter plötzlich so schlecht gewesen? Gut, im letzten Jahr hatte ein abscheuliches Unwetter der Feier rasch den Garaus gemacht, und die Würstchen auf dem Grill waren davongeschwommen, die Sonnenschirme fortgeflogen. Aber meist hatten sie in den letzten Jahren Wetterglück gehabt. Der Personalleiter war jedoch der

Meinung gewesen, dass es in diesem Jahr etwas Neues sein müsste. Lange hatten er und Hennis Ehemann Georg – der Geschäftsführer der Kellerei – nicht gebraucht, um auf die Idee zu kommen, denn beide waren glühende Anhänger der Fastnacht. Henni würde nie verstehen, was die Menschen so toll daran fanden. Sie war jedes Jahr froh darüber, wenn am Aschermittwoch alles vorüber war.

»Nun hab dich nicht so«, erwiderte Bille, die bereits ihr Kostüm trug. Sie ging dieses Jahr als Hexe. Im Kostümfundus der Wiesbadener Filmproduktion, in dem sie bis vor Kurzem als Aushilfe gearbeitet hatte, fanden sich Unmengen an Kostümen in den unterschiedlichsten Größen, was ihr zupasskam, denn sie war bereits arg rund. Bille erwartete, zur Freude aller, Zwillinge. Vor vier Jahren hatte sie den Filmregisseur Wolf Kapplan geheiratet und schien endgültig ihr Glück gefunden zu haben. Die beiden hatten nach ihren Flitterwochen in Venedig eine hübsche Altbauwohnung im Nerobergtal bezogen, und Bille begleitete Wolf gern zu den Drehorten. Ihr gefiel ihr turbulentes Leben an seiner Seite, und daran, eine Familie zu gründen, hatten die beiden nicht gedacht. Doch dann, aus heiterem Himmel, hatte sie sich eines Morgens während eines Spaziergangs mit Henni im Weinberg übergeben, wochenlang war die Übelkeit geblieben. Der anfangs angenommene Magen-Darm-Infekt hatte sich alsbald als eine Schwangerschaft entpuppt, und bei einer der Vorsorgeuntersuchungen hatte der Arzt plötzlich zwei Herzschläge in ihrem Bauch erkannt.

Nun war Bille bereits im fünften Monat. Die Übelkeit hatte sich wieder gelegt, und sie hatte einen ausgezeichneten Appetit, besonders Süßes hatte es ihr angetan. Wenn man davon absah, dass sie langsam wie eine Ente watschelte, bekam ihr die Schwangerschaft ausgezeichnet. Die vollen Wangen standen ihr gut, und ihr braunes Haar war voll und glänzend wie nie zuvor. Sie trug es inzwischen etwas länger und hatte es zu einem hohen Pferdeschwanz gebunden, wie es zurzeit Mode war. Auch Henni hatte ihr blondes Haar wieder wachsen lassen und trug es hochgebunden.

»Fastnacht ist nur einmal im Jahr. Das wird bestimmt lustig. Es ist nur schade, dass Thomas beim Umzug nicht dabei sein kann«, bedauerte Bille. »Die geschmückten Wagen hätten ihm gefallen, und natürlich das Auffangen der Kamelle. Wie geht es ihm denn? Juckt es ihn noch arg?«

Billes Sorge um ihren kleinen Neffen Thomas sorgte dafür, dass sich in Henni erneut das schlechte Gewissen regte. Sie hatte ihren vierjährigen Sohn nur ungern in der Obhut ihrer Köchin Inge und der Hausdame Trude auf ihrem heimischen Gut in Assmannshausen zurückgelassen und kam sich mal wieder wie eine Rabenmutter vor. Der arme Kleine hatte sich im Kindergarten, den er seit einem Jahr mit großer Freude besuchte, die Windpocken eingefangen. Kind sein war auch nicht immer ein Zuckerschlecken. Doch Henni wusste Thomas bei den beiden älteren Damen in den besten Händen. Trude und Inge planten ein Faschingsfest der Windpocken und hatten einige von Thomas' gepunkteten Kindergartenfreunden ins Gut eingeladen. Lachen war nach Trudes Meinung noch immer die beste Medizin. Inge backte fröhlich Schokoladentörtchen, und Käthe – sie leitete noch immer ihren Weinladen und die kleine Straußenwirtschaft – half ihr dabei. Henni beneidete ihren Sohn beinahe. Er würde diesen eiskalten Tag in der warmen Stube verbringen, während sie, trotz ihrer Winterkleidung, auf der Straße festfrieren würde.

Henni wollte Bille Antwort geben, wurde jedoch durch das Eintreten von Georg und Wolf daran gehindert. Die beiden trugen bereits ihre Faschingskostüme und waren bester Laune. Sie hatten sich unabhängig voneinander für das gleiche Kostüm entschieden und gingen als Cowboys. Wolf begrüßte Bille mit einem Kuss.

»Was für eine hübsche Hexe ich doch habe«, sagte er. »Du siehst zum Anbeißen aus.« Es folgte ein längerer Kuss.

»Also ich würde meine Piratenbraut ja auch gerne loben und innig küssen«, kommentierte Georg sogleich die Tatsache, dass Henni sich noch nicht umgezogen hatte. »Aber ich habe keine. Wo mag sie wohl sein?« Er sah sich suchend im Raum um. Henni gab ihm einen Klaps auf die Schulter.

»Hör mit dem Unsinn auf«, rügte sie ihn. »Du weißt genau, wie sehr ich die Fastnacht verabscheue. Dazu noch diese Kälte. Bei diesen Außentemperaturen bleibe ich lieber bei meinem warmen Wollpullover und den dicken Strümpfen.«

»Die dicken Strümpfe kannst du auch unter dem roten Rock anziehen«, merkte Bille an.

Henni gab sich geschlagen. »Also gut. Dann gehe ich mich mal umziehen. Aber den Pullover trage ich über der Korsage, ob es euch nun gefällt oder nicht! Wir haben schon die Windpocken im Haus, auf eine Grippe verzichte ich gerne.«

Grummelnd nahm sie ihr Kostüm zur Hand und verließ den Raum.

Im Flur lief sie ihrer neuen Sekretärin Hannelore Bertels über den Weg. Die gute Wilhelmine hatten sie vor zwei Jahren schweren Herzens in ihren wohlverdienten Ruhestand verabschiedet. Sie hatte es sich jedoch nicht nehmen lassen, ihre Nachfolgerin höchstpersönlich einzuarbeiten, und war bei den Vorstellungsgesprächen dabei gewesen. Dabei hatte sie auf Details geachtet, die Henni niemals in den Sinn gekommen wären. Zu hübsche Damen hatte sie sogleich aussortiert. Ihrer Meinung nach gab es in deutschen Büros eindeutig zu viele Techtelmechtel zwischen Vorgesetzten und ihren Sekretärinnen. Hannelore war Mitte dreißig und mit ihrer dicken Brille, der gedrungenen Figur und dem kurz geschnittenen Haar eher ein Mauerblümchen. Obwohl sich Henni sicher war, dass Georg sich niemals mit einer Angestellten einlassen würde, hatte sie Wilhelmine schmunzelnd zugestimmt. Widerworte hätten ohnehin nichts gebracht. Hannelore Bertels war jedoch nicht nur wegen ihres Erscheinungsbildes, sondern vor allem wegen ihrer Fähigkeiten eingestellt worden. Sie konnte fehlerfrei tippen, beherrschte Stenographie, hatte ausgezeichnete Manieren und war zuverlässig. Sie war lernfähig und hatte den Sekretariatsablauf innerhalb weniger Tage verinnerlicht, Wilhelmine hatte ihr selbstverständlich auch das Lauschen an Türen beigebracht. Obwohl Henni inzwischen der Meinung war, dass Sekretärinnen dieses bereits während der Ausbildung lernten.

Hannelore trug ebenfalls noch kein Kostüm.

»Ich kann Sie gut verstehen, Frau Winkler«, machte sie keinen Hehl daraus, dass sie das Gespräch mal wieder mitangehört hatte. »Für mich ist die Fastnacht auch jedes Jahr ein Graus. Ich werde als Krankenschwester gehen, da ist der Aufwand gering. Das Kostüm hab ich mir von meiner Mitbewohnerin geliehen.«

»Und am Mittwoch sind wir dann todkrank«, kommentierte Henni kopfschüttelnd und erkundigte sich, ob es wichtige Anrufe gegeben hatte.

»Jetzt, wo Sie danach fragen«, antwortete Hannelore. »Ihre Schwester hat angerufen und abgesagt. Sie meinte etwas von einer Magenverstimmung.«

»Die hätte ich auch gern«, kommentierte Henni und stieß ein Seufzen aus.

Sie hatte bereits geahnt, dass Lisbeth nicht kommen würde. Die angebliche Magenverstimmung nahm sie ihr nicht ab. Lisbeth hatte der Fastnacht ebenfalls nie etwas abgewinnen können. Eine ihrer seltenen Gemeinsamkeiten. Lisbeth war und blieb Hennis Sorgenkind, und derweil hatte sich vor einigen Jahren alles großartig entwickelt. Lisbeth hatte Wolfgang, einen erfolgreichen Unternehmer, geheiratet, und die beiden waren in eine prachtvolle Villa im Kurviertel gezogen. Doch dann war Wolfgang nur wenige Wochen nach der Heirat bei diesem schrecklichen Autounfall in Südfrankreich ums Leben gekommen. Lisbeth hatte mit im Wagen gesessen und wie durch ein Wunder nur wenige Blessuren davongetragen. Er war sofort tot gewesen. Es hatte lange gedauert, bis Lisbeth sich von dem Schock erholt hatte. Henni hatte in den

Wochen nach dem Unfall immer wieder an das Gespräch zurückdenken müssen, das sie mit Lisbeth kurz vor ihrer zweiten Hochzeit in den Weinbergen geführt hatte. Damals hatte Lisbeth gerade ihr Kind verloren und mit dem Schicksal gehadert. Sie hatte Henni anvertraut, dass sie insgeheim befürchtete, niemals glücklich werden zu dürfen, weil sie so vielen Menschen während des Naziregimes Unrecht angetan hatte. Henni wollte nicht daran glauben, dass irgendwo Buch über ihre Taten geführt wurde. Aber vielleicht war es ja doch so? Würde Lisbeth wegen ihrer düsteren Vergangenheit niemals glücklich werden dürfen?

Die hübsche Villa im Kurviertel hatte Lisbeth wieder verkauft, steckte sie doch voller schmerzlicher Erinnerungen. Anfangs hatte sie sich im Rheingau bei Georg und Henni verkrochen, später hatte sie eine eigene Wohnung in Wiesbaden bezogen, und sie hatten sich nur noch selten gesehen. Vor zwei Jahren hatte sie dann Dieter Dettmer kennengelernt. Einen Vertriebsleiter, der bei den Farbwerken in Höchst tätig war. Henni war mit ihm nie warm geworden. Sie empfand ihn als arrogant, sein Blick hatte etwas Verschlagenes an sich, obwohl er durchaus attraktiv war. Er war groß, breitschultrig, hatte volles, dunkelblondes Haar, ein markantes Kinn und wusste sich zu kleiden. Nach nur wenigen Monaten hatten die beiden geheiratet. Lisbeth hatte sich ihm bedauerlicherweise angepasst und sich erneut von ihren Schwestern entfernt. Sie meldete sich nur noch selten, sagte häufig geplante Besuche ab, und wenn sie aufeinandertrafen, herrschte eine seltsam angespannte Stimmung. Henni schmerzte es, dass ihr

Verhältnis wieder schlechter geworden war. Sie hatte so sehr darauf gehofft, dass ihre Annäherung von Dauer sein würde. Aber Lisbeth war und blieb unberechenbar.

Gustav Stellmann zog plötzlich Hennis Aufmerksamkeit auf sich. Der alte Pförtner gehörte zur Kellerei Herzberg wie der Sekt und der Weinkeller. Inzwischen war er Mitte siebzig, was ihn jedoch nicht daran hinderte, weiterhin seinen Dienst an der Pforte zu verrichten. Nachdem er vor einigen Jahren seine geliebte Margot an den Krebs verloren hatte, war er zu einem lustigen Witwer mutiert, der alle Nase lang eine neue Frau an seiner Seite gehabt hatte. Doch nun war bereits seit einigen Jahren seiner Traudl treu. Die beiden hatten sich vor fünf Monaten im kleinen Kreis das Jawort gegeben. Gustav war der einzige Mitarbeiter der Herzbergs, der auf dem Gelände wohnte. Das kleine Fachwerkhäuschen am Ende des Grundstücks, dessen Anblick Henni stets wehmütig werden ließ, erzählte so viele Geschichten aus längst vergessener Zeit.

»Ei Gude, die Damen«, grüßte Gustav fröhlich auf Hessisch. »Schon in Fastnachtslaune?«

Gustavs Aufzug war als eigentümlich zu bezeichnen. Er trug sein übliches kariertes Hemd, aber um seinen voluminösen Bauch hing ein etwas Braunes, Plüschiges. »Das wird heute eine recht frische Angelegenheit werden«, redete er munter weiter, ohne eine Antwort abzuwarten. »Deshalb werde ich zum Umzug als Bär gehen. Später dann als Gespenst. Der Bär ist mir im Marmorsaal dann doch etwas zu warm.«

»So ein Bär ist gar keine so üble Idee«, antwortete Henni und schmunzelte.

»Meine Traudl ist ja schon so gespannt auf das Prinzen-paar«, sagte Gustav. »In der Zeitung war heute ein Bild von den beiden. Hübsch sind sie ja, aber es gibt schon viel Gerede. Ausgerechnet eine Amerikanerin müssen sie zur Faschings-prinzessin machen, als ob sich da kein hübsches hessisches Mädsche gefunden hätte. Traudl fand auch ihren Namen ge-wöhnungsbedürftig: Mary aus Minnesota. Und der Prinz ist angeblich bei seinem Pfarrer in Ungnade gefallen. Der ist der Meinung, dass einer vom evangelischen Kirchenvorstand bei der Fastnacht als Prinz nix zu suchen hat.«

Weitere Angestellte gesellten sich zu ihnen, auch sie hatten sich in bunt kostümierte Fastnachts-Gesellen verwandelt. Sie warfen erste Luftschlangen und Konfetti und riefen fröhlich: »Helau!«.

Henni und Hannelore flohen vor der bunten Meute in Han-nelores kleines Büro, fügten sich in ihr Schicksal und zogen ihre Kostüme an. Als letztes Utensil legte Henni die Augen-klappe über ihr linkes Auge. Sie kontrollierte deren Sitz mit der Hilfe ihres Schminkspiegels, klappte ihn zu und straffte die Schultern. Es galt, dem bunten Treiben und der Kälte zu trotzen. An Aschermittwoch war es, dem Herrn im Himmel sei Dank, wieder vorbei.

2. Kapitel

Wiesbaden, 22. Februar 1956

Lisbeth verließ die Frauenarztpraxis von Doktor Weidner in der Taunusstraße mit gesenkten Schultern. Sie war den Tränen nahe. Wieder einmal hatte ein Arzt die Worte ausgesprochen, die sie nicht mehr hören konnte. Es sei alles in bester Ordnung, sie müsse Geduld haben. Doch geduldig wollte sie längst nicht mehr sein. Sie wünschte sich nichts mehr auf der Welt, als endlich schwanger zu werden. Jeden Monat hoffte sie erneut, doch immer wieder wurde sie enttäuscht. Sie tat alles, was ihr der Arzt geraten hatte. Sie maß ihre Temperatur, achtete auf ihren Zyklus, aß gesund und ausgewogen. Doch nichts schien zu helfen. Es war zum Verzweifeln. Wieso nur wollte es ihnen nicht gelingen? Dass sie neuerdings den Anblick ihrer kugelrunden Schwester Bille ertragen musste, verstärkte ihren Kummer nur noch. Das Gefühl von Neid hatte sich in ihrem Herzen wie ein giftiger Pfeil festgesetzt. Wenn sie es genau nahm, verabscheute sie den Anblick sämtlicher Schwangerer und den von glücklichen Müttern ebenfalls. Ein besonders mütterliches Exemplar lief ausgerechnet jetzt an ihr vorüber. Lisbeth schätzte die Frau auf Ende zwanzig, sie schob einen Kinderwagen vor sich her, in dem ein Säugling lag, der noch kein halbes Jahr zu sein schien. Neben ihr lief ein niedliches blondgelocktes Mädchen, nicht älter als drei Jahre. Lisbeth beobachtete von Missgunst erfüllt, wie die Frau fürsorglich die Hand des Mädchens nahm, bevor sie die Straße überquerten. Wieso durfte diese Frau Kinder haben? Wieso bekamen Frauen Kinder, die gar keine haben wollten? Wieso hatte sie damals ihren kleinen Engel verloren? Sie wusste, dass sie auf diese quälenden Fragen keine Antworten bekommen würde.

Seufzend machte sie sich auf den Weg zum Café Maldaner in der Marktstraße, wo sie sich mit ihrer Freundin Magda zum Kaffee verabredet hatte.

Magda hatte sich kurz vor ihrer zweiten Eheschließung als Innenarchitektin um die Einrichtung ihres Hauses im Kurviertel gekümmert, und aus ihrer Geschäftsbeziehung hatte sich über die Jahre eine enge Freundschaft entwickelt. Und das, obwohl sie grundverschieden waren. Magda trug meist eigentümliche Kleidung, sie war unkonventionell, direkt, und es interessierte sie nicht, was die Leute von ihr dachten. Sie lebte in einer aus drei Männern und vier Frauen bestehenden Wohngemeinschaft in Mainz-Mombach. Lisbeth, die sich selbst nicht gerade als Kind von Traurigkeit bezeichnen würde, wollte gar nicht so genau wissen, in welcher Beziehung sie alle zueinander standen. Eine solch illustre Kommune ging sogar ihr zu weit.

Als sie das im Stil eines Wiener Caféhauses eingerichtete Maldaner betrat, wartete Magda bereits auf sie und winkte ihr zu. Sie hatte einen der Tische im vorderen Bereich erobert. Auch heute sah sie farbenfroh aus. Sie trug einen lila Strickpullover, darüber eine grüne Weste und einen hellblauen Cord-Rock. Ihr braunes, halblanges Haar hatte sie mit einem grün-pink karierten Tuch gebändigt. Im Gegensatz zu ihr kam sich Lisbeth in ihrem schlichten hellbraunen Kostüm wie eine graue Maus vor. Ihr Tisch lag in Sichtweite der Kuchentheke. Lisbeth versuchte meist, die Köstlichkeiten in der Auslage zu ignorieren, heute jedoch beschloss sie, die guten Vorsätze in den Wind zu schlagen. Die Nuss-Sahne-Torte sah köstlich aus. Sie hatte ihren Mantel noch nicht abgelegt, da hielt sie schon eine der Bedienungen auf und bestelle eine Portion Kaffee mit Sahne und die Torte. Magda ahnte, woher der Wind wehte.

»Schlechte Neuigkeiten?«, fragte sie, nachdem Lisbeth sich gesetzt hatte.

»Eigentlich nicht«, antwortete Lisbeth in einem zynisch klingenden Tonfall. »Wieder einmal hat mir ein Arzt mitgeteilt, dass alles seine Ordnung hätte und ich Geduld haben müsste.«

»Hm«, antwortete Magda, zündete sich eine Zigarette an, nahm einen kräftigen Zug und blies den Rauch in die Luft.

Lisbeth sprach aus, was Magda dachte.

»Ich weiß, besser so als anders. Aber an irgendetwas muss es doch liegen. Inzwischen kommt es mir auch so vor, als könnte Dieter das Thema Kinder nicht mehr hören. Er scheint sogar die Lust am Sex zu verlieren. Ich kann ihn in dieser Hinsicht sogar verstehen. Mir macht es auch keinen Spaß, nach Kalender zu vögeln.«

»Nicht so laut!«, mäßigte Magda und schenkte einer älteren Dame am Nebentisch ein charmantes Lächeln, die pikiert in ihre Richtung blickte. Ihrem Tischnachbarn war vor lauter Schreck sogar sein Monokel aus dem Auge gefallen und in seine Kaffeetasse geplumpst, was Lisbeth zum Schmunzeln brachte.

Die Bedienung kam und brachte den Kuchen und die Portion Kaffee. Aus Solidarität orderte Magda ebenfalls eine Nuss-Sahne-Torte.

»An manchen Tagen ist das Leben nur mit Zucker zu ertragen«, sagte sie, nachdem die Bedienung fort war. »Ich hab heute meinen besten und langjährigsten Kunden verloren.«

»Den Merling?«, hakte Lisbeth verdutzt nach.

Magda nickte mit betretener Miene. »Er hat heute früh das Zeitliche gesegnet. Schlaganfall. Und das mit fünfzig.«

»Großer Gott«, entfuhr es Lisbeth. »Das ist ja eine Tragödie.«

»Ja, das ist es«, bestätigte Magda mit Grabesstimme. »Er war ein feiner Kerl und ein großartiger Friseur, ein Meister seiner Zunft. Ich und meine Haarpracht werden ihn vermissen. Allerdings gebe ich zu, dass ich vor allen Dingen die Einnahmen vermissen werde, die ich mit ihm in den letzten Jahren regelmäßig generiert habe.«

Gottwald Merling war der Inhaber von fünf Friseurläden im Wiesbadener Stadtgebiet gewesen, die er von Magda viermal im Jahr neu dekorieren hatte lassen, weil er die Abwechslung geliebt hatte.

Die Bedienung kam und stellte Kuchen und Kaffee vor Magda. Sogleich schob sie sich ein großes Stück des süßen Machwerks in den Mund, und ihr Gesichtsausdruck wurde selig. »Meine Güte«, sagte sie. »Ist das köstlich. Die perfekte Sünde an einem solch bescheuerten Tag.«

»Was wird jetzt aus den Läden?«, fragte Lisbeth und ging nicht auf die Kuchenschwärmerei ein.

»Keine Ahnung«, antwortete Magda und zuckte mit den Schultern. »Er war alleinstehend und kinderlos. Wie du ja weißt, war er ...« Sie vollendete den Satz mit einem Blick zum Nebentisch nicht.

»Vom anderen Ufer, ich weiß«, erwiderte Lisbeth leise. »Aber es könnte trotzdem Erben geben, von denen du nichts weißt. Geschwister, einen Freund. Ich würde die Flinte noch nicht ins Korn werfen. Vielleicht werden die Läden doch noch weiterbetrieben.«

»Ach, so wie ich Gottwald kenne, hat er alles dem Tierschutz vermacht. Sein Hund Poldi hatte in seiner Wohnung sogar ein eigenes Zimmer.« Sie rollte die Augen.

Lisbeth wusste nun nicht mehr so recht, was sie antworten sollte. Sie hatte Gottwald Merling nur einmal persönlich getroffen und war von ihm nicht so begeistert gewesen wie Magda. Ihr war sein affektiertes Getue auf die Nerven gegangen. Und an ihre Haare ließ sie seit Jahren nur ihre Friseuse Betty, die im Friseursalon Staudmann an der Wilhelmstraße arbeitete und stets über den neuesten Klatsch und Tratsch der Stadt informiert war.

Ein älteres Ehepaar betrat durch die Drehtür das Café, und der Mann klopfte sich den Schnee vom Hut. Missmutig registrierte Lisbeth, dass vor dem Fenster der reinste Schneesturm tobte. Der Winter schien dieses Jahr nicht enden zu wollen. Das andauernde Grau und die eisige Kälte drückten zusätzlich ihre Stimmung.

»Wie steht es denn in der Kellerei?«, wechselte Magda das Thema und zündete sich eine Zigarette an. »Noch alles hübsch im Paradies?«

Lisbeth wusste, worauf ihre spitz klingende Bemerkung anspielte. Die Kellerei war die perfekte heile Welt. Georg und Henni gaben tagtäglich das erfolgreiche Vorzeigeehepaar, ihr Sohn wuchs und gedieh, und alles, was die beiden anfassten, schien zu funktionieren. Lisbeth wusste, dass ihr Neidgefühl ungerecht war, aber es war nun einmal da. Während sie als trauernde Witwe am Grab ihres Mannes gestanden hatte, war Henni noch beliebter und glücklicher geworden. Die große Schwester hatte es allen gezeigt, sie hatte alle Unwägbarkeiten umschifft und lebte ein sorgloses Leben. Und was lebte sie? Ein Leben an der Seite eines Mannes, der durchaus charismatisch war, dem sie jedoch mehr Ehrgeiz zugetraut hätte. Seitdem sie ihn kannte, sprach er davon, Teil der Geschäftsleitung werden zu wollen. Doch bis heute war er Vertriebsleiter geblieben. Selbst die Beförderung zum Bereichsleiter war ihm Anfang des Jahres verwehrt geblieben. Sie waren weit davon entfernt, ein strahlendes und erfolgreiches Ehepaar zu sein. In den letzten Wochen dachte Lisbeth immer öfter darüber nach, ob sie sich nicht zu rasch in diese Ehe gestürzt hatte. Sie hatte ihren Verlustschmerz hinter sich lassen und etwas Neues beginnen wollen. Aber war sie tatsächlich schon dazu bereit gewesen? Oder haderte sie nur deshalb, weil ihr Eheleben anders verlief, als sie es sich erträumt hatte? Wieder einmal schien ihr Leben nur aus Enttäuschungen zu bestehen. Sie schob die zweifelnden Gedanken zur Seite und beantwortete Magdas

Frage: »Wie soll es schon laufen? Gut natürlich. Georg und Henni sind verliebt wie am ersten Tag, und die Umsätze gehen durch die Decke. Georg plant einen weiteren Ausbau der Anlagen, weil die Nachfrage nach dem billigen Sekt so groß ist. Mir persönlich schmeckt die Plörre aus dem Fass ja nicht. Aber die Leute scheinen diese Prickelbrause zu mögen.«

»Der Preis bestimmt eben manchmal den Geschmack«, antwortete Magda. »Dir ist Champagner doch immer noch das liebste Getränk, oder Martini.« Sie zwinkerte Lisbeth zu. »Obwohl ich zugeben muss, dass mir der Billigsekt auch nicht schmeckt. Ich möchte deinem Schwager nicht zu nahetreten, aber ich finde, es fehlt das gewisse Etwas. Ich persönlich bevorzuge den Winzersekt eines Bekannten aus Rheinhessen. Aber man darf in Wiesbaden ja nicht zu laut sagen, dass man Prickelbrause auf der ebsch Seit einkauft.«

»Ach, das ist mir ehrlich gesagt egal«, antwortete Lisbeth. »Und von dieser alten Rivalität der Städte habe ich noch nie viel gehalten.« Sie schob ihren Kuchenteller ein Stück von sich. Ihr Magen hatte zu rebellieren begonnen. So viel Sahne und Zucker auf einen Schlag war er nicht gewöhnt. Ihr Blick blieb an ihrer Armbanduhr hängen.

»Meine Güte!«, rief sie erschrocken. »Es ist ja schon nach fünf. Dieter hat für heute Abend Kinokarten. Immerhin ein Lichtblick.«

»Oh wie schön«, antwortete Magda. »In welchen Film soll es denn gehen?«

»*Ich denke oft an Piroschka* mit Lieselotte Pulver.« Lisbeth winkte die Bedienung näher und bezahlte die Rechnung.

Magda protestierte, doch Lisbeth brachte sie mit einer Handbewegung zum Schweigen.

»Lass mir die kleine Freude«, sagte sie und gab reichlich Trinkgeld, was das junge Mädchen erfreute. Eilig schob es die Münzen in ihre Börse und wünschte mit einem strahlenden Lächeln noch einen schönen Nachmittag.

»Meine Nachrichten mögen zwar nicht erfreulich gewesen sein, aber mir ist immerhin kein zahlungskräftiger Kunde verlorengegangen.«

»Wieso sollen deine Nachrichten nicht erfreulich gewesen sein? Was willst du eigentlich von den Ärzten hören?«, fragte Magda. »Dass etwas nicht stimmt? Dass du keine Kinder bekommen kannst? Sei doch froh darüber, dass es nur Geduld ist, die du brauchst. So ist das eben manchmal. Dir geht es doch gut. Du bist gesund, verheiratet, Dieter hat eine sichere Anstellung, und als Anteilseignerin der Kellerei wirst du nicht am Hungertuch nagen. Bei mir sieht es jetzt düster aus. Ohne Merling muss ich wesentlich kleinere Brötchen backen, und ob ich jemals wieder einen solch zahlungskräftigen Kunden finde, steht in den Sternen.«

Lisbeth sah Magda irritiert an. In einem solchen Ton hatte sie noch nie mit ihr geredet. Sie gestand sich jedoch ein, dass Magda rechthatte. War sie zu anspruchsvoll geworden? Wieso konnte sie ihr kleines Glück nicht genießen? Sie wusste, wie schnell sich alles wieder verändern konnte. Dieter war an ihrer Seite, und er vergötterte sie. Darüber sollte sie sich freuen und nicht ständig das Glück der anderen neidisch beäugen.

»Entschuldige bitte«, ruderte sie zurück. »Du hast natürlich recht. Es liegt wohl in meiner Natur, dass ich immer gerade das haben will, was ich eben nicht habe. Und das mit deiner Kundschaft wird sich gewiss bald wieder einrenken. Wenn du magst, höre ich mich mal ein bisschen um.« Sie erhob sich und nahm ihren Mantel von der Garderobe hinter dem Tisch.

»Das wäre lieb«, antwortete Magda. »Vielleicht findet sich ja jemand, der eine schicke Villa im Kurviertel eingerichtet haben möchte. Das ist eine meiner Spezialitäten.«

»Ich weiß«, antwortete Lisbeth und wickelte ihren Schal um den Hals. »Ich werde sehen, was ich tun kann.«

Vor dem Café umarmten sich die beiden im dichten Schneetreiben, dann ging jede ihrer Wege.

Als Lisbeth eine Weile darauf die geräumige Wohnung im ersten Stock einer der für Wiesbaden typischen Stadtvillen betrat, staunte sie darüber, dass ihr Ehemann bereits anwesend war. Dieter stand, ein Glas Whiskey in der Hand, an der Terrassentür und wandte sich um, als sie eintrat. Er trug einen dunkelblauen Anzug, sein dichtes, dunkelblondes Haar hatte er zurückgekämmt. Seine Attraktivität war es, die Lisbeth als Erstes aufgefallen war. Sie waren sich bei dem alljährlichen Reitturnier im Biebricher Schlosspark zum ersten Mal über den Weg gelaufen. Sie hatte an einem der vielen Stände Getränke für sich und Magda geholt, und er hatte direkt neben ihr gestanden. Ab diesem Zeitpunkt hatte sie das Gefühl gehabt, ihm ständig überall zu begegnen. Er hatte Glück im Spiel gehabt. Der Außenseiter, auf den er sein Geld gesetzt hatte, hatte tatsächlich gewonnen. Sie waren am Rande des Turnierfeldes ins Gespräch gekommen und nur wenige Tage später miteinander ausgegangen. Er hatte ihr das Gefühl gegeben, die schönste Frau auf Erden zu sein, hatte ihr Komplimente gemacht, ihr Rosen geschenkt. Sie wusste, dass er sie mehr liebte als sie ihn. Sie wussten es vermutlich beide und nahmen es hin. Lisbeths Vergangenheit und die Verluste in ihrem Leben wogen schwer, sie abzuschütteln, würde niemals ganz gelingen.

»Du bist schon hier«, sagte Lisbeth. In ihr breitete sich ein ungutes Gefühl aus. Sie kannte ihren Gatten inzwischen und wusste seinen ernsten Gesichtsausdruck zu deuten.

»Es ist etwas vorgefallen, oder?« Sie trat näher.

»So kann man es sagen«, antwortete er und trank von seinem Whiskey. »Ich bin raus.«

»Wie, raus?«, hakte Lisbeth nach.

»Na, raus. Der neue Bereichsleiter hat mir gekündigt.«

»Wie bitte?«, stieß Lisbeth fassungslos aus. »Aber wieso das denn? Du hast stets von einer Beförderung gesprochen! Ein neuer Bereichsleiter? Aber der solltest du doch werden.«

»Bin ich aber nicht geworden«, gab Dieter zurück. »Es ist, wie es ist. Du hast offensichtlich einen Versager geheiratet.« Sein Blick wanderte zu Lisbeths Körpermitte, und er lachte bitter. »Einen Mann, der es nicht einmal hinbekommt, seine Frau zu schwängern.«

3. Kapitel

⌒⌒

Bille liebte ihre Arbeit im Kostümfundus der Filmstudios und den Trubel auf dem Gelände. Noch vor einigen Jahren hätte sie sich nicht vorstellen können, etwas mit Film- und Fernsehen zu tun zu haben. Schließlich hatte sie als Krankenschwester gearbeitet und ein Medizinstudium angestrebt. Die Begegnung mit Wolf war es gewesen, die ihr Leben durcheinandergewirbelt und auf den Kopf gestellt hatte. Sie hatte nach dem Verlust ihrer ersten großen Liebe Fritz nicht mehr daran geglaubt, jemals wieder solch tiefe Gefühle für einen Mann empfinden zu können. Doch es war geschehen, und ihre Liebe ertrug auch den täglichen Alltagstrott, der jedes verliebte Pärchen irgendwann einholte. Obwohl ihr Alltag mit Wolf in seiner glamourösen Filmwelt doch etwas Besonderes war. Bille hatte inzwischen einige Kinostars kennengelernt, darunter eine waschechte Hollywood-Diva. Zsa Zsa Gabor hatte in dem Film *Der Ball der Nationen* die Hauptrolle gespielt, und Bille hatte sich um ihre Garderobe gekümmert. Die Diva war ihrem Ruf gerecht geworden und oft wankelmütig gewesen. Ihre Unberechenbarkeit hatte Bille am allerwenigsten leiden können. An dem einen Tag war sie die Freundlichkeit in Person gewesen, am nächsten hatte sie an allem und jedem etwas auszusetzen gehabt. Aber Bille war ruhig geblieben. So hatte sie es von ihrer Lehrmeisterin, Hertha Heinrich, der Leiterin des Kostümfundus gelernt. Wesentlich reizender war im Jahr zuvor die junge Romy Schneider gewesen. Damals hatte sie ihre erste Rolle, das Evchen, gegeben, das in Wiesbaden ohne Vater aufwächst. Der Film *Wenn der weiße Flieder wieder blüht* war ein großer Erfolg, und das schüchterne Mädchen von damals war durch die erfolgreichen Sissi-Verfilmungen zu einem Star avanciert. Hertha hatte ihr bereits damals prophezeit, dass sie eine der ganz Großen werden würde. Die gute Hertha, die durch ihre schlimme Arthrose in den Händen ihre über alles geliebte Arbeit vor zwei Wochen endgültig hatte aufgeben müssen. Sie war der Grund dafür, weshalb Bille nun mit ihrem Kugelbauch die volle Verantwortung im Kostümfundus übernommen hatte und im Watschelgang mal wieder durch die Reihen der Kleiderständer lief, um das passende Kleid für eine der Schauspielerinnen herauszusuchen. Eine Nachfolgerin für die erfahrene Schneidermeisterin zu finden, gestaltete sich schwierig. Die Personalabteilung hatte bereits einige Vorstellungsgespräche geführt, aber keine der Bewerberinnen war eingestellt worden. Wer beim Film arbeiten wollte, musste mehr können, als Kleider nähen. Die Mitarbeiter mussten eine bestimmte Form von Pragmatismus an den Tag legen. Schwärmereien für irgendwelche Schauspieler waren vollkommen fehl am Platz, auch galt es, kein Plappermaul zu sein. Obwohl auch Bille hin und wieder von ihren Erlebnissen mit den Filmstars erzählte. Henni hatte alles über Zsa Zsa Gabor wissen wollen, und auch Trude und Inge hatten an ihren Lippen gehangen. Die Gabor würde es verschmerzen, wenn in der Assmannshausener Gutsküche über sie getratscht wurde.

Bille blieb stehen und legte sich die Hand ins Kreuz. Ihr Bauchumfang hatte in den letzten Tagen erneut zugelegt, und das Laufen wurde immer beschwerlicher. Auch spürte sie inzwischen die Kindsbewegungen recht deutlich. Letzte Nacht waren die beiden Schätzchen besonders unruhig gewesen und hatten ihr mehrere schmerzhafte Tritte in den Rippenbogen versetzt. Die letzten Wochen der Schwangerschaft würden kein Zuckerschlecken werden. Das stand fest.

»Frau Kapplan«, rief plötzlich eine weibliche Stimme. »Sind Sie hier irgendwo?«

Bille rief eine Antwort und ging in die Richtung, aus der die Stimme gekommen war. Vor der offen stehenden Glastür, die in Billes Büro führte, traf sie auf eine der Aushilfen. Das arme Ding machte einen etwas durchweichten Eindruck. Der seit dem Vorabend herrschende Dauerregen hatte sich bedauerlicherweise noch immer nicht gelegt.

Bille war dem blonden Mädchen – sie schätzte es auf siebzehn oder achtzehn – bisher nur zweimal begegnet, weshalb sie sich ihren Namen noch nicht eingeprägt hatte.

»Herr Gladau schickt mich«, sagte das Mädchen und japste nach Luft. Sie hatte es wohl eilig gehabt. Die Erwähnung des Personalleiters löste in Bille Reuegefühle aus.

»Ach du je«, antwortete sie. »Ich habe das Vorstellungsgespräch mit der neuen Schneiderin vergessen. Ich komme.«

Sie lief rasch in ihr Büro und griff sich ihren Mantel und den Regenschirm vom Garderobenständer.

Im Freien empfingen sie starker Regen und ein böiger Wind. In den letzten Tagen hatte endlich die Kälte etwas nachgelassen. Allerdings brachte das Tauwetter neue Sorgen mit sich, denn nun befürchtete man ein Überlaufen des Rheins.

So schnell es in ihrem Zustand eben ging, folgte Bille dem Mädchen quer über das Filmgelände zu dem roten Backsteingebäude, in dem die Verwaltung untergebracht war. Vollkommen außer Puste trat sie in den Eingangsbereich und schloss ihren Schirm. Das Mädchen drängte weiter zur Eile und stand bereits an der Treppe. Zu Billes Bedauern lag die Personalabteilung im ersten Stock des Gebäudes, das leider keinen Fahrstuhl besaß.

Als sie das Büro des Personalleiters kurz darauf betrat, fühlte sie sich, als hätte sie einen Sack Beton die Stufen mit nach oben geschleppt. Sie erweckte anscheinend auch einen mitgenommenen Eindruck, denn Gladau bemühte sich sogleich um sie, nahm ihr Mantel und Schirm ab und rückte einen Stuhl für sie zurecht. Der Personalleiter war Mitte fünfzig und trug, wie gewohnt, einen Strickpullunder, dieses Mal weinrotgrau kariert, und eine Fliege. Er war so hager, dass Bille stets annahm, er würde nicht genügend zu essen bekommen.

Die Bewerberin war eine Frau um die vierzig mit halblangen braunen Haaren. Sie hatte sich erhoben und rückte unsicher ihre Kostümjacke zurecht.

Bille wurde stutzig. Die Frau kam ihr bekannt vor. Ihre großen blauen Augen hatten etwas Eindrückliches. Sie hatte sie irgendwo schon einmal gesehen. Nur wo? Oder täuschte sie sich? Sie schob den Gedanken beiseite, grüßte freundlich, stellte sich vor und erkundigte sich nach dem Namen der Frau.

»Birgit Habermann«, antwortete sie so leise, dass Bille sie kaum verstehen konnte. Sie lächelte schüchtern.

Philipp Gladau übernahm nun das Zepter. Er bat die Damen, Platz zu nehmen, und setzte sich hinter seinen Schreibtisch, den er für das Vorstellungsgespräch anscheinend extra aufgeräumt hatte. So ordentlich hatte ihn Bille zuvor noch nicht gesehen. Gladau blätterte in einer Mappe, die vermutlich die Bewerbungsunterlagen enthielt.

»Sie stammen also aus Schlesien, aus dem Städtchen Glogau«, begann er das Gespräch.

Birgit Habermann nickte und fügte ein kaum hörbares Ja hinzu.

»Nach der Flucht haben Sie für eine Weile in München gelebt. Darf ich fragen, was Sie dazu bewogen hat, nach Wiesbaden zu kommen?«

Die Schneiderin wirkte irritiert. Aus Schlesien, Glogau. Bille sah plötzlich ein blasses, ausgemergeltes Gesicht vor sich, dieselben blauen Augen ... Konnte es tatsächlich sein, dass sie mit Birgit Habermann während ihrer Flucht im selben Zug in den Westen gesessen hatte? Bille beschloss, sich später danach zu erkundigen. Sie lenkte das Gespräch in eine andere Richtung.

»In München also. Die Filmstudios am Geiselgasteig sollen großartig sein.«

»Dort war ich auch tätig«, antwortete Birgit Habermann. »Ich habe einige Jahre im Kostümfundus der Filmproduktion als Näherin gearbeitet. Als ich Ihre Stellenanzeige im Kurier entdeckt habe, dachte ich, das wäre etwas für mich. Die Arbeit in einem Kostümfundus ist doch etwas anderes als in einer einfachen Schneiderei oder – noch schlimmer – in einer dieser größeren Fabriken mit den Fließbändern, die neuerdings überall aus dem Boden gestampft werden.«

Bille erkundigte sich danach, ob sie bereits Umgang mit den Schauspielern gehabt habe.

»Aber natürlich«, bestätigte Birgit Habermann. »Die Begegnung mit den Schauspielern ist eine zusätzliche Freude. Obwohl der eine oder andere Star nicht ganz einfach sein kann. Aber mit Nachsicht und Geduld haben wir noch jeden abgefertigt bekommen.« Diese Aussage erfreute Bille. Sie hätte glatt von Hertha kommen können. Birgit Habermann hatte ihre Schüchternheit vom Anfang komplett abgelegt, und ihre Stimme klang nun fest, sie wirkte selbstbewusst.

Gladau zog durch ein Räuspern die Aufmerksamkeit wieder auf sich.

»Es freut mich, dass sich die Damen bereits so gut verstehen. Darauf hatte ich ehrlich gesagt gehofft. Ich mache es kurz: Sie sind bisher die beste Bewerberin für diese Anstellung, Frau Habermann. Da wir jedoch längerfristig planen möchten, wollte ich mich noch erkundigen, ob Sie dauerhaft in Wiesbaden bleiben wollen. Immerhin hat es Sie doch recht rasch von München nach Wiesbaden verschlagen, wie ich Ihrem Lebenslauf entnehmen kann.« Er sah Birgit über seine Lesebrille hinweg fragend an.

»Ich plane, in Wiesbaden sesshaft zu werden«, antwortete

Birgit Habermann und sah sich bemüßigt, den Grund für ihren raschen Umzug hinzuzufügen. »Mein Ehemann stammt aus der Stadt, und wir haben ein Haus in Sonnenberg geerbt. Er hat eine Anstellung als Schichtleiter bei Opel in Rüsselsheim erhalten.«

»Oh, großartig!« Gladau schien diese Erklärung zu erfreuen. »Dort habe ich meine Ausbildung gemacht. Gewiss wird er sich bei den Opelanern wohlfühlen. Gut, dann ist ja alles soweit geklärt. Ihren angegebenen Gehaltsvorstellungen können wir entsprechen. Wann können Sie anfangen?«

»Wenn Sie möchten, sofort«, antwortete Birgit.

»So etwas höre ich gerne, denn wie Sie sehen, können wir Unterstützung dringend gebrauchen«, spielte er auf Billes Schwangerschaft an.

Es folgte das übliche Händeschütteln, dann standen Bille und Birgit wieder auf dem Flur. Plötzlich herrschte eine eigenartige Stimmung. Bille überlegte, ob sie Birgit auf die Flucht ansprechen sollte, doch die Näherin kam ihr zuvor.

»Wir kennen uns, nicht wahr?« Es klang weniger wie eine Frage, eher wie eine Feststellung. »Du hast mir in diesem abscheulichen Waggon gegenüber gesessen.« Ohne zu fragen, war sie zum vertraulichen Du übergegangen.

»Ja, das hab ich«, antwortete Bille. »Wir haben einige Tage miteinander verbracht, und ich kannte nicht einmal deinen Namen.«

»Ich habe damals allen misstraut.«

»Ich auch«, erwiderte Bille. »Wir waren allein. Da ist es doch verständlich.«

»In dem Zug war ich allein«, erwiderte Birgit. »Davor nicht.« Ihre Augen wurden feucht, und sie wandte den Blick ab, während sie weitersprach: »Meine Mutter und meine kleine Tochter haben es nicht geschafft. Sie waren während der Flucht irgendwann einfach verschwunden. Auf dieser elenden Landstraße, in diesem Schneesturm, gottverdammte Kälte. Ich hab sie gesucht. Ich bin zurückgelaufen, hab nach ihnen gerufen und all diese hoffnungslos aussehenden Menschen gefragt, nur Kopfschütteln oder Blicke aus ausdruckslosen Augen habe ich als Antwort erhalten. Ich wollte erfrieren, ich wollte mit ihnen in dieser weißen, kalten Welt bleiben. Doch mein jetziger Ehemann hat mich herausgeholt. Er war ein Deserteur und hat mich in einer alten Scheune aufgelesen, hat mich mitgenommen. Er hat mich zu dem Zug gebracht und mir gesagt, dass wir uns in München wiedersehen würden. Er gab mir eine Adresse. Ich hätte nicht geglaubt, dass wir uns tatsächlich wiederfinden. Er war mein Wunder in dieser eisigen Welt. Er ist es bis heute. Und vielleicht geschieht ja irgendwann noch ein weiteres Wunder, und ich sehe meine Mutter und meine Tochter doch noch wieder. Es gibt solche Wiedersehen. Ich hab davon gelesen.«

»Wir sollten die Hoffnung niemals aufgeben«, antwortete Bille.

Zum ersten Mal seit einer gefühlten Ewigkeit dachte sie wieder an Fritz und spürte seine Nähe und Wärme. Sie hatte ihn ebenfalls in den Wirren dieser grausamen Zeit verloren. Sie hatten beide so sehr auf ein Wiedersehen gehofft und waren enttäuscht worden. Ein Kloß bildete sich in ihrem Hals, und sie schluckte. Lebenswege, Geschichten und Schicksale. In diesen Zügen und auf den verschneiten Straßen hatte es im eiskalten Wind unendlich viele davon gegeben. Und sie hatte am eigenen Leib erfahren müssen, dass es nicht immer gut ausging. Ein übler Tritt in die Rippen ließ Bille zusammenzucken. »Aua.« Sie strich sich über die Stelle an ihrem Oberbauch. Birgit brachte diese Geste zum Schmunzeln, und mit einem Schlag waren die düsteren Erinnerungen verschwunden.

»Wann ist es denn so weit?«, erkundigte sie sich.

»In zwölf Wochen«, antwortete Bille. »Es werden Zwillinge.«

»Oh, wie schön«, antwortete Birgit. »Was für eine Freude. Kinder sind immer ein Segen.«

»Ja, das sind sie«, antwortete Bille mit einem versonnenen Lächeln auf den Lippen und spürte erneut dieses herrlich warme Glücksgefühl, das sie vor Freude schaudern ließ.

Die beiden setzten sich in Bewegung. Als sie das Verwaltungsgebäude verließen, hatte es erfreulicherweise zu regnen aufgehört, und die Wolkendecke lockerte auf. Bille setzte zu einer Erklärung an, was sich auf welchem Teil des weitläufigen Geländes befand, und deutete nach links und rechts. Sie wurde einige Male von vorüberhuschenden Schauspielern gegrüßt. Eine Gruppe Techniker stand rauchend an einer Hausecke.

Als sie den Kostümfundus betraten, leuchteten Birgits Augen.

»Ach, ist das herrlich hier«, sagte sie. »Wie sehr ich dieses wunderbare Durcheinander an Kostümen und Requisiten und diesen ganz eigenen Geruch doch vermisst habe.«

Bille begann damit, der Schneiderin alles zu zeigen. Es galt auch sogleich eine junge Schauspielerin zu versorgen. Ihr war der Reißverschluss ihres Kleides gerissen, und es musste rasch ein neuer eingenäht werden. Diese Aufgabe übernahm Birgit, und Bille staunte nicht schlecht, wie versiert sie mit der Nähmaschine umging. Innerhalb weniger Minuten war der Schaden behoben. So ging es munter weiter. Sie mussten neue Kostüme begutachten, drei Kartons mit Schuhen waren eingetroffen, die sie in den Schuhregalen unterbrachten. Eine Gruppe Tänzerinnen wurde in Glitzerkleidchen gesteckt. Die Stunden schienen wie im Flug zu vergehen, und schon bald dämmerte es vor dem Fenster ihrer Schneiderwerkstatt.

»Es wird Zeit für den Feierabend«, sagte Bille und streckte sich gähnend. »Das ist verrückt. Du bist erst wenige Stunden hier, und es läuft wie am Schnürchen. Man merkt eindeutig die Erfahrung. Ich habe mich zu Beginn viel ungeschickter angestellt. Allerding war ich keine ausgebildete Schneiderin. Ich habe früher als Krankenschwester gearbeitet und wollte Ärztin werden.«

»Das ist praktisch«, entgegnete Birgit. »Dann hab ich ja gleich jemanden, der mich anständig verarztet, wenn ich mich mal wieder mit den Nadeln pikse oder am Bügeleisen verbrenne, was ständig vorkommt.« Sie grinste. »Obwohl ich annehme, dass du nicht mehr lange hier sein wirst. Deine Beine sind arg geschwollen, wenn ich das sagen darf. Eine normale Schwangerschaft ist bereits kein Zuckerschlecken, aber du bekommst Zwillinge. Da solltest du es ruhiger angehen lassen. Die Arbeit hier ist anstrengend.«

»Ich weiß«, bestätigte Bille. »Aber zu Hause fällt mir die Decke auf den Kopf. Das Kinderzimmer ist längst eingerichtet, für den Haushalt hat Wolf eine Hilfe eingestellt. Und hier im Kostümfundus haben sich mich gebraucht.«

»Es ist nie leicht etwas aufzugeben, was man liebt.«

Es entstand eine kurze Pause, dann schlug Birgit vor: »Solange du es dir zutraust, kannst du ja weiterhin mitarbeiten. Aber wenn ich sehe, dass es dir zu viel wird, schicke ich dich nach Hause.« Sie hob mahnend den Zeigefinger.

»Ja, Frau Hebamme«, antwortete Bille grinsend. Es war seltsam. Sie kannten einander erst seit wenigen Stunden, doch es herrschte bereits jetzt eine besondere Art der Vertrautheit zwischen ihnen. Vermutlich lag es daran, dass die Flucht sie verband, die gemeinsamen Stunden in diesem abscheulichen Waggon.

Wolf betrat den Raum und kam zu ihnen.

»Guten Tag, die Damen«, grüßte er freundlich und sah Birgit an. »Ein neues Gesicht.«

Bille stellte die beiden einander vor und erzählte von Birgits Werdegang.

»München also, wie schön. Na, dann sind Sie hier ja am richtigen Platz«, sagte Wolf freudig. »Nehmen Sie sich aber vor den Stars aus Amerika in Acht. Die eine oder andere Diva kann schon darunter sein.«

»Ach, mit denen werde ich auch fertig«, antwortete Birgit und winkte ab. »Die Hollywoodstars waschen am Ende auch nur mit Wasser.«

Eine junge Schauspielerin unterbrach das Gespräch. Sie

war vollkommen aufgelöst, denn ihr Kleid hatte einen langen Riss im Rock.

Birgit kümmerte sich um sie und nahm sie mit in das nebenan liegende Schneiderzimmer. Bille sah ihr lächelnd nach. »Ich denke, die Filmproduktion hat erneut eine unverzichtbare Mitarbeiterin für den Kostümfundus gefunden.«

»Was gut ist«, antwortete Wolf und legte den Arm um sie. »Weil meine liebe Ehefrau endlich kürzertreten muss. Ich habe uns einen Tisch im Kurhausrestaurant bestellt. Wir sollten unsere Zweisamkeit noch genießen, solange wir können. Wenn unsere beiden Schreihälse mal auf der Welt sind, werden wir für solche Unternehmungen nur noch selten Zeit finden.« Er gab ihr einen Kuss. »Ich liebe dich.«

Im nächsten Moment trat eines der Babys erneut in Billes Rippen. Sie zuckte zusammen und gab ein grummelndes Geräusch von sich.

»Nun gut«, antwortete Wolf mit einem Grinsen auf den Lippen. »Dann führe ich eben meine *drei* Liebsten zum Essen aus. Ich habe schon verstanden. So ganz für uns allein sind wir auch jetzt nicht mehr.«

Eine Weile darauf betraten die beiden das Kurhausrestaurant, und Wolf half Bille an der Garderobe aus dem Mantel. Als sie gerade zu ihrem Tisch gehen wollte, eilte Lisbeth, vollkommen aufgelöst, an ihnen vorüber. Sie weinte sogar. Bille sah ihr verblüfft nach. Was war geschehen? Ihr Blick wanderte durch den Gastraum, und sie sah Dieter an einem der Tische sitzen. Vermutlich hatte es einen Streit gegeben. Sie überlegte, Lisbeth nach draußen zu folgen, um mit ihr zu reden. Doch da sah sie durchs Fenster, wie ihre Schwester just in diesem Moment in ein Taxi stieg.

4. Kapitel

Assmannshausen, 20. März 1956

Henni nieste mehrfach hintereinander und schnäuzte sich kräftig die Nase. Sie saß in eine Decke gehüllt in ihrem Wohnzimmer am Fenster und zerfloss an diesem feuchtkalten Frühlingstag in Selbstmitleid. Sie hatte sich eine handfeste Grippe eingefangen, und sämtliche Glieder schmerzten wie verrückt. Ständig war ihr abwechselnd heiß und kalt, und ihr Hals war so stark entzündet, dass sie kaum etwas hinunterbrachte. So krank war sie lange nicht gewesen. Und das ausgerechnet jetzt, wo es doch in der Kellerei so viele wichtige Dinge zu entscheiden gab. Heute stand eine weitere Aufsichtsratssitzung an, bei der sie fehlen würde. Es ging dabei um die europäische Erweiterung, die vorangetrieben werden sollte. Schon länger standen die Pläne im Raum, mit einer französischen Kellerei zusammenzuarbeiten. Georg hatte den Betrieb im November besichtigt und war sich mit dem Eigentümer einig geworden, der einer Zusammenarbeit mit einem deutschen Betrieb gegenüber nicht abgeneigt war. Das Gut war perfekt für ihre Ansprüche geeignet. Die ortsansässigen Mitarbeiter hatten bereits Erfahrung mit der Sektkellerei, das Gelände war weitläufig und konnte hervorragend ausgebaut werden. Heute sollte endgültig über die Art der Zusammenarbeit entschieden werden, auch eine Kaufoption war noch nicht vom Tisch.

Ebenfalls sollte ein weiteres, in Südtirol gelegenes Weingut von einem ihrer im südlichen Bayern angesiedelten Vertriebsmännern vorgestellt werden. Er hatte über seine Kontakte erfahren, dass das Gut mit dazugehörigem Kellereibetrieb kurz vor dem Verkauf stand. Die Besitzer, ein älteres Ehepaar, sahen sich nicht mehr in der Lage dazu, das Gut zu bewirtschaften, einen Erben gab es nicht. Allerdings sah Georg die Lage in Südtirol eher skeptisch. Bereits mehrfach hatten sie im Süden Weingüter oder Sektkellereien ins Auge gefasst, um sie in den Betrieb zu übernehmen. Doch jedes Mal war etwas schiefgegangen. In Südtirol betrachtete man Fremde argwöhnisch, und eine Sektkellerei aus Wiesbaden wurde dort als Eindringling wahrgenommen. Die Vorteile, die eine solche Zusammenarbeit für die Region bringen würde, sah man meist nicht.

Henni nieste erneut und stöhnte. Ihr Kopf schmerzte. Die Wirkung der Schmerztabletten ließ bereits wieder nach.

Eine Windböe trieb den Regen gegen die Scheiben. Immerhin verpasste sie an der frischen Luft nichts.

Die Tür öffnete sich, und Trude trat mit einem Tablett in den Händen ein, auf dem sich Teegeschirr und ein Teller mit Sandkuchen befanden.

»Hallo, meine Liebe«, grüßte sie und stellte das Tablett auf dem Sofatisch ab. »Inge schickt mich. Sie hat frischen Kräutertee gekocht. Der Sandkuchen ist schön weich. Vielleicht lässt er sich besser schlucken als das Brötchen von heute Morgen. Wie steht es denn?«

Trude war und blieb die gute Seele im Haus. Für Henni war sie inzwischen nicht mehr nur ihre Hausdame, sondern ein Familienmitglied. Trude hatte die Siebzig vor drei Jahren überschritten, trug ihr ergrautes Haar inzwischen kurz und kleidete sich noch immer elegant. Heute hatte sie ein dunkelblaues Kostüm mit einem schmal geschnittenen Rock gewählt. Henni hatte ihr zugesichert, ihren Ruhestand bei ihnen im Haus verbringen zu dürfen, was die alleinstehende und kinderlose Trude zu Tränen gerührt hatte.

»Frag nicht«, krächzte Henni zur Antwort und schnäuzte erneut. Trude schenkte Tee ein, sie füllte zwei Tassen und setzte sich Henni gegenüber in einen Lehnstuhl.

»Ich dachte, ich leiste dir ein Weilchen Gesellschaft und berichte von dem neuesten Klatsch und Tratsch im Dorf.«

»Hm«, gab Henni zur Antwort und betrachtete die dampfende Teetasse auf dem Tisch. Am Morgen hatte sie sich böse die Zunge verbrannt, das würde ihr nicht noch einmal passieren.

Trude begann zu berichten. Es ging das Gerücht im Ort um, dass eine der berühmtesten Töchter von Assmannshausen – ihrem Vater gehörte das florierende Restaurant und Hotel »Zur Weinrebe« – unehelich von einem schwarzen Amerikaner schwanger war.

»Das ist das Klatschthema in Bertas Krämerladen. Ich kann dir sagen: Die Weiber zerreißen sich regelrecht die Mäuler. Als ›Ami-Schlampe‹ und ›Hure‹ haben sie das arme Ding beschimpft. Käthe kennt eines der Küchenmädchen aus der Weinrebe, und sie hat die beiden gemeinsam gesehen. Es ist wohl einer von den GIs. Also wenn das stimmt, wird es für die Gretel bitter werden. Heiraten wird sie den Ami bestimmt nicht dürfen. Und wie die Assmannshausener mit dem Kind umgehen, kann ich mir jetzt schon denken. Das arme Würmchen wird es im Leben nie leicht haben.« Sie schüttelte den Kopf und nippte an ihrem Tee.

Henni stimmte ihr durch ein Nicken zu. Beziehungen zwischen Amerikanern und deutschen Frauen waren noch immer ein schwieriges Thema im Land. Aber die Liebe war nun einmal die Liebe, und die kannte keine Ländergrenzen.

Es klopfte an die Tür. Noch bevor Henni »Herein« rufen konnte, trat Inge ein. Ihre Miene war sorgenvoll. Die Köchin trug, wie gewohnt, eine ihrer Kittelschürzen und hatte ihr graues Haar zu einem Dutt im Nacken gesteckt.

»Guten Tag zusammen«, grüßte sie. »Ich war mir nicht sicher, ob ich dich damit behelligen soll, Henni. Aber die gute Käthe sitzt im Weinladen und heult ganz fürchterlich. Unsere Küchenhilfe hat es mir gerade erzählt. So aufgelöst hat sie sie noch nie erlebt. Da muss etwas vorgefallen sein.«

»Du liebe Zeit«, antwortete Henni alarmiert. »Unsere Käthe? Wenn jemand stets ein Lächeln auf den Lippen hat, dann sie. Ich muss sofort zu ihr.« Sie wollte aufstehen, doch ein Schwindel zwang sie, sich wieder zu setzen.

»In deinem Zustand kannst du unmöglich in die Weinhandlung gehen«, ermahnte Trude Henni. »Du schaffst es ja kaum, vom Sofa hochzukommen. Wenn du möchtest, sehe ich nach ihr. Vielleicht ist es ja gar nicht so tragisch. Jeder von uns kann mal einen schlechten Tag haben. Auch unsere Käthe.«

»Nein, ich gehe selbst«, bestand Henni hartnäckig darauf. »Und bis in die Weinhandlung ist es nun wirklich keine Weltreise.« Sie stieß ein lautes Niesen aus. Trude rollte mit den Augen. Henni ließ sich dadurch nicht von ihrem Vorhaben abbringen und stand erneut auf. Dieses Mal blieb sie, wenn auch etwas wackelig, tatsächlich stehen. Sie wies Trude an, ihr ihren Frottee-Morgenmantel zu bringen. Inge hatte keine Widerworte gegeben. Sie wusste schon länger, dass Einwände bei Henni meist nichts brachten. Wenn sich ihre Chefin mal etwas in den Kopf gesetzt hatte, war sie nur schwer davon abzubringen.

Eine Weile später betrat Henni den Weinladen. Sie trug über ihrem Frottee-Bademantel ihren Wintermantel, ihre Füße steckten in warmen Wollstrümpfen und festen Winterstiefeln. Ihr Haar war von Trude nach hinten gebunden worden. Käthe saß an einem der hölzernen Tische, auf denen sich aktuell leere Weinkartons stapelten. Die Eröffnung der kleinen Straußenwirtschaft fand, wie in jedem Jahr, erst Ende April statt, wenn das Wetter milder wurde und die Gäste auch wieder im Außenbereich bewirtet werden konnten. Nur einige hartnäckige Stammgäste verschlug es auch in der kalten Jahreszeit zu ihnen, für sie stand die Tür natürlich immer offen.

Käthe sah mitgenommen aus, ihre Augen waren umschattet, ihre Nase war gerötet. Henni setzte sich neben sie. Der kurze Weg vom Haupthaus über den Hof hatte sie eine Menge Kraft gekostet. Sie schnaufte wie eine alte Dampflok und musste mehrfach husten. Normalerweise hätte Käthe mit ihr geschimpft, aber es kam kein Wort über ihre Lippen. Sie saß einfach nur da und starrte auf den Tisch. Henni war ihr Verhalten unheimlich. Hier ging es um ein größeres Problem, das wurde ihr in diesem Augenblick klar. Sie sah kurz zu Trude, die an der Eingangstür stehen geblieben war. Die Hausdame verstand, was Henni ihr ohne Worte mitteilen wollte. Es war besser, wenn dieses Gespräch unter vier Augen stattfand.

Nachdem die Tür hinter Trude ins Schloss gefallen war, fragte Henni frei heraus:»Was ist passiert?«

»Ich war heute bei Doktor Lederer«, begann Käthe stockend zu erzählen.»Er hat die Ergebnisse von dieser Untersuchung erhalten.«

Nach Henni schien in diesem Moment eine eisige Hand zu greifen. Wenn jemand auf eine Nachricht vom Arzt so reagierte, dann bedeutete das nichts Gutes.

»Du hast gar nichts von einer Untersuchung erzählt«, sagte sie.

»Ich wollte halt niemanden beunruhigen. Mir war in der letzten Zeit öfter übel, und ich hab gedacht, dass ich deshalb abgenommen hab. Aber das stimmt nicht.«

Nun fiel Henni wieder ein, dass Käthe bei ihrer letzten Begegnung über Übelkeit geklagt hatte. Sie hatte von einem Magen-Darm-Infekt gesprochen, der im Ort umgehe.

»Es ist Krebs«, sagte Käthe.»Jetzt spreche ich es zum ersten Mal aus.« Die Tränen kullerten über ihre Wangen, und sie sackte noch ein Stück mehr in sich zusammen. Henni schluckte und wusste erst nicht, was zu tun war. Doch dann reagierte sie. Sie fischte aus ihrer Bademanteltasche ein zerknittertes Stofftaschentuch heraus und hielt es Käthe hin.

»Krumpelig, aber unbenutzt«, erklärte sie.

Käthe nahm es entgegen, wischte sich die Tränen von den Wangen und schnäuzte kräftig.

»Was hat der Arzt denn genau gesagt?«, hakte Henni nach. »Plant er eine Behandlung?«

Käthe schüttelte den Kopf, was Hennis schlimmste Befürchtungen nährte.

»Es ist an der Bauchspeicheldrüse. Da ist der Krebs angeblich besonders tückisch, weil er meist erst spät bemerkt wird. In vielen Fällen ist es bereits zu spät. Auch bei mir. Ich hab nur noch wenige Wochen. Niemand kann mir mehr helfen.«

»Ach du großer Gott«, rutschte es Henni heraus.

»Der auch nicht mehr«, antwortete Käthe. »Aber wenn ich Glück hab, behandelt er mich da oben bald recht ordentlich.« Sie deutete zur Zimmerdecke.

»Aber, das ist … ich meine …« Sie kam ins Stocken, fuhr dann jedoch fort: »Es muss doch noch irgendeinen Weg geben. Einen Spezialisten, eine Behandlung im Krankenhaus, irgendetwas.«

»Die gibt es aber nicht. Lederer hat es mir erklärt. Es sind schon überall Metastasen. Das sind Ableger von dem Tumor. In der Lunge und sogar im Kopf. Da kann niemand mehr was machen. Aber dann sehe ich wenigstens bald meinen Alfred wieder. Und dann sitz ich mit ihm auf einer Wolke und geb gut Acht auf euch hier unten.«

»Noch sitzt du aber auf keiner Wolke«, antwortete Henni. »So schnell sollten wir nicht aufgeben. Vielleicht gibt es doch noch irgendeinen Weg. Ich werde mit Bille darüber sprechen. Sie kennt sich ja ein wenig aus und kann uns bestimmt ein gutes Krankenhaus empfehlen. In Frankfurt gibt es viele Fachkliniken, auch in Mainz. Du darfst noch nicht gehen. Das lasse ich nicht zu.« Sie legte den Arm um Käthe und drückte sie fest an sich. Nun weinten sie beide. Henni wusste, noch während sie von Ärzten und Kliniken geredet hatte, dass es sinnlos sein würde. Käthe würde sich keinem Untersuchungs- und Behandlungsmarathon mehr aussetzen. Aber vielleicht half es ja, wenn Bille mit ihr redete und sie einschwor, die Flinte nicht ins Korn zu werfen. Irgendein Weg würde sich doch finden lassen, um diese scheußliche Krankheit zu bekämpfen. Das Weingut ohne Käthes Herzlichkeit war undenkbar.

»Ich geh jetzt erst mal heim«, sagte Käthe. »Ich wollt eigentlich den neu angelieferten Wein einräumen. Aber das kann ich auch morgen noch machen.«

»Du solltest heute nicht allein bleiben«, sagte Henni. »Komm doch mit zu uns. Inge wird uns etwas Feines kochen, und du hast Gesellschaft. Du kannst gern in einem der Gästezimmer schlafen.«

»Das ist lieb von dir«, erwiderte Käthe und streichelte Hennis Arm. »Aber ich will jetzt gern ein wenig für mich sein und meine Gedanken ordnen. Und deine Erkältung mag ich auch nicht haben. Bin schon krank genug.« Sie stieß Henni in die Seite und zeigte ein winziges Lächeln.

Henni überlegte, ob sie ihr widersprechen sollte, doch sie ließ es. Sie wäre in Käthes Situation vermutlich auch lieber allein. Solch eine Nachricht galt es erst einmal zu verdauen.

»Gut«, antwortete sie und erhob sich. »Aber wenn du etwas brauchst, dann weißt du ja, wo du uns findest.«

Wenig später beobachtete Henni, wie Käthe über den Hof davonging. Es hatte zu regnen aufgehört, und zwischen den Wolken fielen vereinzelte Sonnenstrahlen zu Boden, in den Pfützen spiegelte sich der blaue Himmel. Henni spürte diese abscheuliche Hilflosigkeit in ihrem Inneren, die sie aus anderen Zeiten kannte. Aus finsteren Jahren, die ihr alles abgefordert hatten. Sie hatte gehofft, dieses Gefühl der Beklemmung niemals wieder fühlen zu müssen. Aber damit hatte sie falsch gelegen. Es hatte sich erneut angeschlichen und ließ sie frösteln.

Trude riss sie aus ihrer Erstarrung. Unbemerkt war sie neben Henni getreten und fragte: »Es ist schlimm, oder?«

»Sie hat Krebs«, antwortete Henni. »Die Ärzte geben ihr nur noch wenige Wochen.«

Einige Stunden später erwachte Henni aus einem abscheulichen Traum. Ihre Vergangenheit und die Gegenwart hatten sich miteinander vermischt. Sie hatten wieder in Wiesbaden in der Villa am Rhein gelebt, und Conrad war noch immer ihr Ehemann. Bille hatte ihr während eines Kartenspiels auf der sonnigen Terrasse von Käthes Krebserkrankung erzählt und erklärt, dass sie sie nicht würde retten können. Sie war nicht schwanger gewesen und hatte wieder wie das unbedarfte junge Mädchen ausgesehen, das es sich unbedingt in den Kopf gesetzt hatte, als Lazarettschwester tätig zu sein.

Henni brauchte einen Moment, um den Traum abzuschütteln, dann sah sie sich im Raum um. Sie lag noch immer auf dem Sofa in ihrem Wohnzimmer. Es war inzwischen dämmrig geworden, und rotes Abendlicht hatte sich über die Weinberge gelegt. Wolken waren weit und breit keine mehr zu sehen. Abendrot, Schönwetterbot. Das alte Sprichwort kam ihr in den Sinn, das früher ihr Vater gerne verwendet hatte.

Georg trat ein und schaltete das Licht an. Henni blinzelte. »Oh, Liebes«, entschuldigte er sich. »Ich wusste nicht, dass du hier bist. Trude meinte eben, du hättest dich hingelegt. Ich dachte, du wärst im Schlafzimmer.«

Er trat näher und küsste kurz ihre Stirn. »Wie geht es dir? Wird es langsam besser?«

»Ein wenig«, antwortete Henni, obwohl ihr der Kopf dröhnte.

»Weißt du es schon?«

»Was soll ich wissen?« Georg schaltete die Lampe neben dem Ohrensessel ein und löschte die Deckenlampe, wofür Henni ihm dankbar war.

»Also hat es dir noch niemand gesagt.« Sie atmete tief durch. »Es geht um Käthe. Sie hat Krebs, unheilbar. Die Ärzte geben ihr nur noch wenige Wochen.«

Georg sah sie entsetzt an. »Aber das ist doch, ich meine ...«

»Sie hat es heute von Doktor Lederer erfahren. Es ist die Bauchspeicheldrüse.«

»Ach du je«, erwiderte Georg betroffen. »Das ist schlimm. Einen Bekannten von mir hat diese Krebsart ebenfalls das Leben gekostet. Die arme Käthe.«

»Ja, es ist furchtbar und so endgültig«, meinte Henni. »Ich will gar nicht daran glauben, dass sie bald nicht mehr bei uns sein wird. Sie musste kräftig niesen. Als sich ihre Nase wieder beruhigt hatte, sackte sie ein Stück in sich zusammen. »Oh, diese abscheuliche Erkältung. Ich fühle mich wie ein geprügelter Hund.«

»Das glaub ich gern«, antwortete Georg. »Und dann gibt es noch solch unschöne Neuigkeiten. Heute ist anscheinend kein guter Tag.«

»In der Kellerei lief es also auch nicht gut«, zog Henni aufgrund seines letzten Satzes die richtigen Schlüsse.

»So ist es«, erwiderte er und seufzte. »Lisbeth war heute bei mir. Sie besteht darauf, dass wir Dieter einen leitenden Posten in der Kellerei geben. Sie war wie ausgewechselt, rechthaberisch und zickig. Sie hat gemeint, dass sie ansonsten in Erwägung zieht, ihre Anteile an die Konkurrenz zu verkaufen.«

Henni schloss für einen Moment die Augen und gab ein Stöhnen von sich. Erst neulich hatte sie mit Bille telefoniert, die ihr von dem seltsamen Vorfall im Kurhausrestaurant berichtet hatte. Henni hatte in den letzten Tagen öfter darüber nachgedacht, mit Lisbeth das Gespräch zu suchen. Irgendetwas musste vorgefallen sein, wenn sie sich in der Öffentlichkeit so aufgelöst zeigte.

»Wieso sollte Dieter bei uns tätig werden?«, hakte Henni nach. »Ich dachte, er hat einen guten Posten bei den Farbwerken in Höchst inne. Lisbeth hat doch ständig von seiner Beförderung gesprochen.«

»Tja«, antwortete Georg und holte eine Zigarettenschachtel aus seiner Jacketttasche. »Das dachte ich auch. Lisbeth wollte mir keine Auskunft geben. Sie hat davon gesprochen, dass eine Mitarbeit im Familienbetrieb doch wesentlich besser sei. Dieter wäre ein erfahrener Vertriebsmann. Er könne etwas bewegen und bei den Farbwerken jederzeit kündigen. Mir kam ihr Gerede seltsam vor, und ich habe mich, nachdem sie gegangen war, ein wenig umgehört. Dieter wurde bei den Farbwerken entlassen, weil er zu viel Alkohol trinkt. Er muss wohl mehrfach vollkommen betrunken zum Dienst erschienen sein.«

»Das auch noch«, erwiderte Henni und nieste erneut. »Einen Mann mit solchen Alkoholproblemen können wir auf keinen Fall einstellen. Kennt Lisbeth den wahren Kündigungsgrund?«

»Ich weiß es ehrlich gesagt nicht«, antwortete Georg. »Aber ich denke, dass du das Gespräch mit ihr suchen solltest. Sie könnte sonst ein Problem für uns werden.«

5. Kapitel

Lisbeth stand am Rheinufer und ließ den Blick über das im hellen Sonnenlicht funkelnde Wasser schweifen. Sie war lange nicht mehr in Assmannshausen gewesen und hatte ganz vergessen, wie sehr einen dieser Ort mit seiner Schönheit betörte. Die umliegenden Weinberge waren noch karg, doch um sie herum blühten in den aufgestellten Blumenkästen die ersten Frühjahrsblüher um die Wette. Traubenhyazinthen und Narzissen streckten sich dem hellen Sonnenlicht entgegen. Heute war einer dieser verheißungsvollen ersten Frühlingstage, die einen glücklich machen sollten. Doch trotz der sie umgebenden Schönheit empfand Lisbeth keine Freude, sondern sie war traurig. Es war kein freudiger Anlass, der sie hierhergeführt hatte. In einer halben Stunde würde auf dem unweit vom Rheinufer gelegenen Friedhof die Beerdigung von Käthe Michels stattfinden, der guten Seele von Hennis Weinladen und Straußenwirtschaft. Lisbeth hatte die unkomplizierte und herzliche Käthe gerngehabt, und ihr Tod hatte sie ebenso tief getroffen wie die restlichen Bewohner des Gutshauses und den Großteil der Assmannshausener. Der Friedhof würde mit Sicherheit überfüllt sein. Lisbeth hätte sich gewünscht, dass Dieter heute an ihrer Seite wäre. Aber er zog es vor, mit Abwesenheit zu glänzen, es war auch besser so. Er war erst in den frühen Morgenstunden vollkommen betrunken nach Hause gekommen. Lisbeth war froh darüber gewesen, dass er nicht zu ihr ins Schlafzimmer gekommen war, sondern seinen Rausch auf dem Sofa ausschlief. Seitdem er seine Anstellung bei den Farbwerken verloren hatte, stand es schlimm um ihn. Er ließ sich gehen, trug oft den ganzen Tag seinen Pyjama und trank zu viel. Weshalb er gekündigt worden war, hatte er ihr noch immer nicht verraten. Von einem ehrgeizigen Nachfolger hatte er geredet, einem Emporkömmling. So ein junger Bursche, der noch ganz grün hinter den Ohren war. Lisbeth hatte ihm angeboten, ihre Fühler in der Kellerei auszustrecken, doch er hatte abgelehnt. Er wollte bei niemanden zu Kreuze kriechen, schon gar nicht bei seiner Schwägerin. Das Verhältnis zwischen ihm und Henni war schon immer angespannt gewesen. Den Grund dafür kannte Lisbeth nicht. Obwohl Dieter es nicht gewollt hatte, hatte Lisbeth mit Georg über eine mögliche Anstellung geredet. Sie war dabei offensiv vorgegangen. Sie musste dem Geschäftsführer, dem der Erfolg nur so zuzufallen schien, zeigen, wer hier eine wahre Herzberg war. Immerhin hielt auch sie noch Anteile der Kellerei und hatte Mitspracherechte, auch wenn diese nur wenig Gewicht hatten. Inzwischen plagten sie jedoch die Zweifel darüber, ob es sinnvoll gewesen war, Georg derart unter Druck zu setzen. Sie dachte an ihre erste Zeit mit Dieter zurück. Ihre Flitterwochen hatten sie in Venedig verbracht. Es war romantisch und wunderschön gewesen. Sie waren mit einer Gondel über den Canal Grande gefahren, ihr Hotel war klein und stilvoll gewesen. Sie hatten mit Blick auf den Markusplatz im Bett gefrühstückt und sich danach geliebt. Lisbeth hatte zu hoffen gewagt, dass durch die Heirat mit Dieter alles gut werden würde. Doch es war anders gekommen. Wenn sie ehrlich zu sich selbst war, musste sie sich eingestehen, dass sie für ihn kaum noch etwas empfand. Ihre Gefühle waren irgendwo zwischen dem Wunsch, ein Kind zu bekommen, und seinen Karrierebestrebungen immer weniger geworden. Oder war es einfach nur das Leben, das es ihnen gerade nicht leicht machte? In guten wie in schlechten Zeiten, hatte der Standesbeamte damals gesagt. Jetzt waren wohl die schlechten Zeiten gekommen.

Die Glocke der nahen Kirche läutete und erinnerte sie daran, dass es Zeit war, sich auf den Friedhof zu begeben.

Als sie dort eintraf, blieb sie schon am Eingang in der Menschenmenge stecken. Es war so, wie sie es vermutet hatte. Beinahe der gesamte Ort war erschienen, um Käthe die letzte Ehre zu erweisen. Sie sah sich nach bekannten Gesichtern um und entdeckte Henni und Bille, die mit Trude und Inge rechts des Hauptwegs standen. Auch Georg und Wolf waren anwesend und unterhielten sich ein Stück entfernt angeregt mit dem Pächter des Weinbergs, Erich Meinhardt, der im letzten Jahr seinen siebzigsten Geburtstag gefeiert hatte. Von Ruhestand wollte der alte Weinbauer trotz seines fortgeschrittenen Alters jedoch nichts wissen.

In Lisbeth stieg erneut dieses unliebsame Gefühl hoch, das sie nur zu gut kannte: Sie fühlte sich nicht dazugehörig. Henni und Bille – letztere war inzwischen so rund, man konnte meinen, dass sie bald platzte – stellten die gewohnte Einheit dar.

So war es schon immer gewesen. Die große und die kleine Schwester hielten fest zueinander. Und sie, die mittlere, hatte stets das Nachsehen gehabt. Oder war sie selbst es, die sich immer wieder abgrenzte? Sie dachte daran, wie eng ihr Verhältnis zu den Schwestern nach ihrer Rückkehr aus Amerika gewesen war. Doch durch Wolfgangs Tod hatte ihre Beziehung erneut Risse bekommen, und Lisbeth hatte sich zurückgezogen. Sie hatte den Anblick von Hennis und Billes Glück nicht ertragen. Ihre Heirat mit Dieter hatte das unterkühlte Miteinander noch befeuert. Er hatte sie darin bestärkt, den Kontakt zu ihren Schwestern einzuschränken. Er selbst sprach mit seinem Bruder seit Jahren kein Wort. Es hatte noch vor dem Krieg einen großen Streit zwischen ihnen gegeben. Was genau vorgefallen war, hatte Dieter nicht sagen wollen. Er vertrat die Meinung, dass Verwandtschaft nur Ärger brachte und sich am Ende alle ums Erbe stritten. Lisbeth hatte nicht weiter nachgehakt. Stattdessen hatte sie es zugelassen, dass in ihr die missgünstigen Gefühle Henni und Bille gegenüber wieder heranwuchsen.

Bille entdeckte Lisbeth und winkte sie zu sich. Lisbeth ging hinüber.

»Hallo Lisbeth«, sagte Bille und umarmte sie sogar kurz. »Es ist schön, dass du gekommen bist. Wir hatten dich bereits vermisst. Wie geht es dir? Hast du Dieter mitgebracht?« Sie blickte kurz hinter Lisbeth auf den Weg.

»Dieter lässt sich entschuldigen«, antwortete sie und setzte ein Lächeln auf, das vermutlich so gekünstelt aussah, wie es sich anfühlte. »Er hat leider einen Hexenschuss.« Sie log, ohne rot zu werden. »Und kommt vom Sofa nicht mehr hoch.« Immerhin das stimmte halbwegs. Als sie gegangen war, hatte er noch immer dort gelegen und laut geschnarcht. Sie sah zu Henni. Ihre Augen waren gerötet, sie hatte offensichtlich geweint. Auch Trude und Inge wirkten mitgenommen. Die traurigen Gesichter sorgten dafür, dass in Lisbeth das Gefühl von Reue aufstieg. Sie suhlte sich in ihrem Selbstmitleid, derweil galt es, die arme Käthe zu Grabe zu tragen.

»Dieser gottverdammte Krebs«, sagte Lisbeth. Sie wusste nicht, wie sie ihrer Betroffenheit sonst Ausdruck verleihen sollte. Henni trat neben sie und strich ihr kurz über den Oberarm. Die Geste rührte Lisbeth. Zeigte sie doch, dass Henni das Vertrauen ihrer Schwesternschaft nicht infrage stellte.

»Wir dachten, wir könnten es noch aufhalten«, sagte Henni. Tränen schimmerten in ihren Augen, und sie tupfte mit einem Taschentuch darüber. »Aber es ging plötzlich alles so schnell. Sie ist im Weinladen zusammengebrochen, und wir haben den Krankenwagen gerufen. Am Tag darauf war sie tot.« Nun kullerten die Tränen über ihre Wangen. »Ich weiß gar nicht, wie es jetzt ohne sie wird. Sie gehörte doch zu uns und war wie Familie.«

Lisbeth konnte nicht anders und nahm Henni in den Arm. Die Berührung führte dazu, dass Henni endgültig die Fassung verlor und laut zu schluchzen begann. Tröstend strich Lisbeth über ihren Rücken. Sie spürte die Wärme ihrer großen Schwester und atmete den Duft ihres blumigen Parfüms tief ein. Henni trug es seit einer gefühlten Ewigkeit. Sie würde niemals auf die Idee kommen, etwas Herbes zu verwenden.

In diesem Moment fühlte es sich so an, als gäbe es all ihre immer wiederkehrenden Differenzen nicht. Es fühlte sich vertraut an, so wie es sein sollte. In diesem Moment wünschte sich Lisbeth, sie könnte mit Henni offen reden. Sie wünschte sich, sie könnte ihr sagen, wie sie fühlte. Oder wusste sie das überhaupt selbst? In ihrem Inneren hatte sich eine Ohnmacht ausgebreitet, die sich nicht in Worte fassen ließ. Die Glocken der Aussegnungskapelle unterbrachen den Moment. Henni löste sich aus Lisbeths Umarmung. Die Trauerfeier für Käthe begann.

Am späten Abend waren es nur noch die Bewohner des Guts, die im Weinladen an einem der Holztische saßen, vor ihnen halbvolle Gläser und eine Menge geleerte Weinflaschen. Draußen standen noch die Bierbänke und Tische, die sie für den Leichenschmaus aufgestellt hatten. Käthe hätte dieser Nachmittag bestimmt gefallen. Sie hatten von der ortsansässigen Metzgerei Häppchen kommen lassen, die Bäckerei Gerber hatte kleine Törtchen spendiert, Käthe war dort ihr Leben lang Stammkundin gewesen. Unmengen an Wein waren geflossen, und sie hatten sich Anekdoten über Käthe erzählt. Selbst Henni hatte eine Menge Dinge über sie erfahren, die sie noch nicht gewusst hatte. Es war sogar gelacht worden. Käthe hätte das gern gesehen, dessen war sich Lisbeth sicher. Nachdem die Sonne hinter den Weinbergen versunken war, war es empfindlich kühl geworden, und die Gäste hatten sich verabschiedet. Lisbeth hatte nur wenig Wein getrunken, denn ihr Magen schmerzte. Sie schob es auf den fettigen Schinken.

Es herrschte eine seltsame Stimmung im Raum, Lisbeth fühlte sich, als wären sie alle irgendwie verloren.

Henni sagte als Erste etwas: »Ich weiß noch, wie ich sie zum ersten Mal gesehen habe. Sie stand an einem glühend heißen Tag auf dem Hof und hat mich sogleich mit ihrer Herzlichkeit eingefangen. Die Assmannshausener Gerüchteküche hatte ihr meine vagen Pläne zugetragen, hier in der Scheune einen Weinladen einzurichten.« Henni schmunzelte. »Nachdem wir miteinander gesprochen hatten, stand fest, dass wir den Weinladen einrichten würden. Gleich am nächsten Tag war sie wieder da und hat damit begonnen, das Gerümpel aus der Scheune zu räumen. Sie hat nie ihre Lebensfreude verloren, obwohl das Schicksal ihr so übel mitgespielt hatte.«

Lisbeth wusste, wovon Henni sprach. Käthe hatte bei einem Bombenangriff auf Rüdesheim am Katharinentag ihren Mann und ihre kleine Gästepension verloren. Kinder hatte das Paar keine gehabt, ihre einzige Schwester war Jahre zuvor bei einem Autounfall verstorben. Sie war mutterseelenallein auf der Welt gewesen und hatte trotzdem diese unbändige Lebensfreude ausgestrahlt und für jeden noch so mürrischen Gesellen ein freundliches Wort übriggehabt. Das alte Gut hatte den Verlust eines der liebsten Menschen zu verkraften, denen Lisbeth jemals begegnet war.

Bille begann leise zu weinen, und Wolf legte liebevoll den Arm um sie. Sie lehnte den Kopf an seine Schulter und schloss die Augen.

Eine ganze Weile sagte niemand etwas. Die kühle Nachtluft zog durch eines der Fenster in den Raum. Inge hatte es aufgemacht, damit Käthes Seele den Weg in den Himmel finden würde.

»Wenn sie auf dem Weg zu unserem Herrgott noch irgendwo eine Rast einlegt, dann ja wohl hier«, hatte sie mit einer Überzeugung in der Stimme gesagt, die keine Widerworte zuließ.

Lisbeths Blick wanderte zu dem Fenster. Ihr gefiel der Gedanke, dass Käthe noch unter ihnen sein könnte. Sie verweilte, bevor sie zu ihrem geliebten Ehemann in den Himmel aufstieg, noch ein wenig an dem Ort, der ihr in den letzten Jahren ihres Lebens zur Heimat geworden war.

Trude streckte sich und sagte schließlich in die Stille hinein: »Ich bin müde. Es wird Zeit, schlafen zu gehen.«

Sie leitete damit den allgemeinen Aufbruch ein. Gemeinsam räumten sie noch den Tisch ab. Die Gläser und das Schälchen mit den Salzbrezeln wanderten in die Küche, in der sich der Ofen für die Flammkuchen befand, über den sich Käthe so sehr gefreut hatte. Bille und Wolf waren die Ersten, die zum Haus gingen. Ihnen folgten Trude und Inge. Trude hatte den Arm um die alte Köchin gelegt, denn Inge schwankte ein wenig. Sie hatte dem Wein ein bisschen zu sehr zugesprochen.

Lisbeth und Henni blieben zurück.

»Ich wasche die Gläser noch ab«, sagte Henni und krempelte die Ärmel ihrer schwarzen Bluse hoch. »Käthe hat es nicht gemocht, wenn Geschirr über Nacht stehen blieb.«

»Ich helfe dir«, bot sich Lisbeth an.

Die beiden verrichteten den Abwasch schweigend. Keine schien so recht zu wissen, was sie sagen sollte. Eben noch hatte eine friedliche Stimmung im Raum gestanden. Doch sie war einer eigentümlichen Anspannung gewichen. Lisbeth glaubte zu wissen, was Henni im Kopf herumging und was sie nicht laut aussprach.

»Es tut mir leid, dass ich Georg so unter Druck gesetzt habe«, sagte sie. »Das hätte ich nicht tun dürfen. Aber ich finde trotzdem, dass Dieter gut in die Kellerei passen würde. Er hat Erfahrung im Vertrieb. So jemanden können wir gut gebrauchen. Findest du nicht?«

Henni stellte eines der ausgewaschenen Weingläser auf die Spüle und trocknete sich die Hände ab. Es schien, als suche sie nach Worten.

»Ich kann gut verstehen, dass dich die Kündigung von Dieter mitnimmt«, antwortete sie irgendwann. »In einer solchen Situation kann man durchaus überreagieren. Weder ich noch Georg sind dir deshalb böse.«

Ihre Stimme hatte einen seltsamen Unterton. Sie klang diplomatisch, als würde sie etwas zurückhalten.

»Du denkst, es ist seine Schuld, dass er die Anstellung verloren hat«, schaltete Lisbeth in den Angriffsmodus.

»Was ich denke, spielt keine Rolle«, entgegnete Henni. »Ich weiß, dass sich Dieter bei den Farbwerken eine Beförderung gewünscht hatte. Wieso er sie letzten Endes nicht erhalten hat, wird er selbst wissen. Hat er es dir gesagt?« Sie sah Lisbeth direkt in die Augen.

Wie sehr sie es hasste, von ihrer Schwester auf diese Weise angesehen zu werden. Sie schien tief in ihr Innerstes zu blicken, um jedes noch so gut gehütete Geheimnis aufzudecken.

Lisbeth fehlte die Kraft, um erneut aufzubegehren, und ihre Schultern sackten herab.

»Nein, hat er nicht«, antwortete sie ehrlich. »Er hat etwas von einem neuen Bereichsleiter erzählt, der ihn gefeuert hat. Aber was genau vorgefallen ist, hat er nicht erwähnt. Ich verstehe das Ganze nicht. Bisher lief es immer großartig. Er hat zu Beginn unserer Beziehung sogar davon gesprochen, dass er ein Mitglied der Geschäftsleitung werden könnte, und nun haben sie ihn entlassen.«

»Vielleicht solltest du, bevor wir über eine gehobene Position in der Kellerei sprechen, erst einmal mit ihm das Gespräch suchen«, schlug Henni vor. Der Unterton in ihrer Stimme ließ Lisbeth aufhorchen. Wusste ihre Schwester mehr als sie selbst? Henni fuhr fort: »Wie ist er denn seit der Kündigung?«

»Wie soll er schon sein?«, gab Lisbeth zurück. »Er ist niedergeschlagen und trinkt zu viel. Deshalb kam er auch nicht zur Beerdigung«, gab sie zu. »Er hat seinen Rausch auf dem Sofa ausgeschlafen.«

Henni presste kurz die Lippen aufeinander. Lisbeth kannte diese Reaktion von ihr. Das tat sie immer, wenn ihr etwas auf der Zunge lag, sie es aber nicht aussprechen wollte.

»Was ist?«, fragte Lisbeth, und sie klang nun trotzig. »Du weißt doch was. Raus damit.«

Henni zögerte kurz, dann antwortete sie: »Georg hat sich nach dem Kündigungsgrund von Dieter umgehört. Es lag an seinem Alkoholkonsum. Er muss häufig betrunken zur Arbeit erschienen sein.«

»Aber das ist doch …«, setzte Lisbeth entrüstet an, unterbrach sich dann jedoch. Bilder tauchten in ihrem Kopf auf. Ihr Ehemann, der in den letzten Monaten häufig angetrunken spätabends nach Hause gekommen war. Ihr Ehemann, der bei jeder Gelegenheit ein Glas Whiskey in Händen hielt. Aber trank nicht jeder im Alltag? In vielen Haushalten hatten Minibars Einzug gehalten. Kollegen gingen nach dem Dienst miteinander etwas trinken. So war es doch. Alkohol gehörte dazu. Ihr Dieter war doch kein Säufer. Das wollte sie einfach nicht glauben.

»Das ist eine Ungeheuerlichkeit«, vollendete sie ihren Satz in scharfem Tonfall.

»Ich kann nur weitergeben, was Georg gehört hat«, versuchte Henni sogleich zu beschwichtigen. »Vielleicht ist ja nichts dran.«

»Das ist es auch nicht«, entgegnete Lisbeth. »Aber wenn diese Lüge weiter die Runde macht, dann wird er im gesamten Rhein-Main-Gebiet in keiner leitenden Position mehr angestellt. Das darf nicht sein. Er muss in der Kellerei anfangen. Er ist ein erfahrener Vertriebsmann, der gute Arbeit leistet. Das werdet ihr sehen. Einen anderen Weg gibt es nicht.« Sie sah Henni entschlossen an. »Wir sind Schwestern. Du musst uns helfen, das bist du mir schuldig. Entweder du stellst ihn ein, oder ich werde meine Anteile an der Kellerei verkaufen. Ich schwöre dir: Ich werde es tun.«

6. Kapitel

Henni lief beschwingt die Stufen in den Sektkeller hinunter, das Herzstück der Kellerei, und grüßte dort die ersten Mitarbeiter mit einem Lächeln auf den Lippen. Sie hatte schon seit einer ganzen Weile die Gewohnheit ihres Großvaters aufgenommen, mindestens einmal in der Woche eine Runde durch die Kellerei zu drehen und das Gespräch mit den Angestellten zu suchen. Er war sich nicht zu fein dafür gewesen, mit allen einige Worte zu wechseln. »Jedes Rädchen im Getriebe ist wichtig«, hatte er zu Henni gesagt. »Bricht eines von ihnen weg, könnte es sein, dass das große Ganze instabil wird.«

An manchen Tagen, wenn Henni am Fenster ihres Büros stand und auf den Hof der Kellerei blickte, glaubte sie ihn noch immer durch die Arkaden laufen zu sehen, was eine seiner täglichen Gewohnheiten gewesen war. Es war ihr und auch Georg wichtig, das Andenken an ihn am Leben zu erhalten und das Haus in seinem Sinne in die Zukunft zu führen.

Ihr Ziel war heute die Etikettier- und Verpackungsabteilung. Es ging weitere lange Flure entlang und eine schmale Treppe nach oben. In dem weitläufigen Raum mit den roten Ziegelwänden, den sie wenig später betrat, saßen gut dreißig Mitarbeiterinnen an Arbeitstischen und etikettierten die Flaschen. Meist waren es junge Frauen, viele von ihnen blieben nur wenige Monate. Die meisten hörten nach der Heirat zu arbeiten auf, spätestens nach der Geburt des ersten Kindes blieben sie endgültig zu Hause und kümmerten sich nur noch um den Haushalt. Henni war noch nie eine Freundin davon gewesen, denn so manch versierte Kraft hatten sie auf diese Weise verloren, und es war schwer gewesen, einen adäquaten Ersatz zu finden. Erst neulich hatte sie über vierzig Vorstellungsgespräche für die Besetzung der neuen Büroleitung in der Auftragsabwicklung führen müssen.

In der Etikettier- und Verpackungsabteilung wurde sie von dem Leiter, Olaf Hambach, freudig begrüßt. Der Mittfünfziger hatte bereits vor dem Krieg für sie gearbeitet und war leider erst äußerst spät aus der Kriegsgefangenschaft heimgekehrt. Anfangs hatten sie ihn als Lagermitarbeiter angestellt, seit einem Jahr war er nun Abteilungsleiter, und er erledigte diese Aufgabe mit einer Gründlichkeit, die Henni beeindruckte. So reibungslos hatten die Abläufe in früheren Zeiten nicht funktioniert.

»Ei Gude, Chefin«, begrüßte er Henni. »Das ist fein, dass Sie mal wieder bei uns vorbeigucken. Hier läuft alles wie am Schnürchen. Heute sind wir sogar vollzählig, kein einziger Krankenfall ist zu vermelden. Man merkt, dass die kalte Jahreszeit nun endgültig vorüber ist. Obwohl ja noch die Eisheiligen kommen.«

»Ja, die Eisheiligen können unberechenbar sein«, antwortete Henni freundlich und erkundigte sich nach einer bestimmten Mitarbeiterin. Ihr Name war Veronika Bach. Die Ärmste hatte vor einigen Wochen ihren Verlobten bei einem Verkehrsunfall verloren.

»Ach ja, das arme Mädchen«, antwortete Olaf und schüttelte seufzend den Kopf. »Es ist eine Tragödie. Aber sie schlägt sich tapfer. Wenn Sie möchten, können Sie gern zu ihr gehen. Sie arbeitet an Tisch vier.«

»Veronika soll wissen, dass wir als Unternehmen hinter ihr stehen und sie unterstützen werden. Gibt es sonst noch etwas zu berichten?« Sie sah den Abteilungsleiter fragend an.

»Nein, sonst gibt es keine Neuigkeiten oder Probleme. Und sollte doch was sein, weiß ich ja, dass ich mich jederzeit vertrauensvoll an Sie wenden kann, Chefin.«

Henni bedankte und verabschiedete sich.

Nur eine Minute später trat sie an den Tisch, an dem die junge Veronika tätig war. Sie hatte die Aufgabe übertragen bekommen, die einzelnen Sektflaschen in Papier einzuwickeln. Das Mädchen, gerade einmal neunzehn Jahre alt, trug ein graues Arbeitskleid und hatte ihr dunkles Haar zu einem Pferdeschwanz gebunden. Henni kam sie äußerst blass vor, und sie schien dünner geworden zu sein.

»Guten Tag, die Damen«, grüßte sie in die Runde. »Ich hoffe, ich störe nicht. Wenn Sie möchten, gehe ich Ihnen ein wenig zur Hand.« So etwas tat sie öfter. Henni war der Meinung, dass jedes Mitglied der Geschäftsleitung in der Lage sein musste, die meisten in der Kellerei anfallenden Tätigkeiten auszuführen, oder zumindest Grundkenntnisse besitzen. Während ihrer Rundgänge arbeitete sie häufig für ein Weilchen in den jeweiligen Abteilungen mit und ließ sich Arbeitsabläufe erklären. Ihrer Meinung nach gab es nichts Schlimmeres als eine Geschäftsleitung, die keine Ahnung davon hatte, was in ihrem Unternehmen passierte. Selbst Georg beherzigte diesen Vorsatz und bemühte sich darum, stets über alles auf dem Laufenden zu sein. Als erfahrener Kellermeister hatte er gegenüber Henni entscheidende Vorteile, was das Fachwissen anging. Aber sie gab sich Mühe, diese Diskrepanz durch Fleiß und soziales Engagement auszugleichen. Henni wusste, dass sie unter der Hand von einigen Mitarbeitern bereits als »Kellerei-Mutter« bezeichnet wurde. Die Betitelung gefiel ihr, hatte ihr Großvater die Sektkellerei selbst doch des Öfteren als sein Kind bezeichnet.

Eine der Frauen rückte ein Stück zur Seite, eine weitere holte einen Stuhl für Henni. Die Mitarbeiterinnen schienen sich über ihr Erscheinen sichtlich zu freuen.

»Das ist aber nett, dass sie uns heute mal wieder ein wenig zur Hand gehen«, sagte eine von ihnen. Ihr Name war Gertrude, sie war eine der Älteren in der Runde. Gertrude war eine Kriegerwitwe und musste ihre drei Kinder durchbringen. Um solche Angestellten bemühte sich Henni besonders. Sie hatten sie dabei unterstützt, eine adäquate Wohnung zu finden, und bezahlten ihr einen zusätzlichen Kleiderzuschlag. Ihr Ältester, Alfons, hatte im letzten Jahr die Volksschule verlassen und absolvierte eine Ausbildung zum Elektriker bei ihnen im Betrieb.

Gertrude legte Henni einige Flaschen und Etiketten hin, und sie machte sich an die Arbeit. Anfangs waren die Damen stets schweigsam gewesen, wenn Henni anwesend gewesen war. Doch diese Schüchternheit hatten sie inzwischen abgelegt, und es wurde fröhlich geplappert.

»Also ich weiß nicht recht«, sagte eine der Frauen. »Cocos Schlankheitskur, für mich hört sich das nach Scharlatanerie an. Wie soll man denn abnehmen, wenn man essen kann, was man möchte?«

»Bei meiner Freundin Suse hat es geklappt«, sagte die Vorrednerin, eine blonde Frau um die zwanzig, ihr Name war Brigitte. Henni fragte sich, wo das magere Ding noch Gewicht verlieren wollte. »Sie nimmt das Mittel jetzt seit sechs Wochen und hat schon abgenommen. Sie schwört darauf. Ich hab mir eine der Werbeanzeigen der Firma genauer angesehen und werde es ausprobieren. In der aktuellen Ausgabe der *Constanze* gibt es einen Gutschein, den hab ich mir ausgeschnitten.«

»Was soll der Spaß denn kosten?«, erkundigte sich eine weitere Mitarbeiterin.

»Jede weitere Packung kostet dann elf Mark fünfzig.«

»Ein stolzer Preis«, erwiderte die Zweiflerin. »Da bleib ich doch lieber gleich bei meinem Abführmittel. Damit kann ich auch essen, was ich will, und bleibe schlank.«

Henni hielt weder von irgendwelchen Schlankheitsmitteln noch von Abführmitteln etwas, weshalb sie sich mit einem Kommentar zurückhielt. Sie hatte zu ihrem Glück von Natur aus eine schlanke Figur.

Ihr Blick wanderte zu Veronika. Das Mädchen wirkte verschlossen, seine Miene war ernst. Henni wünschte sich, sie könnte eine Gelegenheit für ein vertraulicheres Gespräch finden, aber sie wusste nicht, wie sie es anstellen sollte, Veronika von dem Tisch fortzulocken.

»Ihr entschuldigt mich«, sagte Veronika allerdings nur wenige Minuten später und lief eiligen Schrittes hinaus. Einige der Frauen sahen ihr nach. Gertrude stieß einen Seufzer aus. Henni ließ die Reaktion der Damen aufmerken.

»Was ist geschehen?«, fragte sie.

»Was wohl«, antwortete Gertrude. »Sie hat einen Braten in der Röhre. Das ist so sicher wie das Amen in der Kirche, auch wenn sie es uns nicht sagt. Wäre nicht die erste Frau, die schwanger vor den Traualtar tritt. Es ist eine Tragödie.«

»Oder Leichtsinn«, meinte eine andere Mitarbeiterin. »Nichts für ungut.« Sie hob abwehrend die Hände. »Aber sie hätte es wissen können. Wer vor der Ehe die Beine breitmacht, braucht sich nicht wundern, wenn er einen Braten in der Röhre hat.« Ihre harten Worte gefielen Henni nicht. Die arme Veronika konnte weiß Gott nichts für ihr Unglück. Wäre der Unfall nicht geschehen, wäre sie jetzt eine glücklich verheiratete Ehefrau.

Henni legte das nächste Etikett zur Seite und folgte Veronika. Sie fand das Mädchen, wie vermutet, in der Damentoilette. Dort lehnte sie an der Wand neben dem Waschbecken und weinte. Henni traf ihr Anblick bis ins Mark.

»Ach, Veronika«, sagte sie und trat näher. »Es tut mir so schrecklich leid.«

Das Mädchen wischte sich mit dem Ärmel den Rotz von der Nase.

»Ich bin schon Ende dritter Monat«, sagte sie unvermittelt. »Ich hab mich die ganze Zeit nicht zum Arzt getraut. Für den bin ich doch auch nur eine Schande. Ich weiß gar nicht, wie ich es meiner Mutter beibringen soll. Ich glaube, sie ahnt schon was. Sie guckt mich neuerdings immer so komisch an. Wenn Sie mich jetzt entlassen, kann ich das gut verstehen. So ein liederliches Mädchen wie mich, das es vor der Ehe tut, werden Sie bestimmt nicht weiterbeschäftigen wollen.«

»Und ob ich das will!«, antwortete Henni. »Und du bist alles, aber bestimmt nicht liederlich. Wenn du möchtest, kann ich gerne ein Gespräch mit unserem Betriebsrat vereinbaren, und wir überlegen gemeinsam, wie wir dich unterstützen können. Solltest du zu Hause größere Schwierigkeiten bekommen und eine Unterbringung benötigen, können wir dir bestimmt bei der Suche behilflich sein. In Dotzheim hat erst kürzlich ein Mädchenwohnheim eröffnet. Ich habe nur Gutes von dem Haus gehört.« Nun zahlte sich mal wieder das soziale Engagement aus, das Henni seit Jahren betrieb. Die Kellerei Herzberg unterstützte die verschiedensten Projekte, und Henni war von einigen sogar die Schirmherrin. »Du bist nicht allein«, tröstete sie und berührte kurz Veronikas Arm.

»Danke«, antwortete das Mädchen. »Das ist wirklich lieb von Ihnen. Ach, ich wünschte, er wäre noch hier. Er hat sich so sehr gefreut, als ich ihm von dem Kind erzählt hab.« Nun kullerten die Tränen über ihre Wangen, und Henni fühlte sich hilflos. Sie konnte ihr den Schmerz über den Verlust ihres Verlobten nicht nehmen. Aber sie würde alles dafür tun, das Mädchen in seiner Situation zu unterstützen.

Eine Weile darauf befand sich Henni in Georgs Büro, und sie gingen gemeinsam die Quartalszahlen für das erste Vierteljahr durch, die leider weit hinter denen des Vorjahres zurückgeblieben waren.

»Ich denke, es ist der harte Winter, der uns im Februar so zugesetzt hat«, kommentierte Georg den Abschwung der Verkäufe nach dem Jahreswechsel.

»Obwohl nach Silvester ja grundsätzlich die Zahlen nach unten gehen. Januar und Februar sind nicht die besten Absatzmonate für uns«, meinte Henni. »Wie steht es denn mit der Einstellung des neuen Vertriebsleiters für das Gebiet Nord? Du hattest gar nichts mehr dazu gesagt.«

»Weil es nichts zu sagen gibt«, erwiderte Georg mit ernster Miene. »Alle bisherigen Bewerber hielt ich für nicht geeignet. Einer wäre nicht schlecht gewesen. Der Mann war hochmotiviert und stammte aus Bayern, und wenn er sich für den süddeutschen Raum beworben hätte, hätte ich ihn eingestellt. Ein patenter Hanseat wäre nett. Aber so jemand fällt leider nicht vom Himmel.«

Henni brachten seine Ausführungen zum Schmunzeln.

»Wie wäre es denn, wenn wir Dieter die Stellung anbieten? Er ist ein erfahrener Vertriebsmann.«

Georg warf ihr einen zweifelnden Blick zu.

»Du weißt, wie ich zu ihm stehe. Einem Trinker können wir unmöglich eine solch verantwortungsvolle Aufgabe übertragen.«

»Und wenn er kein Trinker ist?«, warf Henni ein. »Was ist, wenn er nur deshalb in der letzten Zeit tiefer ins Glas geguckt hat, weil er mit seiner Position bei den Farbwerken unzufrieden war? Wenn ich den Berichten von Lisbeth Glauben schenken kann, dann hat er sich jahrelang eine Beförderung erhofft, die er nie erhalten hat. Wir wissen beide, wie zermürbend es sein kann, auf der Stelle zu treten.«

»Ja, das stimmt schon«, erwiderte Georg. »Trotzdem gefällt mir das Ganze nicht. Lisbeth hat sich uns gegenüber mal wieder von ihrer kratzbürstigen Seite gezeigt. Sie sollte eigentlich wissen, dass wir uns nicht erpressen lassen.«

»Ach, wir kennen doch Lisbeth«, entgegnete Henni und winkte ab. »Sie redet meist erst und denkt dann nach. Auch will sie ständig mit dem Kopf durch die Wand. Nun gib dir einen Ruck und such wenigstens das Gespräch mit Dieter.«

»Wenn du meinst«, gab Georg nach. »Du weißt allerdings schon, dass die beiden dann nach Norddeutschland umziehen müssten? Von Wiesbaden aus lässt sich diese Tätigkeit nicht ausüben.«

»Das ist mir bewusst«, entgegnete Henni. »Aber Lisbeth hat Hamburg schon immer gern gemocht.«

»Also gut«, gab sich Georg endgültig geschlagen. »Ich rede mit ihm. Aber ich verspreche nichts.« Er hob mahnend den Zeigefinger.

»Das weiß ich doch, mein Liebling«, antwortete Henni und legte ihre Arme um seinen Hals. Er hob die Hand und strich ihr eine Haarsträhne aus der Stirn.

»Hab ich dir eigentlich schon gesagt, wie hübsch du heute aussiehst?«, sagte er. Seine Worte sorgten dafür, dass es in Henni zu kribbeln begann. Wie sehr sie diese vertraulichen Momente im Alltag doch liebte.

»Nein, das hast du nicht«, antwortete sie neckisch.

»Dann sage ich es jetzt. Du siehst wunderschön aus, meine Teuerste. Wenn ich dich nicht längst lieben würde, heute wäre es um mich geschehen. Und gestern und vorgestern.« Seine Lippen näherten sich den ihren und berührten sie. Seine Zunge drang in ihren Mund ein, und seine Umarmung wurde fester. Henni wünschte sich in diesem Augenblick, sie könnten die Arbeit einfach Arbeit sein lassen und sich ihrer Leidenschaft hingeben. Aber das war nicht möglich. Im nächsten Moment geschah das, was sie befürchtet hatte: Hannelore zerstörte mit ihrem Eintreten den romantischen Moment der Innigkeit.

7. Kapitel

Bille hatte nicht geglaubt, dass dieser Tag jemals kommen würde. Ilse, die in einem weißen Traum aus Seide und Taft vor ihr stand, vermutlich noch weniger als sie. Doch es passierte tatsächlich: Ilse heiratete. Die unangepasste Journalistin und Krimiautorin hatte kurz nach Neujahr doch tatsächlich den Mann fürs Leben getroffen. Oder besser gesagt, war sie auf dem Gehweg in der Kirchgasse mit ihm zusammengestoßen und hatte dafür gesorgt, dass sein fein verschnürtes Werk, ein Historienschmöker, an dem er drei Jahre lang gearbeitet hatte, in einer Pfütze landete. Es war Bille schleierhaft, wie die beiden nach diesem unschönen Aufeinandertreffen ein Paar hatten werden können. Sie wäre vermutlich für den Rest ihres Lebens sauer gewesen. Aber Joachim hatte sein Werk einfach wieder aus der Pfütze gefischt und es auf der Heizung trocknen lassen. Ilse hatte ihn zur Entschuldigung zum Essen eingeladen, bereits nach wenigen Augenblicken waren die Funken zwischen den beiden geflogen, und ab diesem Tag waren sie unzertrennlich gewesen. Eine Autorin und ein Autor. Eine perfekte Kombination. Er hatte schmale Schultern, dunkles Haar und trug eine dicke Hornbrille. Sein Kleidungsstil war nicht sonderlich elegant. Im Winter trug er stets Strickpullover – angeblich hatte er eine fleißige Großmutter – und im Sommer altbackene Hemden. Aber all das schien Ilse egal zu sein. Die beiden hausten in ihrer winzigen Dachgeschosswohnung am Dürerplatz. Allerdings gab es bereits einen winzigen Haken, der das junge Glück trüben könnte: Ilse war mit ihren Krimis halbwegs erfolgreich, während Joachims Historienschinken bisher kein Verlag haben wollte. Deshalb fuhr er Taxi, denn er wollte Ilse nicht allein für ihren gemeinsamen Lebensunterhalt aufkommen lassen.

»Du siehst so wunderschön aus«, sagte Bille. »Das Kleid, dazu der Schleier und die Blumen im Haar. Du siehst aus wie eine Fee aus dem Märchen.«

Bille übertrieb nicht. Ilse sah phantastisch aus. Sie hatte in den letzten Wochen vor lauter Aufregung kaum noch etwas essen können und an Gewicht verloren. Das Kleid hatte von der Schneiderin mehrfach enger gemacht werden müssen. Somit hatte sie jetzt eine solch schmale Taille, um die sie jede Schauspielerin beneiden würde. Auch hatte ihr die Friseuse eine hinreißende Hochsteckfrisur gezaubert.

Sie befanden sich in Billes Ankleidezimmer. Hier konnte sich Ilse ungestört in eine hübsche Braut verwandeln, und hier hatte sie bereits die letzte Nacht verbracht. Nur leider war der Junggesellinnen-Abschied entfallen, denn Bille war inzwischen so rund, dass sie sich nur noch schwerfällig bewegen konnte. Starke Wassereinlagerungen in den Beinen machten ihr zusätzlich zu schaffen. Auch ihre Tätigkeit in den Filmstudios hatte sie inzwischen aufgegeben. Trotzdem hatten sie ein wenig gefeiert. Ilse hatte Platten aufgelegt, und sie hatten sich von einem Partyservice ein kleines Büfett kommen lassen. Zu vorgerückter Stunde war Ilse ein wenig beschwipst gewesen und hatte Wolf dazu zu überreden versucht, ihre Krimis zu verfilmen.

Ilse musterte sich im Spiegel und drehte sich zur Seite. »Es wäre so schön, wenn meine Mutter diesen Tag noch miterleben könnte«, sagte sie, und in ihren Augen standen plötzlich Tränen. »Sie hat sich so sehr gewünscht, dass ich heirate und ihr Enkelkinder schenke.« Eine der Tränen stahl sich aus ihrem Auge und kullerte ihre Wange hinab. Sie wischte sie rasch fort.

Bille nickte mit betroffener Miene. Ilses Mutter war, kurz bevor sie Joachim kennengelernt hatte, in einem Altenheim für immer eingeschlafen. Allerdings hätte sie, auch wenn sie noch am Leben wäre, an der Hochzeit ihrer Tochter nicht teilnehmen können, denn sie hatte in den letzten Jahren ihres Lebens durch eine Demenzerkrankung die Welt um sich herum vergessen und selbst ihr eigenes Kind nicht mehr erkannt.

»Bestimmt sitzt sie jetzt auf einer Wolke im Himmel und sieht dir voller Stolz zu«, tröstete sie und versuchte, Ilse aufzuheitern. Sie griff nach einem Stofftaschentuch, drehte die Freundin zu sich und tupfte ihr sachte die Tränen von den Wangen. »Jetzt ist Schluss mit der Heulerei, sonst ruinierst du noch die ganze Arbeit unserer lieben Luise. Sie hat sich solche Mühe gegeben. Ab jetzt ist glücklich sein angesagt. Schließlich heiratest du heute deine große Liebe, und passenderweise strahlt auch noch die Sonne vom Himmel.«

Ilse atmete tief durch. »Du hast recht. Jetzt wird geheiratet.«

Die beiden traten aus dem Ankleidezimmer, und Ilse erfreute sich an dem Kompliment, das Wolf ihr machte. Er reichte ihr den aus weißen Rosen und Schleierkraut bestehenden Brautstrauß und sagte mit einem Augenzwinkern: »Dann will ich die Damen mal zur Kirche bringen. Ich bin mir sicher, dort wird unsere Braut bereits sehnlichst erwartet.«

Es ging zu dem mit Blumen geschmückten Wagen. Bille war Ilse beim Einsteigen mit dem Kleid behilflich. Es war gar nicht so einfach, die Unmengen an Stoff auf der Rückbank unterzubringen, doch irgendwann war es geschafft. Sie selbst nahm neben Wolf auf dem Beifahrersitz Platz und schnaufte wie eine Dampfmaschine. Immerhin verhielten sich die beiden Racker in ihrem Inneren im Moment recht ruhig. Das taten sie meist, wenn sie sich viel bewegte. Ihr Frauenarzt hatte ihr erklärt, dass das normal sei. Tagsüber wurden sie durch die Bewegung der Mutter in den Schlaf geschaukelt, und wenn sie zur Ruhe kam, dann wurden die Babys munter. So war es bei Bille auch. Sie schlief schon länger nicht mehr durch. Entweder mutierte ihr Inneres zu einem Tollhaus, oder sie musste zur Toilette. Auch fühlte sich Bille inzwischen wie ein Wal. Sie sah ihre Füße nicht mehr und konnte nicht einmal mehr ihre Schuhe allein anziehen, von denen ihr dank der Wassereinlagerungen nur noch wenige passten. An ein hübsches Kleid zur Hochzeit ihrer besten Freundin war nicht zu denken gewesen. Sie trug ein dunkelgrünes Umstandskleid und schwarze Slipper dazu. Immerhin hatte ihr die Friseuse ebenfalls eine hübsche Hochsteckfrisur und ein frisches Make-up verpasst.

Die Trauung der beiden fand in der Marktkirche statt. Der

neugotische Backsteinbau mit fünf Türmen befand sich direkt am Wiesbadener Schlossplatz und beeindruckte durch seine Größe.

Als sie vor dem Hauptportal der Kirche eintrafen, wurden sie bereits sehnsüchtig erwartet. Joachims Schwestern standen als Brautjungfern vor der Kirche. Nach einer kurzen Begrüßung überließen Bille und Wolf die Braut ihren zukünftigen Schwägerinnen und betraten die Kirche. In den Bänken saßen die etwa dreißig Hochzeitsgäste.

Bille ließ sich dankbar in die Kirchenbank plumpsen. Die Wärme des Tages sorgte für zusätzliche Anstrengung. Auch begann ihr Kopf zu schmerzen. Sie würde heute bestimmt nicht diejenige sein, die die Hochzeitsfeier im Ratskeller als Letzte verließ.

Das Orgelspiel setzte ein, und die Anwesenden erhoben sich. Neben dem Altar stand Joachim. Er trug schwarze Anzughosen, ein weinrotes Sakko und eine Fliege. Auf seinem Kopf ruhte ein Zylinder, den Bille etwas übertrieben fand.

»Sie ist wunderschön«, hörte Bille eine von Ilses Kolleginnen hinter sich sagen, als die Braut die Kirche betrat.

Hoffentlich würde sie glücklich werden, dachte Bille. Sie wünschte es ihr von Herzen.

Am späten Abend desselben Tages sah Ilses Welt schon nicht mehr ganz so rosig aus. Das große Unglück war schon während der Hochzeitsfeierlichkeiten über das frisch verheiratete Paar hereingebrochen. Ilse saß nun wieder in Billes Ankleidezimmer und heulte Rotz und Wasser. Bille fühlte sich hilflos.

Vor einer halben Stunde hatte Ilse urplötzlich vor ihrer Tür gestanden. Bedauerlicherweise hatten sie und Wolf sich bei der Hochzeitsfeier bereits kurz nach dem Abendessen verabschiedet, weil Bille auf den harten Wirtshausstühlen nicht mehr hatte sitzen können und die schweren Beine hochlegen wollte. Was genau vorgefallen war, wusste sie also nicht. Nur so viel hatte sie verstanden: Joachim hatte bis zu einem bestimmten Alter heiraten müssen, um das Erbe seiner Großtante zu erhalten. Dabei war es wohl um eine hohe Geldsumme gegangen. Nächste Woche am Mittwoch hatte Joachim Geburtstag. Wäre er dann noch ledig gewesen, wäre das Erbe weg gewesen.

»Dieser Schuft«, brachte Ilse heraus. Tränen tropften auf ihr Kleid. Ihr Make-up war zerflossen, schwarze Wimperntuschespuren lagen auf ihren von Tränen feuchten Wangen, und ihre Augen waren gerötet. »Wie er mir das nur antun konnte! Ich war ja so naiv. Wie konnte ich nur auf die Idee kommen, dass mich Mauerblümchen einer würde lieben können.« Erneut begann sie zu schluchzen. Wolf stand in der Tür und blickte hilflos drein. Er hatte einen dunkelblauen Seidenmorgenmantel über seinen Pyjama gezogen, und seine nackten Füße steckten in seinen Hausschlappen. Selbst in dieser Kleidung sah er noch attraktiv aus, fiel Bille trotz allem auf, und sie seufzte innerlich. Sie selbst trug ein Zeltnachthemd mit Streublümchen darauf, das sie vor einigen Tagen günstig bei Karstadt erworben hatte. Ihre noch immer arg geschwollenen Füße waren nackt. Ihre Hausschlappen passten ihr schon länger nicht mehr. Die Babys waren im Moment recht lebhaft, und zu ihrem Bedauern versetzten sie ihr mit einer bewundernswerten Ausdauer kräftige Tritte in den Rippenbogen. Gerade jetzt war einer der Tritte besonders heftig. »Aua, Verflixt!«, entfuhr es Bille. Sie fasste sich an die Stelle ihres Oberbauches und strich darüber.

Ihr Ausruf sorgte dafür, dass Ilse zu weinen aufhörte und sie verdutzt ansah. Bille nutzte den Moment und reichte ihr ein Taschentuch. Nachdem sie kräftig geschnäuzt hatte, begann Ilse alles noch mal ausführlicher zu erzählen. Sie hatte ein Gespräch der Schwestern auf der Toilette belauscht. »Sie haben so abscheulich über mich geredet und sich über mich lustig gemacht, dass ich nur Mittel zum Zweck sei«, sagte Ilse. »Oh, diese Biester.«

Sie schniefte und putzte sich erneut die Nase. Dieses Mal trötete sie so laut in das Taschentuch, dass Wolf pikiert dreinblickte.

»Was hast du gemacht, nachdem du das Gespräch belauscht hast?«, hakte Bille nach.

»Ich hab ihn natürlich sofort zur Rede gestellt«, entgegnete Inge. »Vor aller Augen. Es sollte ruhig jeder wissen, was er für ein Betrüger ist. Er hat natürlich alles abgestritten, aber ich hab ihm angesehen, dass er lügt. Ich war so wütend und hab sogar die dreistöckige Torte umgeschmissen.«

»Das hätte ich gern gesehen«, rutschte es Wolf heraus, wofür er einen strafenden Blick von Bille erhielt. Er zuckte die Schultern, und Billes Blick wurde nachsichtig. Ilse hatte die Hochzeitsparty anscheinend ordentlich in Schwung gebracht. Das musste man ihr lassen.

»Und was ist dann geschehen?«, fragte Bille.

»Dann bin ich weggelaufen, und nun sitze ich hier und heule. Ich will diesen Mistkerl nie, niemals wiedersehen.« Sie bekräftigte ihre Aussage durch ein Nicken, begann dann jedoch erneut heftig zu weinen.

»Und wenn er nicht gelogen hat?«, fragte Bille, nachdem Ilse sich wieder ein wenig beruhigt hatte. »Also wenn du mich fragst, dann ist das Verhalten der Schwestern schon seltsam. Mir gefielen ihre Blicke so gar nicht. Vielleicht sind sie ja nur neidisch auf ihren Bruder, weil er von der Tante eine hohe Geldsumme erbt und sie nicht? Das könnte doch möglich sein. Geld hat schon so einige Familien entzweit.«

»Meinst du?«, fragte Ilse und sah sie erstaunt an. »Du denkst, er hat mich gar nicht belogen?«

»Wäre zumindest möglich«, erwiderte Bille und zuckte aufgrund eines weiteren Trittes zusammen. »Ich kenne deinen Joachim natürlich nicht so gut wie du, aber ich habe keinen Betrüger, sondern einen ehrlich verliebten Mann gesehen.«

»Oh nein«, entgegnete Ilse. »Ich habe es falsch gemacht, oder? Ich habe vollkommen überreagiert. Das wird er mir nie verzeihen.« Erneut begann sie so bitterlich zu schluchzen, dass es einem in der Seele wehtat. Bille sah zu Wolf. Normalerweise war er derjenige, der für jedes noch so verzwickte Problem eine Lösung fand. Doch dieses Mal schien auch er nicht so recht zu wissen, was er sagen sollte. Ilse hatte wohl recht mit ihrer Aussage. Sie hatte es kräftig vermasselt.

Im nächsten Moment läutete es.

»Ich glaube, ich weiß, wer das ist«, sagte Wolf. »Dann gehe ich mal die Tür öffnen.«

Es dauerte nur kurz, bis er mit einem reumütig dreinblickenden Joachim im Schlepptau zurückkehrte. Sogleich stürzte dieser zu seiner Ilse, ging vor ihr auf die Knie und nahm ihre Hände in seine.

»Es tut mir so schrecklich leid, Liebes. Ich war ein solcher Dummkopf. Ich hätte dir von dem Erbe erzählen und dich vor meinen Schwestern warnen sollen. Ich liebe dich. Mir ist das Geld meiner Tante doch egal. Meinetwegen können es meine Schwestern haben und sich bis zum Ende ihres Lebens darum streiten, wer den größten Anteil erhält. Wir zwei sind doch auch ohne irgendwelche Erbschaften glücklich.«

»Ja, das sind wir«, antwortete Ilse, die noch immer weinte, jetzt aber vor Freude. »Wegen der Torte tut es mir leid«, fügte sie noch hinzu.

»Ach, das ist nicht so schlimm«, antwortete er. »Ich mag eh keine Buttercreme.« Nun lachte Ilse. Joachim wischte ihr die Tränen von den Wangen, und die beiden küssten sich.

Bille betrachtete das Glück erleichtert, und ihr Blick wurde selig. Nun gab es doch noch ein Happy End.

Sie und Wolf waren hier überflüssig. Er half ihr beim Aufstehen, führte sie aus dem Raum und schloss die Tür hinter ihnen.

»Du liebe Zeit«, sagte er und schüttelte den Kopf. »So etwas kann sich kein Drehbuchautor der Welt ausdenken. Das Leben schreibt immer noch die besten Geschichten.«

»Ja, das tut es«, erwiderte Bille, die sich nun erschöpft fühlte. »Komm, lass uns schlafen gehen. Ich bin so müde.«

Wolfs Blick fiel auf die geschlossene Tür des Ankleidezimmers, das direkt an ihr privates Schlafzimmer grenzte. Dahinter war nun Gekicher zu hören.

»Es ist wohl besser, wenn wir diese Nacht im Gästezimmer verbringen«, beschloss er, legte den Arm um Bille und führte sie aus dem Raum.

8. Kapitel

Wiesbaden, 21. Mai 1956

»Ich bin mir ganz sicher, dass du heute gewinnen wirst«, sagte Lisbeth zu ihrer alten Freundin Ella, die in Reitkleidung vor ihr stand. »Du hast bereits drei Turniere in diesem Jahr für dich entschieden. Bestimmt wird es auch heute wieder funktionieren.«

Ellas Miene war skeptisch. »Ich weiß nicht recht. Heute ist die Konkurrenz um einiges größer als bei den kleineren nationalen Turnieren, an denen wir bisher teilgenommen haben.« Sie streichelte ihrem Pferd über den Kopf. »Nicht wahr, mein Lieber? Das könnte spannend werden.« Sie wandte sich wieder Lisbeth zu. »Wie du weißt, ist Dancer noch kein erfahrenes Springpferd. Aber für den Anfang macht er sich ganz gut.«

Für den Reitsport hatte Lisbeth sich noch nie interessiert, doch es war ihr zur Gewohnheit geworden, ihre Freundin Ella zu unterstützen. Diese trat nun bereits zum vierten Mal bei dem traditionellen Wiesbadener Pfingstreitturnier an. Ellas Vater, Wilhelm Dyckerhoff, hatte nach Kriegsende die Idee gehabt, das Turnier im Schlosspark Biebrich auszutragen. Das Dressurviereck befand sich jedes Jahr direkt vor dem Biebricher Schloss, der Springplatz wurde im südwestlichen Teil des Parks eingerichtet.

Sie liebte den bunten Trubel des Reitturniers, das finanziell unter anderem von der Kellerei unterstützt wurde, weshalb sich auf dem Gelände auch Henni und Georg täglich aufhielten. Das Turnier wurde seit einigen Jahren international ausgeschrieben, weshalb sich eine große Anzahl an ausländischem und meist wohlhabendem Publikum auf dem Platz tummelte. Wer Reitsport auf diesem hohen Niveau betrieb, gehörte meist nicht zur Arbeiterklasse. So galt es, jedes Jahr auf seine Garderobe zu achten. Ganz so schick wie im englischen Ascot war es hier nicht, aber es ging trotzdem darum, zu sehen und gesehen zu werden.

Lisbeth hatte für den Tag ein klassisches roséfarbenes Kostüm aus dem Hause Chanel gewählt. Dazu einen breitkrempigen Hut, der mit einer lilafarbenen Feder dekoriert war. Normalerweise begleitete Dieter sie zum Turnier, doch heute hatte sie allein in Erscheinung treten müssen, was ihr so gar nicht gefiel. Dieter war ein großer Anhänger des Pferdesports und hatte in früheren Jahren sogar selbst eine Springreiterkarriere angestrebt. Doch nach dem Krieg hatte sich diese Idee dann verflüchtigt, wie so viele Träume aus den dreißiger Jahren, die zwischen den Trümmern verloren gegangen waren. Immerhin war der Grund für sein Fernbleiben ein positiver. Er hatte ein Vorstellungsgespräch bei der Ada-Ada-Schuh AG in Frankfurt Höchst. Es ging um die Stellung des internen Vertriebsleiters. Er war am Morgen ganz aufgeregt gewesen und hatte sich deshalb mehrfach beim Rasieren geschnitten. Zum Abschied hatte er Lisbeth übermütig geküsst und sie gebeten, ihm Glück zu wünschen. Er hatte keine Vorstellung davon, wie sehr Lisbeth das tat. Allein schon die Tatsache, dass er damit aufgehört hatte, sich in Selbstmitleid zu suhlen, und wieder an eine Zukunft glaubte, freute sie. Dieter war ein Kämpfer, zu Kriegszeiten war er sogar ein Feldwebel gewesen, wie er ihr stolz berichtet hatte. Selbstverständlich war er auch Mitglied der SS gewesen. Er schämte sich nicht für die Tatsache, dass er bis zum bitteren Ende an den Sieg der Deutschen geglaubt hatte. Mit hocherhobenem Haupt war er in die Kriegsgefangenschaft nach England gegangen. Noch heute vertrat er die Ansicht, dass Hitler einige vermeidbare Fehler gemacht hatte. Aber dieses Gerede war natürlich verschüttete Milch.

Die Ada-Ada-Werke, bei denen sich Dieter heute vorstellte, waren in den letzten Jahren zu einem der führenden Schuh-Hersteller Deutschlands avanciert. Ada-Ada stellte Damen- und Kinderschuhe her und warb in allen gängigen Zeitschriften. Erst gestern hatte Lisbeth wieder eine große Anzeige im Kurier gesehen. In diesem Unternehmen einen leitenden Posten zu erhalten, zeugte von einer herausragenden Qualifikation. Schon allein die Einladung zu dem Gespräch bedeutete etwas. Lisbeth war erleichtert darüber. Die Personalabteilung von Ada-Ada würde niemals einen Bewerber zu einem Gespräch einbestellen, von dem das Gerücht im Umlauf war, dass er ein Alkoholproblem hatte. Sollte Dieter die Anstellung erhalten, wäre dies ein kleiner Sieg gegenüber Henni und Georg, die mal wieder gezeigt hatten, auf welch hohem Ross sie saßen. Lisbeth hatte angenommen, die beiden würden das Gespräch mit ihnen suchen, doch nichts war in den letzten Wochen geschehen. Sie hätte es sich denken können. Wenn es um die Belange der Kellerei ging, war der Familienzusammenhalt abgemeldet. Doch die beiden würden schon noch sehen, wohin sie ihre Arroganz bringen würde. Hochmut kam bekanntlich vor dem Fall. Das sollte gerade Henni wissen.

»Ich habe Bille noch gar nicht gesehen«, riss Ella sie aus ihren Gedanken. »Normalerweise lässt sie sich das Turnier doch nie entgehen. Wie geht es ihr denn? Wenn ich mich nicht verrechnet habe, müsste die Geburt ihrer Zwillinge kurz bevorstehen, oder?«

»So ist es«, antwortete Lisbeth, der es gar nicht behagte, dass Ella das Thema Schwangerschaft ansprach. »Sie ist bereits so rund, dass sie bald platzt. Deshalb ist sie auch nicht hier. Besonders die Wassereinlagerungen in den Beinen machen ihr zu schaffen, und sie hatte anscheinend bereits erste Wehen. Der Arzt hat ihr letzte Woche absolute Bettruhe verordnet.«

»Verstehe«, antwortete Ella. »Ich möchte mir gar nicht ausmalen, wie es ist, zwei Kinder im Bauch zu haben. Mir hat meine kleine Valerie bereits gereicht. Sie feiert übrigens nächste Woche schon ihren dritten Geburtstag. Die Zeit fliegt. Findest du nicht auch?«

»Ja, das tut sie«, pflichtete Lisbeth ihr bei und zwang sich zu einem Lächeln. Ella hatte vor vier Jahren einen Graf Reichenstein von Irgendwas geheiratet. Lisbeth konnte sich den vollen Adelstitel nicht merken. Sie wohnte mit ihm jetzt auf seinem Gut in der Nähe von Bonn und war nun also eine angeheiratete Gräfin. Ihr Mann trug sie auf Händen, und ihre Liebe war durch die Geburt der kleinen Valerie gekrönt worden, die aussah, als wäre sie eine Kopie ihrer Mutter. Lisbeth war Patentante der Kleinen geworden, was sie gerührt hatte, und sie verwöhnte das Mädchen selbstverständlich mit teuren Geschenken. Sie beneidete auch Ella für ihr Mutterglück, doch bei ihr saß der Dorn der Eifersucht nicht ganz so tief. Vielleicht lag es daran, dass Ella sie bei ihren Treffen nicht immer mit diesem besonderen Blick musterte, wie andere Freundinnen und Bekannte es taten. Auch stellte Ella nie die besagte Frage, die Lisbeth inzwischen zur Weißglut bringen konnte. »Na, wann ist es denn bei dir endlich so weit?« Als wären Frauen nur auf der Welt, um Kinder in die Welt zu setzen.

»Du wirst doch bei Valeries Geburtstagsfest dabei sein, oder?«, fragte Ella. »Meine Eltern wollen für sie eine Gartenparty ausrichten. Sogar einen Zauberer haben sie extra engagiert und einen Zuckerwattebäcker.«

»Aber natürlich komme ich«, sagte Lisbeth zu. »Diese Sause will ich mir auf keinen Fall entgehen lassen.«

Eine von Ellas Mitstreiterinnen trat näher und unterbrach mit einer Frage ihr Gespräch.

Lisbeth verabschiedete sich. Als Nichtreiterin hatte sie bei den Pferden eigentlich nichts verloren.

Als sie wenig später bei den Tribünen eintraf, fiel ihr sogleich Henni ins Auge, die am Arm von Georg in ihrem hellblauen, tailliert geschnittenen Sommerkleid hinreißend aussah. Sie trug dazu einen weißen Hut mit einem passenden Hutband und weiße Pumps. Henni war nun bereits Mitte dreißig, hatte jedoch noch immer nichts von ihrer Schönheit verloren. Das Mädchenhafte war einer Eleganz gewichen, die ihresgleichen suchte. Selbst Ella konnte da nicht mithalten. Erneut verspürte Lisbeth den giftigen Stachel des Neids in ihrem Inneren, und sie wandte den Blick ab. Einen Moment lang wusste sie nicht so recht, was sie mit sich anfangen sollte, doch dann entschied sie sich dazu, sich ein Glas Sekt zu holen. An den Ständen wurde selbstverständlich nur Herzberg-Sekt ausgeschenkt, und es waren überall Werbeplakate ihrer Sektmarke aufgestellt worden. Am Getränke-Ausschank traf sie auf Gustav, was sie verwunderte. Der alte Pförtner begrüßte sie freudig.

»Ei Gude, Fräulein Lisbeth. Da gucken Sie aber, dass Sie mich hier treffen. Ich hab heute ausnahmsweise meine Pforte im Stich gelassen und bin mal Pferdchen gucken gegangen. Das ist hier schon eine recht aufregende Sache. Meine Traudel ist ganz aus dem Häuschen. Ich hol uns gerade ein bisschen Sekt. Der Karl hinter der Theke kennt mich ja, da krieg ich die Gläschen umsonst. Wie nett, Sie mal wieder zu sehen. Wie ich gehört habe, soll Ihr werter Ehegatte ja auch bald bei uns im Betrieb tätig werden. Na, das ist doch eine feine Sache, da wird er sich bestimmt freuen.«

Verdutzt sah Lisbeth Gustav an.

»Er soll was?«, rutschte es hier heraus.

»Ach, du je. Sie wissen noch gar nichts davon. Na, da war mein flottes Mundwerk mal wieder zu schnell. Ich hab da was mitbekommen. Es ist wohl von der Vertriebsleitung in Hamburg die Rede. Aber von mir haben Sie das nicht.«

Er verabschiedete sich und verschwand in der Menge. Lisbeth blieb wie vom Donner gerührt stehen. Wieso wusste sie nichts davon? Sofort suchte sie den Turnierplatz nach Henni ab und entdeckte sie unterhalb einer der Tribünen. Wut stieg in ihr auf, während sie sich in Bewegung setzte.

»Na warte, Schwesterchen«, murmelte sie. »So haben wir nicht gewettet.«

Als sie Henni erreichte, begrüßte diese sie mit einer Umarmung. »Lisbeth, Liebes. Da bist du ja endlich. Ich hatte dich bereits vermisst. Wie geht es Ella? Sie ist bestimmt schon ganz aufgeregt. Ich habe selbstverständlich auf ihren Sieg gesetzt.«

»Hamburg also«, kam Lisbeth ohne Umschweife zum Punkt. Henni sah sie verdutzt an. Sie wusste selbstverständlich sogleich, worauf ihre Schwester anspielte.

»Woher weißt du davon?«, fragte sie.

»Die ganze Kellerei scheint Bescheid zu wissen«, entgegnete Lisbeth giftig.

Henni stieß ein undefinierbares Grummeln aus, und ihre Miene verfinsterte sich.

»Ich sollte mal ein ernstes Wort mit unserer Hannelore reden. So geht das gar nicht. Entschuldige bitte, wenn das zu Irritationen geführt hat, das war gewiss nicht unsere Absicht. Georg wollte bezüglich des Stellenangebotes nach dem Reitturnier auf Dieter zukommen. Das musst du mir glauben. Wo steckt er überhaupt? Ich habe ihn heute noch gar nicht gesehen?«

Hennis Erklärung sorgte dafür, dass Lisbeths Wut verrauchte, und ihre gestrafften Schultern entspannten sich wieder. Sie überlegte kurz, ob sie Henni die Wahrheit sagen sollte, und entschied sich dafür.

»Er hat ein Vorstellungsgespräch bei Ada-Ada. Sie suchen einen Leiter für den internen Vertrieb.«

»Oh, wie schön«, antwortete Henni. »Das sind großartige Neuigkeiten. Und als hätte ich es geahnt, trage ich heute Ada-Ada-Schuhe.« Sie hob ihr rechtes Bein kurz in die Höhe. »Wenn das kein Glück bringt, weiß ich es nicht mehr.«

»Ja, das glaube ich auch«, antwortete Lisbeth, die sich von Hennis Freude überrumpelt fühlte.

Georg trat näher, begrüßte Lisbeth mit der gewohnten kurzen Umarmung und einem Küsschen auf die Wange und legte seinen Arm um Hennis Taille.

»Guten Tag, Lisbeth«, grüßte er und sah sich suchend um. »Wo hast du denn Dieter gelassen?«

Lisbeth wollte antworten, doch Henni kam ihr zuvor und platzte mit der Neuigkeit heraus.

»Bei Ada-Ada. Das ist natürlich großartig«, antwortete Georg. »Ich habe von dem Betrieb nur Gutes gehört. Dann wollen wir ihm mal fest die Daumen drücken, dass eine Anstellung funktioniert.«

»Und ich werde die Tage mal ein ernstes Wörtchen mit unserer Sekretärin reden müssen«, meinte Henni und sah Georg vielsagend an. Er erriet sogleich, worum es ging.

»Ich weiß es von Gustav«, sagte Lisbeth.

Georg schüttelte den Kopf. »Es tut mir leid, dass du auf diese Weise davon erfährst. Ich wollte eigentlich nach dem Turnier das persönliche Gespräch mit Dieter suchen. Aber wenn er heute bei Ada-Ada einen guten Eindruck hinterlässt, werde ich weiterhin Bewerbungen sichten müssen. Und das

ist, gelinde ausgedrückt, kein Vergnügen. Passende Vertriebs-
männer fallen bedauerlicherweise nicht vom Himmel. Dieter
wäre eine echte Bereicherung für uns gewesen.«

Lisbeth wusste nicht so recht, was sie von Georgs Aussage
halten sollte. Vielleicht hing dieser Sinneswandel ja doch damit zusammen, dass sie sie erpresst hatte. Oder er hatte weitere Erkundigungen eingeholt, und die unschönen Gerüchte
waren widerlegt worden. Letzteres wäre natürlich mehr nach
Lisbeths Geschmack.

»Wir werden sehen«, antwortete Lisbeth und schenkte
Georg ein zuckersüßes Lächeln. Dann fragte sie: »Es ging um
die Vertriebsleitung im Norden, oder? Müssten wir dann nicht
nach Hamburg ziehen?«

»Ja, das wäre der Wermutstropfen an dieser Position«, antwortete Henni. »Aber der Firmensitz ist in Hamburg in hübschen Büroräumlichkeiten direkt am Jungfernstieg. Du warst
doch vor dem Krieg mit Johannes mehrfach dort wegen irgendwelcher Geschäfte und hast stets von dem großartigen
Ambiente geschwärmt.«

»Ja, das habe ich«, kam Lisbeth nicht umhin, Hennis Worten
zuzustimmen. Sie überlegte kurz. Hamburg wäre gar nicht so
schlecht. Sie könnten eine Wohnung an der Außenalster beziehen, dort war es besonders idyllisch. Sie hatte die hübschen Vil-
len mit ihren gepflegten Gärten vor Augen, die Parkanlage mit
ihrem alten Baumbestand, die vielen Boote und die berühmten
Alsterschwäne auf dem Wasser, die Ausflügler und Wochen-
endtouristen. Auch gefiel ihr die hanseatische Zurückhaltung.
So ein Tapetenwechsel könnte nicht schaden und auch ihrem

Eheleben wieder neuen Schwung verleihen. Der Gedanke gefiel ihr. Allerdings gab es da ein Problem, das ihrem neuen Lebensglück in der pulsierenden Handelsstadt Hunderte Kilometer vom perfekten Familienleben und Unternehmerglanz ihrer Schwester entfernt im Weg stehen könnte: Dieter würde möglicherweise die Anstellung bei Ada-Ada bekommen.

Einige Stunden später saß Lisbeth neben Ella auf einer Bank in der Nähe der provisorisch aufgebauten Stallungen. Es herrschte eine beklommene Stimmung. Ellas Dancer hatte vor dem vierten Hindernis gescheut, war aufgestiegen und hatte Ella abgeworfen. Sie war unsanft auf der Seite gelandet und hatte sich das Handgelenk verstaucht. Es waren drei Betreuer zur Beruhigung des Tieres notwendig gewesen. Die Sonne stand inzwischen tief hinter den Bäumen der Parkanlage, und es hatte sich merklich abgekühlt.

Lisbeth legte fröstelnd die Arme um ihren Oberkörper. In diesem Moment verfluchte sie sich dafür, nicht noch eine leichte Jacke eingepackt zu haben. Nachdem Ella vom Pferd gefallen war, war Lisbeth sofort an ihrer Seite gewesen und hatte sich gekümmert. Die Notfallsanitäter hatten sich um sie bemüht und ihr geraten, sich im Krankenhaus untersuchen zu lassen, doch Ella hatte das nicht gewollt. Auch Henni und Georg waren gekommen, um nach ihr zu sehen, und hatten tröstende Worte gefunden.

Dancer hatte sich wieder beruhigt, stand in seiner Box und futterte seine Heuration, als wäre nie etwas gewesen.

»Was für eine Demütigung das doch war«, sagte Ella mit

einer Grabesstimme. »Wieso muss das ausgerechnet mir, einer Dyckerhoff, in Wiesbaden passieren? Die Presse wird mich morgen in sämtlichen Zeitungen in der Luft zerreißen. Etwas anderes hab ich dann auch nicht verdient.«

»Rede nicht so«, antwortete Lisbeth. »Wer hätte denn ahnen können, dass so etwas geschehen wird. Bisher lief es doch mit dir und dem Pferd problemlos.«

»Ich hab gefühlt, dass es nicht gutgehen wird«, antwortete Ella. »Dancer war unruhig. Ich habe versucht, ihn zu beruhigen, aber es hat nicht funktionieren wollen. Ich hatte gehofft, dass er sich auf dem Parcours fängt. Ich hätte es besser wissen müssen und habe mich zur Lachnummer des gesamten Turniers gemacht.«

»Das hast du dich bestimmt nicht«, tröstete Lisbeth. »Es war ein Unfall. Das kann jedem passieren. Nächstes Mal wird es bestimmt wieder besser laufen.«

»Hm«, gab Ella zur Antwort. Sie veränderte ihre Sitzposition und verzog das Gesicht. »Es fühlt sich an, als hätte Dancer mich getreten.«

»So ein Fußboden kann auch recht hart sein, wenn man mit Schwung darauf fällt«, erwiderte Lisbeth und fragte: »Wie geht es denn deinem Handgelenk? Hat der Schmerz schon ein wenig nachgelassen?«

Ella wollte Antwort geben, kam jedoch nicht dazu, denn Dieter trat plötzlich näher. Seine Miene war säuerlich. Lisbeth ahnte Übles.

»Hier steckst du. Ich suche dich schon überall.« Er griff sie grob am Oberarm und zog sie auf die Beine.

»Wie kannst du es wagen, über meinen Kopf hinweg so etwas zu tun?«, blaffte er sie an und schüttelte sie sogar. Sein Atem roch nach Alkohol.

»Du tust mir weh!«, antwortete Lisbeth und ging nicht auf seine Frage ein. Sie wollte sich losreißen, schaffte es jedoch nicht.

»Das ist mir gerade vollkommen egal. Du glaubst wohl, nur weil du eine Tochter aus besserem Hause bist, kannst du über meinen Kopf hinweg Entscheidungen treffen. Aber so haben wir nicht gewettet. Dein feiner Herr Schwager kann sich sein Stellenangebot aus Mitleid sonst wohin schieben. Ich nehme keine Almosen an, von niemanden. Und diese elenden Idioten von Ada-Ada können mir auch gestohlen bleiben.« Nun ließ er Lisbeth doch los. Er schwankte etwas.

»Ja, glotz du nur groß, meine Teuerste. Jetzt bin ich wohl nicht mehr der Traummann, den du immer in mir sehen wolltest. Erfolgreich, gut aussehend. Ich bin ein gottverdammter Versager. Alle Welt soll es erfahren.« Er breitete die Arme aus und drehte sich im Kreis. »Die ach so großartige Lisbeth Herzberg hat einen Verlierer geheiratet. Einen, der ihr nicht einmal ein Kind machen kann.«

Lisbeth trafen seine Worte wie ein Schlag ins Gesicht. Sie machte einen Schritt rückwärts. Auch Ella war nun aufgestanden. Sie wollte etwas sagen, kam jedoch nicht dazu, denn einer der Stallmeister, der die Szene mitbekommen hatte, maßregelte Dieter.

»Jetzt ist aber mal gut, mein Freund«, beschwichtigte er und trat näher. »Hör auf damit, die Damen zu belästigen.

Ist besser, du gehst nach Hause und schläfst deinen Rausch aus.«

»Meinen Rausch soll ich ausschlafen? Habt ihr das gehört.« Er lachte laut und hämisch. »Jetzt darf ich nicht einmal mehr mit meiner Ehefrau reden. So weit sind wir schon. Aber vielleicht ist sie ja bald nicht mehr meine Ehefrau. Nicht wahr, Lisbeth? Sag es doch! Du liebst mich nicht mehr. Sag es mir ins Gesicht.«

Er sah sie herausfordernd an. Lisbeth fühlte sich in diesem Moment wie gelähmt, ihr Innerstes bebte. Wieso tat er das? Was war bei Ada-Ada geschehen? Woher wusste er von Georgs Angebot? Wieso forderte er sie so heraus? Wohin war nur der charmante und eloquente Mann verschwunden, in den sie sich verliebt hatte? Sie brachte es nicht fertig, ihm zu sagen, dass sie ihn nicht liebte. Denn sie empfand trotz allem noch etwas für ihn. Obwohl er sie demütigte, obwohl sie in den letzten Wochen nur noch nebeneinanderher gelebt hatten. Weitere Schaulustige waren nähergetreten. Reiter, Stallburschen, Fahrer und Parkbesucher. Lisbeth spürte, wie ihr die Tränen in die Augen stiegen, und sie wandte sich ab.

»Geh nach Hause«, sagte sie leise zu Dieter. »Du bist betrunken.«

Ihre zurückhaltende Reaktion schien ihm den Wind aus den Segeln zu nehmen. Wie ein begossener Pudel stand er einen Augenblick da, dann drehte er sich um und ging. Lisbeth sah ihm nach. Sie wusste, dass das das Ende war.

9. Kapitel

Wiesbaden, 2. Juni 1956

Bille hatte Mühe, aus dem Taxi zu kommen, doch schließlich
gelang es ihr doch mit der Hilfe des Taxifahrers, eines älteren
Herrn, der ihr während der Fahrt freudig erzählt hatte, dass
er dreifacher Opa war. Sie wusste, dass es unvernünftig war,
was sie tat. Aber sie konnte nicht anders. Sie musste Birgit Habermann unbedingt zu Hilfe eilen. Die Ärmste hatte sie vor
zwei Stunden angerufen und war am Telefon in Tränen ausgebrochen. Aktuell wurde ein Revue-Film gedreht, bei dem
es unzählige Kostüme zu organisieren galt. Dreimal am Tag
galt es, ein komplettes Tanzensemble neu einzukleiden, hin-
zukam die Hauptdarstellerin, eine Amerikanerin, deren Namen Bille vergessen hatte und die wohl eine rechte Diva war.
Bedauerlicherweise waren die beiden neu eingestellten Aushilfen ein Reinfall gewesen. Die eine, angeblich eine ausgebildete Schneiderin, konnte nicht einmal eine gerade Naht nähen, und die andere hatte kein Benehmen gehabt und war
eines Tages einfach nicht mehr erschienen.

Bille hatte nicht lange gezögert und sofort ihre Hilfe zugesichert. Sie wäre in einer halben Stunde da. Nun hatte es doch
etwas länger gedauert. Sie hatte eine ganze Weile gebraucht,
um sich ein wenig zurechtzumachen. Sie hatte nur ihr Nacht-
hemd und einen Morgenmantel getragen, dessen Gürtel leider

nicht mehr um ihren ausladenden Bauch passte. Auch fiel ihr jeder Schritt schwer, denn ihre von den Wassereinlagerungen geschwollenen Beine schmerzten. Selbst ihre Finger waren inzwischen arg angeschwollen. Zu ihrem Glück war Wolf heute nicht in Wiesbaden, dann würde er nichts von ihrem kleinen Ausflug erfahren. Er war bei Außendreharbeiten in der Nähe von Bonn und würde erst am nächsten Morgen zurückkommen. Es war ihm nicht leichtgefallen, sie allein zu lassen, schließlich stand die Geburt kurz bevor, jederzeit könnten die Wehen einsetzten. Er hatte Bille die Nummer eines unweit des Drehortes gelegenen Gasthauses gegeben. Dort könne sie sich jederzeit melden, dann würde er alles liegen und stehen lassen, um zu ihr zu kommen.

Bille trug ein weit geschnittenes Hängekleid, in dem sie wie ein geblümtes Fass aussah. Dazu Hausschlappen von Wolf, denn das waren die einzigen Schuhe, in die ihre Füße noch hineinpassten. Ihr Haar hatte sie zu einem Zopf hochgebunden, etwas Make-up sorgte für etwas Frische im Gesicht und verdeckte die unschönen Schatten unter ihren Augen.

Schwerfällig lief sie über das Filmgelände. Der eine oder andere an ihr vorüberhuschende Mitarbeiter grüßte sie freundlich. Zwei junge Mädchen, nicht älter als sechzehn oder siebzehn, starrten sie wie das siebte Weltwunder an. Als wäre sie die erste hochschwangere Frau, die sie im Leben gesehen hätten.

Als sie wenig später im Kostümfundus eintraf, fand sie Birgit umringt von einer Gruppe Tänzerinnen vor, die allesamt mehr oder weniger in rosa Tanzkleidern steckten, die, um sie noch mondäner zu machen, am unteren Saum mit Federn versehen waren. Birgit beschäftigte sich gerade damit, bei einer der Damen den Rückenverschluss mit Sicherheitsnadeln zu verschließen. Das eben noch muntere Schnattern der Damen verstummte. Sämtliche Blicke waren auf Bille gerichtet.

Sie grüßte betont freundlich in die Runde. Birgit sah sie verdutzt an, und prompt fiel eine Sicherheitsnadel, die sie zwischen ihren Lippen gehabt hatte, zu Boden.

»Bille, Liebes! Du bist ja doch noch gekommen. Wie schön.« Bille bemerkte, wie ihr Blick an ihrer Körpermitte hängenblieb.

»Das hatte ich doch zugesagt«, antwortete Bille. Sie war etwas außer Atem, und ihr war unsagbar warm. Sie spürte, wie ihr der Schweiß die Schläfe hinunterrann. Außerdem schienen sich Kopfschmerzen anzukündigen, hinter ihrer rechten Schläfe begann es unangenehm zu klopfen. Immerhin gaben die beiden Süßen in ihrem Bauch gerade Ruhe. Vermutlich hatte ihre Bewegung sie in den Schlaf geschaukelt. Immerhin etwas. Tritte in die Rippen konnte sie jetzt nicht auch noch gebrauchen.

»Das dauert aber nicht mehr lange, oder?«, meldete sich eine der Tänzerinnen zu Wort.

»Was wird das«, hörte sie eine andere Tänzerin zu einer Kollegin leise sagen, »ein Kalb?«

»Nein, es wird kein Kalb«, griff Bille ihre Worte schlagfertig auf, wofür sie einen bösen Blick der gehässigen Tänzerin erhielt. »Es werden Zwillinge. Nächste Woche ist der offizielle Geburtstermin. Und ich bin nur deshalb hier, damit

Sie, meine Damen, allesamt perfekt gekleidet vor der Kamera ihr Tänzchen aufführen können.« Sie sah die vorlaute blonde Tänzerin finster an und fügte hinzu: »Als Erstes werde ich mich gleich mal um Sie kümmern. Das Kleid muss im Brustbereich abgesteckt werden, es sitzt zu locker. Oder wir stopfen ihren BH aus. Das können Sie sich jetzt aussuchen.«

Das hatte gesessen. Das Lächeln der Dame gefror auf ihren Lippen.

Eine Hilfskraft des Regisseurs, eine unscheinbare Frau in einem grauen Rock und einer hellen Bluse betrat den Raum und sorgte dafür, dass die Anspannung nachließ.

»Wo bleiben denn unsere Tänzerinnen?«, fragte die Frau ungeduldig. »Die Szene sollte längst gedreht werden. Wir haben doch nicht den ganzen Tag Zeit. Beeilen Sie sich gefälligst!«

Birgit zog den Kopf ein und sicherte zu, dass die Damen in spätestens zehn Minuten am Drehort eintreffen würden.

Für eine solch junge Frau hatte die Dame einen recht forschen Tonfall, dachte sich Bille. Sie behielt ihre Meinung jedoch für sich, und machte sich an die Arbeit.

Ohne zu murren, ließ sich die eben noch aufmüpfige Tänzerin nun den BH mit Watte ausstopfen. Das war die schnellste Lösung. Taillen wurden rasch mit Nadeln abgesteckt, bei einem Kleid mussten einige Federn am Saum erneut befestigt werden.

Als auch die letzte Tänzerin nur wenige Minuten später den Kostümfundus verlassen hatte, atmeten Bille und Birgit erleichtert auf. Sie gingen in das kleine Büro des Fundus und ließen sich auf zwei Stühle plumpsen. Bille fiel auf, dass auch hier ein heilloses Durcheinander herrschte. Auf dem Schreibtisch lagen alle möglichen Unterlagen kreuz und quer. Dazwischen fanden sich ein Maßband, Scheren, Nähgarn und anderer Krimskrams. So chaotisch hatte Bille diesen Arbeitsplatz noch nie gesehen. Der Anblick sorgte dafür, dass sie zum ersten Mal der Gedanke beschlich, dass Birgit vielleicht selbst das Problem darstellte und nicht die fehlenden Aushilfen. Ihre Vorgängerin, die gute Hertha, hatte den Kostümfundus jahrelang allein im Griff gehabt. Oder tat sie Birgit mit dieser Annahme unrecht? Mit Sicherheit hatte auch Hertha stressige Zeiten erlebt, in denen es drunter und drüber gegangen war.

»Es ist geschafft«, sagte Birgit. »Danke dir, meine Liebe.«
Jetzt erst fiel Bille auf, wie erschöpft sie aussah.

»Keine Ursache«, erwiderte sie. »Mir tut es leid, dass ich erst so spät hier war. Ich hätte dir gerne mehr geholfen.«

»Wenn ich mir dich so ansehe«, antwortete Birgit, »hättest du gar nicht kommen sollen. Meine Güte, bist du rund geworden! Es wird Zeit, dass sich die Kleinen in deinem Bauch an den Auszug machen. Sonst platzt du tatsächlich noch. Dass du dich überhaupt noch bewegen kannst, gleicht einem Wunder. Deine Hände sind auch ganz geschwollen.«

»Meinen Ehering trage ich schon gar nicht mehr«, antwortete Bille und winkte ab.

»So ist es vermutlich besser. Kaffee? Ich könnte uns rasch welchen aufbrühen. Bis zum nächsten Überfall der Tanztruppe und der Schauspieler dauert es noch ein wenig.«

»Gern«, erwiderte Bille. »Hast du zufällig auch eine Kopfschmerztablette? Eigentlich soll ich ja keine Schmerzmittel nehmen, aber mein Kopf brummt immer schlimmer.«

»Ach, das geht schon«, antwortete Birgit. »Meine Schwester hatte auch mit Kopfschmerzen zu tun und hat öfter eine Tablette genommen. Ihre Susanne gedeiht prächtig.« Sie zwinkerte Bille zu. Sie fischte eine angebrochene Packung Aspirin aus ihrer Schreibtischschublade. »Ich hole dir rasch ein Glas Wasser.«

Eine Weile darauf hatte Bille die Aspirin genommen, und ihre geschwollenen Beine lagen auf einem Hocker, auf den Birgit ein weiches Kissen gelegt hatte. Der behagliche Duft des Kaffees hing im Raum. Rechter Hand des Fensters befand sich ein kleiner Kohleofen, auf dem Birgit das Wasser für den Kaffee erwärmt hatte. Nun beschäftigte sie sich damit, es in den Kaffeefilter zu füllen.

»Wie steht es denn sonst so?«, erkundigte sich Birgit. »Wie geht es denn in eurem Familienbetrieb voran? Ich hab ja meiner Freundin Dörte davon erzählt, dass ich eine waschechte Herzberg kenne. Sie war beeindruckt, und ich soll ausrichten, dass euer Sekt ihre Lieblingsmarke ist.«

»Das ist schön«, antwortete Bille, die sich den Oberbauch rieb. Dieser hatte zu schmerzen begonnen, und sie fühlte sich plötzlich unwohl. Könnte es sein, dass es jetzt losging? Allerdings hatte ihr ihr Frauenarzt bei der letzten Untersuchung genau erklärt, wie das vonstattengehen könnte, damit sie sich nicht erschreckte. Es war weder feucht zwischen ihren Beinen geworden, was auf ein Platzen der Fruchtblase hinwies, noch wurde ihr Bauch hart oder zog irgendwie komisch. Und diese dämlichen Kopfschmerzen wollten auch nicht besser werden. Vor ihren Augen zuckten nun sogar Blitze. Sie schloss sie kurz und öffnete sie wieder. Nun glaubte sie, alles doppelt zu sehen. Birgit stellte eine Tasse Kaffee vor sie und erkundigte sich, ob sie Milch und Zucker haben wollte. Es hörte sich plötzlich an, als käme ihre Stimme von weit her.

»Mir geht es gerade nicht so gut«, brachte Bille heraus. »Vielleicht sollte ich besser keinen Kaffee trinken.«

Verdutzt sah Birgit sie an. Bille nahm sie seltsam verschwommen wahr.

»Was ist los?«, erkundigte sich Birgit mit besorgter Miene. »Da stimmt doch etwas nicht. Raus mit der Sprache.«

»Die Kopfschmerzen hören nicht auf«, antwortete Bille mit matter Stimme. »Es tut fürchterlich weh, und mir ist übel.«

»Ich rufe die Hauskrankenschwester«, antwortete Birgit und griff zum Hörer. »Sie wird wissen, was zu tun ist. Das gefällt mir ganz und gar nicht.«

Es dauerte nicht lange, bis die Krankenschwester eintraf. Bille kannte die resolute, ältere Frau mit dem grauen Haar bereits. Ihr Name war Ursula Michels, sie hatte ihre Krankenstation aufsuchen müssen, als sie sich aus Versehen in den Finger genäht hatte. Billes Anblick sorgte dafür, dass Ursula Michels die rechte Augenbraue hob.

»Frau Kapplan. Was machen Sie denn hier?«, entfuhr es ihr zu Begrüßung. »Du liebe Zeit! Sie gehören nach Hause und nicht in einen Kostümfundus.«

»Das ist meine Schuld«, sagte Birgit. »Ich war so dumm und hatte Frau Kapplan um Hilfe gebeten, weil hier zurzeit der Teufel los ist und mir sämtliche Aushilfen davongelaufen sind. Aber wenn ich gewusst hätte, dass sie so ...«

»Schon gut«, schnitt ihr die Schwester das Wort ab. »Wo drückt denn jetzt der Schuh? Sie sehen erschöpft aus, meine Liebe.«

Bille schilderte ihre Symptome, und sogleich wirkte die Krankenschwester alarmiert.

»Das klingt nicht gut«, antwortete sie. »Sie sollten dringend ins Krankenhaus. Ein Arzt muss Sie untersuchen. Ich möchte keine Panik verbreiten, aber diese Anzeichen könnten auf eine Schwangerschaftsvergiftung hinweisen.« Ihre Miene war ernst.

Bille trafen ihre Worte wie ein Schlag ins Gesicht. Natürlich, kam es ihr in den Sinn. Sie hätte es als Krankenschwester selbst wissen sollen. Wassereinlagerungen, Übelkeit, starke Kopfschmerzen. Wie dumm sie doch gewesen war! Oder hatte sie die Symptome nicht sehen wollen? Sie wusste, was eine solche Diagnose zu bedeuten hatte. Ihr Leben, aber auch das ihrer Babys standen auf dem Spiel. Panik breitete sich in ihr aus, und ihr Herzschlag beschleunigte sich. In ihren Ohren begann es zu rauschen.

»Ich nehme an, das Kind soll in der Frauenklinik hier um die Ecke zur Welt kommen?«, hakte die Schwester nach.

»Ja, mein Arzt hat dort Belegbetten.«

»Gut, dann ist es unsinnig, einen Krankenwagen zu bestellen. Wir bringen Sie rasch selbst dorthin.«

Sie griff zum Hörer und wählte die Nummer des Hausmeisters. Kurz schilderte sie das Problem und legte wieder auf.

»Herr Garhammer ist in drei Minuten hier. Haben wir bei den Requisiten irgendwo einen Rollstuhl?« Sie sah Birgit fragend an. »Wenn ja, dann holen Sie ihn rasch. Frau Kapplan kann in ihrem Zustand unmöglich laufen.«

Birgit verschwand sogleich und kehrte keine Minute später mit einem Rollstuhl zurück, in den sie Bille verfrachteten. Zwei Schauspielerinnen tauchten jetzt auf, die verdutzt auf das sich ihnen bietende Bild blickten.

»Glotzen Sie nicht so blöd, sondern gehen Sie aus dem Weg«, blaffte die Krankenschwester die beiden an und schob Bille an ihnen vorbei.

Am Ausgang wurden sie bereits von Peter Garhammer erwartet, und mit vereinten Kräften wurde Bille in seinen blauen Wagen verfrachtet. Birgit hätte sie am liebsten ins Krankenhaus begleitet, doch das war ihr nicht möglich, denn es gab noch viel zu tun. Sie legte Bille rasch ihre Handtasche auf den Schoß und versprach ihr, sofort Wolf zu informieren.

Ursula schloss die hintere Tür des Wagens und nahm auf dem Beifahrersitz Platz. Garhammer fuhr los. Bille legte die Hand auf ihren Bauch, ihr Kopf schmerzte so sehr, sie glaubte, er würde zerspringen. Sie nahm ihre Umgebung nun kaum noch wahr.

Wie durch eine Wand drang die Stimme der Krankenschwester zu ihr durch.

»Es wird alles wieder gut werden. Sie müssen durchhalten. Hören Sie mich? Sie werden das schaffen.«

10. Kapitel

Wiesbaden, 3. Juni 1956

›

»Also Ihre Qualifikationen sind großartig«, sagte Henni und sah die vor ihr sitzende Bewerberin für den Posten der Chefsekretärin lächelnd an. »Sie haben eine renommierte Sekretärinnenschule in Frankfurt besucht und mit Bestnoten abgeschlossen. Und bis vor Kurzem waren Sie im Camp Lindsay der Amerikaner tätig. Das ist natürlich großartig, denn dann verfügen Sie über gute Englischkenntnisse. Wie Sie vielleicht wissen, planen wir gerade, unsere Kellerei auf dem europäischen Markt weiter auszubauen, und dann sind Fremdsprachenkenntnisse natürlich von Vorteil.« Sie blätterte die Seite um und ließ ihren Blick über das Arbeitszeugnis schweifen, das der Bewerberin von den Amerikanern ausgestellt worden war. Es war ausgezeichnet, was Henni stutzig hatte werden lassen. Im Camp schien man mit ihrer Bewerberin, ihr Name war Hiltrud Groß, recht zufrieden gewesen zu sein, und nach einer Anstellung bei den Amerikanern sehnten sich viele Wiesbadener, denn es gab dort eine gute Bezahlung und einige »Sonderlocken«, wie es Gustav so nett ausdrückte. Karten zu Veranstaltungen, Einkaufsmöglichkeiten in den amerikanischen Geschäften. Wieso verzichtete Hiltrud darauf?

Hiltrud war Ende vierzig, hatte halblanges rotblondes Haar, und ihre Statur war als hager zu bezeichnen. Sie war verwitwet und hatte zwei Kinder, die beide jedoch bereits das Erwachsenenalter erreicht hatten.

Henni hatte anfangs gar nicht fassen können, dass Hannelore Bertels noch während des Mitarbeitergesprächs, in dem es um das Getratsche gehen sollte, gekündigt hatte. Sie war der Meinung, dass sie sich nichts zu Schulden hatte kommen lassen, und hatte die von Henni ausgesprochene Kritik als vollkommen fehl am Platz empfunden. Sie hatte sich so sehr aufgeregt, dass sie sogar die Bürotür lautstark hinter sich zugeschlagen hatte. Henni hatte ihr den ihr noch zustehenden Lohn ausgestellt und ihr pflichtbewusst ein Zeugnis ausgestellt, das sie sogar noch wohlwollend formuliert hatte. Obwohl zwischen den Zeilen durchaus ihr Unmut herauszulesen war. So hatten sie also erneut Anzeigen in den Zeitungen geschaltet, und in den letzten Tagen hatte Henni Bewerbungen gesichtet. Das Vorstellungsgespräch mit Hiltrud fand an diesem bewölkten und kühlen Junitag – in der letzten Nacht hatte es ein Gewitter gegeben – früh am Morgen statt, was Henni zupasskam, denn später stand eine Sitzung des Aufsichtsrates an. Es sollte die endgültige Übernahme des Betriebes in Frankreich besprochen werden, und die Personalie des Vertriebsleiters für den Norden musste entschieden werden. Nachdem Dieter nach diesem abscheulichen Vorfall beim Reitturnier nicht mehr infrage kam, befanden sich noch zwei Bewerber im Rennen. Leider konnten sich Henni und Georg nicht einigen, weshalb sie den Rat entscheiden lassen wollten.

»Man schien im Camp recht angetan von Ihnen gewesen zu

sein und bedauert Ihren Weggang«, sprach Henni ihre Bedenken an. »Wieso also haben Sie gekündigt?«

Sie hatte von ihrem Personalleiter, der heute leider aus privaten Gründen verhindert war, gelernt, solche Bedenken offen zu äußern. Manchmal schienen Dinge zu gut, um wahr zu sein, und dann galt es auf der Hut zu sein. Nicht, dass unschöne Details über den Bewerber bewusst hinter schönen Worten vertuscht werden sollten.

Hiltrud Groß senkte kurz den Blick, was Henni aufmerken ließ. Sie schien mit ihrer Vermutung richtig zu liegen.

»Das Zeugnis wurde nicht von meinem direkten Vorgesetzten verfasst«, erklärte sie. »Der Mann wurde vom Dienst suspendiert. Es gab da einige pikante Vorfälle, auch mir gegenüber.« Ihre Wangen färbten sich rot, sie blickte noch immer nicht auf.

Henni ahnte natürlich, wovon die Rede war.

»Du liebe Güte«, rutschte es ihr heraus. »Das ist natürlich äußerst bedauerlich. Aber weshalb wechseln Sie trotzdem die Stelle, obwohl dieser Mann aus dem Dienst entfernt wurde?«

»Ich hab es dort einfach nicht mehr ausgehalten«, antwortete Hiltrud. »Ich habe in diesem Raum Fürchterliches erleben müssen. Ich konnte dort nicht mehr arbeiten.«

»Verstehe«, antwortete Henni. Die ehrliche Antwort beeindruckte sie. Nicht jede Frau hätte den Mut gehabt, eine solch pikante Angelegenheit in einem Vorstellungsgespräch anzusprechen. Henni blätterte noch einmal die Mappe durch, dann schloss sie sie und schenkte Hiltrud ein einnehmendes Lächeln.

»Ich würde mich freuen, wenn Sie für uns tätig werden würden«, gab sie Hiltrud ihre Zusage. »Und ich verspreche Ihnen, dass Ihnen eine solche Abscheulichkeit in unserem Haus niemals passieren wird. Wenn Sie möchten, können Sie sofort anfangen. Nur eines verbitte ich mir: Kein Getratschte auf den Fluren. Was in den Räumen der Geschäftsführung besprochen wird, soll auch dort bleiben.«

»Aber das ist doch eine Selbstverständlichkeit«, antwortete Hiltrud.

»Für Sie vielleicht«, entgegnete Henni und seufzte.

Im nächsten Moment läutete das Telefon. Henni entschuldigte sich kurz und nahm den Hörer ab. In der Leitung war Wolf, seine Stimme klang belegt.

»Es geht um Bille«, sagte er. »Sie ringt mit dem Tod. Ihr müsst sofort ins Krankenhaus am Bahnholz kommen.« Er legte auf.

Henni trafen seine Worte bis ins Mark. Mit zittriger Hand legte sie den Hörer auf.

Hiltruds Miene zeigte Besorgnis.

»Das waren gerade keine guten Neuigkeiten, oder?«, fragte sie.

»Nein«, brachte Henni nur heraus und stand auf. Sie fühlte sich schwindelig.

»Meine Schwester, sie ist im Krankenhaus …« Sie brach ab und schluckte. In ihrem Hals hatte sich ein dicker Kloß gebildet. »Es tut mir leid, aber wir müssen das Gespräch jetzt beenden. Es war ja alles soweit geklärt. Ich muss leider gehen.«

Sie eilte zur Bürotür und ging hastig den Flur hinunter, ihr Herz schlug wie verrückt, als sie die Treppe im Marmorsaal nach unten lief. Bille, nicht ihre Bille … Was war geschehen? Wolf hatte so ernst geklungen und war so kurz angebunden gewesen. Was war mit den Kindern?

Erst als sie das Gebäude verlassen hatte und ihr der kühle Wind den Regen ins Gesicht wehte, fiel ihr auf, dass sie keinen Mantel trug und ihre Tasche vergessen hatte. Auch hatte sie vergessen, Georg zu informieren. Er musste doch Bescheid wissen. Vermutlich machte er gerade seinen täglichen Rundgang über das Gelände. Sie musste ihn suchen und ihm sagen, was geschehen war. Sie wollte zurücklaufen, doch noch ehe sie den Marmorsaal erneut betreten konnte, kam ihr Hiltrud mit ihrem Mantel und ihrer Tasche entgegen.

»Das hier hatten Sie vergessen«, sagte sie. »Ich kann sofort anfangen.« Sie sah Henni fest in die Augen. »Ich habe den Pförtner informiert. Er kümmert sich um einen Wagen, und Ihren Ehemann werde ich von den Vorkommnissen so bald wie möglich in Kenntnis setzen. Er befand sich gerade eben nicht in seinem Büro.«

»Woher …«, setzte Henni verdutzt an.

»Sie haben doch eine Liste mit wichtigen Nummern an Ihrer Pinnwand hängen. Ich drücke Ihrer Schwester alle Daumen.«

Henni nickte perplex und nahm ihren Mantel und ihre Tasche entgegen.

Im nächsten Moment kam ein besorgt dreinblickender Gustav auf sie zu.

»Was ist passiert?«, fragte er außer Atem.

»Es geht um Bille«, antwortete Henni. »Wolf hat angerufen und gesagt, dass es um Leben und Tod gehe. Sie ist in der Frauenklinik am Bahnholz.«

Gustav nickte mit betretener Miene, dann tat er das, was Henni in diesem Moment dringender brauchte als alles andere. Er legte den Arm um sie und sagte: »Ich bringe dich persönlich hin.«

In der Frauenklinik am Bahnholz empfing sie Wolf in einem unpersönlichen Wartebereich mit beigefarbenen Wänden und grauen Plastikstühlen im ersten Stock des Gebäudes. Er erweckte einen mitgenommenen Eindruck. Sein Haar war zerzaust, seine Augen waren umschattet. Auf einem Beistelltisch stand eine halbvolle Kaffeetasse, in dem danebenstehenden Aschenbecher verglomm eine letzte Zigarette.

»Gott sei Dank bist du hier«, sagte Wolf und begrüßte Henni mit einer kurzen Umarmung. Verdutzt sah er Gustav an. »Was will euer Pförtner hier?«

»Er ist mehr als das«, antwortete Henni knapp und fragte: »Was ist passiert?«

»Die Ärzte mussten letzte Nacht einen Notkaiserschnitt durchführen. Ich habe von den Geschehnissen erst nach meiner Rückkehr von den Dreharbeiten heute Morgen erfahren. Das Telefon in dem Gasthof hat nicht funktioniert. Verdammt!« Er sank auf einen Stuhl und vergrub das Gesicht in seinen Händen. »Ich bin ein solcher Hornochse. Ich hätte bei ihr bleiben müssen. Sie hat mich gebraucht.«

Henni fühlte sich hilflos.

»Wieso einen Notkaiserschnitt?«, hakte sie mit klopfendem Herzen nach. Sein Verhalten jagte ihr schreckliche Angst ein. »Sie haben eine Schwangerschaftsvergiftung diagnostiziert. Der Arzt meinte, dass eine solche Diagnose kritisch für Mutter und Kind ist. Deshalb haben sie die Babys sofort auf die Welt geholt. Es sind zwei Mädchen, ihnen geht es soweit gut. Ich durfte sie durch die Scheibe der Säuglingsstation sehen. Sie sind wunderschön. Aber Billes Zustand ist wohl weiterhin kritisch. Sie liegt auf der Intensivstation. Niemand darf zu ihr.«

»Das werden wir schon sehen«, sagte plötzlich Lisbeth hinter ihnen. Unbemerkt hatte sie den Raum betreten. »Wir sind ihre Familie, und wir haben ein Recht darauf, bei ihr zu sein. Sie braucht uns jetzt. Allein kann sie das nicht durchstehen. Mama war damals auch nicht allein, unser Vater war die ganze Zeit bei ihr.« Sie hielt sich mit der rechten Hand am Türrahmen fest und presste die Augen zusammen. Henni sah sie erschüttert an. Lisbeth zitterte am ganzen Körper. Erinnerungen an diese abscheulichen Stunden aus ihrer Kindheit stiegen in Henni auf. Zuerst hatte ihre Mutter geschrien und gewimmert, dann war es still geworden, und nur ihr Vater hatte zu ihr ins Zimmer gedurft. Sie hatte sich mit Lisbeth auf dem Flur herumgedrückt, durch den Türspalt geguckt. Sie hatten ihren Vater auf einem Stuhl neben dem Bett sitzen und weinen sehen.

Lisbeths Verzweiflung griff auf Henni über, und sie sank auf einen der Stühle. Es durfte nicht wie damals sein. Bille musste überleben! Sie war nicht zu Hause, sondern in einem modernen Krankenhaus, es waren andere Zeiten. Hier gab es Ärzte und Schwestern, die sich kümmerten. Sie musste es schaffen, sie war Mutter geworden und hatte zwei kleine Töchter, die sie brauchten.

Eine der Schwestern betrat den Raum. Sie war grauhaarig, und tiefe Falten hatten sich um ihre eisblauen Augen in ihr Gesicht gegraben. Ihre Stimme klang so streng, wie sie aussah. Sie wandte sich an Wolf.

»Sie dürfen jetzt zu Ihrer Gattin. Aber nur kurz. Sie benötigt noch immer absolute Ruhe.«

»Wir möchten auch mit«, sagte Lisbeth. »Wir sind ihre Schwestern.«

Die Frau sah verdutzt von Lisbeth zu Henni und Gustav, dem sie eine hochgezogene Augenbraue widmete. Er hob abwehrend die Hände.

»Ich bin nur der Fahrer. Wenn es nicht stört, würde ich hier warten. Aber die Damen sollten schon zu unserer Bille dürfen. Sie braucht sie doch.«

Die Schwester stieß einen Seufzer aus.

»Meinetwegen«, gab sie nach. »Aber nur fünf Minuten.«

Bevor sie Billes Zimmer betreten durften, mussten sie grüne Kittel anziehen, so war es auf der Station Vorschrift.

Bille lag allein in einem Raum mit drei Betten. Sie war an einen Überwachungsapparat angeschlossen und erhielt über eine Infusion Medikamente. Sie sah so verloren aus, wie sie da in den Kissen lag, die Hände auf der weißen Bettdecke gefaltet. Der Raum war spartanisch eingerichtet. Es gab keine

Bilder an den weiß gestrichenen Wänden, vor den Fenstern hingen hellgraue Lamellenvorhänge.

Wolf trat neben Billes Bett und schien nicht so recht zu wissen, wie er sich nun verhalten sollte. Er berührte zaghaft ihre Hand und strich mit seinem rechten Finger kurz über ihre Wange.

»Hallo Liebste«, sagte er, seiner Stimme war anzuhören, dass er mit den Tränen kämpfte. »Wir sind hier. Hörst du? Ich bin bei dir, und Henni und Lisbeth auch. Es wird alles wieder gut werden. Wir haben zwei wunderbare Töchter, die dich kennenlernen wollen. Sie ähneln dir. Es tut mir so leid, dass ich nicht da war.« Er verstummte. Henni fühlte sich wie betäubt, ein dicker Kloß hatte sich in ihrem Hals gebildet, und sie kämpfte erneut mit den Tränen. Lisbeth, die zwei Schritte von ihr entfernt stand, war kalkweiß im Gesicht. Sie sah aus, als würde sie gleich umkippen. Ihr Blick war starr auf Bille gerichtet. Henni ahnte, weshalb sie so reagierte. Sie fühlte ähnlich. In dem Moment, als sie das Krankenzimmer betreten hatten, hatte sie die Hilflosigkeit ihrer Kindheit eingeholt. Und sie wussten, dass sie auch dieses Mal nichts würden tun können, außer zu beten und zu hoffen.

Die Tür öffnete sich, und eine Ärztin trat ein.

»Guten Tag, zusammen«, grüßte sie mit ernster Miene. Henni schätzte die blonde Frau auf Ende dreißig.

»Mein Name ist Doktor Schweizer. Ich bin hier die zuständige Stationsärztin. Schwester Edeltraut hat mir gesagt, dass die Angehörigen hier sind«, sagte sie und richtete ihren Blick auf Wolf. »Ich nehme an, Sie sind der Ehemann?«

»Ja, das bin ich«, bestätigte Wolf. »Die Damen sind ihre Schwestern.«

»Wie steht es denn?«, fragte Henni. »Wird sie wieder gesund werden?«

»Das wissen wir noch nicht«, antwortete die Ärztin. »Mein Kollege hatte ja bereits mit Ihrem Schwager darüber gesprochen. Eine Schwangerschaftsvergiftung ist eine bedrohliche Erkrankung, sowohl für die Mutter als auch für das Kind. Für die Säuglinge können wir wohl bereits Entwarnung geben. Die beiden Mädchen sind wohlauf. Ich wünschte, ich könnte das von ihrer Mutter auch sagen. Wir müssen unbedingt ihren Blutdruck gesenkt bekommen. Er ist weiterhin zu hoch. Sollte uns das gelingen, könnte sie es schaffen. Die nächsten Tage sind entscheidend.« Die Ärztin trat an den Überwachungsmonitor und kontrollierte die angezeigten Werte. »Keine Veränderung. Ich kann die Dosis der Medikation leider nicht mehr erhöhen. Wir können nur noch auf das Beste hoffen.« Sie nickte Wolf noch einmal kurz zu und wollte den Raum verlassen, doch Henni hielt sie zurück.

»Die Schwester meinte, wir dürften nur fünf Minuten bleiben. Aber sie braucht uns doch. Wenn wir bei ihr sind, dann schafft sie es vielleicht. Bitte, reden Sie mit ihr, Frau Doktor. Wir können sie doch jetzt nicht alleinlassen.« Sie sah die Ärztin flehend an.

Die Ärztin zögerte kurz, dann antwortete sie: »Gut, ich rede mit ihr. Frau Kapplan kann jede Form der Unterstützung gebrauchen.«

Nachdem die Tür hinter ihr ins Schloss gefallen war,

herrschte einen Moment lang bedrückende Stille im Raum. Nur das Piepen des Überwachungsapparats war zu hören. Lisbeth stand immer noch wie zur Salzsäule erstarrt auf ihrem Platz und starrte Bille an. Henni hingegen spürte ein seltsames Gefühl in ihrem Inneren. Sie konnte es nicht deuten, es fühlte sich an, als würde sich etwas Bedrohliches anschleichen. Bis gerade eben war alles noch gut gewesen. Sie hatte Pläne für den Nachmittag gehabt, hatte Zeit mit Thomas verbringen wollen. Sie würde ihn enttäuschen müssen. Gustav kam ihr in den Sinn. Er saß noch immer in dem Warteraum. Sie beschloss, kurz zu ihm zu gehen und ihn ins Bild zu setzen. Er sollte zurück in die Kellerei fahren, hier konnte er ja doch nichts tun.

Als sie den Warteraum betrat, erhoben sich Gustav und Georg, der offenbar in der Zwischenzeit eingetroffen war. Sein Anblick erleichterte Henni. Er kam auf sie zu und schloss sie in seine Arme. Henni klammerte sich für einen Moment wie eine Ertrinkende an ihm fest. Als sie ihn vor nur wenigen Stunden zuletzt im Arm gehalten hatte, war die Welt noch eine andere gewesen. Voller Alltäglichkeiten, die im Angesicht dieser Tragödie verblassten. Henni löste sich aus der Umarmung und wischte sich eine Träne aus dem Augenwinkel.

»Gustav hat mir bereits alles erzählt«, sagte Georg. »Wie furchtbar. Wie geht es Bille?«

»Nicht gut«, antwortete Henni und ließ sich auf einen der Plastikstühle sinken. »Die Ärztin war eben bei uns. Die nächsten Tage sind weiterhin kritisch. Ihr Blutdruck ist sehr hoch, die Medikamente schlagen nicht an.« Tränen kullerten nun über Hennis Wangen. »Sie darf nicht sterben«, brachte sie hervor und schlug die Hände vors Gesicht. »Nicht unsere Bille. Bitte, bitte nicht.«

Georg schloss sie erneut fest in die Arme.

»Das wird sie nicht«, versuchte Georg zu trösten. »Bille ist eine Kämpferin. Das war sie schon immer.« Er umschloss Hennis Hände mit den seinen und sah ihr tief in die Augen. »Sie schafft das. Davon bin ich überzeugt.«

Henni wünschte sich, sie könnte seinen Worten Glauben schenken. Aber sie schaffte es nicht. Sie war, ebenso wie Lisbeth, von einer tiefgehenden Angst eingeholt worden. Sie sah sich selbst und Lisbeth auf der obersten Treppenstufe in ihrem Elternhaus sitzen, die Stille im Haus nur durchbrochen vom Schlag der alten Standuhr, im Zimmer ihrer Mutter hatte nur die Nachttischlampe gebrannt. Ihr Vater war erschöpft in seinem Sessel neben dem Bett eingeschlafen. Ihnen hatte damals niemand gesagt, was die genaue Todesursache gewesen war. Ihre Mutter war bei der Geburt von Bille gestorben, eine andere Erklärung hatten sie nie erhalten. Nun vermutete Henni ebenfalls eine solch grausame Vergiftung. Der Ablauf könnte passen. Es war wie eine Ironie des Schicksals, dass es jetzt ausgerechnet Bille traf. Aber so durfte sie nicht denken. Sie schloss die Augen und atmete tief durch. Die Erinnerungen aus der Vergangenheit hatten zu verblassen, zu verschwinden. Was geschehen war, war geschehen. Sie konnten es nicht ändern. Nun galt es, für Bille stark zu sein, und für ihre Töchter.

Sie wischte sich die Tränen von den Wangen und sah zu Gustav, der niedergeschlagen wirkte.

»Wir dürfen bei Bille bleiben«, sagte sie. »Allerdings nur die engsten Angehörigen. Ich denke, es ist besser, wenn ihr wieder zurück in die Kellerei fahrt. Hier könnt ihr ja doch nichts tun. Sollte sich etwas an ihrem Zustand ändern, melde ich mich natürlich umgehend.«

»Das wird das Beste sein«, antwortete Georg und nickte. Auch Gustav stimmte zu, obwohl man ihm ansah, dass es ihm gar nicht gefiel, seinen Posten zu verlassen.

»Was mir noch einfällt, Georg«, sagte Henni. »Kümmere dich bitte um unsere neue Sekretärin. Frau Groß müsste noch in der Personalabteilung angemeldet werden. Ich glaube, mit ihr haben wir endlich die richtige Nachfolgerin gefunden. Ich nehme an, in Assmannshausen sind bereits alle informiert?«

»Selbstverständlich«, antwortete Georg. »Trude und Inge waren bestürzt. Sie wären ebenfalls am liebsten sofort hergekommen.«

»Das kann ich mir vorstellen«, antwortete Henni. »Und vielleicht wärst du so lieb und könntest dich heute Nachmittag mit Thomas beschäftigen. Ich hatte ihm versprochen, Zeit mit ihm zu verbringen.«

»Das mache ich«, antwortete Georg. »Auf die Arbeit kann ich mich jetzt sowieso nicht konzentrieren.«

»Danke dir«, erwiderte Henni. Es folgte eine Umarmung zum Abschied. Auch Gustav drückte Henni kurz an sich. Gemeinsam verließen sie den Wartebereich und gingen in entgegengesetzte Richtungen davon.

11. Kapitel

Wiesbaden, 5. Juni 1956

Hennis Blick wanderte kurz nach draußen, wo die Lampen den Gehweg des Klinikparks erleuchteten. Sie wusste, dass sie eigentlich nicht hier sein dürfte. Trotzdem war sie es. Sie saß in einem Korbschaukelstuhl am Fenster des nur von einer einzelnen kleinen Lampe erhellten Säuglingszimmers und hielt eine von Billes Töchtern im Arm. Das kleine Mädchen schlief friedlich und zuckte ab und an mit seinem süßen Mündchen. Beide Mädchen hatten dichtes dunkles Haar und waren wunderschön. Henni schaukelte die Kleine leicht und summte die Melodie von *Weißt du, wie viel Sternlein stehen*. Dieses Kinderlied hatte Bille am liebsten gemocht. Henni hatte es früher oft mit ihr gemeinsam gesungen. Seltsam, dass es erst jetzt in ihre Erinnerung zurückkehrte. Sie hatte es Thomas nie vorgesungen. Es schien, als gehörte es zu Bille, sonst zu niemanden. Und nun zu dem kleinen Bündel Mensch in Hennis Armen und zu seinem Schwesterchen, das neben dem Schaukelstuhl in seinem Bettchen schlief. Henni versuchte, sich an den Text zu erinnern.

»Weißt du, wie viel Sternlein stehen an dem blauen Himmelszelt? Weißt du, wie viel Wolken gehen, weithin über alle Welt?« Henni verstummte, und Tränen stiegen in ihre Augen. »Deine Mama sollte euch das vorsingen, nicht ich, aber sie kann es nicht, deshalb mache ich das. Sie hätte euch beide so lieb-gehabt.« Die Tränen rannen ihre Wangen hinunter, eine von ihnen tropfte auf die hellgelbe Strickdecke, in die das Mädchen gewickelt war. Plötzlich ertönte hinter ihr eine vertraute Stimme und sang das Lied weiter. Es war Lisbeth. Sie trat zu ihnen, nahm vorsichtig das zweite Mädchen aus seinem Bettchen und setzte sich neben Henni auf die Fensterbank.

»Weißt du, wie viel Kinder frühe stehen aus ihren Bettlein auf, dass sie ohne Sorg' und Mühe fröhlich sind im Tageslauf?«

Nachdem Lisbeth geendet hatte, herrschte einen Moment lang eine bedrückende Stille.

»Du bist also auch noch hier«, sagte Henni irgendwann.

»Ich wusste nicht, wo ich sonst hingehen sollte«, antwortete Lisbeth. »Wolf sitzt noch immer in ihrem Zimmer und starrt die Wand an. Sie lassen ihn gewähren.«

Henni nickte und richtete ihren Blick wieder auf das in ihren Armen liegende Mädchen. Sie ähnelte ihrer Mutter. Sie hatte, ebenso wie ihr Geschwisterchen, Billes energisches Kinn und ihre Stupsnase geerbt. Irgendwann würden die beiden in ihren Gesichtern das Antlitz ihrer toten Mutter erkennen. Henni wusste, wie sich das anfühlte. Jedes Mal, wenn sie in einen Spiegel blickte. Bille dagegen war nach ihrem Vater geraten. Doch sie hatte ihr Leben lang damit klarkommen müssen, dass ihre Mutter bei ihrer Geburt gestorben war. Sie hatte deshalb schon immer Schuldgefühle gehabt. Wie sollten sie dafür sorgen, dass diese kleinen Schätzchen keine haben würden? Sie würden ihre Mutter ihr Leben lang nur von Fotografien und Erzählungen kennen, würden niemals ihre

Wärme und Nähe spüren, ihren Geruch einatmen. Bille hatte stets nach ihrer Sandelholzseife geduftet. In Hennis Augen traten Tränen.

Der Moment, der sämtliche Hoffnungen zerstört hatte, war am Vormittag gewesen. Wolf hatte Bille vorgelesen, Lisbeth war eingenickt, und Henni hatte am Fenster gestanden und die Enten auf dem im hellen Sonnenlicht liegenden Teich des Krankenhausparks beobachtet. Da hatte das Überwachungsgerät plötzlich Alarm geschlagen. Es war alles ganz schnell gegangen. Ärzte und Schwestern hatten das Zimmer gestürmt, sie waren nach draußen geschickt worden. An der offenen Tür hatten sie gestanden und beobachtet, wie die Stationsärztin gemeinsam mit ihrem Kollegen um Billes Leben kämpfte, doch sie hatten es nicht geschafft, sie zu retten. Um elf Uhr fünfundzwanzig war Bille offiziell für tot erklärt worden, und sie hatten wie erstarrt auf dem Flur gestanden. Es war wie in einem Alptraum gewesen, aus dem es kein Erwachen gab, der wie in Zeitlupe abzulaufen schien. Der Schock hatte ihnen allen die Tränen geraubt. Das Unbegreifbare war eingetreten. Bille war von ihnen gegangen.

Als die Ärzte weg waren, waren sie zu ihr gegangen. Bille lag im Bett, die Hände waren über der Decke gefaltet. Sie sah aus, als würde sie nur schlafen. Beklommenheit lag im Raum. Ihr Tod war noch nicht in die Tiefen ihres Bewusstseins vorgedrungen. All ihr Hoffen und Beten war vergebens gewesen. Wolf nahm irgendwann Billes Hand und führte sie an seine Lippen. Tränen begannen über seine Wangen zu laufen, er weinte lautlos. Lisbeth fing kurz darauf leise zu schluchzen an.

Henni war wie betäubt und fühlte eine düstere Leere in sich. Der Tod stand im Raum, seine Gegenwart ließ sie schaudern. Plötzlich kam ihr der Abend in den Sinn, an dem Bille aus dem Osten heimgekehrt war. Sie war vor ihr hergelaufen, einen abgewetzten Koffer in der Hand. Henni hatte sie sofort an ihrem Gang erkannt. Sie war heimgekehrt, sie hatte die Hölle überstanden. Sie war eine Kämpferin gewesen. Verdammtes, ungerechtes Schicksal! Wenn nicht ihr, wem sonst wäre ein langes Leben vergönnt gewesen?

Irgendwann hatte Henni eines der Fenster geöffnet. Ihre Seele sollte gehen dürfen. Die Wärme des Sommertags war in den Raum gedrungen, Vogelgezwitscher aus dem nahen Park war zu hören gewesen. Bille hatte während der kurzen Zeit, in der sie an dieser Klinik gearbeitet hatte, gewiss häufig einen Spaziergang durch den hübschen Park gemacht, hatte auf einer der Bänke am Teich gesessen, vielleicht sogar die Enten gefüttert. Einmal schon hatte Bille in dieser Klinik mit dem Tod gerungen, damals hatte sie den Kampf gewonnen. Damals, als sie ihr kleines Mädchen verloren hatte. Nun war sie bei ihrer ersten Tochter und bei Fritz, ihrer ersten großen Liebe, im Himmel. Ein schwacher Trost.

Eine ältere Kinderschwester trat betroffen dreinblickend näher, nannte ihren Namen und fragte: »Sie sind Billes Schwestern, nicht wahr?«

Henni nickte, sie ahnte, dass eine ehemalige Kollegin von Bille vor ihr stand.

»Ich habe es gerade eben erfahren. Es tut mir so leid. Ich kannte sie gut, wir hatten öfter zusammen Dienst. Es ist eine

Tragödie. Die armen Mädchen! Sie wäre eine großartige Mutter gewesen. Mein tiefstes Beileid.«

Henni bedankte sich für Anteilnahme, Lisbeth schwieg. Das kleine Mädchen auf ihrem Arm hielt ihren Zeigefinger fest umschlungen, Lisbeth hatte ihren Blick so fest auf den Säugling gerichtet, es schien, als hätte sie den Rest der Welt um sich herum komplett vergessen. Die Schwester ging wieder, und es kehrte erneut diese eigentümliche Stimmung zurück, die Henni nicht greifen konnte. Der Säugling in ihren Armen spendete ihr trotz allem Trost. Lisbeth war diejenige, die irgendwann die Stille brach. Sie sagte, mit erstaunlich fest klingender Stimme: »Nun sind wir für euch da. Wir werden es nie so gut machen, wie Bille es gekonnt hätte. Aber wir werden unser Bestes geben. Das versprechen wir euch.«

Drei Tage später saß Henni in der Abenddämmerung auf dem großen Stein am Rheinufer. Billes Lieblingsplatz in den Rheinwiesen, nicht weit von ihrer ehemaligen Familienvilla entfernt. Die Sonne stand bereits tief. Henni liebte es, zu dieser Tageszeit am Fluss zu sitzen, denn dann funkelte die Wasseroberfläche immer besonders hübsch. Ein Ausflugsdampfer fuhr an ihr vorüber. Der milde Abendwind trug die Klänge fröhlicher Musik zu ihr.

Bille war am frühen Nachmittag bestattet worden. Der Biebricher Friedhof war voller Menschen gewesen. Henni hatte die vielen Gesichter kaum wahrgenommen. Sie und Lisbeth hatten, einander an den Händen haltend, neben Wolf in der warmen Junisonne am Grab gestanden, und die Worte des alten Pfarrers, der Bille noch aus Kindertagen gekannt hatte, waren an ihr vorbeigeflogen. Irgendwie hatte sie den Leichenschmaus in einem Biebricher Gasthaus überstanden. Lisbeth hatte sich früh wegen Kopfschmerzen verabschiedet. Henni hatte Hände geschüttelt, Beileidsbekundungen entgegengenommen. Ihre Freundin Ilse hatte im Biergarten gesessen und geweint. Henni hatte die Kraft gefehlt, um sie zu trösten. Es waren andere gewesen, die das Heft in die Hand genommen und die Beerdigung organisiert hatten. Trude und Inge hatten sich gekümmert, obwohl sie selbst bis ins Mark getroffen waren. Trotzdem taten sie das, was getan werden mussten. Sie sprachen mit dem Bestatter, sie kannten Billes Lieblingsblumen für den Sargschmuck. Sie organisierten den Leichenschmaus. Die beiden waren wie gute Geister, die um sie herumschwirrten. Billes Töchter befanden sich noch immer im Krankenhaus. Dort sollten sie auch noch eine Weile zur Beobachtung bleiben. Inzwischen hatten Henni und Lisbeth Namen für sie ausgesucht. Sie hatten versucht, mit Wolf darüber zu sprechen, doch er redete nicht. Er war verstummt, erschien noch immer wie erstarrt. Seine Töchter hatte er seit dem Tag ihrer Geburt nicht mehr angesehen.

»Er steht noch immer unter Schock und braucht Zeit«, hatte Trude diesen Umstand kommentiert. »Gewiss wird er bald bei ihnen sein.«

»Deine Töchter heißen Andrea und Sabine«, sagte Henni leise, als könnte Bille sie hören. »Ich hoffe, dir gefallen die Namen. Wolf hat nichts dazu gesagt. Er redet seit deinem Tod gar nicht mehr und verkriecht sich in eurer Wohnung. Ich kann das schon verstehen, auch ich …« Sie kam ins Stocken und kämpfte erneut mit den Tränen. Sie zog die Nase hoch und schluckte. »Auch mir fällt alles schwer. Jedes Mal, wenn ich morgens aufwache, denke ich, es war ein böser Traum. Aber das war es nicht. Du wirst deine Töchter nicht aufwachsen sehen. Ich weiß noch nicht mal, wie es jetzt mit den beiden weitergehen wird. Wolf hat als Vater die Verantwortung für die beiden. Ich bin mir jedoch nicht sicher, ob sie in das von dir so liebevoll eingerichtete Babyzimmer einziehen werden. Aber vielleicht täusche ich mich ja. Du hast immer gesagt, dass er ein wunderbarer Vater sein würde, und er hat sich so sehr auf seine Töchter gefreut. Allerdings ist die Situation nun eine neue. Ich denke nicht, dass er seine Arbeit als Regisseur einschränken wird, dafür müsste er eine Kinderfrau anstellen. Bevor er das tut, holen wir die beiden lieber zu uns nach Assmannshausen. Für Lisbeth steht das bereits fest. Sie ist jetzt die Stärkere von uns beiden. Du kennst ihren Sturkopf.« Henni verstummte.

Die Sonne stand nun noch tiefer und flutete den Himmel mit rotgoldenem Licht, das sich im Wasser des Flusses spiegelte.

Sich nähernde Schritte auf dem Kies ließen Henni aufblicken. Es war Trude.

»Dachte ich mir doch, dass ich dich hier finde«, sagte sie, setzte sich neben Henni und blickte versonnen auf den Fluss hinaus. »Es ist der perfekte Abend, um ihn am Rheinufer zu verbringen.«

»Ja, das ist er«, antwortete Henni und ließ ebenfalls ihren Blick über den Fluss schweifen. Unweit von ihr schwammen zwei Schwäne. Ihr Blick blieb an ihnen hängen, und eine Kindheitserinnerung kam ihr in den Sinn.

»Weißt du noch, wie wir als Kinder einmal hier waren, gepicknickt und die Enten gefüttert haben? Bille wurde damals von einem der Schwäne gezwickt. Seitdem hatte sie großen Respekt vor den Tieren.«

»Ich erinnere mich«, antwortete Trude und lächelte traurig. »Das war aber auch ein aggressives Tier. Er hat böse gefaucht und mit den Flügeln geschlagen. Selbst ich hatte Angst vor ihm.«

»Trotzdem ist sie tierlieb geblieben«, sagte Henni und lächelte nun ebenfalls. »Sie wollte eine Weile lang sogar Tierärztin werden. Dann Ärztin. Dieser Beruf hätte zu ihr gepasst.« Traurigkeit schwang in Hennis Stimme mit. Sie erinnerte sich daran, wie sie mit Bille über das Studium gesprochen hatte, wie sie einmal gemeinsam eine Wohnung in Frankfurt besichtigt hatten. Sie war bereits an der Universität gewesen, eingeschrieben hatte sie sich jedoch niemals. Vielleicht waren es die Traumata aus dem Krieg gewesen, die sie unterbewusst daran gehindert hatten. So richtig hatte Bille nicht darüber gesprochen, was sie damals in diesem schrecklichen Lager im Osten erlebt hatte. Aber es mussten unmenschliche Zustände gewesen sein.

Erneut hing jede von ihnen für eine Weile ihren Gedanken nach. Lisbeths Stimme ließ sie aufblicken.

»Ihr seid also auch hier«, sagte sie und trat näher.

»Es gibt in ganz Wiesbaden keinen Platz, den Bille mehr geliebt hat«, sagte Henni.

Lisbeth stimmte zu. »Ich kann sie verstehen, obwohl ich eingestehen muss, nur selten hier gewesen zu sein. Ich hätte öfter herkommen sollen.« Sie stockte kurz, dann fügte sie hinzu: »Ich hätte mehr Zeit mit ihr verbringen sollen.«

Henni wusste, wie viele Schuldgefühle in diesem einen Satz lagen. Das Verhältnis zwischen Lisbeth und Bille war nie unbeschwert gewesen. Es war geprägt durch den Verlust der Mutter. Lisbeth hatte Bille stets unterschwellig vorgeworfen, schuld daran zu sein. Hinzu kam der Neid. Bille war das Nesthäkchen gewesen, war behütet und von allen Seiten beschützt worden. Die Mittlere zu sein, das ist nie einfach. Trude hatte diesen Satz einmal zu Henni gesagt. Es war zu der Zeit gewesen, als Lisbeth nach Berlin gegangen war, als sie sich mit aller Macht gegen die Familie aufgelehnt hatte. Erst nach und nach hatte Henni verstanden, was Trude damit gemeint hatte. Die mittlere Schwester wurde häufig übersehen.

Henni ließ ihren Blick über das Flussufer schweifen. Instinktiv suchte sie mit den Augen einen passenden Flusskiesel, der übers Wasser springen konnte. Trude erriet, was sie tat.

»Sie war die Beste darin, die Steine springen zu lassen.«

»Stimmt«, antwortete Henni. »Wollen wir es versuchen?«

»Wieso nicht?«, antwortete Trude. »Bille hätte schon längst den perfekten Stein gefunden.«

Sie begannen, das Ufer abzusuchen, auch Lisbeth machte mit, doch ihre ersten Versuche, Steine über die Wasseroberfläche springen zu lassen, scheiterten kläglich. Henni erklärte es ihr geduldig.

Irgendwann gelang es Lisbeth, und einer ihrer Steine tat

drei Hüpfer, bevor er unterging. Sie klatschte freudig in die Hände und machte sich auf die Suche nach einem weiteren Kiesel. So sprang Stein um Stein im Licht der Abenddämmerung über die Wasseroberfläche, und sie zählten jedes Mal mit. Irgendwann blickte Henni versonnen auf eine Stelle, an der eben einer ihrer Flusskiesel versunken war. In ihrem Inneren breitete sich ein warmes Gefühl aus, eine seltsame Mischung aus Wehmut und Glück. Sie wusste, dass es verrückt war. Aber sie war fest davon überzeugt, in diesem Moment Billes Gegenwart zu spüren.

12. Kapitel

Wiesbaden, 20. Juni 1956

Henni betrat den Kostümfundus der Filmproduktion mit gemischten Gefühlen. Sie hatte einen Anruf der Personalabteilung erhalten, dass es dort noch einige persönliche Sachen von Bille abzuholen gebe. Sie hätte auch einen Fahrer schicken können, hatte sich dann jedoch dazu entschlossen, diese Aufgabe selbst zu erledigen. Sie hegte die Hoffnung, dass sie auf dem Filmgelände Wolf antreffen würde. Seit der Beerdigung hatte sie ihn nicht mehr gesehen. Auch auf der Säuglingsstation war er nicht mehr aufgetaucht. Es brach Henni das Herz, dass er sich nicht um seine Töchter bemühte, die bereits am nächsten Tag entlassen werden sollten. Eigentlich musste er nun Entscheidungen treffen, schließlich war er der Vater. Doch er reagierte nicht auf ihre Anrufe, in seiner Wohnung war er nicht anzutreffen. Notgedrungen hatten Henni und Lisbeth beschlossen, in Assmannshausen für die Mädchen ein Kinderzimmer einzurichten, eine Kinderfrau würde nicht notwendig sein. Trude und Inge hüteten bereits Thomas mit einer Hingabe, die ihresgleichen suchte. Auch würde Lisbeth sich kümmern, die nach den Vorkommnissen beim Reitturnier aus der gemeinsamen Wohnung mit Dieter ausgezogen war. Im Augenblick bewohnte sie noch eines der Gästezimmer des Guts, aber ein Dauerzustand konnte das natürlich nicht sein. Lisbeth war kein Gast, sondern Familie. Sie sollte sich heimisch fühlen und benötigte einen eigenen Rückzugsbereich. Eine Versöhnung mit Dieter war ausgeschlossen, sie hatte kurz vor Billes Tod bereits die Scheidung in die Wege geleitet.

Henni befand sich zum ersten Mal in dem Kostümfundus einer Filmproduktion und blickte sich staunend um. So viele Kleidungsstücke aus den unterschiedlichsten Zeitepochen hatte sie niemals zuvor gesehen. Hinzu kamen Unmengen an Schuhen und Requisiten. Auch hing eine ganz eigene süßliche Geruchsmischung im Raum, die sie an die Umkleide des Schultheaters erinnerte, bei dem sie während der Schulzeit mitgewirkt hatte. Sie lief mit großen Augen durch die Reihen und erreichte an deren Ende ein Büro, das durch eine Glasfront vom restlichen Bereich abgetrennt war. Eine korpulente Frau mittleren Alters saß an einem kleinen Schreibtisch und telefonierte. Sie winkte Henni näher.

Henni blieb in der geöffneten Bürotür stehen. Die Frau beendete das Telefonat und stieß einen tiefen Seufzer aus.

»Jeden Tag gibt es eine andere Katastrophe«, sagte sie mit einer hellen Piepsstimme, die so gar nicht zu ihrem Erscheinungsbild passen wollte. »Da haben sie doch glatt die Requisiten von zwei Produktionen miteinander vertauscht. Jetzt sind auf der Ritterburg die Trachten der Maitänzerinnen gelandet. Aber das soll nicht meine Sorge sein. Ich habe alles richtig beschriftet. Die Fahrer sollten mal zum Augenarzt gehen. Aber Sie sind bestimmt nicht gekommen, um mein Gejammer zu ertragen, meine Teuerste.« Sie sah Henni über den Rand ihrer golden gefassten Brille an, die auf ihrer knolligen Nase ein Stück nach unten gerutscht war. »Was kann ich für Sie tun?«

Henni mochte die Frau auf den ersten Blick.

»Ich bin Frau Kapplans Schwester, Henni Winkler. Ich komme, um ihre persönlichen Sachen abzuholen.«

Das Lächeln auf den Lippen der Frau verschwand.

»Oh«, sagte sie. »Das mit Frau Kapplan ist so eine traurige Geschichte. Hier im Haus sind viele noch immer bestürzt. Sie war äußerst beliebt. Mir ist es ja leider verwehrt geblieben, sie kennenzulernen.«

Henni bedankte sich für die Anteilnahme. Nun war sie doch wieder den Tränen nahe. Hier war Bille an diesem abscheulichen Tag, der alles verändert hatte, zuletzt gewesen. Es fühlte sich sonderbar an, jetzt hier zu sein.

»Ach, meine Liebe«, sagte die Frau, deren Namen Henni noch immer nicht kannte. »Sie weinen ja. Das tut mir leid. Wollen Sie sich einen Moment setzen? Kaffee? Der wird sie wieder ein wenig aufrichten. Ich habe eben eine Kanne aufgebrüht.«

Henni ließ sich von der Frau auf einen Stuhl drücken. Nur eine Minute später hielt sie eine Tasse Kaffee in Händen, in den die Dame – inzwischen hatte sie sich als Gesine Bach vorgestellt – so viel Zucker gekippt hatte, dass er vermutlich nicht trinkbar war.

»Es sind kaum noch persönliche Dinge Ihrer Schwester hier«, sagte sie. »Eine Toilettentasche mit ihren Schminkutensilien, ihr Kaffeebecher und eine Zimmerpalme, die meiner Meinung nach schon bessere Tage erlebt hat. Wenn Sie einen grünen Daumen haben, können Sie die Palme bestimmt noch retten.« Sie nippte an ihrem Kaffeebecher und plapperte munter weiter:»Wissen Sie, ich arbeite erst seit einer Woche hier. Früher hab ich in der Änderungsschneiderei Petersen in Dotzheim geschuftet. Ich war gerade mal einen Tag hier und prompt ist meine Kollegin ausgefallen, sie hat sich das Bein gebrochen. Also kann ich mich über zu wenig Arbeit nicht beklagen.« Sie zog eine Grimasse und erkundigte sich nach den Zwillingsmädchen.

Henni erklärte, dass sie wohlauf waren und am nächsten Tag aus dem Krankenhaus entlassen werden würden.

»Ach, da wird sich ihr Papa aber freuen«, antwortete Gesine.»Obwohl der Umgang mit so kleinen Mäuschen für Männer ja nicht so einfach ist. Das hab ich bei meinem Albert auch gesehen. Mit dem Baby hat er so gar nicht gekonnt. Allerdings war er damals auch nur kurz auf Heimaturlaub von der Front bei uns gewesen. Als er später aus der Kriegsgefangenschaft heimkam, war der Bub schon zehn. Da gab es dann andere Probleme.« Sie winkte ab.

Henni wurde Gesines Schwatzhaftigkeit nun doch etwas zu viel. Sie setzte ein höfliches Lächeln auf, stellte den Kaffeebecher auf dem Tisch ab und unterbrach Gesines Redeschwall:»Sie wissen nicht zufällig, wo ich Herrn Kapplan finden kann? Leider habe ich ihn heute Morgen nicht mehr persönlich erreicht.«

»Natürlich weiß ich das«, antwortete Gesine, fast schon entrüstet.»Er ist in der großen Aufnahmehalle, dort wird aktuell ein Kriminalfilm gedreht. Sie können sie gar nicht verfehlen. Sie liegt direkt neben dem Kostümfundus.«

Henni bedankte sich für die Auskunft und bat Gesine, noch ein wenig auf Billes Sachen achtzugeben.

»Wieso nimmt die eigentlich nicht Herr Kapplan mit?«, fragte Gesine plötzlich, als Henni schon fast draußen war, und sie zuckte kurz zusammen. »Ich meine, er ist doch täglich hier, oftmals bis spät in die Nacht. Da wäre es doch ein Leichtes für ihn, sich darum zu kümmern.«

»Ich weiß es ehrlich gesagt nicht«, blieb Henni bei der Wahrheit. »Es ist im Moment nicht leicht für ihn. Das ist es für uns alle nicht.«

Die Miene von Gesine wurde erneut betroffen, Henni verabschiedete sich endgültig, und während sie durch die bunte Kostümwelt des Fundus lief, kämpfte sie mit den Tränen.

Kurz darauf betrag Henni mit gestrafften Schultern die große Aufnahmehalle, in der die Kulisse einer Altbauwohnung aufgebaut worden war. Es gab ein Schlafzimmer, ein Esszimmer mit Möbeln darin, die an die Zeit um die Jahrhundertwende erinnerten, und ein Wohnzimmer, in dem ein dreisitziges Sofa und eine hübsche Vitrine standen. Hinzu kamen einige Zimmerpflanzen, hübsche Spitzenvorhänge vor den unechten Fenstern und einige Stehlampen. Es wurde gerade eine Szene gedreht. Die dunkelhaarige Schauspielerin war äußerst attraktiv, Henni schätzte sie auf Ende zwanzig, und lief gerade im Raum auf und ab, während ein junger Mann mit Schnauzbart auf dem Sofa saß und lässig die Beine übereinandergeschlagen hatte.

»Dieser Kommissar war vorhin schon wieder hier«, sagte

die Frau. »Ich habe dir gesagt, dass er nicht lockerlassen wird. Ich werde auf keinen Fall ins Kittchen gehen.« Im nächsten Moment stolperte die junge Frau über eine Falte im Teppich und kam ins Straucheln. Sie fegte mit ihrem rechten Arm eine der Zimmerpflanzen zu Boden, dann plumpste sie auf den Schoß des Schauspielers.

»Cut!«, rief jemand von der Filmcrew.

»Herrgott nochmal!«, war nun Wolfs Stimme zu hören. »Was ist denn daran so schwer, diese eine verdammte Szene zu drehen?«

Die beiden Schauspieler zogen die Köpfe ein. Ein junger Mann erschien in der Kulisse, stellte die Pflanze wieder auf und begann die Erde vom Boden zu fegen. Die beiden Schauspieler erhoben sich von dem Sofa.

»Was kann ich denn dafür, wenn die Kulisse scheiße arbeitet«, blaffte die Schauspielerin zurück. Eine solch derbe Ausdrucksweise hätte Henni ihr gar nicht zugetraut.

»Zehn Minuten Pause«, hörte sie Wolf sagen. Sein Tonfall klang noch immer genervt.

Die beiden Schauspieler verließen die Bühne, und es kam Unruhe auf. Einige Mitglieder der Filmcrew strebten an Henni vorbei Richtung Ausgang.

»Dass sie sich aber auch so deppert anstellen muss. Gut, dass das Drehbuch ihren baldigen Tod vorgesehen hat. Sonst sind wir in fünf Jahren noch nicht fertig«, hörte Henni einen der Männer sagen, und sie schüttelte den Kopf. Irgendwie hatte sie sich den Umgangston in der Filmwelt harmonischer vorgestellt. Da hatte sie sich wohl vom schönen Schein blenden lassen. Sie ging zu Wolf, der sich gerade mit einem weiteren Mann unterhielt. Als er sie bemerkte, schien kurz ein Schatten über sein Gesicht zu wandern, doch dann hatte er seine Mimik wieder im Griff. Er klopfte seinem Gegenüber kurz auf die Schulter und meinte:»So machen wir das. Bis gleich.« Wolf kam zu ihr.

»Henni«, sagte er ohne Begrüßung.»Was machst du denn hier?«

»Ich erhielt in der Kellerei einen Anruf des Kostümfundus. Es ging um Billes persönliche Sachen. Die wollte ich lieber selbst abholen. Allerdings hättest auch du sie mitnehmen können. Dein Weg ist weniger weit.« Sie suchte seinen Blick und wollte ihn festhalten, doch er ließ es nicht zu und sah zur Seite.

»Selbstverständlich hätte ich das getan«, antwortete er. »Immer dieses ungeduldige Personal, das nicht abwarten kann. Es tut mir leid, dass du dich wegen einer solchen Lappalie extra auf den Weg machen musstest.«

»Mir kam die Abholung zupass, denn jetzt kann ich endlich mit dir reden. Du bist ein schwer erreichbarer Mann. Morgen werden deine Töchter aus dem Krankenhaus entlassen. Ich nehme an, du weißt davon?« In ihrer Stimme schwang, sie konnte es nicht verhindern, ein vorwurfsvoller Unterton mit.

Seine Miene trübte sich erneut ein, er seufzte tief.

»Morgen also«, sagte er.

»Du weißt es nicht einmal«, antwortete sie.»Du bist ihr Vater! Es ist deine Pflicht, sich um sie zu kümmern.«

»Ich weiß«, antwortete Wolf, ohne Henni anzusehen. »Doch ich bringe es nicht fertig. Ich weiß, dass ich mich kümmern müsste. Aber ich kann das nicht. Ich schaffe es ja nicht einmal, in ihr vorbereitetes Kinderzimmer zu gehen. Die Bettchen, die Mobiles, die Teddybärentapete an den Wänden ... Ich ertrage den Anblick nicht. Ich weiß, dass ich ein schlechter Vater bin. Oder einfach nur feige. Du kannst es dir aussuchen.« Nun sah er Henni doch direkt in die Augen. Sie erkannte Tränen in seinem Blick. Auch in ihrem Hals bildete sich wieder ein Kloß, und sie blinzelte.

»Wir trauern auch. Wir alle tun das. Billes Tod ist eine Tragödie. Aber das Leben geht weiter. Die Kinder brauchen ihren Vater. Du musst für die beiden jetzt stark sein.«

»Ich weiß, das sollte ich sein«, antwortete Wolf. »Aber ich kann es nicht, so leid es mir tut. Ich weiß, dass ihr das besser könnt. Du warst schon immer stark, Bille hat dich stets für deine unbändige Kraft beneidet. Ich weiß meine Töchter bei dir in guten Händen. Es ist zu viel. Zu viel Kummer, zu viel Schmerz. Ich habe beschlossen, dem allen für eine Weile zu entfliehen. Gestern habe ich das Angebot für eine Produktion in Hollywood erhalten. Dort soll es bereits in zwei Wochen losgehen. Solch ein Angebot kann ich nicht ausschlagen.«

»Hollywood«, wiederholte Henni trocken. »Du willst deine Töchter, Billes Töchter, für etwas Ruhm im Stich lassen? Du willst uns all die Verantwortung auferlegen?« Sie war entsetzt. Sie hatte geahnt, dass Wolf Zeit brauchen würde, um sich an die neue Situation zu gewöhnen. Sie hatte damit gerechnet, dass sie sich erst einmal um die Kinder kümmern mussten.

Aber dass er gar keine Rolle in deren Leben spielen wollte, daran hatte sie niemals gedacht.

»Wie grausam bist du eigentlich?«, schleuderte sie ihm nun ins Gesicht. »Die beiden Mädchen haben bereits ihre Mutter verloren, und jetzt willst du ihnen kein Vater sein? Was soll ich ihnen denn erzählen, wenn sie älter sind? Mama ist tot, Papa ist irgendwo in der Traumfabrik von Hollywood und erträgt euren Anblick nicht? Du bist feige.« Sie hörte das Zittern in ihrer Stimme, so voller Zorn war sie und so wenig Verständnis hatte sie für sein Verhalten. »Na schön. Dann geh nach Hollywood und denk nur an dich selbst. Du weißt, dass Bille dich dafür hassen würde. Aber denk nicht einmal daran, eines Tages bei uns als der räudige Vater aufzutauchen, um noch irgendeine Rolle im Leben deiner Töchter zu spielen. Dann bist du für die beiden eben genauso gestorben wie ihre Mutter.«

Ohne Wolf noch einmal zu Wort kommen zu lassen, machte Henni auf dem Absatz kehrt und verließ die Aufnahmehalle. Als sie nach draußen trat, war es die Wut, die ihr die Tränen in die Augen trieb. Wie konnte er sich denn so verhalten?

Keine Minute später verließ sie mit ihrem kleinen Käfer das Gelände, und während sie sich in den dichten Verkehr auf der Schwalbacher Straße einfädelte, fiel ihr auf, dass sie Billes Sachen vergessen hatte.

13. Kapitel

»Dass zwei so kleine Persönchen aber auch so laut sein können«, sagte Inge, die mit der kleinen Andrea an der Schulter durch den Raum ging und den jämmerlich weinenden Säugling auf und ab wippte. »Die beiden Schätzchen haben doch alles, was sie brauchen. Die Windeln sind frisch, Fläschchen gab es auch. Da muss man doch mal mit dem Schimpfen aufhören.«

»Ich nehme an, sie haben Bauchschmerzen«, warf Lisbeth ein, die mit der kleinen Sabine durch den Raum ging.

Trude und Henni saßen auf dem Sofa und machten einen mitgenommenen Eindruck. Dunkle Schatten lagen unter ihren Augen, sie trugen Morgenmäntel. Die aufgehende Sonne sandte ihre ersten Strahlen in den Raum. Henni blinzelte ihr entgegen und hielt die Hand schützend vor die Augen.

»Ich hatte ganz vergessen, was Dreimonatskoliken bedeuten«, meinte sie.

Im nächsten Moment setzte Andrea zu einer weiteren Schimpftirade an, die es in sich hatte. Inge verstärkte das Wippen und tätschelte ihr den kleinen Popo. Was sie zu der Kleinen sagte, war aufgrund des Geschreis nicht zu verstehen.

Thomas betrat den Raum. Er sah verschlafen aus und hatte seinen Teddybär im Schlepptau, dem Inge aufgrund eines größeren Unfalls, von dem niemand so recht wusste, wie genau er geschehen war, einen blauen Flicken auf den Bauch genäht hatte.

»Thomas, mein Liebling«, begrüßte Henni ihren Sohn und streckte die Arme nach ihm aus. Er ging zu ihr und kuschelte sich an sie. »Jetzt haben dich unsere zwei kleinen Schreihälse doch geweckt. Dabei haben wir dein Zimmer doch extra ein Stockwerk höher und ans andere Ende des Hauses verlegt.«

Lisbeth war auf die Idee gekommen, Thomas' im ersten Stock gelegenes Zimmer für die beiden kleinen Damen zu nutzen. Dieses lag günstig neben Hennis und Georgs Schlafzimmer, und auch das Gästezimmer, in dem sie untergebracht war, war nicht weit davon entfernt. Thomas hatte diese Idee nicht sonderlich begeistert, aber sein neues Zimmer war um einiges größer, und er hatte ausreichend Platz für seine Modelleisenbahn. Georg hatte sich einen ganzen Abend Zeit genommen und sie gemeinsam mit Thomas aufgebaut, und zu dessen Freude hatte er ihm eine neue Lock und einige Erweiterungsgleise und sogar einen Tunnel mitgebracht.

Trude und Inge taten ebenfalls alles dafür, damit er sich nicht zurückgesetzt fühlte. Inge kochte ihm beinahe täglich seinen geliebten Lieblingsnachtisch, und Trude hatte sich neulich sogar dazu überreden lassen, mit ihm im Garten Fußball zu spielen. Allerdings hatte sie nur im Tor gestanden und war von Thomas und seinem Kumpel Alfred übelst abgeschossen worden. Henni hatte die Aktion aus einem der Fenster im ersten Stock schmunzelnd beobachtet.

Doch trotz aller Bemühungen plagte Henni noch immer

das schlechte Gewissen, denn die Zwillinge beanspruchten den größten Teil ihrer Aufmerksamkeit.

Zu ihrem Bedauern hatte sich Wolf bisher nicht mehr bei ihr gemeldet. Nachdem sie die Filmstudios verlassen hatte, war ihre Wut rasch wieder verraucht, und das schlechte Gewissen hatte sie gepackt. So hätte sie mit ihm nicht umspringen dürfen. Anstatt ihn anzuschreien, hätte sie ihm gut zureden müssen. Jeder verarbeitete solche Verluste anders. Sie hatte danach mehrfach versucht, ihn anzurufen, hatte sich Worte zurechtgelegt, die sie ihm sagen wollte. Doch entweder hatte sie den Hörer kurz nach dem Hochnehmen gleich wieder auf die Gabel gelegt, oder sie hatte es kurz nach dem Wählen seiner Nummer getan. Während eines Spaziergangs in den Weinbergen am Abend zuvor hatte sie sich selbst dafür gescholten, nicht einfach noch einmal persönlich mit ihm zu reden. Auch Georg hatte darüber nachgedacht, das Gespräch mit Wolf zu suchen, doch er hatte es bisher ebenfalls nicht getan. Sie schoben diese unliebsame Angelegenheit vor sich her.

Henni dachte an den Abholtag der Mädchen in der Klinik, daran, wie die Oberschwester nach dem Vater der Mädchen gefragt hatte und ihnen die Worte gefehlt hatten. Eigentlich hätte Wolf die Abholpapiere als Erziehungsberechtigter unterschreiben müssen. Henni hatte das Gespräch mit der Klinikleitung gesucht. Sie hatte von der Trauer des Ehemanns gesprochen, davon, wie hart ihn der Verlust seiner Ehefrau getroffen hatte. Da sie Angehörige der Mutter waren, hatte der Klinikleiter schließlich eingewilligt, dass sie unterschreiben und die Kinder mitnehmen konnten. Doch Wolf müsste Meldung an die Behörden machen. Henni hatte auf einen Anruf vom Jugendamt gewartet, doch bisher hatte sich niemand bei ihnen gemeldet.

»Wieso schreien die beiden denn ständig?«, fragte Thomas. »Sie haben Bauchweh«, antwortete Henni. »Das kommt bei so kleinen Mäuschen leider häufiger vor. Der Bauch muss sich erst richtig einrichten.«

Im nächsten Moment pupste Sabine so kräftig, dass alle im Raum erschrocken zusammenzuckten.

»Na, das war jetzt aber mal ein ordentliches Bumbesje«, sagte Inge lachend. »Der ärgert dich nicht mehr.«

»Also die pupst ja lauter als mein Freund Michi«, meinte Thomas und kringelte sich vor Lachen. Trude schüttelte den Kopf.

»Eines steht fest«, sagte sie. »Kinder großziehen ist nichts für Zimperliesen.«

Alle lachten, und die allgemeine Heiterkeit sorgte tatsächlich dafür, dass sich die beiden Mädchen beruhigten.

»Ich glaube, wir können jetzt alle ein ausgiebiges Frühstück auf der Terrasse gebrauchen«, sagte Inge und übergab Trude die kleine Andrea. »Ich koche uns jetzt erst einmal einen starken Kaffee, und dir, mein Bub, deinen Kakao.«

Einige Zeit später saßen sie im Licht der Morgensonne auf der Terrasse. Inge hatte den Frühstückstisch mit allerlei Leckereien eingedeckt. Es gab frische Brötchen vom Bäcker Blum, dazu hartgekochte Eier, hausgemachte Marmeladen, Wurst und Käse. Um sie herum summte und brummte es, dass es eine Freude war. Der schwere Duft der blühenden Rosen umgab sie wie eine wohlige Decke.

Andrea und Sabine hatten ein Einsehen mit ihnen und schlummerten friedlich in ihrem Kinderwagen. Henni füllte zum dritten Mal Kaffee nach und rührte gleich vier Löffel Zucker hinein, was ihr einen missbilligenden Blick von Lisbeth einbrachte.

»Bist du denn verrückt geworden?«, meinte sie. »Solch eine süße Plörre kann doch keiner trinken. Sonst süßt du deinen Kaffee doch gar nicht.«

»Ich brauche das eben heute«, verteidigte sich Henni. »Koffein und Zucker sind eine ausgezeichnete Energiekombination. Ich muss nachher endlich mal wieder in die Kellerei und dort nach dem Rechten sehen. Ich kann Georg unmöglich alles überlassen.«

»Wieso nicht?«, fragte Lisbeth. »Du tust so, als müsste er den Betrieb allein schmeißen. Er hat eine Horde Mitarbeiter, die die Arbeit erledigen.«

»Schon«, erwiderte Henni und unterdrückte ein Augenrollen. Lisbeth verstand noch immer nicht, welche Aufgaben in der Kellerei ihr oblagen. Sie war die Herzberg, der Ruhepol der Firma, diejenige, die sich um die Anliegen der Mitarbeiter bemühte und auch ihrem Ehemann mit Rat und Tat zur Seite stand. Sie vermisste ihren gewohnten Rundgang durch den Sektkeller und die Gespräche mit den Mitarbeitern. Natürlich würden sie viele der Angestellten auf Bille ansprechen und ihr Beileid bekunden. Aber dafür war sie gewappnet.

»Aber es obliegen auch mir einige Aufgaben, die ich nicht länger ruhen lassen kann. Hiltrud Groß hat mich heute angerufen und mich daran erinnert, dass heute Nachmittag ein Treffen mit den Damen des Wohltätigkeitsvereins stattfindet. Das Leben muss ja weitergehen. Bille hätte nicht gewollt, dass wir uns ihretwegen verkriechen.«

Ihr letzter Satz sorgte dafür, dass die gute Stimmung am Tisch einen Dämpfer erhielt, und die Mienen wurden betreten. Henni ärgerte sich über sich selbst, dass sie diesen Satz ausgesprochen hatte.

Es war Lisbeth, die ihr zu ihrer Verwunderung nun beisprang: »Stimmt«, sagte sie. »Bille hätte das nicht gewollt. Und sie hätte sogar fünf Löffel Zucker in ihren Kaffee gekippt.«

»Ja, das hätte sie«, pflichtete Inge ihr bei. »Und sie hätte die hausgemachte Marmelade fingerdick auf ihr Brötchen geschmiert. Sie hat sie so gern gegessen, besonders Himbeere. Ich hab ihr immer Gläser für sie und Wolf mitgegeben. Als ich einmal vom Einkaufen zurückkam, war die halbe Vorratskammer leer.«

»Meine Schwester, die Marmeladendiebin«, sagte Henni lachend. »Dieses ihrer Talente war mir bisher fremd.«

»Wie sieht es eigentlich mit unserem Weinladen und dem Ausschank aus?«, wechselte Trude das Thema. »Erst gestern war wieder eine Wandergruppe da, die ganz traurig darüber war, dass wir geschlossen hatten. Hat es denn neue Bewerber gegeben?«

»Nein, leider nicht«, antwortete Henni. »Die beiden Damen, die sich vorgestellt hatten, waren mir nicht sympathisch.

Ich dachte eigentlich, es würden von selbst weitere Bewerber auftauchen, denn in der gesamten Gegend weiß jeder, dass wir einen Nachfolger für Käthe suchen. Vermutlich kam wegen unseres Trauerfalls niemand mehr. Ich werde wohl doch eine Anzeige schalten müssen.«

»Und was wäre, wenn ich mich fürs Erste um den Laden kümmere?«, fragte Lisbeth. »Ich bin ja sowieso den ganzen Tag hier, und um unsere beiden Fräuleins kümmern sich ja auch Trude und Inge, für den Haushalt haben wir zusätzliche Kräfte.«

»Du willst dich um den Laden kümmern?«, hakte Henni verdutzt nach.

»Wieso nicht?«, fragte Lisbeth. »So schwer kann das ja nicht sein. Inge und Trude können mir für den Anfang doch helfen. Und wenn du hier bist, kannst du mit anpacken.«

»Ich kann auch helfen«, warf Thomas ein, dessen Mund komplett mit Marmelade verschmiert war. Inge tätschelte ihm lächelnd den Kopf.

»Aber natürlich kannst du das. Wir backen zusammen Flammkuchen für die Kundschaft. Aber nicht den ganzen Teig futtern, sonst bleibt nix mehr für die Gäste übrig.« Sie hob mahnend den Zeigefinger.

»Also ich finde das eine großartige Lösung«, meldete sich Trude zu Wort. »Ich sehe es wie Lisbeth. Es wird kein Hexenwerk sein.«

Henni gab sich geschlagen. So ganz konnte sie sich ihre Schwester als Weinhändlerin und Schankwirtin zwar nicht vorstellen, aber vielleicht würde es ja funktionieren. Lisbeth überraschte sie immer wieder, und es rührte sie, dass sie ihre Mithilfe angeboten hatte.

»Also gut«, stimmte sie zu. »Dann kannst du gerne loslegen. Viel Vergnügen. Mit vereinten Kräften werden wir den Laden schon gewuppt bekommen.«

Sie nickte Lisbeth zu, und plötzlich breitete sich in ihrem Inneren ein wunderbar warmes Gefühl der Zuneigung aus. Es hatte Zeiten gegeben, da hätte sie nicht geglaubt, jemals so für ihre Schwester empfinden zu können. Doch nun war alles verändert. Sie beide waren die Übriggebliebenen. Sie waren die Herzberg-Frauen. Und trotz aller Verschiedenheit und unterschiedlicher Meinungen galt es zusammenzuhalten.

Eine Weile darauf verließ Henni in einem hellblauen Sommerkleid das Haus durch den Haupteingang und lief über die bekieste Auffahrt zu ihrem weißen VW-Käfer Cabrio, das sie sich erst im letzten Jahr gekauft hatte und ihr ganzer Stolz war. Als sie Georg, nachdem ihr geliebter Fahrer Herbert in seinen wohlverdienten Ruhestand gegangen war, den Vorschlag gemacht hatte, den Führerschein machen zu wollen, hatte er zurückhaltend reagiert. Seiner Meinung nach passten Frauen und Technik nicht zusammen. Und um ein Auto zu steuern benötigte es technisches Verständnis. Doch Henni hatte sich nicht beirren lassen, und so hatte sie ihre Fahrausbildung begonnen und mit Bravour gemeistert. Inzwischen hatte sich sogar Georg daran gewöhnt, dass sie am Steuer saß, gerne sah er es jedoch noch immer nicht. Wenn sie gemeinsam unterwegs waren, lenkte stets er den Wagen.

Henni wollte gerade einsteigen, als ein dunkelblauer Opel Kapitän auf den Hof fuhr. Am Steuer saß Wolf. Er parkte den Wagen neben ihrem, stieg aus und begrüßte Henni.

Sein Anblick sorgte dafür, dass sie nervös wurde, und ihre Hände begannen zu zittern.

»Guten Tag, Wolf«, grüßte sie, bemüht darum, ihrer Stimme einen festen Klang zu geben. »Schön dich zu sehen. Wie geht es dir?«

»Soweit ganz gut«, antwortete er. »In den Filmstudios ist eine Menge los. Morgen breche ich nach Amerika auf.«

»Morgen schon«, antwortete Henni.

»Ja, morgen schon«, wiederholte er. »Deshalb bin ich auch hier. Ich wollte mit dir reden. Oder ist es gerade nicht passend? Du wolltest wegfahren, oder?«

»Das kann warten«, antwortete Henni, neugierig darauf, was er zu sagen hatte. »Wollen wir ein Stück laufen?« Sie deutete auf einen Feldweg, der an ihrem Weinladen vorbei direkt in den Weinberg führte. Er stimmte zu.

Wenig später gingen sie nebeneinander den geschotterten Weg entlang. Eine Weile lang sagte keiner von beiden etwas. Henni ließ ihren Blick über die Weinstöcke hinweg zum Fluss hinunter schweifen, auf dem sich gerade ein Frachtschiff gegen die Strömung flussaufwärts kämpfte. Zwei Schmetterlinge flatterten vor ihnen über den Weg. Es sah aus, als würden sie miteinander tändeln. Die Weinberge um sie herum beruhigten Hennis aufgewühlten Gefühle wieder ein wenig. Sie hatte so sehr darauf gehofft, dass Wolf aus seinem Schneckenhaus der Trauer kriechen und auf sie zukommen würde. Nun, als er es getan hatte, wusste sie nicht so recht, wie sie damit umgehen sollte.

»Ich hab ganz vergessen, wie schön das Mittelrheintal ist«, sagte Wolf irgendwann. »Bei dem Anblick dieser Lieblichkeit wundert es einen nicht, dass im neunzehnten Jahrhundert die Rheinromantik ausgebrochen ist.«

»Der wir eine Menge ausgebaute Burgruinen zu verdanken haben«, warf Henni ein. »Kaum eine der Burgen würde heute in diesem Glanz erstrahlen, wären sie nicht zur damaligen Zeit auf so liebevolle Art und Weise restauriert werden. Auch unsere Assmannshausener Niederwald-Seilbahn erfreut sich immer größerer Beliebtheit. Obwohl ich gestehen muss, dass ich noch nie mit ihr gefahren bin. Ich laufe lieber durch die Weinberge zum Niederwalddenkmal. Allerdings war ich länger nicht mehr dort.«

»So ist das immer«, antwortete Wolf. »Die Schönheit ihrer Heimat nehmen die Einheimischen am wenigsten wahr.«

»Scheint wohl so«, erwiderte Henni. Das Reden über Belanglosigkeiten lockerte die Stimmung zwischen ihnen. Sie waren ein Stück bergauf gelaufen und hatten den weltberühmten Höllenberg erreicht. Noch waren an den Weinstöcken nur winzige grüne Beeren zu erkennen, doch in wenigen Monaten würden sie rot, süß und saftig sein. Wenn das Wetter ihnen weiterhin so gewogen blieb, dann könnte es ein guter Jahrgang werden.

Doch Wolf war nicht gekommen, um über die Schönheit des Rheingaus zu philosophieren. Henni gab sich einen Ruck und lenkte das Gespräch auf die Zwillinge.

»Deine Töchter halten uns übrigens ordentlich auf Trab. Sie ähneln Bille. Sie wäre so stolz auf die beiden gewesen.«

»Ja, das wäre sie«, antwortete Wolf und blieb stehen. In seiner Stimme schwang Traurigkeit mit. »Ich würde die beiden gerne nachher noch einmal sehen. Und ich wollte dich etwas fragen.«

Nun rückt er endlich mit der Sprache raus, dachte Henni, und fragte: »Wie lange wirst du denn in Amerika bleiben? Wenn du zurückkommst, können wir gern besprechen, wie es mit den beiden weitergeht. Immerhin bist du ihr Vater, sämtliche Entscheidungen liegen also bei dir.«

»Das ist es, worüber ich mit dir reden wollte«, entgegnete Wolf mit ernster Miene. »Ich werde länger in Amerika bleiben, vielleicht sogar für Jahre. Mein Platz ist dort, ich spüre es. Wenn Bille noch hier wäre, hätte ich sie und die Kinder natürlich mitgenommen. Selbstverständlich nur, wenn sie es gewollt hätte. Aber nun ist ja alles verändert. Ich habe lange darüber nachgedacht, wie es wohl am besten sein wird. Ich werde in Amerika kaum Zeit für meine Töchter haben, weshalb sie von Kinderfrauen großgezogen werden und über kurz oder lang in Internaten landen würden. Ich denke, dass sie deshalb hier bei euch in Assmannshausen im Schoß einer Familie besser aufgehoben wären. Ich weiß, ich verlange viel von dir, von euch. Aber vielleicht könntet ihr das Sorgerecht für die Mädchen beim Jugendamt beantragen. Dann könnt ihr sämtliche Entscheidungen ohne Rückfragen mit mir treffen.«

Henni konnte kaum glauben, was sie hörte.

»Du willst dich also komplett aus der Verantwortung stehlen«, entgegnete sie und verschränkte die Arme vor der Brust. »Und was sagen wir deinen Töchtern, wenn sie größer sind?« Wolf hob beschwichtigend die Hände. »Ich möchte Kontakt zu den beiden halten, wenn sie älter sind, können sie mich gerne in Amerika besuchen kommen, und ich werde bestimmt auch mal wieder in Deutschland sein. Nur halte ich es für sinnvoller, wenn sie bei euch aufwachsen. Ich weiß, dass du und Lisbeth sie mit Liebe überschütten werdet, ihr werdet ihnen ein Zuhause geben, das diesen Namen verdient. Ihr seid Familie. Bille hätte es bestimmt so gewollt. Sie fand es nie gut, Kinder von Fremden erziehen zu lassen.«

»Das stimmt wohl«, antwortete Henni und fügte hinzu: »Weil sie selbst es nicht anders gekannt hat. Wie du weißt, starb unsere Mutter bei ihrer Geburt. Sie kannte nur Kindermädchen und hat es gehasst. Nur Trude hat sie akzeptiert.«

Henni sah Bille vor Augen, wie sie als kleines Mädchen in ihrem Kinderzimmer auf dem Teppich gesessen und Vater, Mutter, Kind gespielt hatte. Die Sehnsucht nach einer richtigen Familie hatte sie nie abgelegt. Auch ihre Töchter würden nicht das Idealbild einer Familie kennenlernen dürfen. Wolf hatte recht. Sie sollten wenigstens das Gefühl haben, Teil einer richtigen Familie zu sein, und das würde er ihnen in Amerika nicht geben können. Auch brach Henni die Vorstellung, dass sie die beiden nicht würde aufwachsen sehen, das Herz. Sie waren Billes Töchter, sie gehörten in den Rheingau und nach Wiesbaden und nicht nach Hollywood oder sonst wohin.

»Sie können bei uns bleiben«, sagte sie. »Ich kümmere mich um die Beantragung des Sorgerechts. Es wird vermutlich einfacher sein, wenn ich das alleinige Sorgerecht beantrage. Aber dazu können wir uns gerne noch von einem Anwalt für Familienrecht beraten lassen. Es soll ja alles seine Richtigkeit haben.«

Eigentlich sollte sie, um diese Zusage zu geben, erst Rücksprache mit Georg und Lisbeth halten, doch sie glaubte, deren Antwort bereits zu kennen. Auch sie würden es niemals zulassen, dass Billes Kinder Deutschland für immer den Rücken kehrten.

»Danke dir«, antwortete Wolf. Ihm war die Erleichterung anzusehen. »Ich verspreche, dass ich mich auch kümmern werde. Die beiden sollen nicht glauben, dass sich ihr Vater nicht für sie interessiert.«

Henni ahnte, wie dieses Kümmern aussehen würde. Hin und wieder, vorzugsweise zum Geburtstag und zu Weihnachten, würden Päckchen mit teuren Geschenken eintreffen. Wann er das nächste Mal zurück nach Deutschland kommen würde, stand in den Sternen. Sie behielt ihre Vorbehalte jedoch für sich und antwortete stattdessen: »Wir sollten zurückgehen. Und dann solltest du endlich das tun, was längst überfällig ist: Zeit mit deinen Töchtern verbringen.«

14. Kapitel

Assmannshausen, 7. Juli 1956

Lisbeth betrachtete missmutig den vor ihr liegenden, verkohlten Flammkuchen. In diesem Zustand konnte das gute Stück auf keinen Fall serviert werden. Sie musste den Gast – einen älteren Herrn mit auffallend buschigen Augenbrauen, der eine mehrtägige Rheinsteigwanderung in Angriff genommen hatte – davon in Kenntnis setzen, dass er noch etwas länger auf seine Mittagsmahlzeit würde warten müssen. Schuld waren eindeutig diese beiden geschwätzigen Kundinnen gewesen, die sich zwischen einem fruchtigen und einem herben Riesling nicht hatten entscheiden können. Sie waren endlich zur Tür raus gewesen, da hatte Lisbeth den kokelnden Geruch aus der Küche wahrgenommen. Wie zur Hölle hatte es Käthe hinbekommen, überall ihre Aufmerksamkeit zu haben? Bei ihr hatte der Betrieb des Ladens und der Straußenwirtschaft eindeutig einfacher ausgesehen.

Sie wischte sich seufzend die Hände an dem Geschirrtuch ab, das im Bund ihrer weinroten Küchenschürze klemmte, öffnete den Tritteimer und beförderte das verbrannte Machwerk hinein.

Immerhin hatte sie noch weiteren Teig portionsweise vorbereitet, auch weiterer Speck, Zwiebeln und Frischkäse waren vorhanden. Sogleich machte sie sich daran, einen neuen

Flammkuchen auszurollen und zu belegen. Dieser Punkt der Herstellung ging ihr inzwischen leicht von der Hand. Inge hatte ihr mehrere Tage Kochkurse gegeben und genau erklärt, worauf sie zu achten hatte. Sie konnte nun also relativ unfallfrei Zwiebeln in kleine Würfel schneiden und schaffte es, den Teig des Flammkuchens gleichmäßig und in der richtigen Größe auszurollen. Auch konnte sie Frikadellen zubereiten, worauf sie besonders stolz war, denn die verflixten Dinger hatten sich zu Anfang von ihrer unkooperativen Seite gezeigt und waren ihr in der Pfanne mehrfach angebrannt. Käthe hatte sie früher stets mit Bratkartoffeln auf der überschaubaren Speisekarte gehabt. Immerhin Kartoffeln schälen konnte Lisbeth ausgezeichnet. Das hatte man ihr nach dem Krieg in der Schulküche anständig beigebracht. Die Wiener Würstchen mit Brot waren denkbar einfach, allerdings musste man auch hier achtgeben, denn wenn das Wasser kochte, waren sie schnell geplatzt. Kuchen gab es auch. Den backte jedoch Inge, und sie brachte ihn stets am frühen Vormittag. Heute standen Streuselkuchen und Erdbeerkuchen auf der mit Kreide geschriebenen Empfehlungstafel vor dem Laden.

»Ist da jemand?«, hörte sie plötzlich eine Frauenstimme rufen.

»Verdammt«, fluchte Lisbeth leise. Sie hatte gerade den Frischkäse auf den Teig gestrichen und wollte ihn eben mit den Zwiebeln und dem Speck belegen.

Sie ließ die begonnene Arbeit zurück und betrat den Verkaufsraum.

»Ach, hier ist ja doch jemand.«

Vor ihr stand eine ältere Dame mit kurz geschnittenem grauem Haar in einen komischen Aufzug. Sie trug Jägerskluft, und auf ihrem Kopf lag ein Tirolerhut. In der rechten Hand hielt sie einen Wanderstock, und an ihrem Rücken hing ein grasgrüner Rucksack.

»Guten Tag, meine Teuerste«, flötete sie mit einer piepsig klingenden Stimme. »Ich bin eben an Ihrem Anwesen vorübergewandert und habe das Schild entdeckt. Und es duftete so köstlich. Können Sie mir sagen, was es heute bei Ihnen zu essen gibt?«

Sie hörte sich eher norddeutsch an.

»Na, das, was draußen auf der Karte steht«, antwortete Lisbeth eine Spur zu ruppig, wofür sie sich innerlich rügte. Sie bemühte sich darum, einen freundlicheren Tonfall an den Tag zu legen.

»In den meisten kleineren Straußenwirtschaften ist die Auswahl eher begrenzt. Nach was steht Ihnen denn der Sinn? Eher etwas Herzhaftes mit einem Gläschen Riesling dazu oder doch lieber süßer Kuchen und ein Tässchen Kaffee? Ich kann Ihnen unseren Flammkuchen wärmstens ans Herz legen. Er ist eine Spezialität des Hauses.«

»Dann nehme ich den«, antwortete die Frau. »Und gern ein Glas von Ihrem Riesling. Wir sind ja schließlich im schönen Rheingau. Kaffee kann ich auch zu Hause trinken. Dann suche ich mir mal ein lauschiges Plätzchen.« Sie ging nach draußen, und Lisbeth eilte flotten Schrittes zurück in die Küche, wo sie damit begann, eine weitere Teigkugel auszurollen. Mit flinken Fingern belegte sie beide Teigfladen und beförderte sie in den vorgeheizten Ofen. Dieses Mal würde ihr kein Missgeschick passieren.

Sie wollte die Küche verlassen, um den älteren Herrn zu vertrösten, da fiel ihr Blick auf die kleine Eieruhr in Form eines Kükens, die auf dem Regal stand. Und plötzlich erinnerte sie sich an das schrillende Geräusch, das früher hin und wieder aus Käthes Küche gekommen war. So hatte sie es also hinbekommen, dass ihr nie etwas verbrannt war.

»Dumm kann man sein«, murmelte Lisbeth, während sie nach dem gelben Hühnchen griff, »man muss sich nur zu helfen wissen.«

Sie stellte die Uhr auf die richtige Zeit, dann ging sie nach draußen. Der ältere Herr bestellte ein weiteres Glas Riesling und betonte den guten Geschmack. Als sie ihn wegen des Flammkuchens vertröstete, lachte er fröhlich und meinte: »Ich hab mir schon so etwas gedacht. Es hat vorhin bisschen verbrannt gerochen. Aber ich bin im Urlaub und nicht auf der Flucht, und bei Ihnen ist es herrlich. Wie schaffen Sie es nur, dass die Rosen in einer solchen Pracht blühen? In meinem Schrebergarten am Wannsee will mir das nicht gelingen.«

Verdutzt sah Lisbeth die Rosen an. Von Gartenarbeit hatte sie so gar keine Ahnung. Um die rund um den Weinladen gepflanzten Rosen bemühte sich ihr Gärtner.

»Wenn Sie möchten«, schlug sie vor, »kann ich nachsehen, ob unser Gärtner gerade in der Nähe ist. Dann können Sie ihn nach seinen Tricks fragen.«

»Das wäre zu freundlich. Aber nicht, dass dann wieder die Flammkuchen verbrennen.« Er zwinkerte ihr grinsend zu.

Lisbeth versicherte ihm, dass sie erst den Gärtner suchen würde, wenn er sein Essen erhalten hatte. Dann ging sie wieder zurück in den Laden.

Am Morgen war von einem ortsansässigen Winzer eine neue Lieferung gekommen, die es in die Regale zu räumen galt. Es war Rotwein vom Höllenberg. Ein Bestseller, der ständig nachgeordert werden musste. Lisbeth hatte gerade die ersten beiden Flaschen in eines der Weinregale geräumt, da schrillte die Eieruhr. Sie eilte in die Küche und holte zwei perfekt aussehende Flammkuchen aus dem Ofen. So kann es weitergehen, dachte sie und verfrachtete die herzhaften Köstlichkeiten auf die rustikalen Holzbretter, auf denen sie serviert wurden.

Nachdem sie den Gästen die Leckereien gebracht hatte, lief sie rasch zum Gutshaus, um sich auf die Suche nach ihrem Gärtner zu machen. Auf der Terrasse fand sie Henni vor, die gerade einer ihrer süßen Nichten das Fläschchen gab. Der andere kleine Schatz lag in einem hübschen Korbstubenwagen, hatte die Augen geöffnet und zappelte eifrig mit Armen und Beinen. Henni hielt sich bereits seit einigen Tagen dauerhaft in Assmannshausen auf, denn Trude hatte ihren langverdienten Urlaub angetreten und war zu einem Besuch ihrer Cousine nach Düsseldorf aufgebrochen. Sie wurde erst in zwei Tagen zurückerwartet.

Lisbeth krabbelte Andrea am Bauch, was dem Baby einen Kiekser entlockte.

»Sie werden immer munterer«, sagte sie freudig. »Sie lächelt sogar schon ein wenig.«

»Ja, so langsam hat man das Gefühl, dass sie richtig damit beginnen, am Leben teilzuhaben«, antwortete Henni. »Wenn nur die ständige Schreierei nicht wäre. Gerade sind sie recht brav, aber ich glaube, dass ist nur die Ruhe vor dem Sturm. Diese Dreimonatskoliken sind wirklich eine abscheuliche Sache.«

Lisbeth stimmte ihr zu, und schlagartig fühlte sie sich erschöpft. Die Nächte waren aktuell kurz. Lisbeth konnte sich nicht mehr so recht daran erinnern, wann sie in den letzten Wochen länger als drei Stunden am Stück geschlafen hatte. Neulich war sie am Nachmittag im Weinladen sogar eingeschlafen. Gott sei Dank war es Inge gewesen, die sie geweckt hatte, und nicht irgendein Kunde. Das wäre äußerst peinlich gewesen.

»Wie läuft es denn im Laden?«, fragte Henni.

»Ganz passabel«, antwortete Lisbeth. »So gut wie Käthe werde ich es vermutlich niemals hinbekommen, und es hapert noch ein wenig an der Zeiteinteilung, aber das wird.« Triumphierend holte sie das gelbe Hühnchen aus der Tasche ihrer Küchenschürze und hielt es in die Höhe. »Damit verbrennt mir niemals wieder ein Flammkuchen.«

Henni antwortete schmunzelnd: »Na, dann kann ja nichts mehr schiefgehen. Und wenn das kleine Fräulein hier endlich irgendwann sein Fläschchen ausgetrunken hat, dann komme ich gerne mit den beiden zu dir und leiste dir ein wenig Gesellschaft. Wenn es ruhig ist, könnten wir ein Tässchen Kaffee trinken und uns ein Stück von dem leckeren Erdbeerkuchen gönnen. Das müssen wir Inge ja nicht sagen. Die Ärmste hat sich hingelegt. Heute plagt sie mal wieder ihre abscheuliche Migräne.«

»Das ist eine ausgezeichnete Idee«, erwiderte Lisbeth freudig. »Im Moment hab ich nur zwei Gäste. Sollten noch weitere auftauchen, kannst du mir ein wenig zur Hand gehen. Apropos Gäste«, fiel ihr wieder ein, »hast du zufällig Ludwig hier irgendwo gesehen? Ich habe da einen älteren Herrn, der gerne wissen möchte, wie er die Rosen so hübsch hinbekommt.«

»Ich glaube, er ist im Gewächshaus«, antwortete Henni und deutete zum hinteren Ende des Gartens, wo sich Ludwigs mit unzähligen Pflanzen vollgestopftes gläsernes Reich befand.

Lisbeth bedankte sich für die Auskunft und eilte über den Rasen davon.

Zwei Stunden später saßen die Schwestern einträchtig vor dem Weinladen und genossen Kuchen im hellen Licht der späten Nachmittagssonne. Nachdem der ältere Herr und die Dame mit dem Tirolerhut gegangen waren, war nur noch eine Wandergruppe von sechs Mann aufgetaucht, die fröhlich von der Fahrt mit der Seilbahn erzählten, die sie vom Niederwald nach Assmannshausen herabbefördert hatte. Sie hatten sich einen ordentlichen Schoppen genehmigt und waren dann Richtung Höllenberg weitergezogen. Ihr Tagesziel lag noch ein ganzes Stück weiter den Rhein hinunter. Neben Henni und Lisbeth schlummerten die Zwillingsmädchen friedlich in ihrem Kinderwagen.

»Wenn mir einer vor einigen Jahren gesagt hätte, dass ich einmal einen Weinladen und eine Straußenwirtschaft im

Rheingau führen würde, hätte ihm mit Sicherheit einen Vogel gezeigt«, sagte Lisbeth und nippte an ihrem Kaffee. »Aber du wirst lachen, es bereitet mir richtig Freude, und ich habe das Gefühl, zum ersten Mal seit einer gefühlten Ewigkeit zur Ruhe zu kommen. Das letzte Jahr war abscheulich, und ich war an Dieters Seite längst nicht mehr glücklich. Ich habe mich verloren gefühlt und meinen Frust oft auch an dir abgelassen. Dafür muss ich mich entschuldigen. Ich hätte schon viel früher die Reißleine ziehen sollen. Vielleicht war es einfach diese romantische Vorstellung von der perfekten Liebe gewesen, die mich daran gehindert hat. Ich wollte ihn lieben, konnte es aber nicht. Mein dummes Herz hängt noch immer an Wolfgang. Besonders seit Billes Tod denke ich wieder häufiger an ihn. Er fehlt mir so sehr.« Tränen schimmerten in ihren Augen, und Henni legte tröstend ihre Hand auf die von Lisbeth.

»Ich hatte längst befürchtet, dass Dieter nicht der Richtige für dich ist. Aber du musstest es selbst herausfinden. Hätte ich etwas gesagt, wäre ich nur wieder die besserwissende große Schwester gewesen, die du häufig in mir siehst. Die war ich ja auch häufig, und dafür muss ich mich wiederum bei dir entschuldigen. Vielleicht liegt es daran, dass ich die Älteste bin und mich verantwortlich fühle. Verantwortlich für meine Schwestern, von denen mir nur noch eine geblieben ist.« Auch sie hatte nun Tränen in den Augen und musste schlucken.

Lisbeth rührten Hennis Worte. Sie hatte sich stets bevormundet gefühlt, hatte Henni als die Ältere auf einen goldenen Thron gesetzt, der für sie unerreichbar schien. Neidgefühle hatten sich wie giftige Dornen in ihrem Inneren festgesetzt und immer wieder ihr Miteinander vergiftet. Sie hatten das Verhältnis zur ihrer gesamten Familie vergiftet. Anstatt sich ihrer Wurzeln bewusst zu sein, war sie davongelaufen, hatte aufbegehrt und rebelliert. Sie hatte so viele Fehler gemacht, hatte sich nicht mehr mit ihrem Vater aussprechen können. Aber hätte das funktioniert? Auch er hatte nicht aus seiner Haut gekonnt. Ihr Verhältnis zueinander war stets kompliziert gewesen. Vermutlich hätte es wieder Streit gegeben. Sie hatte seinen Sturkopf geerbt.

Plötzlich war der Motor eines Autos zu hören, und nur wenige Sekunden später bremste ein silberfarbener Porsche vor ihnen, den Lisbeth nur zu gut kannte. Der Wagen gehörte Dieter. Er stieg aus, und Henni murmelte treffend: »Wenn man vom Teufel spricht ...«

Wieder einmal fiel Lisbeth auf, wie attraktiv er doch trotz allem war. Sein markantes Gesicht war sonnengebräunt, sein dunkles Haar hatte er zurückgekämmt, er nahm seine Sonnenbrille ab, und sein Blick fixierte Lisbeth. Er ging ihr durch und durch. Seiner ernsten Miene war anzumerken, dass er nicht wegen eines freundlichen Plauschs erschienen war.

»Guten Tag, Henni, Lisbeth.« Seine Stimme klang fest, er schien nicht betrunken zu sein. »Können wir reden?«, fragte er frei heraus.

Lisbeth suchte sich innerlich zu beruhigen, dann nickte sie. Sie erhoben sich, und Henni verabschiedete sich mit knappen Worten. Kurz berührte sie noch einmal Lisbeths Schulter, bevor sie mit dem Kinderwagen zum Gutshaus zurückging. Lisbeth blieb wie festgewurzelt an ihrem Platz stehen. Sie fühlte sich unfähig, etwas zu sagen oder sich zu bewegen. Sie hatte gewusst, dass er auftauchen würde. Dieter war stets ein Mann gewesen, der sich Herausforderungen persönlich stellte.

»Wie geht es dir?«, fragte er und trat näher.

»Gut soweit«, antwortete Lisbeth und strich sich eine Haarsträhne aus der Stirn.

»Du siehst verändert aus«, sagte er und deutete auf ihre Schürze. »Spielst du jetzt neuerdings die brave Wirtin?« Sein Ton klang nun herablassend.

»Wieso nicht?«, antwortete Lisbeth. Widerwillen stieg in ihr auf. »Die Familie muss nach Billes Tod zusammenhalten. Du warst nicht einmal auf ihrer Beerdigung.«

»Ich sah keine Notwendigkeit«, entgegnete er trocken. »Sie konnte mich nie leiden. Wie wir beide wissen.« Er war noch ein Stück nähergetreten. »Aber ich bin nicht zu dir gekommen, weil ich mit dir über den bedauerlichen Tod deiner Schwester sprechen wollte. Ich wollte dir persönlich mitteilen, dass ich dich auf Unterhalt verklagen werde. Er steht mir zu, denn du bist aktuell der vermögendere Teil in unserer Ehe. Schließlich hältst du Anteile einer der größten Kellereien Deutschlands. Ich finde, da ist es nur recht und billig, wenn ich einen Teil vom Kuchen abbekomme.« Er grinste süffisant.

Lisbeth sah ihn fassungslos an. »Damit kommst du nicht durch«, entgegnete sie.

»Das werden wir schon sehen, meine Teuerste«, gab er zurück, ging wieder zu seinem Wagen und öffnete die Tür. »Du hörst von meinem Anwalt.« Er stieg ein und fuhr davon.

Nachdem der Motor nicht mehr zu hören war, sank Lisbeth zurück auf den Gartenstuhl. Nur langsam beruhigte sich ihr Herzschlag, und ihre Hände begannen zu zittern. Wie konnte er es wagen, so mit ihr umzugehen! Oh, wie blind sie doch gewesen war. Wie hatte sie nur so naiv sein und Gefühle für einen solchen Blender entwickeln können?

Henni, die das Gespräch der beiden aus der Ferne beobachtet hatte, kam mitsamt dem Kinderwagen zurück und fragte mit neugierigem Blick: »Was wollte er?«

»Er will mich auf Unterhalt verklagen«, antwortete Lisbeth.

»Er will was?«, hakte Henni verdutzt nach. »Ja, ist der denn verrückt geworden? Damit wird er niemals durchkommen! Das verspreche ich dir. Wir nehmen uns einen Anwalt. Den besten von ganz Wiesbaden. Wir werden diesem Hannebambel schon zeigen, was es bedeutet, sich mit den Herzbergs anzulegen.« Entschlossen ballte sie die Fäuste. Da war sie wieder, die große Schwester, die die kleinere beschützte, kam es Lisbeth in den Sinn. Doch in diesem Augenblick war sie dankbar für ihren Beistand, denn sie fühlte sich wie ein angeschossenes Tier. Tränen liefen über ihre Wangen, und als wollten sie Gemeinschaftssinn beweisen, fingen die beiden Fräuleins im Kinderwagen lautstark zu schimpfen an.

15. Kapitel

Wiesbaden 18. Juli 1956

Henni saß mit Gustav in seinem Pförtnerhaus und wusste nicht so recht, was sie sagen sollte. Sie hatte von einem der Schichtleiter erfahren, dass Gustav von seiner Traudl verlassen worden war. Selbstverständlich war sie gleich zu ihm geeilt, um ihm Trost zu spenden.

Wie ein armer Tropf saß er mit hängenden Schultern vor ihr.

»Und ich Trottel hab nichts bemerkt«, meinte er und schüttelte den Kopf. »So deppert kann man doch gar nicht sein. So etwas muss einem doch auffallen, oder? Gibt ja immer dieses Gerede, dass die Ehefrau immer die Letzte ist, die von einer Affäre erfährt. Bei uns bin ich es, dem die Hörner aufgesetzt worden sind.« Er seufzte und sank noch ein Stück weiter in sich zusammen. »Das ging schon über ein Jahr mit diesem Uwe.« Er spie den Namen regelrecht aus. »Ich hab das von Kai aus der Versandabteilung. Der hat sie dabei beobachtet, wie sie mit dem großkotzigen Möchtegern beim Tanzen im Kurhaus war, und geküsst haben die sich sogar auch. Und mir hat sie was von einem Besuch bei ihrer kranken Schwester in Mainz vorgelogen.«

»Und wie bist du darauf gekommen, dass das bereits ein Jahr geht?«, hakte Henni nach.

»Kai hat ein bisschen Detektiv gespielt und ist denen nachgelaufen. Ihr Uwe wohnt in einer schicken Villa im Dambachtal. Einer der Angestellten hat ihm gesagt, dass die Frau schon länger kommt, er schätzte, mindestens ein Jahr. Der muss ordentlich Schotter haben, wenn er sich so etwas leisten kann, hat der Kai gesagt. Ein Leben in einer schönen Villa kann ich ihr natürlich nicht bieten. Bestimmt fährt der mit ihr auch nach Venedig, da wollte sie immer hin. Unser schöner Rheingau war ihr nicht mehr gut genug. Und jünger als ich ist der Kerl auch noch. Bestimmt hat der auch noch andere Qualitäten und kann noch richtig ...«

»So genau will ich es gar nicht wissen«, fiel Henni ihm ins Wort und hob die Hände.

»Tut mir leid, Chefin«, entschuldigte sich Gustav. »Aber wenn es doch wahr ist. Mit den Weibern hat man nichts als Ärger. Außer mit dir natürlich. Du warst schon immer ein anständiges Fräulein. So liederlich würdest du dich niemals benehmen.«

Henni konnte ein Schmunzeln nicht unterdrücken.

»Wenn die Sache ausgestanden ist, dann bleib ich für immer Junggeselle, das kannst du glauben«, sagte Gustav mit Bestimmtheit in der Stimme. »Noch eine von der Sorte kommt mir nicht ins Haus.« Er erhob sich, öffnete die Tür eines neben dem Schreibtisch stehenden Schränkchens und holte eine Flasche Obstler heraus. »Du trinkst doch ein Gläschen mit mir, oder? Ist ja normalerweise nicht meine Tageszeit für so harte Sachen, aber unter diesen Umständen ...« Er stellte zwei Schnapsgläser auf den Tisch.

Henni fügte sich in ihr Schicksal, obwohl sie Obstbränden nichts abgewinnen konnte. Doch Gustav benötigte Beistand, da galt es, tapfer zu sein. Er füllte die Gläser, reichte ihr eines davon und leerte seines in einem Zug. Während er dies tat, kippte Henni spontan den Inhalt ihres Glases in den Blumentopf einer sowieso nicht mehr ganz taufrisch aussehenden Zimmerpalme und verzog dann gekonnt das Gesicht, damit ihre Aktion nicht auffiel.

»Noch einen?«, fragte Gustav. »Auf einem Bein steht es sich schlecht.« Er wollte nachschenken, doch Henni zog ihr Glas zurück.

»Das war genug Alkohol für mich. Wir sollten, trotz dieser unschönen Angelegenheit, einen klaren Kopf behalten.«

»Da hast du auch wieder recht, Chefin«, erwiderte er. »Trinken macht die Sache ja auch nicht besser.« Er verschloss die Flasche und stellte sie zurück in den Schrank.

Der Lieferwagen eines Handwerksbetriebs fuhr vor, und Gustav ließ ihn nach einem kurzen Gespräch mit dem Fahrer passieren. Nachdem er die Schranke geschlossen hatte, wandte er sich Henni zu, die sich langsam von ihm verabschieden musste. Ihr stand noch eine unschöne Aufgabe bevor. Der neue Leiter der Buchhaltung war am Nachmittag des Vortags bei ihr gewesen und hatte sie darauf aufmerksam gemacht, dass die Abrechnung des letzten Quartals fehlerhaft war. Sie hatten weniger Einnahmen verbucht, als die Verkäufe erahnen ließen. Es mussten also sämtliche Bücher noch einmal durchgegangen werden, was einer Mammutaufgabe gleichkam. Helfen würden ihr Hiltrud Groß, die sie jeden Tag aufs

Neue mit irgendwelchen Kenntnissen begeisterte – gestern hatte sie doch prompt mit einem Anrufer fließend Französisch gesprochen. Und eine Mitarbeiterin der Buchhaltung, die ein wahres Zahlenwunder war.

Sie stand auf und entfernte einen Fussel von ihrem schmal geschnittenen Bleistiftrock, der ihre schlanke Figur betonte.

»Ich müsste dann wieder«, sagte sie. »Die Pflicht ruft.«

»Natürlich tut sie das«, antwortete Gustav und seufzte. »Ich wollte dich nicht von der Arbeit abhalten. So als Chefin hast du Wichtigeres zu tun, als einem alten Deppen wie mir Beistand zu leisten.« In seinem Blick lag noch immer Traurigkeit, seine Schultern hingen nach unten.

»Sag doch so was nicht«, beschwichtigte Henni. »Du weißt, dass ich immer für dich da sein werde.«

Zur Antwort schenkte er ihr ein müdes Lächeln.

Henni fiel plötzlich auf, wie ungepflegt er aussah. Sein graues Haar war struppig, sein Bart könnte mal wieder gestutzt werden. Hatte er schon immer einen solch ausladenden Bauchumfang gehabt? Er ließ sich gehen, und das nicht erst seit gestern. Vielleicht hatte dieser Umstand dazu geführt, dass ihm seine immerhin zehn Jahre jüngere Traudl davongelaufen war. Von dem gepflegten Herrn auf Freiersfüßen, der er noch vor wenigen Jahren gewesen war, war nicht mehr viel übriggeblieben. Henni behielt ihre Gedanken jedoch für sich. Gustav war im Moment schon niedergeschlagen genug. Da brauchte es nicht auch noch Kritik an seinem äußeren Erscheinungsbild.

»Das wird alles schon wieder werden«, tröstete sie. »Du

hast ja noch uns und die Kellerei. Unter den Mitarbeitern hast du doch viele Freunde. Sie werden dich bestimmt rasch von deinem Kummer ablenken. Wenn du magst, kannst du uns am Wochenende in Assmannshausen besuchen. Inge und Trude würden sich bestimmt freuen, dich mal wieder zu sehen. Und dann siehst du, wie groß unsere Zwillingsmädchen inzwischen geworden sind. Sie gedeihen prächtig und schreien in der letzten Zeit auch gar nicht mehr so viel.«

»Das sind wunderbare Neuigkeiten«, antwortete Gustav, und seine Miene hellte sich wieder ein wenig auf.»Ich komme gerne zu Besuch. Am Sonntag wäre es passend, da ist es hier im Betrieb ein bisschen ruhiger.«

»Fein«, antwortete Henni.»Dann melde ich dich zum Mittagessen bei Inge an. Wie ich sie kenne, bereitet sie dein Lieblingsessen zu.«

»Ich will aber keine Umstände machen«, entgegnete Gustav, sichtlich gerührt.

»Ach, die machst du doch nie«, antwortete Henni und verabschiedete sich endgültig.

Als sie keine Minute später die Marmorhalle betrat, war das beklemmende Gefühl von eben verschwunden. Sie hatte es tatsächlich geschafft, Gustav ein wenig aufzuheitern, und das fühlte sich gut an und ließ ihre Schritte beschwingter werden. Sie nahm sich vor, sich in der nächsten Zeit mehr um ihn zu kümmern. Vereinsamen sollte er auf keinen Fall.

Sie hatte ihr Büro noch nicht erreicht, da kam ihr eine aufgeregt winkende Hiltrud entgegen. So erregt hatte Henni ihre Sekretärin noch nie gesehen. Was war denn nun passiert?

»Ach, Frau Winkler, da sind Sie ja endlich. Wo haben Sie gesteckt? Die Sitzung des Aufsichtsrats hat bereits begonnen. Ihr werter Gatte war schon recht ungehalten wegen Ihres Fehlens.«

»Eine Sitzung des Aufsichtsrates?«, hakte Henni verdutzt nach. »Heute?«

»Das hatte ich Ihnen doch gestern kurz vor Feierabend gesagt. Ihr Gatte hat sie kurzfristig einberufen, wegen der angeblichen Schwierigkeiten mit dem neu erworbenen Standort in Frankreich.«

»Richtig«, entgegnete Henni und schlug sich vor die Stirn. »Das hatte ich vor lauter Gustav und Traudl komplett vergessen.«

Sie ließ die Sekretärin stehen und eilte zu dem auf der anderen Seite des oberen Stockwerks gelegenen Sitzungssaal, wo sie bei ihrem Eintreten einen missbilligenden Blick von Georg erhielt.

Sie murmelte: »Entschuldigung für die Verspätung«, und setzte sich neben ihn an den ovalen Konferenztisch, auf dem Kaffeegeschirr, Gläser, Wasserflaschen und Keksteller standen. Durch den Raum waberte Zigarettenqualm, eines der Fenster war gekippt, das Motorengeräusch eines Lastwagens war zu hören.

Durch ihr Eintreten hatte sie die Rede ihres für den Südwesten zuständigen Verkaufsleiters, Olaf Eberle, unterbrochen.

»Ich war entsetzt«, erklärte Olaf. »Die Inhaber des Standorts haben sich an keine einzige unserer Abmachungen gehalten. Es wurde weder zusätzliches Personal eingestellt, noch wurden die notwendigen Renovierungs- und Ausbaumaßnahmen eingeleitet. Vor Ort traf ich nur den alten, schwerhörigen Winzer an, sein Enkel war nicht anwesend, und niemand konnte mir sagen, wo er steckte. Wenn ihr mich fragt, sind da kriminelle Machenschaften im Spiel. Wir hätten diesem betrügerischen Froschfresser einen Aufseher vor die Nase setzten sollen. Am Ende ist der jetzt mit unserem Geld durchgebrannt. Wir waren viel zu vertrauensselig. Das haben wir jetzt davon. Die Angelegenheit mit Südtirol hat sich ja ebenfalls zerschlagen. Wir sollten lieber unser Kerngeschäft hier in Wiesbaden weiter ausbauen. Damit sind wir bisher gut gefahren.« Er sah Georg fast schon herausfordernd an und nahm wieder Platz.

Es setzte Getuschel ein. Wenn die Worte des Vertriebsmannes tatsächlich der Wahrheit entsprachen, dann wäre dies eine Ungeheuerlichkeit und würde für die Kellerei einen herben Verlust bedeuten. Doch Georg schien seine Hausaufgaben gemacht zu haben. Er erhob sich, machte eine beschwichtigende Handbewegung und bat um Ruhe.

»Ich sehe die Angelegenheit bei Weitem nicht so düster wie unser werter Herr Eberle.« Er sah kurz in die Richtung des Vertriebsmanns. »Ich habe erst heute Morgen mit Adrien Mercier telefoniert, dem angeblich verschollenen Sohn des Hauses, und er hat auf meine Nachfragen äußerst verwundert reagiert. Er hat mir versichert, dass er sämtliche Bauaufträge bereits vergeben hat und sich schon sehr auf die Zusammenarbeit mit uns freut. Er hat mich sogar zu sich eingeladen, und ich habe die Einladung gerne angenommen. Noch heute Mittag werde ich deshalb nach Frankreich aufbrechen. Wenn ich mir selbst ein Bild von der Lage gemacht habe, werde ich berichten.«

Zustimmendes Gemurmel war zu vernehmen. Heinrich Göbel, der Leiter des Lagers, erhob sich nun.»Ich möchte einwerfen, dass in anderen Ländern oft eine andere Arbeitsmentalität herrscht. Vielleicht hatten Sie für Ihren Besuch auch einfach einen denkbar schlechten Zeitpunkt gewählt«, wandte er sich an Olaf Eberle.»Ich halte viel von einer Besichtigung durch Herrn Winkler. Wenn sich die Geschäftsleitung persönlich auf den Weg macht, wird wahrgenommen, wie wichtig dem Unternehmen der neue Standort ist. Und noch etwas: Ich bin kein Freund von Schimpfwörtern. Begrifflichkeiten wie ›Froschfresser‹ sollten im Zusammenhang mit diesem geschäftlichen Schulterschluss nicht fallen.«

Sein missbilligender Blick blieb an Olaf Eberle hängen. Die Miene des Vertriebsleiters war nun finster. Anscheinend hatte er mit Zustimmung und nicht mit Gegenwind gerechnet. Henni ahnte, dass seine Tage im Unternehmen gezählt waren. Georg war kein Freund von negativ denkenden Mitarbeitern.

Ihr Mann blickte noch einmal in die Runde. Da sich sonst niemand zu Wort meldete, beschloss er die Sitzung.

Nachdem alle gegangen waren, blieben er und Henni allein zurück, und plötzlich herrschte eine seltsam angespannte Stimmung im Raum. Henni kam plötzlich die Frage in den

Sinn, wann sie zuletzt richtig Zeit miteinander verbracht hatten. Außerhalb der Kellerei, weit entfernt von Verpflichtungen, auch häuslicher Natur. Manchmal sahen sie einander tagelang nicht. Seitdem die kleinen Schreihälse in Assmannshausen eingezogen waren, hatte Georg wieder die Gästewohnung in der Kellerei bezogen. Meist tauchte er nur an den Wochenenden in Assmannshausen auf. Dann beschlagnahmte Thomas ihn die meiste Zeit, und sie redeten über Belanglosigkeiten. Auch im Bett sah es im Moment eher düster aus. Liebten sie einander noch? Oder hatte der Alltag ihnen längst jede Form von Romantik geraubt?

»Frankreich also«, sagte Henni irgendwann schroff. Sie stand am Fenster und hatte die Arme vor der Brust verschränkt. Über den Innenhof der Kellerei liefen gerade zwei mit Eimern und Schrubbern bewaffnete Putzfrauen.

»Wenn du magst, kannst du mich begleiten«, antwortete Georg.

»Ich soll was?«, fragte Henni verdutzt.

»Mich begleiten«, erwiderte er, trat näher und legte die Arme um sie. »Heute ist Donnerstag. Wir könnten morgen früh das Geschäftliche erledigen und uns dann ein ruhiges Wochenende weit weg von der Kellerei und den Verpflichtungen in Assmannshausen gönnen. Das Gut der Merciers liegt in der Nähe der wunderschönen Stadt Colmar, die für ihre reizenden Fachwerkhäuser bekannt ist. Wir könnten uns dort ein Zimmer in einem Hotel mieten. Was meinst du?«

Henni konnte kaum glauben, was er vorschlug. Er wollte sie tatsächlich mitnehmen, ein Wochenende in Colmar, ganz für sie allein. Das hörte sich himmlisch an. Ihr Groll verschwand, und in ihrem Inneren breitete sich wieder dieses herrlich warme Gefühl der Zuneigung aus, das sie in den letzten Wochen schmerzlich vermisst hatte. Wie hatte sie auch nur eine Sekunde annehmen können, dass sie einander nicht mehr liebten?

»Das klingt verlockend«, antwortete sie.

»Ist das eine Zusage?«, fragte er und grinste schelmisch.

Henni kam nicht mehr dazu, noch etwas zu sagen, denn er zog sie fester in seine Arme und küsste sie leidenschaftlich.

16. Kapitel

Colmar, 19. Juli 1956

Henni streckte sich gähnend und ließ ihren Blick über den direkt an das Grundstück der Merciers grenzenden Weingarten und über die hügelige Landschaft schweifen, die im Licht der hellen Morgensonne lagen. Es war bereits jetzt angenehm warm, weshalb sie sich dazu entschieden hatte, das weiße Sommerkleid zu tragen, das ihr Trude in den Koffer gepackt hatte. Nachdem sie sich zu der Kurzreise entschieden hatten, hatte Henni rasch in Assmannshausen angerufen, und Trude hatte ihr zugesichert, sogleich ihren Koffer zu packen. Henni wusste, dass in dieser Hinsicht auf ihre Hausdame Verlass war. So beinhaltete ihr Koffer nun alles, was sie für eine dreitägige Reise benötigte. Sogar an passende flache Schuhe hatte Trude gedacht, mit denen es sich auf dem mittelalterlichen Kopfsteinpflaster in Colmar unfallfrei laufen ließ. Ihr Haar, das in den letzten Wochen wieder länger geworden war, hatte Henni zu einem Pferdeschwanz hochgebunden. Sie fühlte sich so frei wie schon lange nicht mehr, schloss die Augen und atmete versonnen den herrlichen Duft der vielen unterschiedlichen Rosensorten ein, die um sie herum in Hülle und Fülle blühten.

Sie stand auf einer von einem steinernen Geländer umfassten Terrasse, hinter ihr war bereits der Frühstückstisch eingedeckt worden, eine Hausangestellte stellte gerade noch einen Korb mit frischen Brötchen darauf. Zwischen den Weinstöcken entdeckte Henni einige Hühner, die munter auf- und abliefen. Sogar ein Gockel war dabei, der just in diesem Moment krähte. Es war eine Idylle, die ihre Seele streichelte.

Sie waren am gestrigen Abend nach einer abenteuerlichen Autofahrt – es hatte leider einige Straßensperren gegeben – erst in der Dämmerung bei den Merciers eingetroffen. Trotzdem waren sie mit einer Herzlichkeit empfangen worden, die ihresgleichen suchte. Die alte Großmutter Mariett hatte einen ausgezeichneten Rinderbraten gekocht, dazu gab es eine köstliche Rotweinsoße, Rosenkohl und Kartoffelgratin. Sie hatte Henni umarmt, als würden sie einander bereits ewig kennen. Der alte Großvater, Jakob Mercier, über den Eberle so herablassend gesprochen hatte, litt bedauerlicherweise an einer beginnenden Demenz, weshalb es schon mal vorkam, dass er Dinge vergaß. Albert Mercier war ein freundlicher junger Mann mit wuscheligem hellbraunem Haar, der während des Abendessens seiner Verlobten Nicole immer wieder verliebte Blicke zuwarf. Alle sprachen Deutsch, was nicht verwunderte, hatte das Elsass doch bis 1945 noch zu Deutschland gehört. Voller Stolz hatten Albert und Nicole davon berichtet, dass ihre Eheschließung in zwei Wochen mit einem großen Fest auf dem Hof geplant war, zu dem beinahe der gesamte Ort kommen würde.

Georg betrat nun die Terrasse, umarmte Henni von hinten und küsste sanft ihren Nacken, was sie schaudern ließ. Der herbe Duft seines Rasierwassers stieg ihr in die Nase, und sie spürte ein Kribbeln auf der Haut. Letzte Nacht hatten sie sich so ausgiebig geliebt wie lange nicht mehr. Erst in den frühen Morgenstunden waren sie eng umschlungen und erschöpft eingeschlafen. Müdigkeit verspürten jedoch beide nicht. Die fremde Umgebung belebte ihre Sinne. Sie waren von den Merciers in einem entzückenden kleinen Gästehaus untergebracht worden, das früher einmal eine alte Scheune gewesen und vor einigen Jahren restauriert worden war, um Gäste und Touristen darin zu beherbergen. Jahrhundertealte Holzbalken erinnerten noch ein wenig an die Zeiten, als das alte Häuschen mit seinem schiefen Dach den Tieren des Gutes als Unterschlupf gedient hatte. Nun befanden sich darin ein breites Doppelbett mit einer herrlich bunten Patchworkdecke darauf, liebevoll restaurierte Antiquitäten, und an den Fenstern hingen gehäkelte Vorhänge, die von der alten Hausherrin selbst hergestellt worden waren. Sogar ein eigenes Badezimmer gab es, mit einer bezaubernden Wanne auf gelockten Füßen, in der sie gemeinsam Platz gefunden hatten.

»Es ist herrlich, nicht wahr? Wie ein kleines Paradies.«

»Ja, das ist es«, antwortete Henni und lehnte sich gegen ihn. »Und sieh nur, wie die Hühner zwischen den Weinstöcken herumlaufen.« Sie deutete auf das gackernde Federvieh.

»Vielleicht sollten wir uns ebenfalls welche zulegen. Für die Kinder wären sie bestimmt eine Freude.«

»Gern«, antwortete Georg. »Obwohl ich auf die Anschaffung eines Hahns verzichten würde. Der Kamerad hat ein recht lautes Organ.«

Henni brachte seine Bemerkung zum Schmunzeln. Sie waren gerade erst eingeschlafen, da hatte der frühe Vogel bereits den neuen Tag begrüßt, obwohl die Sonne noch gar nicht über den Horizont gekrochen war.

»So ist eben das Landleben«, gab sie lachend zurück. »Wir werden uns daran gewöhnen.«

Hinter ihnen waren nun vertraute Stimmen zu hören, und sie wandten sich um. Hilde und Jakob Mercier waren auf die Terrasse getreten. Hilde begrüßte sie freundlich, Jakob wirkte zurückhaltend.

»Wer sind diese Leute?«, fragte er verdutzt. »Was wollen sie hier?«

Hilde klärte ihn geduldig auf. Henni erinnerte sein Verhalten schmerzlich an Oma Maria. Die Demenz war eine Abscheulichkeit. Es galt zu hoffen, dass dem Winzer noch viele klare Momente vergönnt sein würden.

Albert und Nicole stießen zu ihnen. Die dunkelhaarige Französin hatte ihr Haar am Hinterkopf hochgesteckt, trug eine weiße, ärmellose Bluse und einen hellgelben, weit schwingenden Rock dazu. Sie bewegte sich mit einer Eleganz, die Henni den Atem raubte. Bereits am Vorabend war ihr Nicoles Attraktivität aufgefallen. Doch heute Morgen schien sie eine ganz besondere Aura zu umgeben. Henni erkannte neidlos ihre makellose Schönheit an.

Sie nahmen Platz, und Henni kam in den Genuss von leckeren Croissants und der hausgemachten Marmelade, die von Hilde höchstpersönlich jedes Jahr eingekocht wurde. Es gab die unterschiedlichsten Mischungen. Erdbeer-Rhabarber, Himbeer-Johannisbeere, Pfirsich-Mirabelle. Henni wusste gar nicht, welche der Köstlichkeiten sie zuerst probieren sollte. Dazu gab es hartgekochte Eier, selbstverständlich von den lustigen Hühnern aus dem Weingarten. Henni erfuhr, dass der Gockel Jacques hieß und es faustdick hinter den Ohren hatte, er büxte ständig aus. Es war so ein herrlich zwangloses Frühstück mit der herzlichen Winzerfamilie. Henni konnte gar nicht verstehen, wie Olaf Eberle zu einer solch schlechten Meinung gekommen war.

Nachdem sie das Frühstück beendet hatten, gingen sie zum geschäftlichen Teil ihres Besuches über. Albert führte Henni und Georg zuerst in den Weinkeller, in dem es zu einer kleinen Weinprobe kam. Henni liebte den alten Keller mit seinen jahrhundertealten Fässern auf den ersten Blick. Im Licht zweier Kerzen, die in blau lasierten Tonhaltern steckten und auf einem alten Weinfass standen, kosteten sie den Wein, der ausgezeichnet schmeckte.

»Der Weinkeller stammt noch aus dem sechzehnten Jahrhundert«, erklärte Albert stolz. »Früher haben hier Mönche gekeltert, dann erwarb mein Urururgroßvater das Gelände. Wir besitzen sogar noch die original Kaufurkunde von damals. Anfangs lebten sie wohl noch in den alten Klostermauern, doch später haben sie das Kloster abgerissen und ein moderneres Haus errichtet.«

Henni lauschte Alberts Erzählungen wie ein kleines Mädchen, dem eine besonders spannende Geschichte erzählt wurde. Sie liebte es, wenn ein Betrieb bereits seit langer Zeit in den Händen einer Familie lag und Jahrhunderte überstanden hatte. Albert berichtete zwar nichts Genaueres über die

Generationen von Menschen, die auf diesem Anwesen gelebt, geliebt und gelitten hatten, aber ihre Geister waren spürbar. Familien und Kinder, Schicksale und Menschlichkeit, über Jahrhunderte hinweg hatte es Friedens- und Kriegszeiten gegeben, hatte dieser alte Weinkeller überlebt. Und es würde ihn vermutlich auch nach ihnen noch geben.

»Wenn mein Großvater noch klar denken könnte, würde er mit Sicherheit niemals einer Zusammenarbeit mit eurer Kellerei zustimmen«, meinte Albert und nippte an seinem Weißweinglas. »Er hat immer an unserer Eigenständigkeit festgehalten und sich selbst dem Verband der Winzer der Region nicht anschließen wollen. Ich finde jedoch, dass unserem Gut eine Veränderung gut zu Gesicht stünde. Das Keltern von Sekt wird uns neue Möglichkeiten eröffnen, und natürlich auch die Zusammenarbeit mit einem solch großen Unternehmen wie dem euren.«

»Darauf wollen wir anstoßen«, sagte Georg und hob sein Glas. »Auf unsere gemeinsame Zukunft.«

Nachdem sie ihre Gläser geleert hatten, verließen sie den Weinkeller.

Als sie wieder draußen waren, setzte bedauerlicherweise rasch Ernüchterung ein. Bei Tageslicht betrachtet, war zu erkennen, dass auf dem Gut tatsächlich einiges im Argen lag. Die rückseitig des Haupthauses gelegenen Wirtschaftsgebäude und besonders der Fuhrpark waren heruntergekommen, und Personal war weit und breit keines zu sehen. So hatten sie sich den Fortschritt des Ausbaus nicht vorgestellt. Die Zustände der Anlage rückten ihre Planungen, von hier aus eine eigenständige Sektmarke für den französischen Markt auszuliefern, in weite Ferne. Georg stellte einige gezielte Fragen, die Albert Sorgenfalten auf die Stirn legten.

»Wir haben Probleme mit der Baugenehmigung für die Produktionshallen«, räumte er zähneknirschend ein. »Wie ihr wisst, war geplant, dass die alten und nicht mehr zeitgemäßen Wirtschaftsgebäude abgerissen werden. Es sollten modernere Produktions- und Lagerhallen errichtet werden, auch ein neuer Fuhrpark ist in Planung. Aber die Gemeinde stellt sich mit der Baugenehmigung quer. Bedauerlicherweise grenzt unser Grundstück im hinteren Bereich an das des Bürgermeisters, und der möchte keine solche Lärmbelästigung in seiner Nähe haben. Ich dachte, dass er gewiss nichts dagegen haben wird, denn das Grundstück ist groß, zwischen ihm und der Grundstücksgrenze liegen ein Weingarten und ein Getreidefeld. Aber er gibt sich trotzdem stur. Wir können schlecht unseren eigenen Weingarten für die Produktion ruinieren. Ich habe jetzt meine Fühler zum Nachbargrundstück ausgestreckt. Es gehört dem alten Theo und liegt seit vielen Jahren brach. Es wäre ebenfalls ausreichend groß für unser Vorhaben. Vielleicht kann ich es pachten oder sogar kaufen. Es tut mir leid, dass ich diese Probleme noch nicht gemeldet hatte. Ich dachte, ich bekomme das irgendwie in den Griff.«

Georgs Miene verfinsterte sich. Henni wusste, was ihm durch den Kopf ging. Sollte die Erweiterung der Anlage nicht funktionieren, könnten sie diesen Standort vergessen. In den Worten von Olaf Eberle hatte also doch ein Funken Wahrheit gelegen. Allerdings könnte der Kauf des Nachbargrundstücks die Rettung sein. Oder Georg sprach noch einmal mit dem Bürgermeister. Vielleicht ließ er sich doch noch umstimmen. Es lag immerhin ein ganzes Stück Land zwischen den Grundstücken, und die Ansiedlung eines größeren Unternehmens brachte für den Ort durchaus Vorteile.

»Hast du denn bereits bei diesem Theo angefragt?«, erkundigte sich Georg.

»Tja, das ist das nächste Problem«, räumte Albert ein. »Bisher wusste ich noch nicht so recht, wie ich es anstellen soll, ohne unehrlich zu sein. Der Alte wohnt bei seinem Sohn im Nachbarort und hasst alles Deutsche. Er hat im Ersten Weltkrieg gegen die Deutschen gekämpft, sein Vater davor gegen Bismarck. Er wird uns den Grund niemals verkaufen, wenn er erfährt, dass wir mit einer deutschen Sektkellerei zusammenarbeiten wollen. Wenn er es nicht schon längst weiß. Die Welt ist klein.« Seine Stimme klang missmutig.

»Verstehe«, antwortete Georg. Das waren keine guten Aussichten. Die Ablehnung gegenüber den Deutschen war im Elsass zwar nicht ganz so verbreitet wie in anderen Regionen Frankreichs, und Georg konnte die Menschen auch verstehen. Es würde lange dauern, bis die jahrhundertealten und durch unsagbares Leid entstandenen Gräben in den Köpfen der Menschen überwunden sein würden. Wenn es überhaupt jemals funktionieren würde.

Henni sah Georgs Gesichtsausdruck an, was ihm nun alles durch den Kopf ging. Auch sie überlegte fieberhaft, wie sie jetzt vorgehen sollten. Im Grunde blieb ihnen nur eine Möglichkeit, um dieses Projekt auf ein tragfähiges Fundament zu stellen: Sie mussten mit dem Bürgermeister sprechen.

»Wir sollten keine Zeit verlieren und das Gespräch mit dem Bürgermeister suchen«, schlug nun auch Georg vor. »Wo finde ich ihn zu dieser Stunde?« Er sah Albert fragend an.

»Im Rathaus, nehme ich an«, antwortete dieser und zuckte die Schultern. »Aber ich weiß nicht, ob es gut ist, ihn so zu überfallen. Ich meine …«

»Nun sind wir hier«, schnitt Georg ihm das Wort ab. »Also werden wir auch mit ihm sprechen, und ich habe auch schon eine Idee, wie wir ihn von dem Ausbau überzeugen können.«

Alberts Miene blieb skeptisch, doch er willigte ein. Sie machten sich auf den Weg zum Rathaus.

Zwei Stunden später verließen die drei das winzige Fachwerkhaus gegenüber der Kirche mit erleichterten Mienen.

»Wie du das geschafft hast«, sagte Albert und schüttelte den Kopf. »Jedes seiner Gegenargumente hast du widerlegt. Ich kann nur staunen.«

»Am überzeugendsten war die Aussicht auf die Schaffung von Arbeitsplätzen«, antwortete Georg. »Das klappt meistens. Hinzu kam die Zusicherung, dass die Einfahrt für die Lastwagen nicht in die Nähe seines Grundstücks gesetzt werden würde. Die Lärmbelästigung durch den Verkehr schien ihm der größte Dorn im Auge gewesen zu sein.«

»Ach, das ist eine solch große Freude«, sagte Albert mit strahlenden Augen. »Alle auf dem Hof werden ganz aus dem Häuschen sein. Nun kann endlich der Ausbau beginnen, und wir können unsere Zusammenarbeit starten. Wenn alles nach Plan läuft, werden spätestens Ende nächsten Jahres die ersten gemeinsam produzierten Sektflaschen von hier ausgeliefert.« Er klatschte in die Hände und umarmte spontan erst Henni, dann Georg. »Das müssen wir feiern. Ihr bleibt doch noch eine Nacht länger, oder? Ihr könnt jetzt unmöglich schon abreisen. Wir können noch alles weitere planen, Hilde kocht bestimmt noch etwas Feines.«

Georg sah kurz zu Henni, die kurz nickte. Somit war ihre geplante Zweisamkeit in Colmar vermutlich Geschichte. Aber was sollte es schon. Sie befanden sich in einer zauberhaften Welt, umgeben von dem, was sie liebten: Weingärten und Weinberge, soweit das Auge reichte. Wer brauchte da schon eine romantische Altstadt und Fachwerkhäuser.

17. Kapitel

Wiesbaden, 2. August 1956

Lisbeth verschluckte sich an ihrem Kaffee und sah Magda verdutzt an.

»Du willst was?«, fragte sie.

»Ich will nach Amerika auswandern.«

»Aber wieso denn so plötzlich? Bisher war hier doch immer alles bestens! Was willst du denn dort?«

»Ich habe es dir nie erzählt, aber ich habe Verwandtschaft in Chicago«, antwortete Magda nuschelnd. Sie hatte sich noch ein Stück ihrer Käsesahne in den Mund geschoben. Das Tortenstück war so groß, dass es gerade so auf den Teller passte.

Die beiden saßen auf der Terrasse des Café Blum im Schatten der Sonnenschirme. Die Hundstage machten ihrem Namen in diesem Jahr alle Ehre. Bereits seit zwei Wochen hing eine unerträgliche Hitze über der Stadt, die die Menschen träge werden ließ. Nur wenige Spaziergänger waren unterwegs, die im Schatten stehenden Bänke des Kurparks waren beliebte Anlaufplätze.

Lisbeth hatte sich auf das Treffen mit ihrer Freundin gefreut. Den Weinladen und die Straußenwirtschaft hatte sie heute geschlossen. Einen Ruhetag in der Woche musste es geben. Sollte sich doch ein kaufwütiger Kunde zu ihnen verirren, würden ihn Inge oder Trude bedienen.

»Verwandtschaft«, wiederholte Lisbeth.

»Ja, einen Onkel mütterlicherseits, er leitet ein renommiertes Architekturbüro in Chicago. Er war letzte Woche wegen einer Beerdigung zu Besuch in Wiesbaden, und wir haben uns getroffen.« Sie schob sich ein weiteres Stück Käsesahnetorte in den Mund und erzählte dann weiter: »Er hat sich meine Arbeiten angesehen und war so begeistert, dass er mir die Leitung des Bereichs der Innenarchitektur überlassen möchte. Ist das nicht großartig? Einen solchen Karrieresprung kann ich unmöglich ausschlagen.«

Lisbeth sollte Magda gratulieren und sich für sie freuen, doch sie brachte es nicht fertig. Ihr Weggang bedeutete für sie den Verlust einer geliebten Freundin. Es fühlte sich wie ein Schlag in die Magengrube an. Magda war nach Wolfgangs Tod stets für sie dagewesen und hatte sie mit ihrer Lebhaftigkeit von ihrem Kummer abgelenkt. Sie war so herrlich unkompliziert und unangepasst und brachte Lisbeth durch ihre unkonventionelle Art häufig dazu, über ihren Schatten zu springen. Durch ihren Weggang würde eine große Lücke entstehen, die niemand so leicht würde füllen können. Lisbeth befiel das Gefühl, dass im Moment nur Lücken um sie herum entstanden. So viele Menschen verließen sie aus den unterschiedlichsten Gründen.

Magda schien ihre Gedanken zu erraten, denn sie legte plötzlich ihre Hand auf die von Lisbeth, und ihr Blick wurde mitfühlend.

»Ach, Liebes. Es tut mir so leid. Ich weiß, wie du dich jetzt fühlst. Du denkst, alle Welt lässt dich im Stich. Chicago ist weit entfernt, aber wir halten Kontakt. Das verspreche ich dir. Und wenn ich mich eingelebt habe, dann musst du mich unbedingt besuchen kommen.«

Lisbeth rührten Magdas Worte.

»Ist schon gut«, antwortete sie. »Deine Neuigkeit kam nur überraschend. Du musst dich doch nicht dafür entschuldigen, dass du eine solch großartige Möglichkeit erhältst. Ich an deiner Stelle würde ebenfalls sofort zugreifen. Und natürlich komme ich dich so bald wie möglich besuchen. Vielleicht im Winter, dann ist die Straußenwirtschaft geschlossen, und auch im Weinladen herrscht nur noch wenig Betrieb.«

»Das wäre wunderbar«, antwortete Magda freudig und nahm ihre Kaffeetasse zur Hand. Sie wollte gerade daran nippen, als sie von einem vorübereilenden Mann angerempelt wurde. Der Inhalt der Tasse landete auf ihrer lindgrünen Bluse und ihrem rot-weiß gepunkteten Rock.

»Idiot! So pass doch auf«, rief sie erschrocken aus.

Der Mann kehrte zurück, und der Anblick von Magdas verschmutzter Kleidung ließ seine Miene zerknirscht werden.

»Oh, das tut mir leid. Das wollte ich nicht. Kann ich Ihnen behilflich sein?« Er nahm eine Serviette und wollte damit beginnen, Magdas Bluse zu säubern. Doch sie wiegelte rüde ab.

»Das erledige ich allein.«

Der Mann ließ die Serviette sinken, seine Miene wirkte ehrlich betroffen. Henni fiel seine Attraktivität auf. Sie schätzte ihn auf Ende dreißig. Er hatte hellblondes Haar, strahlend blaue Augen und ein markantes Kinn. Er trug einen hellen Sommeranzug, in dem er äußerst elegant wirkte.

Eine der Bedienungen eilte mit einem feuchten Lappen zu ihnen und bot ihre Hilfe an. Der Mann wich einen Schritt zurück, sein Blick war hilflos. Lisbeth überlegte, was sie sagen könnte, doch ihr wollte nichts Passendes einfallen.

»Ich übernehme selbstverständlich sämtliche Reinigungskosten«, bot er an. »Ich gebe Ihnen gerne meine Adressdaten, dann können Sie sich bei mir melden. Oder Sie sagen mir, was es ungefähr kostet, dann bezahle ich gleich jetzt.« Er zückte seine Geldbörse.

Magda, die mit dem feuchten Lappen den Kaffeefleck auf ihrem Rock nur verschlimmert hatte, sah ihn finster an.

»Behalten Sie Ihr Geld«, blaffte sie ihn an. »Ich komme schon zurecht.«

»Aber ...«

»Es ist gut«, schnitt sie ihm das Wort ab. »Nur ein Kaffeefleck, kein Weltuntergang. Meine Waschmaschine hat den im Handumdrehen herausgewaschen. Sie müssen nichts bezahlen. Und jetzt sehen Sie besser zu, dass Sie weiterkommen. Für heute haben Sie schon genug Schaden angerichtet, meinen Sie nicht?«

Die Augen des Mannes wanderten unsicher zu Lisbeth, die ihm ein Lächeln schenkte. Sie wünschte sich, Magda hätte anders reagiert und seine Kontaktdaten angenommen. Dann wüsste sie wenigstens, mit wem sie es zu tun hatte. Lisbeth stieß innerlich einen Seufzer aus.

Der Mann ging fort, und Magda schleuderte den Lappen auf den Tisch.

»Verdammt. Jetzt muss ich nach Hause und mich umziehen. In diesem Aufzug kann ich Dr. Henning unmöglich unter die Augen treten. Das bedeutet, ich muss sofort los, und selbst dann schaffe ich es wohl nicht mehr rechtzeitig.« Sie sah auf ihre Armbanduhr.

»Und wenn du dir einfach eine neue Bluse besorgst?«, schlug Lisbeth vor. »Bei Karstadt haben sie gerade Ausverkauf.«

»Ich weiß«, antwortete Magda. »Da war ich vorhin schon. Ich wollte einfach mal gucken. Aber die Frauen da drin sind wie die Verrückten. Ich bin gar nicht bis zu den Kleiderständern durchgedrungen. Hinzu kommt, dass die Hitze die Leute irgendwie aufstachelt. Eine Dame hat sogar ihre Ellenbogen eingesetzt, um an einen der Wühltische zu gelangen. Das muss man sich mal vorstellen.« Sie schüttelte den Kopf.

»Und wenn wir zu mir in die Wohnung am Neroberg gehen, und ich leihe dir eine meiner Blusen?«, fragte Lisbeth. »Ich bin noch immer nicht dazu gekommen, meine Garderobe vollständig abzuholen, und einen Schlüssel für die Wohnung habe ich auch noch.«

»Aber hast du keine Sorge, dass Dieter dort sein könnte?«, antwortete Magda. »Als ihr euch zuletzt gesehen habt, hat er sich doch äußerst ungehobelt benommen.«

Magdas Einwand war berechtigt. In Wirklichkeit war es weniger die fehlende Zeit, sondern Dieters Verhalten, das sie daran gehindert hatte, ihre restlichen Sachen abzuholen. Sie scheute die Begegnung mit ihm, aber irgendwann musste sie ihre Sachen abholen. Mit Magda an ihrer Seite fühlte sie sich stark genug, die Wohnung zu betreten.

Eine halbe Stunde später parkte Lisbeth ihr dunkles Mercedes Cabriolet vor der Villa im Nerobertal, in der sie mit Dieter die gesamte erste Etage bewohnt hatte. Das Haus war aus hellgrauem Stein und mit allerlei Winkeln und Erkern ausgestattet. Die Flügeltüren zur steinernen Terrasse waren geschlossen, ebenso der Sonnenschirm. Dieser Umstand ließ darauf hoffen, dass der Hausherr durch Abwesenheit glänzte.

Lisbeths Hand zitterte, als sie sie auf die Türöffner des Wagens legte. Nachdem sie ausgestiegen war, versuchte sie, sich zu beruhigen. Es würde bestimmt alles gut gehen.

Gemeinsam mit Magda ging sie zur Tür und suchte in ihrer Handtasche nach dem Haustürschlüssel. Es dauerte eine ganze Weile, bis sie ihn gefunden hatte.

Sie traten ins Treppenhaus, in dem dämmriges Licht lag und eine angenehme Kühle herrschte. Bei sommerlicher Hitze hatten die alten Gemäuer durchaus ihre Vorteile. Als sie das erste Obergeschoss erreichten, lauschte Lisbeth erst einmal an der Wohnungstür. Doch im Inneren war alles still. Sie steckte den Schlüssel ins Schloss. Er passte noch, und die Tür ließ sich öffnen.

»Immerhin etwas«, merkte Magda an.

Sie betraten den langgezogenen Flur. Die in den weitläufigen Wohnraum führende Tür stand offen, helles Sonnenlicht fiel auf den kassettierten Parkettboden. An dem hölzernen Garderobenständer neben der Tür bemerkte Lisbeth einen Sommermantel. Es roch nach Zigaretten.

»Wir sollten uns beeilen«, sagte Magda. »Nicht, dass er bald zurückkommt.«

Lisbeth stimmte zu und bedeutete Magda, ihr zu folgen. Auf dem Weg zu ihrem Ankleidezimmer am Ende des Flurs blickte sie kurz ins Wohnzimmer. Auf dem Sofatisch standen benutzte Whiskey- und Weingläser, daneben einige leere Flaschen. Ein Aschenbecher quoll vor Zigarettenkippen über. Der Anblick verhieß nichts Gutes. Sie sollten zusehen, dass sie fertigwurden.

Im Ankleidezimmer öffnete Lisbeth einen der Wandschränke und holte als Erstes die Bluse heraus, die sie für Magda vorgesehen hatte.

»Oh, die ist tatsächlich perfekt«, freute die sich und machte sich daran, ihre beschmutzte Bluse aufzuknöpfen. Flink zog sie sich um, während Lisbeth bereits Röcke und Kleider auf die mit grünem Stoff gepolsterte Sitzbank beförderte, die den Schränken gegenüber an der hellgelb gestrichenen Wand stand. Magdas Blick wanderte, nachdem sie den obersten Knopf ihrer Bluse geschlossen hatte, auf ihre Armbanduhr.

»Ach du Schreck«, sagte sie. »Die Zeit rennt. Ich werde leider nicht länger bleiben können, sonst komme ich zu spät zu meinem Termin.«

Lisbeth, die gerade einen Koffer aus einem der Schränke geholt und geöffnet hatte, hielt in der Bewegung inne.

»Aber du kannst mich doch jetzt nicht alleinlassen. Was ist, wenn er zurückkommt, betrunken ist und handgreiflich wird?«

»Ich weiß, aber der Termin ist so wichtig. Es wäre mein letzter größerer Abschluss vor meinem Weggang nach Amerika, und das Geld könnte ich gut gebrauchen. Denkst du wirklich, er könnte handgreiflich werden? Das kann ich mir einfach nicht vorstellen. Dieter hat dich doch stets ordentlich behandelt. Vielleicht ist es mit ihm neulich einfach nur ein wenig durchgegangen. Ich meine, du musst die Situation auch mal aus seiner Sicht betrachten. Seine Karrierechancen sind dahingeschwommen, seine Ehe ist am Ende. Da kann man schon mal die Nerven verlieren.«

Lisbeth sah Magda fassungslos an. Sie konnte nicht glauben, was sie von sich gab.

»Du verteidigst ihn jetzt nicht gerade, oder?«

»Ich meine ja nur«, rechtfertigte Magda ihre Aussage. »Jeder von uns macht mal eine harte Zeit durch. Du warst nach Wolfgangs Tod auch oftmals unausstehlich.«

Lisbeth konnte nicht glauben, was sie hörte. Ihre Freundin verglich Dieters unmögliches Verhalten mit Lisbeths tiefer Trauer um Wolfgang. Die Liebe ihres Lebens. Wie konnte sie nur?

»Ich denke, es ist jetzt besser, wenn du gehst«, entgegnete sie schroff. »Ich hätte nie gedacht, dass du so sein kannst.«

»Entschuldige«, ruderte Magda zurück. »Ich dachte nur ...«

»Was du dachtest, ist mir vollkommen gleichgültig«, fiel Lisbeth ihr ins Wort. »Ich möchte, dass du gehst. Die Bluse kannst du behalten.«

Magda wollte noch etwas antworten, doch Lisbeth wandte sich kommentarlos ab und holte weitere Kleidungsstücke aus dem Schrank. Sie wusste tief in ihrem Inneren, dass sie überreagierte, doch sie konnte nicht anders. Magda hatte eine

Grenze überschritten, und es tat weh. Der Schmerz über Wolfgangs Verlust war plötzlich wieder so präsent und gesellte sich zu der Anspannung, die von ihr Besitz ergriffen hatte, seitdem sie diese Wohnung betreten hatte.

Magda beobachtete Lisbeth für einen Augenblick, dann ging sie mit den Worten: »Wir reden ein andermal.«

Nachdem die Tür hinter Magda ins Schloss gefallen war, sanken Lisbeths Schultern ein Stück nach unten, und Tränen stiegen in ihre Augen. Ihr Blick fiel auf die Kleider, die sie auf die gepolsterte Bank gelegt hatte. Obenauf lag das hellblaue Abendkleid, das Wolfgang stets gerngehabt hatte. Sie erinnerte sich daran, wie sie es zu einem Tanzabend im Kurhaus getragen hatte. Es schien, als käme diese Erinnerung aus einem anderen Leben.

Plötzlich hörte sie, wie die Tür aufging, und es griff eine eiskalte Hand nach ihr. Dieter war zurück. Was nun? Vielleicht gelang es ihr, sich irgendwie nach draußen zu schleichen. Doch dann hörte sie seine Stimme aus dem Flur, und seine Worte erstickten diese Idee im Keim: »Lisbeth. Komm raus. Ich weiß, dass du hier bist. Dein Wagen steht vor dem Haus.«

Verdammt, dachte Lisbeth. Wie hatte sie nur so dumm sein und den Wagen vor der Villa abstellen können? Sie atmete tief durch, dann trat sie in den Flur.

Dieter kam auf sie zu. Er schwankte leicht, wieder hatte er getrunken. Er blieb direkt vor ihr stehen und fragte: »Was willst du hier?« Sein Atem roch nach Alkohol.

»Meine restlichen Sachen abholen«, antwortete Lisbeth

und deutete hinter sich ins Ankleidezimmer. »Ich war gerade in der Gegend.« Ihr Herz schlug wie verrückt. Sie sah seinem Gesichtsausdruck an, dass er auf Streit gebürstet war.

Sein Blick blieb kurz an den Kleidern hängen. »Diese paar Fetzen. Ich hätte sie verbrennen sollen. Aber meine Sorge wird das alles hier sowieso bald nicht mehr sein. Ich hab einen Käufer für die Bude gefunden. Nächste Woche bin ich weg.«

»Du hast was?«, hakte Lisbeth verdutzt nach.

»Na, die Wohnung verschachert. An ein glückliches Pärchen, sie war hochschwanger. Ich hätte kotzen können.« Sein Tonfall klang gehässig.

»Das kannst du ohne meine Zustimmung gar nicht tun«, entgegnete Lisbeth fassungslos. »Die Wohnung gehört mir. Sie wurde von meinem Geld bezahlt.«

»Von welchem Geld auch sonst?«, antwortete er und grinste süffisant. »Wie du weißt, hab ich mich damals um die Abwicklung des Kaufs gekümmert, weil dich eine Grippe plagte. Es muss dir entgangen sein, dass ich mich als alleinigen Eigentümer im Grundbuch habe eintragen lassen. Der Notar war ein Freund von mir. Woher das Geld kam, interessiert heute niemanden mehr.«

Lisbeth konnte es nicht glauben. Wie naiv und blauäugig sie doch gewesen war. Wut stieg in ihr auf. Was bildete er sich ein? So würde er nicht mir ihr umspringen! Diese Wohnung war ihr Eigentum, sie war von ihrem privaten Vermögen erworben worden. Sie ballte die Fäuste, und ihr Blick wurde finster.

»Das lasse ich dir nicht durchgehen. Ich werde mir den besten Anwalt der Stadt suchen. Ich bin eine Herzberg, vergiss das nicht. Du ahnst nicht, mit wem du dich anlegst.«

»Tu, was du nicht lassen kannst«, antwortet er seltsam gelassen.

Lisbeth ertrug seinen Anblick nicht mehr. Sie musste hier weg. Sie griff nach ihren Kleidern, eilte aus dem Raum und den Flur hinunter. Kurz bevor sie die Wohnungstür erreichte, stolperte sie über eine Falte im Perserteppich. Sie kippte nach vorne und schlug hart mit dem Kopf auf der Kante des Telefonschränkchens auf. Sogleich wurde alles schwarz um sie herum.

18. Kapitel

Wiesbaden, 4. August 1956

Ein Blitz erhellte den Raum für einen kurzen Moment, es folgte ein lauter Donnerschlag, der Henni erschrocken zusammenzucken und zum Fenster blicken ließ. Es blitzte erneut, und im hellen Schein war kurz die gegenüberliegende Häuserreihe zu sehen. Ein böiger Wind peitschte den starken Regen und kleine Hagelkörner gegen die Fensterscheibe des Krankenzimmers, in dem Henni seit dem Abend zuvor an Lisbeths Bett saß. Sie wickelte sich fröstelnd noch fester in ihre graue Strickjacke. Als der Anruf von Dieter gekommen war, hatte sie es kaum glauben können. Lisbeth war in der Wohnung gestürzt. Seitdem hatte sie das Bewusstsein nicht wiedererlangt. Der behandelnde Arzt hatte ihr ohne jede Form des Mitgefühls erklärt, dass die Lage kritisch sei. Lisbeth habe ein Schädelhirntrauma erlitten. Es könne sein, dass sie niemals wieder aufwachte.

Henni hatten seine Worte den Atem geraubt, sie war ins Schwanken geraten und hatte sich an der Wand abstützen müssen. Es hatte sich angefühlt, als hätte er ihr den Boden unter den Füßen weggezogen. Es durfte nicht passieren. Sie durfte Lisbeth nicht auch noch verlieren.

Eine Krankenschwester hatte ihr ein Glas Wasser gebracht und ihr zugesichert, dass sie an Lisbeths Bett bleiben dürfe.

Georg war gekommen und ebenfalls für einige Stunden geblieben. Er hatte die Polizei eingeschaltet, denn dieser angebliche Unfall musste seiner Meinung nach untersucht werden. Es war nicht undenkbar, dass Dieter Lisbeth Gewalt angetan hatte. Dafür musste er zur Rechenschaft gezogen werden. Henni ahnte jedoch, dass bei der Untersuchung nichts herauskommen würde. In vielen Ehen gab es Gewalt gegen Frauen, die immer wieder von den Gerichtsbarkeiten ungesühnt blieb. Waren die Frauen erst einmal verheiratet, schienen sie ihrem Ehemann schutzlos ausgeliefert zu sein, selbst Vergewaltigungen wurden nicht geahndet.

Henni betrachtete Lisbeths blasses Gesicht. Sie sah nicht aus, als wäre sie verprügelt worden. An der rechten Seite ihrer Stirn klebte ein Pflaster, die darunterliegende Platzwunde war mit einigen Stichen genäht worden. Auch an ihren Oberarmen fanden sich keine blauen Flecken, er hatte sie also nicht grob gepackt. Es schien tatsächlich so gewesen zu sein, wie er gesagt hatte. Sie war im Flur gestolpert und mit dem Kopf aufgeschlagen. Dieter hatte sogar eingeräumt, dass sie zuvor gestritten hatten.

Wieder erhellte ein Blitz den ansonsten nur von einer Nachtlampe beleuchteten Raum. Es folgte jedoch kein weiterer, lauter Donnerschlag, sondern grummelte nur noch verhalten, was Henni erleichterte. Vielleicht zog das Gewitter nun endlich ab.

»Weißt du noch, als wir klein waren, haben wir uns immer vor Gewitter gefürchtet«, sagte Henni. »Dann haben wir drei uns immer in einem Bett eng aneinander gekuschelt. Bei jedem Donnerschlag sind wir zusammengezuckt. Trude kam dann oft zu uns und hat uns Kakao und Schokoladenkekse gebracht. Sie hat uns vorgelesen. Immer war es dieselbe Geschichte, die wir hören wollten. Kannst du dich noch an sie erinnern? Es waren die Abenteuer des kleinen Bären Brumm. Ich weiß nicht, wie oft Trude sie uns vorgelesen hat.« Sie lächelte bei der Erinnerung daran. »Ich habe die Geschichte schon einige Male Thomas vorgelesen. Er fand sie bedauerlicherweise nicht so toll wie wir damals. Als der Anruf von Dieter kam, waren wir auf der Terrasse. Georg hate sich den Nachmittag freigenommen und gemeinsam mit Thomas Papierflieger gebastelt. Es war solch eine Freude, ihnen zuzusehen. Du hättest dabei sein müssen.«

Henni betrachtete Lisbeths Gesicht. Ihr Kinn stach spitz hervor, ihre Wangen waren leicht eingefallen. Die Ehekrise mit Dieter hatte sie schmaler werden lassen. Nach Wolfgangs Tod war sie sogar noch dünner gewesen, nur noch Haut und Knochen, hatte Inge angemerkt. In Hennis Augen traten Tränen, und in ihrem Hals bildete sich ein dicker Kloß. Sie wischte sich über die Augen und schniefte.

»Es hat eine Zeit gegeben, da hätte ich nicht geglaubt, dass wir einmal wieder so eng miteinander werden könnten. Da habe ich gedacht, dass wir auf zwei komplett unterschiedlichen Planeten leben. Bereits als wir noch Kinder waren, war es schwierig. Du hast oft rebelliert, bist manchmal aus heiterem Himmel wütend geworden. Ich weiß noch, einmal hast du ganz fürchterlich getobt und sämtliches Spielzeug an die Wände geworfen. Trude hat dich damals nur schwer beruhigen können. Vater hat sogar darüber nachgedacht, dich in ein Internat zu geben. Ich schäme mich für meine Gedanken, die ich damals hatte. Ich dachte tatsächlich, dass es das Beste für uns alle sein würde. Aber Großmutter hat ihn von dieser Idee abgebracht.« Henni verstummte. Wieso redete sie überhaupt darüber? Die Vergangenheit war gelebt, auch sie hatte Fehler gemacht, die sie heute bereute.

Die Zimmertür öffnete sich, und ein blonder Arzt trat ein, den Henni zuvor noch nicht gesehen hatte. Er stellte sich als Doktor Jakobi vor und schien bereits ins Bild gesetzt worden zu sein.

»Sie haben Glück, dass unsere Oberschwester einige Tage Urlaub hat«, sagte er mit einem Augenzwinkern. »Wäre sie im Haus, dürften sie zu dieser Stunde nicht hier sein. Was Besuchszeiten betrifft, ist sie äußerst streng.«

Er richtete seinen Blick auf Lisbeth und schaltete zusätzlich das Licht über dem Bett ein.

»Dann wollen wir doch mal sehen, wie es unserer Patientin geht.« Er leuchtete Lisbeth mit einer kleinen Taschenlampe in die Augen.

»Die Pupillengröße ist wieder normal. So sollte es sein.« In seiner Stimme schwang Erleichterung mit. »Mit Sicherheit wird sie bald wieder zu sich kommen.«

Henni konnte kaum glauben, was er sagte. Das Gefühl von Erleichterung schwappte wie eine Welle über sie hinweg, und sie brach in Tränen aus. Verdutzt sah der Arzt sie an.

»Nicht doch«, beschwichtigte er. »Sie müssen nicht weinen. Es wird alles wieder gut. Ihre Schwester ist noch einmal mit einem blauen Auge davongekommen. Oder sagen wir mal: mit ordentlichen Kopfschmerzen.«

»Danke«, brachte Henni heraus und wischte sich mit den Händen die Tränen von den Wangen. »Haben Sie vielen Dank. Sie wissen ja gar nicht, wie glücklich Sie mich gerade machen.«

Er tätschelte kurz ihren Arm. »Wir wissen beide, weshalb Sie hier sein dürfen. Ich habe von Ihrer anderen Schwester gehört. Mein Beileid.«

»Sie sind gut informiert«, antwortete Henni.

»Die Nachtschwester hat mich nur deshalb ins Bild gesetzt, damit ich Sie nicht rauswerfe«, antwortete er und zwinkerte Henni zu. »Wenn Sie möchten, können Sie jetzt trotzdem gerne nach Hause gehen, und wir melden uns bei Ihnen, wenn sie zu sich kommt. Sie sehen mitgenommen aus, etwas Schlaf würde Ihnen guttun.«

»Ich weiß«, antwortete Henni und unterdrückte ein Gähnen. »Aber ich will hier sein, wenn sie zu sich kommt. Das verstehen Sie sicher.«

»Selbstverständlich«, antwortete er.

Im nächsten Moment gab Lisbeth ein Stöhnen von sich und bewegte den Kopf. Hastig beugte Henni sich über sie.

»Liebes. Ich bin es, Henni.«

Lisbeth öffnete die Augen. Sie stöhnte und nannte Hennis Namen.

»Ja, ich bin hier.« Sie nahm Lisbeths Hand und drückte sie fest. »Jetzt wird alles wieder gut. Das verspreche ich dir.«

Lisbeth gab zur Antwort ein weiteres Stöhnen von sich. Ihr

Blick blieb an dem Arzt hängen, und plötzlich bekam er etwas Seliges.

»Ich kenne Sie«, murmelte sie. »In dem Café. Sie waren der Mann mit dem Kaffeefleck.«

Einige Tage darauf saß Lisbeth wieder im hellen Sonnenlicht gemeinsam mit Henni auf der Terrasse in Assmannshausen. Sie war erst am Vortag aus der Klinik entlassen worden und hatte die Anordnung erhalten, sich zu schonen. Schonung hatte in der Vorstellung von Inge etwas mit viel Essen zu tun, weshalb vor Lisbeth nun bereits das dritte Stückchen Streuselkuchen stand. Inge hatte gleich drei ganze Bleche gebacken, weil sie wusste, wie gern Lisbeth die süße Leckerei hatte. Für den Abend war ein Dreigängemenü geplant, um ihre Genesung zu feiern. An weitere Aktionen war für Lisbeth allerdings nicht zu denken. Am späten Vormittag hatte sie einen Spaziergang in den Weinbergen machen wollen. Nach einem kurzen Stück war sie jedoch bereits erschöpft gewesen, und ihr Kopf hatte erneut zu dröhnen begonnen. Es würde wohl noch ein ganzes Weilchen dauern, bis sie wieder vollständig auf den Beinen war.

Trude leistete ihnen Gesellschaft, die sich mal wieder in die aktuelle Tageszeitung vertieft hatte. Neben dem Terrassentisch schliefen die Zwillingsmädchen friedlich im Schatten eines Sonnenschirms. Thomas und Ludwig beschäftigten sich mit Unkrautjäten.

»In Frankfurt hat gestern der evangelische Kirchentag stattgefunden«, berichtete Trude. »Es sind zwanzigtausend Teilnehmer aus der DDR extra dafür angereist.«

»Na, wie viele von denen wohl wieder heimgefahren sind«, mutmaßte Lisbeth sogleich. »Es sollen ja immer mehr aus dem Osten dauerhaft in den Westen gehen. Der Sozialismus sorgt anscheinend doch nicht für blühende Landschaften.«

»Hm«, machte Henni. Sie hatte sich eigentlich für den Nachmittag vorgenommen, ihre Stickarbeit voranzutreiben, an der sie schon länger arbeitete. Eine hübsche Tischdecke für das kommende Weihnachtsfest sollte es werden. Sie hatte das Muster beim Ausmisten ihrer Zeitungen entdeckt. Doch sie schaffte es nicht so recht, sich auf den Kreuzstich zu konzentrieren. Zum dritten Mal musste sie etwas auftrennen und griff seufzend zu dem kleinen, auf dem Tisch liegenden Scherchen.

»Hat sich nicht neulich für den Posten des neuen Kellermeisters auch jemand aus dem Osten beworben?«, fragte Lisbeth. »Jemand von der Saale, oder?«

»Ja, ein Herbert Gladewitz«, antwortete Henni. »Er war auf einem Weingut tätig, dessen Besitzer enteignet worden sind. Das hat den alten Winzer anscheinend bis ins Mark getroffen, und er ist bedauerlicherweise an einem Herzinfarkt verstorben. Wie es dort weitergeht, weiß niemand. Herr Gladewitz ist auf gut Glück in unsere Region gereist, in der Hoffnung, hier eine Zukunft für sich und seine Familie zu finden. Allerdings sind wir uns noch nicht sicher, ob wir den Mann einstellen wollen. Ich kann es nicht genau erklären, aber ich fühlte mich in seiner Gegenwart unwohl.«

»Dann ist die Entscheidung doch bereits gefallen«, kommentierte Lisbeth.

»Ich befürchte es«, antwortete Henni und seufzte. »Obwohl er mir schon leidgetan hat. Es hat ihn doch hart getroffen. Wäre es um die Stellung eines einfachen Fahrers oder Lagerarbeiters gegangen, hätte ich ihm vermutlich zugesagt. Aber bei der wichtigen Position des Kellermeisters sollte doch alles passen. Ich hoffe, wir finden bald jemanden. Die Doppelbelastung ist für Georg ein unerträglicher Zustand.«

»Tja, er ist jetzt Geschäftsführer und Kellermeister zugleich«, sagte Lisbeth.

»Eher Letzteres«, gab Henni zurück und seufzte. »Man merkt, welche Tätigkeit ihm besser liegt. Ich beginne inzwischen sogar ernsthaft darüber nachzudenken, mich auf die Suche nach einem patenten Mann für die Geschäftsführung zu machen.«

»Wäre nicht die schlechteste Idee«, sagte Trude. »Ich habe Georg stets als zupackenden Menschen erlebt. Wieso er sich ständig dem Verwaltungskrempel widmet, habe ich sowieso nie verstanden.«

»Wieso übernimmst du nicht an seiner statt die Geschäftsführung?«, fragte Lisbeth Henni. »Du bist eine Herzberg, die Mitarbeiter lieben dich, und du kennst den Betrieb in- und auswendig.«

»Darüber habe ich die Tage tatsächlich nachgedacht, als ich mal wieder seine komplette Korrespondenz erledigte«, antwortete Henni. »Aber wenn ich die Geschäftsführung übernehmen würde, hätte ich noch weniger Zeit für Thomas. Mich plagt jetzt schon oft das schlechte Gewissen. Er sollte seine Mutter viel häufiger bei sich haben. Ich habe da neulich in der

Zeitschrift Constanze einen äußerst interessanten Artikel zu gelesen. Gerade in den ersten Jahren ist die Nähe zwischen Mutter und Kind wichtig.«

»Oh, bitte nicht«, fiel Trude ihr ins Wort. »Diesem Schund solltest du keinen Glauben schenken. Erst neulich hab ich beim Friseur in diesem Käsblatt gelesen. Auf jeder zweiten Seite werden einem irgendwelche Diäten vorgeschlagen, und überall sind Werbeanzeigen zu finden. Und diese Vorschriften, wie eine Mutter sich zu verhalten hat, finde ich sowieso abscheulich. Jede Mutter sollte für sich entscheiden dürfen, wie sie ihre Kinder erziehen möchte, und auch, ob sie berufstätig sein möchte.«

Verdutzt sahen Lisbeth und Henni Trude an.

»Jetzt guckt nicht so«, erriet Trude ihre Gedanken. »Ich mag ein Relikt aus einer anderen Zeit sein, aber zu meiner Jugendzeit, als dieser elende Hitler noch nicht mit seiner Propaganda die Frauen hinter den Herd verbannt hat, haben wir uns erhoben und für unsere Rechte gekämpft. Frauen durften wählen, wir haben uns erkämpft, Ärztinnen und Richterinnen zu werden. Und nun? Jetzt steht in so einer dämlichen Illustrierten, was ich am besten koche und wie ich mich schminke, damit ich es meinem Ehemann rechtmache. Und wenn wir diesen elenden Zustand nicht mehr ertragen, wird uns empfohlen, Frauengold zu trinken. Das soll uns gefügiger und freundlicher machen. Dass ich nicht lache! Habt ihr mal gesehen, was in dem Zeug drin ist? Da bleib ich lieber gleich beim Riesling. Davon hab ich mehr.«

Ihre Aussage brachte Henni zum Schmunzeln. In solchen

Momenten wusste sie wieder, weshalb sie die alte Hausdame so sehr ins Herz geschlossen hatte.

Sie wollte etwas sagen, wurde aber durch das Auftauchen eines jungen Burschen unterbrochen, der einen prachtvollen Sommerblumenstrauß von ungeahnten Ausmaßen in den Händen hielt und sich nach Lisbeth erkundigte.

Lisbeth hob verdutzt die Hand. Der Bursche legte den Strauß vor ihr auf den Tisch und ging wieder.

»Du liebe Güte«, sagte Trude. »Da hat sich aber jemand ins Zeug gelegt.«

»Es steckt eine Karte drin«, sagte Henni.

Lisbeth nahm sie heraus und öffnete sie. Sie überflog den Text, und ihr Herz begann plötzlich wie verrückt zu schlagen.

»Von wem sind sie denn?«, fragte Henni ungeduldig.

»Von dem Arzt aus dem Krankenhaus. Von Richard Jakobi.«

19. Kapitel

Wiesbaden, 2. September 1956

»Also ich würde ja sofort als Kellermeister arbeiten«, sagte Gustav und nahm einen ordentlichen Schluck aus seinem Apfelweinglas. »Aber von dem Sektkeltern versteh ich halt gar nix. Das würde eine schöne Plörre werden.«

Henni, die in der hellen Mittagssonne neben ihm vor seinem kleinen Häuschen saß, brachte seine Aussage zum Schmunzeln. In den letzten Wochen war es ihr zur Gewohnheit geworden, mit Gustav die Mittagspause zu verbringen. Sie brachte stets von Inge vorbereitete Leckereien mit. Heute gab es mit Hühnchenbrust und Salat belegte Brötchen und als Nachtisch Zwetschgenkuchen. Die Zwetschgen hatten sie erst vor einigen Tagen im Garten geerntet. In diesem Jahr hatte er so vollgehangen, dass die Äste beinahe bis auf den Boden gereicht hatten. Ludwig hatte ihnen aufgrund dieser Tatsache einen harten Winter prognostiziert.

Am Vormittag hatte sich ein erneuter Bewerber für die Stellung des Kellermeisters vorgestellt. Allerdings war ihnen im Lebenslauf bereits sein junges Alter aufgefallen, und das Gespräch hatte dann auch nur kurz gedauert, der Bewerber war schlicht zu unerfahren für den Posten.

»Es ist wie verhext«, sagte Henni. »Es muss sich doch irgendwo ein passender Kellermeister finden lassen.«

Auch sie trank einen sogenannten Sauergespritzten. Dieses regionale Getränk bestand aus Apfelwein mit einem Schluck Sprudelwasser darin und war äußerst erfrischend. Sie nahm einen kräftigen Schluck und stellte das Glas auf den etwas schief stehenden und vom Wetter mitgenommenen Holztisch.

»Wieso bleibt nicht einfach Georg unser Kellermeister, und du, Mädschen, übernimmst die Geschäftsleitung?«

Henni sah Gustav verdutzt an. »Lisbeth hat vor einer Weile dasselbe vorgeschlagen. Aber ich weiß nicht recht. Ich hab doch auch als Mutter Verantwortung.«

»Ach, das würdet ihr bestimmt organisiert bekommen«, ließ Gustav ihren Einwand nicht gelten. »Du hast doch jetzt mit Hiltrud eine patente Sekretärin an deiner Seite. Die kann dir bestimmt eine Menge von dem Organisationskrempel abnehmen. Bedauerlicherweise ist die Dame ja verheiratet. Ich finde, sie ist schon ein Feger.«

»Gustav! Also bitte«, rügte Henni ihn. »Ich dachte, du wolltest jetzt Junggeselle bleiben?«

»Na ja«, erwiderte Gustav und zuckte die Schultern. »Wenn die Richtige käme, könnte ich mir schon vorstellen, es noch einmal zu versuchen. Luise aus der Versandabteilung würde mir gefallen. Ich weiß nur nicht, wie ich sie ansprechen soll.«

Henni seufzte kaum hörbar. Gustav würde sich wohl nie mehr ändern. Allerdings könnte es für Gustav schwer werden, bei der vierzehn Jahre jüngeren Luise zu landen.

»Denkst du?«, fragte er verdutzt. »Aber so schlecht bin ich doch für mein Alter gar nicht in Schuss.« Er klopfte auf seinen Bauch.

Henni gab sich geschlagen.

»Na, wenn das so ist. Dann solltest du sie schleunigst fragen, ob sie etwas mit dir unternehmen möchte«, antwortete sie lachend. »Vielleicht hast du ja Glück.«

»Aber nur, wenn du mit Georg wegen der Sache mit der Geschäftsführung redest. Du bist die Richtige dafür, und dann kann Georg endlich wieder in seinen Sektkeller gehen. Da fühlt er sich ja doch am wohlsten.«

»Abgemacht«, antwortet Henni und hielt ihm die Hand hin. Gustav schlug ein.

Am späten Nachmittag saß Henni in ihrem Büro und brütete über der Finanzierung eines neuen Projekts ihres Wohltätigkeitsvereins. Sie wollten den Bau eines Kindergartens in einem der neu entstandenen Arbeiterviertel Wiesbadens unterstützen. Die Stadt würde den größten Brocken der Kosten tragen, der Rest sollte über Spenden finanziert werden. Allerdings war noch ein ordentlicher Betrag offen, und es fehlte an weiteren Spendengebern. Alleine sollte die Kellerei diesen Betrag auf keinen Fall aufbringen müssen. Sie würde wohl noch einige Telefonate führen müssen.

Hiltrud riss sie durch ihr Eintreten aus ihren Gedanken. Die Ärmste sah etwas mitgenommen aus, denn sie hatte einen Zahnarztbesuch hinter sich. Ihre rechte Backe war etwas geschwollen.

»Oh, Hiltrud, meine Teuerste«, sagte Henni. »Sie sollten doch heute nicht mehr in die Kellerei kommen. War es denn arg schlimm?«

»Der Zahn war bedauerlicherweise nicht mehr zu retten«, antwortete Hiltrud nuschelnd.

»Ach du je«, erwiderte Henni. »Das tut mir leid.«

»Ich wollte auch nur kurz meinen Melissengeist aus der Schreibtischschublade holen. Der hat mir bei Zahnschmerzen schon immer geholfen.«

»Verstehe«, antwortete Henni, der es neu war, dass die allseits beliebte Arznei auch gegen Zahnschmerzen half. Das würde sie sich merken.

»Gibt es irgendetwas Wichtiges?«, fragte Hiltrud.

»Nein, eigentlich nicht«, antwortete Henni und verfluchte sich sogleich dafür, das Wort »eigentlich« benutzt zu haben.

Prompt sagte Hiltrud: »Es gibt also doch was.«

»Es ist nichts Wichtiges«, versuchte Henni, sie zu beschwichtigen. »Ich mache mir nur seit einer Weile über etwas Gedanken. Aber das können wir morgen in aller Ruhe besprechen.«

»Ich bin ohnehin noch so aufgedreht«, antwortete Hiltrud. »An Ausruhen ist im Moment sowieso nicht zu denken. Ich geh nur rasch meinen Melissengeist holen, dann bin ich wieder bei Ihnen.«

Ohne eine Antwort abzuwarten, verließ sie den Raum.

Plötzlich kam Henni eine Idee: Sie könnte Hiltrud befördern. Von der Sekretärin der Geschäftsleitung zu ihrer Stellvertreterin. Patent genug war sie auf jeden Fall. Noch eine Idee, die sie zuerst mit Georg besprechen sollte. Oder musste sie das unbedingt tun? Sie war die Herzberg und hielt die

Hauptanteile der Kellerei. Sie konnte Entscheidungen auch ohne ihn treffen. Vielleicht wäre es tatsächlich besser, ihn vor vollendete Tatsachen zu stellen. Der Gedanke gefiel ihr. Hiltrud kam zurück, und während sie sich einen kräftigen Schluck Melissengeist gönnte, begann Henni ihre Überlegungen kundzutun, und Hiltruds Augen wurden groß.

Eine Stunde später durchquerte Henni den Marmorsaal und lief die Treppe zum Sektkeller hinunter, wo sie Georg vermutete. Hiltrud war von ihrer Idee, wie sie erwartet hatte, begeistert gewesen. Die Aussicht auf eine Beförderung in diesem Ausmaß hatte ihr sogar Tränen in die Augen getrieben. Sie hatte Henni ihre vollumfängliche Unterstützung zugesichert. Sie hatte außerdem versucht, Hennis Sorgen zu zerstreuen, indem sie darauf hinwies, dass viele Mütter sogar arbeiten gehen *mussten*, denn sie waren verwitwet, oder der Ehemann war ein Kriegsversehrter. Viele solcher Familien unterstützte sie auch mit ihrem Wohltätigkeitsverein. Hiltrud schlug vor, Zeitpläne zu erarbeiten. Es musste möglich sein, dass Henni an mindestens zwei Nachmittagen in der Woche bei ihrer Familie in Assmannshausen war. Dieser Vorschlag gefiel Henni. Sie hatte gewusst, dass Hiltrud die richtigen Ideen haben würde. Nun galt es nur noch Georg davon zu überzeugen, dass dies die richtige Lösung war.

Im Sektkeller ging Henni die vertrauten Wege, die seltsamerweise dafür sorgten, dass ihr Herzschlag sich beruhigte. Sie grüßte die Mitarbeiter, hielt mit dem einen oder anderen ein Schwätzchen, erkundigte sich nach Ehefrauen, Kindern, nach Hausbauprojekten und Heiratsplänen. Henni spürte plötzlich das uneingeschränkte Vertrauen, das ihr die Mitarbeiter entgegenbrachten. Gustav hatte recht mit dem, was er gesagt hatte. Sie war die Herzberg, sie wurde in diesem Haus von allen Seiten als Chefin anerkannt. Es war an der Zeit, dass sie diese Rolle auch endlich ausfüllte und Verantwortung übernahm. Sie wusste, dass diese Entscheidung ihrem Großvater gefallen hätte.

Sie traf bei den Rüttelplatten auf Georg. Er half gerade einem der Mitarbeiter dabei, neue Sektflaschen darauf zu verteilen. Als er Henni bemerkte, ließ er verdutzt die Flasche sinken, die er gerade in Händen hielt. Henni fiel sein äußeres Erscheinungsbild auf. Er hatte die Anzugsjacke abgelegt, die Krawatte ebenfalls. Sein Hemdkragen war aufgeknöpft, die Ärmel hochgekrempelt.

»Henni, Liebes«, begrüßte er sie. »Du bist noch hier? Ich dachte, du wärst längst nach Hause gefahren.«

»Ich musste noch einige Unterlagen durchsehen«, antwortete sie, und ihr Blick wanderte zu dem Mitarbeiter, der ihn richtig deutete und sich in eine kurze Zigarettenpause verabschiedete.

Nachdem er gegangen war, nahm Henni eine der Flaschen aus der Kiste und steckte sie in die leicht schräg stehende Rüttelplatte, auf der gut achtzig Flaschen Platz fanden.

»Was ist los?«, fragte Georg.

Er kannte sie zu gut, dachte Henni und überlegte kurz, wie sie anfangen sollte.

»Es geht um die Stellung des Kellermeisters«, begann sie

schließlich. »Ich kenne da jemanden, der perfekt passen würde. Er kennt den Betrieb äußerst gut, ist bei den Mitarbeitern beliebt, und ich kenne niemanden, der sein Handwerk besser versteht, als er es tut.«

Henni spürte, wie sie innerlich zitterte.

»Von wem redest du?«, fragte er. Henni hatte gehofft, der Groschen wäre bereits gefallen.

»Von dir«, antwortete sie und atmete tief durch. Nun war es raus.

»Von mir?«, erwiderte er und sah sie ungläubig an. »Wir wissen beide, dass meine Arbeit als Kellermeister nur eine Übergangslösung sein kann, bis wir einen Ersatz gefunden haben. Schließlich bin ich in diesem Haus der Geschäftsführer, und als dieser vernachlässige ich meine Aufgaben zurzeit leider viel zu sehr. Ohne dich und unsere großartige Hiltrud wüsste ich gar nicht mehr, wo mir der Kopf steht.«

»Du sagst es ja schon selbst«, griff Henni seine Worte auf. Sie gab sich einen Ruck. »Ich würde gerne die Geschäftsleitung alleine übernehmen. Hiltrud würde meine Stellvertreterin werden.« Nun war es raus.

Georg sah sie mit großen Augen an. Einige Sekunden herrschte Stille, dann fing er zu lachen an. Er bekam sogar einen regelrechten Lachkrampf und schien sich gar nicht mehr einkriegen zu wollen. Er wollte etwas sagen, japste jedoch nur. Sie kam sich veräppelt vor. Was bildete er sich ein, so auf ihren ernst gemeinten Vorschlag zu reagieren?

Er beruhigte sich und legte doch tatsächlich die Arme um sie. Henni ließ es nur widerwillig geschehen.

»Ach, Liebes«, sagte er. »Ich wollte dich durch mein Lachen nicht verstimmen. Es überkam mich einfach. Wir beide denken so oft dasselbe, dass es mir manches Mal schon unheimlich erscheint. Ich überlege das bereits seit einer ganzen Weile, wollte dich aber nicht noch zusätzlich zu allem unter Druck setzen.«

Hennis Groll löste sich in Luft auf.

»Und die Idee, Hiltrud zu deiner Stellvertreterin zu ernennen, halte ich für großartig. Sie ist eine wahre Perle und hat diese Beförderung mehr als verdient.«

»Und du darfst endlich wieder als Kellermeister arbeiten«, antwortete Henni.

»Ja, das darf ich«, antwortete Georg. »Endlich muss ich mich nicht mehr mit diesem ganzen Papierkram auseinandersetzen. Ich muss keine Aufsichtsratssitzungen mehr leiten oder einberufen, keine finanziellen Entscheidungen treffen. Ich darf mich einzig und allein um unseren Sekt und die organisatorischen Abläufe in der Produktion kümmern. Was für eine Freude.«

»Also bei den Aufsichtsratssitzungen bin ich mir da nicht so sicher«, wandte Henni ein.

»Es wäre auch zu schön gewesen«, erwiderte er. »Aber eine Sache werde ich auf gar keinen Fall tun«, sagte er.

»Welche?«, hakte Henni nach.

»Ich werde dich niemals Chefin nennen.«

»Das verbitte ich mir auch«, antwortete Henni. Seine Lippen näherten sich nun den ihren und berührten sie. Seine Zunge drang in ihren Mund, seine Umarmung wurde fester.

Henni genoss seine Wärme und Nähe, und sie glaubte, in diesem Augenblick überzuschäumen vor Glück. So wie es jetzt wurde, war es richtig. Ihr Großvater wäre stolz auf sie.

20. Kapitel

Wiesbaden, 20. September 1956

Lisbeth hatte sich ihr Abschiedstreffen mit Magda anders vorgestellt. Sie hatte gedacht, sie könnten einen letzten gemeinsamen Abend in Wiesbaden verbringen, im Kurhausrestaurant essen und danach in einem der Tanzlokale die Nacht zum Tag machen. Es war anders gekommen, denn sie hatten in den letzten Wochen keine Zeit für solche Unternehmungen gehabt. Ganz ohne Abschied wollte Lisbeth ihre Freundin jedoch nicht in ihr neues Leben nach Amerika ziehen lassen. So hatten sie sich im Café Maldaner zu einem Frühstück verabredet.

Lisbeth hatte die letzte Nacht mal wieder bei Richard verbracht, der wie ein Wirbelwind in ihr Leben gekommen war und es ordentlich durcheinandergebracht hatte. Nachdem er ihr die Blumen geschenkt hatte, waren es am nächsten Tag Pralinen, tags darauf war es eine Einladung zum Essen ins Kurhausrestaurant gewesen. Eine Woche hatte sie auf den Abend warten müssen, denn als Arzt hatte er natürlich ihr Wohlergehen im Sinne und wollte nicht, dass sie sich überanstrengte. Lisbeth war sich wie eine umworbene Prinzessin vorgekommen. Sie hatte an diesem Tag ewig damit zugebracht, ihre Garderobe auszuwählen. Schlussendlich war es ein von Henni geliehenes altrosa Seidenkleid mit einer schmalen Taille und einem weit schwingenden Rock geworden, der ihre Knie sanft umspielte. Nachdem sie das Restaurant verlassen hatten, hatten sie noch einem Konzert im Kurpark gelauscht, danach waren sie stundenlang durch die Straßen und Gassen Wiesbadens gelaufen und hatten geredet. Lisbeth hatte das Gefühl gehabt, ihm alles sagen zu können. Bereits am Ende dieses ersten Abends hatten sie einander geküsst. Lisbeth hatte im Leben nicht daran gedacht, sich jemals wieder so heftig verlieben zu können. Doch es war geschehen. Richard schien perfekt zu sein. Er wohnte in einer hübschen Villa im Dammbachviertel und wollte bald seine eigene Praxis eröffnen. Lisbeth hatte es sogar über sich gebracht, ihm von dem düstersten Teil ihrer Vergangenheit zu erzählen, von den Zeiten, als sie sich von Hitlers Regime und Johannes hatte blenden lassen. Sie wollte nicht noch einmal erleben, dass sie dieser Teil ihres Lebens auf unschöne Weise einholte. Dieses Mal wollte sie alles richtig machen.

Nur eine bitter schmeckende Angelegenheit stand ihr zu ihrem Glück noch im Weg. Dieter. Er wich, trotz des Unfalls in der Wohnung, nicht von dem Plan ab, Unterhalt von ihr einklagen zu wollen. Auch war es ihnen bisher nicht gelungen, etwas wegen des Wohnungsverkaufs zu erreichen. Lisbeth und Henni hatten deshalb erst letztens wieder einen Termin mit ihrem Familienanwalt gehabt. Der alte Herr hatte ihnen versichert, dass er alles in seiner Macht Stehende tun würde, um das Recht auf ihre Seite zu holen. Doch bedauerlicherweise schien es nicht zu funktionieren. Da Dieter als alleiniger Eigentümer eingetragen war, war es schwer, ihm die Wohnung wieder zu nehmen. Auch die Tatsache, dass das Geld von Lisbeths Seite gekommen war, spielte nur eine untergeordnete Rolle. Hinzu kam, dass die Wohnung vor der Eheschließung erworben worden war. Offiziell hatte er das Eigentum also in die Ehe mitgebracht. In dieser Hinsicht wirkte der Kampf aussichtslos. Aber immerhin die Klage auf Unterhalt schienen sie abschmettern zu können. Da die Ehe nur kurz Bestand gehabt hatte, standen ihm keine Gelder zu. Genaueres würde allerdings das Gericht entscheiden. Bereits in vier Wochen war der Scheidungstermin angesetzt. Lisbeth graute es schon jetzt davor.

»Es ist ein Jammer, dass ich deinen Richard nun nicht mehr kennenlernen kann«, sagte Magda und rührte Kondensmilch in ihren Kaffee. »Dass ausgerechnet dieser Tollpatsch der Arzt sein muss, der dich behandelt, und dann verliebt er sich auch noch in dich. Zufälle gibt es.«

»Ja, die gibt es tatsächlich«, stimmte Lisbeth ihr zu, während sie Erdbeermarmelade auf ihr Brötchen schmierte.

»Wie steht es denn an der Heile-Welt-Front in der Kellerei?« Lisbeth brachte Magdas Nachfrage zum Schmunzeln. Sie konnte die Stichelei einfach nicht lassen. Dieser Umstand begründete sich vermutlich darin, dass ihr gut funktionierende Partnerschaften ein Dorn im Auge waren. Magda und Liebesglück schienen nicht zusammenpassen zu wollen. Aber vielleicht fand sie ja in Chicago den passenden Mann fürs Leben. Lisbeth würde es ihr wünschen.

Sie berichtete in kurzen Sätzen, was sich in der Kellerei verändert hatte.

»Und dir macht es tatsächlich nichts aus, dass dein wertes Schwesterchen nun endgültig im Chefsessel sitzt?«, konnte sich Magda erneut eine unschöne Bemerkung nicht verkneifen und zog eine Augenbraue in die Höhe.

Lisbeth beantwortete die Frage mit einem lapidaren Nein. Vor nicht allzu langer Zeit hätte es ihr etwas ausgemacht. Das musste sie zugeben. Dann hätte sie Magda jetzt ihr Herz ausgeschüttet und darüber lamentiert, wie ungerecht die Welt doch war. Aber durch Billes Tod hatte sich ihre Sichtweise grundsätzlich verändert. Oder hatte es diese Veränderung nicht bereits zuvor gegeben? Sie wusste, wie sehr Henni für die Kellerei gekämpft, was sie alles dafür geopfert hatte. Es stand ihr zu, an dieser Stelle zu sitzen. Auch ihr Unfall hatte ihr gezeigt, wie wichtig Familie war. Henni hatte an ihrem Krankenbett gewacht, ihr Gesicht hatte Lisbeth nach dem Aufwachen als Erstes erblickt. Sie hatte die Tränen der Erleichterung in Hennis Augen gesehen. Sie waren Schwestern, und sie waren nur noch zu zweit. Nun galt es zusammenzuhalten.

Magdas Blick wanderte auf ihre Armbanduhr. Lisbeth kannte die Gewohnheiten ihrer Freundin inzwischen. Sie war des Gespräches überdrüssig und wollte fort von hier.

»Huch, schon so spät. Ich muss jetzt aber wirklich los. Sonst verpasse ich am Ende noch das Flugzeug. Ich bin ja schon so aufgeregt, wie das wird. Zum ersten Mal werde ich die Welt von oben sehen. Hoffentlich stürzt der Vogel nicht ab.« Sie winkte eine der Bedienungen heran.

»Bestimmt nicht«, antwortete Lisbeth, um ein Lächeln bemüht. Plötzlich kam es ihr so vor, als hätten Magda und sie sich entfremdet. Oder ging so etwas in so wenigen Wochen überhaupt? Ihrer beider Leben hatten sich innerhalb kürzester Zeit verändert. Magda ging nach Chicago, und Lisbeths Alltag stand in vielerlei Hinsicht Kopf.

Es folgte eine Umarmung. Ein letztes Mal atmete Henni den vertrauten süßlichen Geruch des Parfüms ein, den ihre Freundin verströmte. Dann verschwand sie zwischen den Fußgängern auf dem Gehweg, und Lisbeth wusste mit einem Mal, dass sie sie niemals wiedersehen würde. Seltsamerweise schmerzte dieser Gedanke nicht. Magda erschien ihr wie ein Überbleibsel aus einem vergangenen Leben, das sie hinter sich gelassen hatte.

Nachdem Lisbeth das Café Maldaner verlassen hatte schlenderte sie ziellos durch die Straßen Wiesbadens und befand sich plötzlich in der Webergasse. Sie blieb stehen und musterte die Häuserreihen. Nichts erinnerte mehr daran, dass hier noch vor wenigen Jahren alles in Schutt und Asche gelegen hatte. Doch Lisbeth hatte noch vor Augen, wie es hauptsächlich Frauen gewesen waren, die in den Ruinen ihrer Häuser gestanden und Steine vom Mörtel befreit hatten, wie Schutt auf Wagen geladen und fortgebracht worden war. Ihr kamen die vielen Kinder in den Sinn, die sich über Süßigkeiten von den GIs freuten. Sie hatte ihnen damals die Währung des Schwarzmarkts, Zigaretten, geschenkt. Dieses untergegangene Szenario des Grauens mutete heute, im Licht der milden Herbstsonne, surreal an. Ihr Blick blieb an dem vertrauten Schuhgeschäft hängen, das nun in einem zweckmäßig aussehenden Neubau untergebracht war, dem der Reiz seines Vorgängers fehlte. Plötzlich hatte sie die alte Minna, die ehemalige Inhaberin des Geschäfts, vor Augen. Wie sie vor ihrem in Trümmern liegenden Haus gestanden und, von Überlebenswillen erfüllt, ihren Klapptisch mit den Schuhen aufgebaut hatte. Lisbeth hatte ihr damals Marmelade geschenkt, hatte ihr Schuhe abgekauft. Weiße Pumps, die sie noch immer besaß. Diese Gasse und ihre Bewohner hatten ihr in einer Zeit Halt gegeben, in der sie mit sich gehadert, in der sie nicht gewusst hatte, wo sie im Leben stand. Minna verkaufte keine Schuhe mehr, längst hatte den Laden ihr Neffe übernommen. Es galt zu hoffen, dass sie noch immer ihren wohlverdienten Ruhestand genoss.

Lisbeths Blick wanderte zu dem gegenüberliegenden Haus, und plötzlich verspürte sie das Gefühl von Wehmut in sich aufsteigen. *Das Wilmers*, stand in großen, geschwungenen Lettern auf der Hauswand über dem Fenster mit Butzenscheiben und der Eingangstür. Sie wusste, wie es in dem aus Trümmern wiederauferstandenen Restaurant aussah. Auf dem alten Kachelofen stand gewiss der übliche Nippes, Bilder mit Filmschauspielern und Musikern hingen bestimmt auch heute noch an den Wänden. Vor der Tür standen einige Wirtshausstühle und Tische, darauf Aschenbecher neben Steingutkrügen, in denen sich Besteck und Servietten befanden. An einem von ihnen nahm just in diesem Moment ein älterer Herr Platz. Das Wilmers war vor dem Krieg Lisbeths Stammrestaurant gewesen, jahrelang war sie nicht mehr dort gewesen. Nur kurz hatte sie vor einer gefühlten Ewigkeit mit der Besitzerin Sabine gesprochen. Wie es ihr wohl seitdem ergangen war? Sie könnte in das Restaurant gehen und mit ihr reden. Bestimmt stand sie hinter der Theke oder werkelte in der Küche. Doch was sollte sie zu ihr sagen? Das Wilmers fühlte sich in diesem Augenblick wie ein Stück Vergangenheit an. Sie beobachtete, wie eine junge Bedienung nach draußen trat und eine Zeitung vor dem älteren Herrn auf den Tisch legte. Die beiden begannen, einen Schwatz zu halten. Er schien Stammkunde zu sein. Just in diesem Moment wurde Lisbeth von hinten angesprochen. Sie zuckte erschrocken zusammen und wandte sich um. Es dauerte einen Moment, bis sie die Person erkannte, die vor ihr stand. Es war Ilse, Billes alte Freundin.

»Wie schön, mal wieder jemanden von den Herzbergs zu sehen«, sagte sie. »Ich wollte ja längst mal auf einen Kaffee nach Assmannshausen kommen und euch besuchen. Bestimmt sind Billes Zwillingsmädchen groß geworden. Aber du weißt ja, wie das ist. Immer wieder kommt einem etwas dazwischen.«

»Ja, so ist das meistens«, antwortete Lisbeth. »Den Zwillingen geht es gut. Wir würden uns sehr freuen, wenn du uns mal besuchen kommst.«

Es war eines dieser sinnlosen Gespräche. Ein Austausch von Höflichkeitsfloskeln. Sie wussten beide, dass Ilse nicht nach Assmannshausen kommen würde. Ilse verabschiedete sich wieder, sie habe einen wichtigen Pressetermin.

»Bille hätte sich bestimmt für mich gefreut. Meine Krimis sollen jetzt doch tatsächlich ins Englische übersetzt werden und in Amerika erscheinen. Mein Verlag denkt sogar über eine Lesereise über den großen Teich nach. Es ist so aufregend.«

Lisbeth gratulierte höflich. Davon, dass Ilse Krimis schrieb, hatte sie nicht einmal gewusst.

Nachdem Ilse gegangen war, fühlte sie sich plötzlich verloren. Die Traurigkeit über den Verlust eines Menschen holte einen in den seltsamsten Momenten ein. Dieser war so einer, und Lisbeth hatte plötzlich Mühe, die Tränen zurückzuhalten. Sie wischte sich über die Augen und zog die Nase hoch. Ein an ihr vorübereilender Mann rempelte sie an, sie spürte es kaum und hörte auch seine rasch gemurmelte Entschuldigung nicht. Es schien, als wäre sie erstarrt. Plötzlich fühlte es sich an, als hätte sie erst gestern diese lähmenden Stunden im Krankenhaus verbracht. Als sie an Billes Bett gewacht, als sie gehofft und gebetet hatten. Das Leben war nach ihrem Tod vorangegangen und hatte ihnen nur wenig Zeit zum Durchatmen gegeben. Sie mussten sich um die Babys kümmern, die Krise mit Dieter hatte sie abgelenkt. Dann dieser schreckliche Unfall, der ihr erstaunlicherweise Glück und Richard in ihr Leben gebracht hatte.

»Du hättest ihn gemocht, Bille«, flüsterte Lisbeth. »Das weiß ich genau.« Nun rann doch eine Träne ihre Wange hinab. »Ich vermisse dich so sehr.« Zum ersten Mal seit der Beerdigung sprach sie diese Worte aus.

Plötzlich riss eine Stimme sie aus ihren Gedanken. Ihr Herzschlag beschleunigte sich. Dieter stand vor ihr. Sie hatte ihn gar nicht kommen sehen. Er sah gepflegt aus, was Lisbeth verwunderte. Er war glattrasiert, sein dunkles Haar hatte er zurückgekämmt. Er trug ein ordentlich gebügeltes hellblaues Hemd, dazu graue Stoffhosen und ein passendes Sakko. Er sah wie der charismatische Mann aus, in den sie sich verliebt hatte.

»Du weinst ja«, sagte er und machte einen Schritt auf sie zu. »Wieso das denn?«

»Es ist nichts«, wiegelte Lisbeth ab und trat zurück. Der Geruch seines Aftershaves stieg ihr in die Nase. Es roch so vertraut und weckte Gefühle in ihrem Inneren, von denen sie geglaubt hatte, dass sie für immer erloschen waren. Was war nur los mit ihr? Sie musste diesen Mann hassen, sie liebte jetzt Richard. »Lass mich zufrieden.« Ihre Stimme klang nicht so abweisend, wie sie es gewollt hatte.

»Können wir reden?«, fragte er. »Nur kurz, es wäre mir wichtig. Ich habe auch nichts getrunken. Damit soll jetzt ein für alle Mal Schluss sein.«

Lisbeth gab nach und stimmte zu. Ihr fehlte die Kraft, um abzulehnen. Er deutete auf die Tische vor dem Wilmers und fragte, ob er sie zu einem Kaffee einladen dürfte.

Wenig später saßen sie sich schweigend gegenüber. Niemand schien so recht zu wissen, was er jetzt sagen sollte.

Die junge Bedienung brachte den bestellten Kaffee. Lisbeth hatte gehofft, Sabine würde zu ihnen an den Tisch treten. Ihre Anwesenheit hätte ihr Sicherheit vermittelt. Lisbeths Blick wanderte zu der offen stehenden Tür, doch auch hinter der Theke war Sabine nicht zu entdecken.

»Es tut mir so leid, was damals in der Wohnung passiert ist«, sagte Dieter. »Ich wollte niemals, dass du verletzt wirst. Nicht nur das. Ich muss mich allgemein bei dir für mein abscheuliches Verhalten entschuldigen. Ich weiß, das wirst du mir jetzt nicht glauben, aber ich wollte dich glücklich machen, ich wollte, dass du stolz auf mich bist. Ich habe mir jeden Tag gewünscht, dass ich dir das Leben geben kann, das du gewöhnt bist. Ich wollte ein Teil eurer Welt sein dürfen. Aber das werde ich wohl niemals schaffen, und das ist mir jetzt klar geworden.« Lisbeth sah ihn verwundert an. Was redete er? Ein Teil ihrer Welt sein? Er wollte, dass sie stolz auf ihn war? Das war sie doch gewesen. Oder vielleicht doch nicht? Die Wohnung im Nerobergtal war ihr nie gut genug gewesen. Sie hatte davon geträumt, erneut eine Villa zu beziehen. Gerne am Rheinufer, die Nähe zum Fluss hatte sie schon immer geliebt. Sie hatte allen von seiner baldigen Beförderung erzählt, hatte ihn immer wieder danach gefragt. Sie hatte sogar darauf spekuliert, dass er es zu einem Teil der Geschäftsführung bringen könnte. Sie hatte ihn unter Druck gesetzt, das stimmte schon. Wenn sie ehrlich war, hatte er niemals ihren Ansprüchen genügt, auch wenn sie sich das einzureden versucht hatte. Sie war eine Herzberg, wenn auch nicht so einflussreich wie Henni, aber sie war eine. Sie verkehrte in den höchsten Kreisen Wiesbadens. Sein Scheitern hatte das Ende ihrer Ehe eingeleitet. Oder hatte diese Ehe nicht von Beginn an unter einem schlechten Stern gestanden? Sie war nicht wegen Dieters Problem mit dem Alkohol in die Brüche gegangen, zumindest nicht ausschließlich. In seinen Armen hatte sie versucht, ihre Traurigkeit über Wolfgangs Verlust zu betäuben. Sie hatte ihn jedoch nie so geliebt wie ihn.

Lisbeth wünschte sich, sie könnte Dieter sagen, was ihr gerade durch den Kopf ging. Doch sie brachte es nicht fertig. Sie wollte mit ihm nicht über ihre noch immer vorhandenen Gefühle für Wolfgang reden.

»Es gehören immer zwei dazu.«

Diesen Satz hatte sie erst neulich in einer Illustrierten in einem Artikel gelesen, der Paarbeziehungen und auch Trennungen beleuchtet hatte. Da sie nicht so recht wusste, was sie ihm antworten sollte, entstand erneut ein peinlicher Moment der Stille zwischen ihnen. Lisbeth benötigte etwas, um ihre Nerven zu beruhigen. Sie fischte ihr Zigarettenetui aus ihrer Tasche, zündete sich eine Zigarette an und nahm einen kräftigen Zug. Das Nikotin beruhigte sie etwas.

»Und was nun?«, fragte sie. Ihre Stimme klang forsch, jedoch nicht unfreundlich.

»Ich verlasse Wiesbaden«, antwortete er. »Ich habe eine neue Stellung in Köln bei einem großen Handelsunternehmen gefunden. Ich werde viel auf Reisen sein.«

»Das freut mich für dich«, erwiderte Lisbeth. Ihr Blick fiel auf ihren unangetasteten Kaffee auf dem Tisch. Vermutlich war er jetzt kalt.

»Die erste Reise führt mich nach Indien, schon in zwei Wochen. Mein Anwalt wird den Gerichtstermin ohne mich wahrnehmen. Ich habe ihn angewiesen, dir deinen Anteil an der Wohnung zuzugestehen.«

Lisbeth sah ihn verdutzt an.

»Wie großzügig von dir«, rutschte es ihr heraus, es klang bissig. Der Groll auf ihn kehrte zurück.

»Wir wissen beide, dass mir mehr zusteht als nur ein Anteil. Die Wohnung gehört mir. Du hast sie von meinem Geld bezahlt.«

»Ich kann die Anweisung auch gerne zurücknehmen«, antwortete er trocken und hielt ihrem bitterbösen Blick stand, auf seinen Lippen lag dieses süffisante Grinsen, das sie schon immer gehasst hatte. Nun zeigte er doch wieder sein wahres Gesicht. Wie naiv sie doch gewesen war, auf sein schmieriges Getue reinzufallen. Erneut fehlte ihr die Schlagfertigkeit für eine passende Antwort.

Er erhob sich. »War nett, mit dir zu plaudern, Lisbeth.« Ohne ein weiteres Wort ging er davon.

Lisbeth sah ihm mit vor Wut funkelnden Augen nach. Wieso hatte er sie überhaupt angesprochen? Wieso hatte er mit ihr geredet und den Reumütigen gespielt? Damit sie sich schlechter fühlte? Diesen Sieg wollte sie ihm nicht gönnen. Die junge Bedienung trat an den Tisch und erkundigte sich, ob sie noch etwas benötigte. Lisbeth verneinte. Erst jetzt fiel ihr auf, dass er sie auch noch mit der Rechnung sitzengelassen hatte. Die junge Frau wollte zurück ins Haus gehen, da hielt sie sie zurück und fragte spontan: »Wie geht es denn Sabine? Ich bin eine alte Freundin von ihr.«

Die Miene der Bedienung wurde getrübt.

»Sie wissen es noch nicht?«, fragte sie. »Die Chefin ist vor zwei Wochen gestorben. Lungenkrebs. Den Laden führt ihr Mann weiter. Wir haben erst seit gestern wieder geöffnet.«

Lisbeth trafen die Worte wie ein Hieb in die Magengrube.

»Nein, das wusste ich nicht«, antwortete sie leise, während sich die Bedienung zwei neuen Gästen widmete und ihnen erklärte, dass der Tisch neben der Tür noch frei sei.

21. Kapitel

Wiesbaden, 6. Oktober 1956

Henni saß in einer der Kabinen der Damentoilette in der Kellerei auf dem kalten Fliesenboden und atmete schwer. Eben erst hatte sie sich übergeben. Dabei hatte sie nur ein trockenes Brötchen zu Mittag gegessen, dazu einen Kaffee. Letzteres war ein großer Fehler gewesen, denn kurz nachdem sie die Tasse geleert hatte, hatte es in ihrem Magen erneut zu rumoren angefangen. Das war aber auch ein hartnäckiger Magen-Darm-Infekt. Seit bald zwei Wochen war ihr häufig übel, und sie fühlte sich schlapp und müde. Inge hatte sie angesteckt. Trude war verschont geblieben, aber Thomas hatte es bedauerlicherweise erwischt.

Am Vorabend hatte Henni angenommen, es endlich überstanden zu haben, denn auch ihr Appetit war zurückgekehrt. So konnte man sich irren. Sie lehnte den Kopf gegen die graue Kabinenwand und schloss für einen Moment die Augen. In zwanzig Minuten stand ihr monatliches Treffen mit den Abteilungsleitern an. Wegen ihrer Erkrankung hatte es bereits zweimal verschoben werden müssen. Wie sollte sie es jetzt nur schaffen? Den Start in ihr neues Arbeitsumfeld als Geschäftsführerin hatte sie sich anders und weniger holprig vorgestellt. Aber so war nun einmal das Leben. Selten lief alles so wie geplant. Dieser Spruch stammte von Oma Maria. Wie recht sie doch damit gehabt hatte. Sie bemerkte einen unschönen Fleck auf dem dunkelblauen Rock ihres Kostüms. Das auch noch. So konnte sie doch zu keiner Besprechung erscheinen.

Die Tür der Damentoilette öffnete sich knarrend, und Hiltruds Stimme war zu hören.

»Henni?«, rief sie. »Bist du hier? Die Sitzung beginnt gleich.«

Henni wollte Antwort geben, doch genau in diesem Moment wurde sie von einer erneuten Übelkeitsattacke übermannt, und sie beugte sich über die Toilettenschüssel. Sie würgte und hustete, ihr Hals brannte. Doch so recht wollte nichts mehr aus ihr herauskommen. Sie hörte Hiltruds Stimme, und es klopfte an ihre Tür. »Henni. Bist du das? Ich habe dir gleich gesagt, dass du den Kaffee besser nicht trinken solltest. Solche Sünden bestraft ein empfindlicher Magen sofort.«

Henni gab ein Stöhnen zur Antwort und drückte auf die Spülung. Dann öffnete sie die Verriegelung der Tür. Hiltrud sah sie mitleidig an.

»Ach, Henni, meine Liebe. Es tut mir so leid. Das ist aber auch ein hartnäckiges Virus. Was hältst du davon, wenn ich dich jetzt in unser Krankenzimmer bringe, du dich hinlegst, und ich informiere unseren Betriebsarzt? Ich kann mich als deine Vertretung um die Sitzung mit den Abteilungsleitern kümmern.«

Henni stimmte erschöpft zu.

Hiltrud half ihr beim Aufstehen und legte fürsorglich den Arm um sie, während sie sie zum Krankenzimmer am Ende des Flurs führte. In dem Raum, den einst Bille eingerichtet hatte, befanden sich eine Ruheliege und ein Medizinschrank, der Verbandsmaterial, aber auch Kopfschmerztabletten enthielt. Hiltrud half Henni, sich auf die Liege zu legen, zog ihr sogar die Schuhe aus und deckte sie fürsorglich mit der braunen Wolldecke zu, die sich auf dem Stuhl neben dem Bett befunden hatte. Zur Vorsicht platzierte sie neben Henni noch eine Spuckschüssel und saubere Tücher.

Nachdem sie den Raum verlassen hatte, drehte sich Henni zur Seite. Eine bleierne Form der Müdigkeit übermannte sie, und sie dämmerte weg.

Ein Rütteln an ihrer Schulter holte sie eine Weile darauf wieder in die Realität zurück. Sie blickte in Georgs Gesicht und schenkte ihm ein mattes Lächeln.

»Georg. Du bist es. Du hättest doch nicht extra kommen müssen. Es ist bald alles wieder gut. Bestimmt.«

»Natürlich komme ich«, antwortete er. »Hiltrud hat mich sofort informiert. Der Arzt ist auch da. Er wird dich jetzt untersuchen. Ich warte solange draußen. Und spiel es nicht herunter, sondern beantworte ihm ehrlich seine Fragen.« Er hob mahnend den Zeigefinger.

Henni antwortete mit einem Grummeln. Er kannte sie zu gut.

Nachdem Georg gegangen war, übernahm der grauhaarige Betriebsarzt, Doktor Peters, das Zepter. Es war Bille gewesen, die vor einigen Jahren den unweit des Kellereigeländes wohnhaften Allgemeinmediziner gefragt hatte, ob er als Betriebsarzt der Kellerei tätig sein wolle. Peters hatte ohne zu zögern zugesagt. Er kümmerte sich seither um sämtliche gesundheitliche Belange der Kellereiangestellten und häufig auch um die der Familien. Meistens fanden die Untersuchungen und Behandlungen in seiner Praxis statt, nur selten erschien er in der Kellerei. Zum Glück hatte es seit Kriegsende, wenn man mal von dem verheerenden Feuer vor einigen Jahren absah, keine größeren Unfälle im Haus gegeben.

»Es geht also um einen Magen-Darm-Infekt«, griff der Arzt auf, was ihm von Hiltrud am Telefon berichtet worden war. Henni erklärte ihm die Einzelheiten.

»Ja, solche Infekte sind eine unschöne Sache«, antwortete er. »Aktuell landen viele Patienten mit ähnlichen Symptomen in meiner Praxis. Wenn solch ein Virus mal ausgebrochen ist, greift er meist rasch um sich. Allerdings kommt es mir etwas ungewöhnlich vor, dass die Symptomatik so lange anhält. Wie hat es sich denn bei den anderen Patienten in Ihrem Haus verhalten? Dauerte es auch länger als drei Tage?«

Henni dachte nach. »Nein, eigentlich nicht«, antwortete sie zögerlich. »Inge war nur zwei Tage außer Gefecht gesetzt, Thomas ging es auch schnell wieder besser. Seltsam.«

Der Arzt nickte und erkundigte sich nach weiteren Beschwerden. Henni berichtete von ihrer Müdigkeit und davon, häufig ein leichtes Ziehen im Unterbauch zu verspüren.

»Damit kommen wir meinem Verdacht näher«, antwortete er. »Wissen Sie, ich habe dafür einen äußerst guten Blick. Können Sie mir vielleicht mitteilen, wann Sie zum letzten Mal ihre Zeit hatten?«

Verdutzt sah Henni ihn an. Mit einer solchen Frage hatte

sie weiß Gott nicht gerechnet. Ohne es zu ahnen, hatte Doktor Peters eine längst vernarbte Wunde in ihrem Inneren aufgerissen. Zwei Jahre nach Thomas' Geburt hatte sie eine Fehlgeburt mit Komplikationen erlitten. Der damalige Frauenarzt hatte ihr mitgeteilt, dass sie vermutlich niemals wieder Kinder würde bekommen können. Sie hatten sich nach dieser Diagnose damit abgefunden. Immerhin ein Kind hatte ihr Gott geschenkt. Dafür sollte sie dankbar sein und dem Schicksal nicht zürnen. Die Frage des Arztes sorgte dafür, dass sich in Henni die kleine Flamme der Hoffnung entzündete. Konnte es tatsächlich sein … Nein, es war unmöglich, schalt sie sich. Allerdings wollte ihr in diesem Moment nicht so recht einfallen, wann sie zuletzt ihre Zeit gehabt hatte. In den letzten Wochen war so vieles geschehen. War es vor ihrem Wochenende im Elsass gewesen?

»Das kann ich im Augenblick gar nicht so recht sagen«, beantwortete sie die Frage ehrlich und schob die Diagnose des Klinikarztes von damals hinterher.

»Ach, solche Diagnosen hatten wir schon häufiger«, ließ sich Doktor Peters nicht von seinem Verdacht abbringen. »Am besten wird es sein, ich untersuche Sie trotzdem in meiner Praxis. Dann können wir diese Option sicher ausschließen. Was meinen Sie?«

Eine Stunde später hatte Henni Gewissheit. Sie erwartete tatsächlich ein Kind. Wie vom Donner gerührt saß sie vor dem Schreibtisch des Arztes. Seine Worte drangen wie durch eine Wand zu ihr durch.

»Der Untersuchungsbefund deutet auf zehnte bis elfte Woche hin«, sagte der Arzt. »Also müsste sich Ihre Übelkeit bald legen, und auch die kritischen ersten drei Monate sind dann zu Ende. Selbstverständlich können Sie alle weiteren Untersuchungen rund um die Schwangerschaft von Ihrem Frauenarzt durchführen lassen. Ich gratuliere Ihnen, meine Liebe. So ein Kind ist doch immer wieder eine Freude.« Er stand auf und hielt Henni die Hand hin. In diesem Moment übermannten sie endgültig ihre Gefühle, und sie brach in Tränen aus.

Am nächsten Morgen erwachte Henni kurz vor Sonnenaufgang. Im Raum lag das diffuse Licht des Morgens, und erstes Vogelgezwitscher war zu hören. Die Bettseite von Georg war unberührt. Er nahm noch immer an, dass sie an dem Magen-Darm-Infekt litt und wollte sich auf gar keinen Fall bei ihr anstecken. Im Moment gab es in der Kellerei Unmengen an Arbeit, denn das wichtige Weihnachts- und Silvestergeschäft stand bevor. Da musste ein Kellermeister einen klaren Kopf behalten. Den würde er allerdings verlieren, wenn Henni ihm die frohe Kunde mitteilte. Doch bisher war das kleine Menschlein unter ihrem Herzen noch ihr süßes Geheimnis. Noch immer erschien ihr die Diagnose des Arztes wie ein Wunder.

»Und ich hab dich für einen Magen-Darm-Infekt gehalten«, sagte sie und streichelte versonnen lächelnd über ihren Bauch. Sie empfand ein solch besonderes Glücksgefühl wie schon lange nicht mehr. Es erfüllte ihren gesamten Körper und schien ihre Haut zum Kribbeln zu bringen. Thomas würde ein Geschwisterchen bekommen. Vielleicht würde es sogar ein kleines Mädchen werden, wie sie es sich insgeheim oftmals gewünscht hatte. Aber eigentlich war es egal. Hauptsache, sie würde am Ende dieser Schwangerschaft ein gesundes kleines Menschlein in Armen halten dürfen. Ein bezauberndes Wesen mit winzigen Fingern und Füßen, vielleicht mit schwarzem Haar, wie es Thomas nach seiner Geburt gehabt hatte. Allgemein ähnelte er Georg sehr. Dieselben Augen, dieselbe Form der Nase und des Kinns. Sogar einen Leberfleck auf dem Bauch hatten die beiden an derselben Stelle. Er war stolz auf seinen Sohn, den er letzte Woche in die Kellerei mitgenommen hatte. Lächelnd hatte Henni von ihrem Bürofenster aus beobachtet, wie Vater und Sohn gemeinsam über den Innenhof gelaufen waren. Die nächste Generation der Herzbergs stand bereits in den Startlöchern. Ihr Großvater hätte sich an dem Anblick gewiss ebenso erfreut wie sie.

Ein Klopfen an der Tür riss sie aus ihren Gedanken. Es war Trude, die, ohne ihre Antwort abzuwarten, den Raum betrat.

»Guten Morgen, Henni«, grüßte sie. »Ich wollte mal sehen, wie es heute so steht. Was macht die Übelkeit?«

»Sie scheint besser zu sein«, antwortete Henni und setzte sich auf. »Ich habe auch etwas Appetit.«

»Das ist ein gutes Zeichen«, antwortete Trude. »Aber es wird kein Kaffee getrunken.« Sie hob mahnend den Zeigefinger. »Nicht, dass es wieder zu einem Rückfall kommt. Inge hat dir einen Magenfeintee gekocht. Der wird dir gut bekommen. Dazu gibt es Haferschleim.«

»Also den Tee trinke ich«, antwortete Henni, die sich in diesem Augenblick wie ein kleines Kind fühlte. »Aber muss der Haferschleim wirklich sein? Du weißt, dass ich den noch nie gemocht habe.«

»›Bös muss bös vertreiben‹«, entgegnete Trude mit einem Spruch, der Henni wohlbekannt war. Weitere Widerworte zu geben, wäre sinnlos.

»Meinetwegen«, fügte sie sich in ihr Schicksal und schwang die Beine aus dem Bett. »Aber ich esse den Haferschleim nur, wenn ein Löffel Honig beigemischt wird. Sonst bekomme ich ihn nicht hinunter.«

»Darauf können wir uns einigen«, antwortete Trude und musterte Henni kurz näher. Sie hatte in diesem Augenblick das Gefühl, dass Trude ahnte, dass sie ihr etwas verheimlichte, und fühlte sich sogleich schlecht deshalb.

»Siehst heute auch gar nicht mehr so käsig aus wie gestern«, stellte Trude fest. »Das ist ein gutes Zeichen. Jetzt geht es bestimmt wieder bergauf.«

Lisbeth trat ein. Sie trug ein schwarzes Kostüm mit einer taillierten Jacke und einem schmal geschnittenen Rock, der bis zur Hälfte ihrer Waden reichte. Sie schien Henni nervös zu sein, denn sie zuppelte an dem Saum ihrer Jacke herum.

»Guten Morgen, Henni«, grüßte sie. »Geht es dir wieder besser? Denkst du, du schaffst den Termin heute? Wenn nicht, wird Trude mich begleiten.«

Ach du je, dachte Henni schuldbewusst. Vor lauter Aufregung hatte sie den für Lisbeth so wichtigen Scheidungstermin komplett vergessen.

»Natürlich begleite ich dich«, antwortete sie. »So war es doch abgesprochen. Mir geht es schon viel besser. Du hast mir doch mein Kostüm bereits rausgelegt, nicht wahr, Trude?« Sie blickte die Hausdame fragend an.

Trude gab zu, es nicht getan zu haben, wollte es aber gleich rauslegen.

»Fein«, antwortete Lisbeth. »Das ist großartig. Dann wird ja alles gut gehen. Das wird es doch, oder?« Lisbeths Stimme klang unsicher.

»Gewiss doch«, versuchte Henni sie zu beruhigen. »Was soll schon passieren? Du hast mir erzählt, dass Dieter bei dem Scheidungstermin gar nicht anwesend sein wird. Das spielt uns in die Karten. So hat es unser Anwalt gesagt. Die Abwesenheit eines Ehepartners sehen Richter nie gern. Wenn wir Glück haben, entscheidet er bei der Thematik Wohnungskauf doch noch vollumfänglich zu unseren Gunsten.«

»Ehrlich gesagt, ist mir das inzwischen egal«, erwiderte Lisbeth. »Hauptsache, ich habe es hinter mir.«

Henni konnte sie gut verstehen. Dieter hatte sich während des letzten Jahres wahrlich nicht mit Ruhm bekleckert. Was genau an jenem Tag in der Wohnung vorgefallen war, als Lisbeth so schlimm gestürzt war, hatte sich bisher auch nicht vollständig klären lassen, denn Lisbeth konnte sich bedauerlicherweise nicht mehr daran erinnern, was vor dem Sturz geschehen war. Ihre Erinnerungen reichten nur bis zu dem Augenblick zurück, als Dieter plötzlich in der Wohnung aufgetaucht war. War er am Ende doch handgreiflich geworden? Sie würden es vermutlich niemals erfahren.

Drei Stunden später verließen Henni und Lisbeth in Feierlaune das Amtsgericht in Wiesbaden. Sie konnten noch gar nicht so recht fassen, was eben geschehen war. Der Richter hatte vollumfänglich zu Lisbeths Gunsten entschieden. Dieter würde nichts erhalten, keinen Unterhalt, und auch die Wohnung blieb in Lisbeths Besitz. Ihr Familienanwalt hatte großartige Arbeit geleistet und genau nachweisen können, dass die Gelder für den Kauf der Immobilie von Lisbeths Konten geflossen waren. Die Tatsache, dass der alte Richter mit ihrem Vater gut bekannt gewesen war, hatte ihnen gewiss ebenso in die Karten gespielt.

»Mit uns Herzbergs sollte man sich eben besser nicht anlegen«, sagte Henni freudig. »Da wird der gute Dieter bestimmt irgendwo in Timbuktu ganz schön dumm aus der Wäsche gucken, wenn ihm sein aalglatter Anwalt die traurige Mitteilung überbringt.« Ihr Blick wanderte zu dem schlaksigen Mann mittleren Alters, der unweit von ihnen gerade mit einer säuerlichen Miene in ein Taxi stieg.

»Das müssen wir feiern«, sagte Lisbeth. »Am besten mit Champagner.«

»Das geht nicht«, rutschte es Henni heraus, und sie verfluchte sich sofort dafür.

Verdutzt sah Lisbeth Henni an.

»Wieso denn …« Sie vollendete ihre Frage nicht, sondern richtete ihren Blick auf Hennis Körpermitte. »Nein«, sagte sie. »Das war kein Magen-Darm-Infekt, oder? Du erwartest ein Kind.«

Henni spürte, wie ihr die Tränen in die Augen stiegen, als sie antwortete: »Ja, das tue ich.«

22. Kapitel

Assmannshausen, 10. Oktober 1956

»Also ich weiß ja nicht so recht, ob das wirklich hilft«, sagte die Kundin, die ein Glas Riesling vor sich stehen hatte und skeptisch die mit Assmannshausener Heilwasser gefüllte Flasche betrachtete, die vor ihr auf dem Tisch stand. »Von welcher Quelle soll das sein?«

»Von der Graf-Adolph-Quelle«, antwortete Lisbeth. »Das Wasser wurde sogar vom Fresenius-Institut in Wiesbaden geprüft, und die Spezialisten haben ihm eine hervorragende Beschaffenheit attestiert. Das Wasser erfreut sich großer Beliebtheit und wird weltweit verschickt.«

Die Erklärungen überzeugten die Wanderin nicht sonderlich, und ihre Miene blieb skeptisch.

»Also ich weiß nicht«, antwortete sie und betrachtete das Etikett der Flasche. »Das riecht mir eher nach Geschäftemacherei. Hinter unserem Haus fließt ein Bach, vielleicht ist das ja auch Heilwasser, und ich kann es in alle Welt verkaufen. Damit verdient sich doch nur irgendein Scharlatan eine goldene Nase.«

Lisbeth biss sich auf die Lippen. Wie konnte sich diese Frau nur erdreisten, die Wirkung des Heilwassers anzuzweifeln? Sie wusste wie jeder Bewohner Assmannshausens, dass das aus einer warmen Lithion-Quelle stammende Wasser durchaus Linderung von gewissen Krankheiten brachte. In den letzten Jahrzehnten waren die Heilerfolge bei Krankheiten wie der Gicht oder Rheumatismus ausgezeichnet gewesen. Nur weil Assmannshausen keine solch langjährige Kurbadgeschichte wie Wiesbaden vorweisen konnte, hieß es noch lange nicht, dass hier alles Lug und Trug war.

»Ich denke nicht, dass sich eine erwiesenermaßen wirkungsvolle heiße Quelle mit einem profanen Bach hinter ihrem Haus vergleichen lässt«, widersprach sie. »Da müsste ja jeder Kurbetrieb etwas mit Scharlatanerie zu tun haben, auch in Wiesbaden.«

»Sie können doch dieses Nest nicht mit einer Stadt wie Wiesbaden vergleichen«, antwortete die Wanderin schnippisch. In diesem Moment wünschte sich Lisbeth, sie hätte dieser boshaften Person in den Riesling gespuckt. Was bildete sich diese Frau überhaupt ein, so abfällig über ihre Wahlheimat zu sprechen? Ihre nächsten Aussagen sorgten endgültig dafür, dass Lisbeth die Hutschnur platzte. »Wenn ich ehrlich sein soll, schmeckt mir der Wein aus Franken auch besser. Waren Sie schon mal im Taubertal? Es ist äußerst idyllisch dort. Die Landschaft ist lieblicher als das Rheintal mit seinen steilen Hängen. Ortschaften wie Wertheim mit seinen hübschen Fachwerkhäusern sind wesentlich sehenswerter als dieses von der Bahnlinie durchzogene Kaff.«

Lisbeth trat an den Tisch und räumte das halbvolle Weinglas der Frau prompt zusammen mit dem leeren Teller ab. Sie hatte Flammkuchen gegessen.

»Hallo. Was soll das denn nun?«, rief die Frau empört aus.

»Was fällt Ihnen ein, mein Glas mitzunehmen? Ich habe noch gar nicht ausgetrunken.«

»Was fällt Ihnen ein«, blaffte Lisbeth zurück. »Wenn es Ihnen in unserem schönen Rheingau nicht gefällt und der Wein in Franken besser schmeckt, dann sehen Sie besser zu, dass Sie dorthin kommen.«

Verdutzt sah die Frau Lisbeth an.

»Also das ist doch wohl ...«, setzte sie an.

»Eine Frechheit«, vollendete Lisbeth ihren Satz und fuhr nun zur Höchstform auf. »Sie liegen richtig. Das ist es. Sie sollten sich schämen, unseren schönen Ort in den Dreck zu ziehen. Assmannshausen mag Ihnen nicht gefallen, unser Mittelrheintal und unser Heilwasser sind Ihnen nicht gut genug. Fein. Aber dann behalten Sie Ihre Meinung für sich. So etwas lernt man in einer guten Kinderstube. Sie gehen jetzt besser. In zehn Minuten kommt die nächste Bahn. Die bringt Sie rasch fort von hier, vielleicht ja nach Franken, wo der Wein so viel besser schmeckt.«

Die Frau sah Lisbeth an.

»Das wird ein Nachspiel haben«, entgegnete sie mit einem bitterbösen Blick und erhob sich. »Ich zeige Sie wegen Beleidigung an. Jawoll! So redet man nicht mit seinen Gästen. *Sie* sollten sich schämen.«

Sie nahm ihren Rucksack zur Hand und ging. Dass sie die Zeche nicht bezahlt hatte, war Lisbeth in diesem Moment gleichgültig.

Nachdem sie vom Hof war, brachte Lisbeth das Glas und den leeren Teller zu Spüle und stellte beides so unsanft ab, dass ein Schluck Riesling über den Rand des Glases schwappte. Dann hielt sie inne. Sie schüttelte den Kopf, und als Nächstes liefen ihr Lachtränen die Wangen hinunter. Nachdem sie sich wieder etwas beruhigt hatte, sagte sie leise zu sich:»Was für eine Hexe. Soll sie doch nach Franken gehen oder am besten dorthin, wo der Pfeffer wächst.«

In diesem Moment tauchte Henni auf. Sie hatte mit den Zwillingen einen Spaziergang im Weinberg gemacht und die wunderbar milde Herbstsonne genossen, die vom wolkenlosen Himmel schien und einem vorgaukelte, dass sie dem Sommer näher als dem Winter waren. Selbst die Rosen schienen in diesem Jahr noch nicht begriffen zu haben, dass die kalte Jahreszeit bevorstand, denn sie blühten noch immer.

Henni musterte Lisbeth skeptisch, die sich gerade die letzten Tränen von den Wangen wischte.

»Habe ich was verpasst?«, fragte sie.

»Nein, alles gut«, antwortete Lisbeth rasch.»Möchtest du ein Stück Kuchen? Es wäre noch Butterstreusel übrig.«

Henni stimmte zu und setzte sich auf die Bank. Lisbeth kam mit zwei Tellern Butterstreuselkuchen und Kaffee zurück und setzte sich zu ihr.

»Heute ist es etwas ruhiger«, sagte sie.»Da kann ich dir Gesellschaft leisten. Ist es nicht ein herrlicher Tag? Man möchte gar nicht meinen, dass es in wenigen Wochen bereits den ersten Schnee geben könnte.«

Hennis Übelkeit hatte sich inzwischen vollständig gelegt, und sie futterte ihr Kuchenstück in einer Geschwindigkeit, die ihresgleichen suchte.

Sie hatte Lisbeth gerade um einen Nachschlag gebeten, als Trude aufgeregt angelaufen kam.

»Lisbeth, meine Liebe. Es gab einen Anruf für dich, von Richard Jakobi. Er will dich in einer halben Stunde abholen. Ich habe ihm gesagt, dass ich dich an den Apparat hole, aber das wollte er nicht.«

Lisbeths Herz begann, höher zu schlagen. Richard würde sie abholen. Damit hatte sie nicht gerechnet, denn bei ihrem letzten Treffen war ihr Abschied etwas unterkühlt gewesen. Sie hatte ihn einige Tage vor ihrem Scheidungstermin getroffen. Sie waren essen und im Kino gewesen, danach in einem Nachtlokal, und sie hatte eindeutig zu viel getrunken. Vom Alkohol beseelt hatte sie sich dazu hinreißen lassen, mit ihm erneut die Nacht in seinem Haus im Dammbachtal zu verbringen. Am nächsten Morgen hatte Lisbeth ein kleiner Kater eingeholt. Immerhin war sie eine verheiratete Frau, auch wenn sie kurz vor der Scheidung stand. Hinzu kam, dass sie nach den Erlebnissen der letzten Jahre eigentlich erst einmal genug von Männern haben sollte. Richard schien perfekt zu sein. Er war ein erfolgreicher Arzt, gut aussehend und einfühlsam. Sie hatte das Gefühl, über alles mit ihm reden zu können und ihn bereits ewig zu kennen. Doch am Ende würde sie wieder auf irgendeine Art und Weise Schiffbruch erleiden. Sie wollte nicht erneut verletzt werden. Sie hatte nicht mit ihm über ihre Zweifel gesprochen, war an jenem Morgen jedoch wortkarg geblieben, hatte sich rasch angekleidet, einen Termin vorgeschoben und war gegangen. Er war danach auf einem Kongress in London gewesen, seit wann er wieder in der Stadt war, wusste sie gar nicht. Während eines kurzen Telefonats in der letzten Woche hatte sie ihm freudig den Ausgang ihres Scheidungsprozesses mitgeteilt, und er hatte ihr gratuliert. Nun würde er kommen und sie abholen, was dafür sorgte, dass ihr Herz wie verrückt in ihr wummerte und ihre Hände zu zittern begonnen hatten. Es war doch verrückt. Sie fühlte sich wie zu ihren besten Backfischzeiten, als sie zum ersten Mal verliebt gewesen war.

Eine halbe Stunde später saß Lisbeth in Richards rotem Mercedes. Gerade so hatte sie es geschafft, sich zurechtzumachen. Was zur Hölle zog man an, wenn eine Überraschung geplant war? Sie hatte sich nach einigen Überlegungen für eine Zwischenlösung entschieden. Das weinrote Kleid, das sie nun trug, war schmal geschnitten und klassisch elegant. Eine schwarze Strickjacke lag über ihren Schultern, denn sobald die Sonne weg war, war der Herbst spürbar. Außerdem trug sie schwarze Pumps, die jedoch keine hohen Absätze hatten, damit sie, wenn es vonnöten wäre, auch auf unebenem Untergrund halbwegs unfallfrei würde laufen können. Ihr Haar, hatte Trude frisiert und am Hinterkopf hochgesteckt.

Richard hatte ihr die Autotür geöffnet. Er sah in der hellbeigen Hose und mit dem dunkelblauen Sakko äußerst elegant aus. Sein blondes Haar hatte er zurückgekämmt.

Das Innere das Wagens war von dem Geruch seines Rasierwassers erfüllt, was Lisbeths Gefühlschaos zusätzlich verstärkte. Sie faltete ihre Hände im Schoß und versuchte sich, zu beruhigen, indem sie tief durchatmete.

Sie ließen Assmannshausen rasch hinter sich, und es ging Richtung Wiesbaden. Rechter Hand zog der Fluss an ihnen vorüber. Zahlreiche Fußgänger und Radfahrer waren, obwohl die Sonne bald untergehen würde, noch auf dem Weg am Flussufer unterwegs. Angler saßen auf Klappstühlen und versuchten ihr Glück. Boote lagen an kleinen Stegen vor Anker, und auf dem Fluss herrschte ein reger Schiffsverkehr. Eines der üblichen Ausflugsboote tuckerte Richtung Assmannshausen, ein Frachtschiff kämpfte sich ein Stück weiter flussaufwärts.

Bis auf eine kurze Begrüßung hatten sie bislang geschwiegen.

»Verrätst du mir jetzt, was du vorhast?«, fragte Lisbeth, nachdem sie Rüdesheim hinter sich gelassen hatten.

»Du wirst es bald erfahren«, antwortete er und warf ihr einen kurzen Seitenblick zu. Wie gemein er doch war. Er wusste genau, wie er ihre Neugierde schüren konnte.

Lisbeth versuchte, auf einem anderen Weg etwas aus ihm herauszubekommen.

»Bin ich denn richtig gekleidet?«

»Du siehst perfekt aus«, antwortete er. »Wunderschön, wie immer.«

Lisbeth gab es auf. Sie würde nichts in Erfahrung bringen. Ihr Blick wanderte erneut aus dem Fenster. Sie hatten inzwischen Eltville hinter sich gelassen, und allmählich verschwanden die Weinberge aus ihrem Blickfeld. Der Himmel leuchtete im rotgoldenen Licht des Abends, eine schmale Mondsichel stand bereits am Himmel. Sie fuhren durch Biebrich, ließen den Schiersteiner Hafen hinter sich und erreichten alsbald die Wiesbadener Innenstadt. Dort parkte Richard den Wagen in der Taunusstraße vor einem unscheinbar aussehenden kleinen Restaurant, das Lisbeth nicht kannte. *Bei Nino,* stand in geschwungenen Lettern über der dunkelrot gestrichenen Eingangstür. Seltsam, dachte Lisbeth. Das sollte die Überraschung sein? Erste Enttäuschung breitete sich in ihr aus.

Nachdem sie ausgestiegen war, führte Richard sie zum Eingang des Restaurants. Die Tür öffnete sich wie von Zauberhand, und sie wurden von einem kleinen, rundlichen Italiener begrüßt, der eine weiße Kochjacke und eine Kochhaube trug.

»Guten Abend, die Herrschaften«, grüßte er. »Oder wie man in Italien so schön sagt: Buonasera! Da hast du aber eine schöne Signorina mitgebracht, mein Freund«, sagte er zu Richard. Der vertraute Umgang verwunderte Lisbeth. Waren die beiden etwa enger befreundet?

Immerhin erweckte die Lokalität im Inneren einen gepflegten Eindruck. Der mit dunklem Holz getäfelte Gastraum war nicht sonderlich groß, es gab insgesamt nur acht Tische, an keinem fanden mehr als vier Personen Platz. Hinter der mit allerlei Nippes vollgestellten Theke standen allerlei alkoholische Getränke im Regal. Daneben befand sich eine Tür, durch die man vermutlich in die Küche gelangte.

Ausgesprochen zuvorkommend nahm der Italiener, der – wie sollte es auch anders sein – tatsächlich Nino hieß, Lisbeth ihre Jacke ab und geleitete sie zu einem Tisch direkt am Fenster, der äußerst geschmackvoll eingedeckt war. Ein makellos weißes Tischtuch, auf Hochglanz polierte Rotweingläser, feinste Papierservietten, für Farbe sorgten zwei rote Rosen mit etwas Schleierkraut in einer Vase. Eine Kerze brannte in einem schlichten weißen Porzellanhalter. Sie nahmen Platz, und sogleich brachte Nino zwei Gläser italienischen Prosecco. »Zum Anstoßen, für das romantische Paar«, sagte er und grinste.

»Danke dir, Nino«, sagte Richard und warf dem Italiener einen eindringlichen Blick zu, den Lisbeth nicht zu deuten wusste. Was heckte Richard nur aus? Langsam kam sie sich ein wenig veräppelt vor.

»Das hier ist also deine Überraschung«, sagte sie, nachdem Nino in der Küche verschwunden war.

»Ja, das ist sie«, antwortete Richard. »Ich kenne kein Lokal in ganz Wiesbaden, wo man besser essen kann. Nino ist ein begnadeter Koch. Du wirst seine Pasta lieben.«

Sie stießen mit dem Prosecco an. Lisbeth hatte das italienische Pendant zum Sekt bisher nur wenige Male im Ausland getrunken. Sie hatte ihm nicht viel abgewinnen können, aber dieser hier schmeckte ganz passabel. Richard begann zu erzählen, woher er Nino kannte. Die beiden hatten sich während des Krieges in einem Lazarett kennengelernt. Richard war damals ein junger Arzt gewesen, Nino einer seiner Patienten. Sein gutes Deutsch hatte Richard verwundert, und sie hatten sich während seiner Genesungszeit angefreundet, nächtelang Karten gespielt, und Nino hatte von seinem Mädchen, seiner Isabella erzählt, die er heiraten wollte. Ninos Familie hatte vor dem Krieg in Deutschland gelebt und in der Kölner Innenstadt eine kleine Eisdiele betrieben. Als Nino nach Kriegsende heimkehrte, gab es das Geschäft seiner Familie nicht mehr, seine Eltern und seine jüngere Schwester waren bei einem der Luftangriffe ums Leben gekommen. Seine Isabella hatte er nicht mehr wiedergefunden. Es war ein trauriges Schicksal. Ein Cousin war es gewesen, der ihn vor zwei Jahren nach Wiesbaden und auf die Idee gebracht hatte, das kleine Restaurant zu eröffnen. Im Eismachen war Nino nie gut gewesen, aber die perfekte Pasta, die hatte er schon immer gekocht. Durch Zufall hatten sich Richard und er auf der Straße wiedergetroffen, und sie hatten an ihre alte Freundschaft aus dem Lazarett angeknüpft.

Lisbeth rührte Ninos Geschichte. Es war seltsam, wie manche Menschen über verschlungene Lebenswege zueinanderfanden. Plötzlich sah sie das kleine Restaurant mit anderen Augen.

»Ich werde zum ersten Mal von einem Italiener in Wiesbaden bekocht«, sagte sie und lächelte.

Richard gewährte ihr einen Einblick in sein Leben, das durch seine Stellung als Arzt und seine gut betuchte Herkunft durchaus luxuriös war. Doch es blieb auch Platz für die kleinen Glücksmomente, für Menschen wie Nino und eine ungewöhnliche Freundschaft.

In diesem Moment kam Nino mit der Vorspeise aus der Küche. Es gab Miesmuscheln in Tomatensauce.

Lisbeth betrachtete den hübsch angerichteten Teller skeptisch. Muscheln hatte sie bereits gegessen, sogar Austern hatte sie in Südfrankreich geschlürft. Allerdings war sie von der glibberigen Spezialität nicht sonderlich begeistert gewesen.

Die Muscheln auf ihrem Teller sahen jedoch ganz anders aus. Sie schienen gekocht zu sein, und die Tomatensoße roch köstlich.

Nino schien ihre Zurückhaltung zu bemerken, denn er begann umgehend, das Essen anzupreisen.

»Das Rezept stammt von meiner lieben Nonna aus der Toskana. Gott hab sie selig. Sie hat die Muscheln dafür immer frisch am Hafen gekauft.« Er begann, zu erklären, wie er das Gericht zubereitet hatte. Lisbeth, die seit ihrer Tätigkeit in der Straußenwirtschaft ein Interesse an Kochrezepten entwickelt hatte, hörte ihm aufmerksam zu. Es war erstaunlich, was sich alles auf diesem Teller befand. Tomaten und Knoblauch, Chili und Petersilie. Nino bemerkte ihre Freude an seinem Bericht und lud Lisbeth sogar in die Küche ein. Sie könne ihm gerne bei der Zubereitung des Hauptgangs über die Schulter blicken. Lisbeth wollte schon zustimmen, doch dann fiel ihr auf, dass Richard etwas resigniert dreinblickte. Sofort plagte sie das schlechte Gewissen.

»Entschuldige bitte«, sagte sie, als Nino wieder in die Küche gegangen war, und legte ihm die Hand auf den Arm. »Ich wollte dich nicht mit meinen Nachfragen zum Rezept langweilen.«

»Schon gut«, antwortete Richard und winkte ab. »Ich werde Nino ein wenig bremsen müssen. Sonst entführt er dich tatsächlich noch in seine Küche und lässt dich niemals wieder gehen.« Er zwinkerte Lisbeth schelmisch grinsend zu, und sie begannen zu essen.

Richard orderte eine Flasche Rotwein und zum Hauptgang

köstliche panierte Kalbschnitzel mit dem wohlklingenden Namen Piccata milanese.

Während des Essens erzählte Lisbeth Richard von ihrer erfolgreichen Scheidung von Dieter, und auch mit Hennis unverhoffter Schwangerschaft konnte sie nicht hinter dem Berg halten. Zu guter Letzt erwähnte sie sogar die unhöfliche Wanderin in der Straußenwirtschaft, was Richard zum Lachen brachte. Nino servierte als Nachtisch Tiramisu. Lisbeth sah sich nicht in der Lage dazu, die große Portion aufzuessen.

Es war spät geworden, die anderen Gäste waren längst wieder gegangen, da saßen sie immer noch an ihrem Tisch und redeten und erzählten. Draußen hatte es zu regnen begonnen. Die Scheinwerfer der am Restaurant vorüberfahrenden Autos spiegelten sich in den Pfützen am Straßenrand, hie und da huschte ein beschirmter Passant am Fenster vorüber. In der Küche trällerte Nino ein italienisches Lied. Lisbeth wünschte sich plötzlich, dieser besondere Abend würde niemals enden. Doch schließlich brachte Nino ihnen einen süßen Dessertwein, der natürlich auch aus Italien stammte.

Lisbeth nahm einen Schluck, und plötzlich berührte ein Gegenstand ihre Lippen. Verdutzt sah sie in das Glas und konnte kaum glauben, was sie darin erblickte. Es war ein Ring. Sie sah Richard mit großen Augen an. Sein Lächeln wurde verlegen.

»Ich weiß, wir kennen uns noch nicht sehr lange, und du bist frisch geschieden«, sagte er und nahm Lisbeths Hand. »Aber manchmal weiß man es einfach, oder? Ich jedenfalls. Ich liebte dich vom ersten Augenblick an. Willst du meine Frau werden, Lisbeth?«

Er machte ihr einen Antrag. Lisbeth war fassungslos. Er hatte tatsächlich die Frage aller Fragen gestellt. In ihr bebte alles. Sie blickte auf den Ring in dem Glas. Sollte sie dieses Mal glücklich sein dürfen? Sie wollte es so sehr, wünschte sich nichts mehr auf der Welt, als endlich bei einem Menschen angekommen zu sein.

Sie nickte, erst zögerlich, dann kräftiger, und antwortete: »Ja, aber ja doch.«

Da sprang Richard auf, kam um den Tisch herum und schloss sie in seine Arme, küsste sie leidenschaftlich. Er schmeckte nach dem süßen Dessertwein, seine starken Arme umfingen sie und hielten sie fest. Ein Ruf aus der Küche unterbrach ihren innigen Moment: »Hat sie Ja gesagt?«

»Das hat sie!«, rief Richard zurück.

»Mamma Mia, was für eine Freude!«

23. Kapitel

Wiesbaden, 15. Oktober 1956

Henni hatte nicht damit gerechnet, jemals wieder die Filmstudios Wiesbadens zu betreten. Doch nun stand sie auf dem Gehweg vor dem Gelände, von dem man an diesem nebligen Herbsttag nur wenig erkannte. Die herbstlich bunten Bäume und die Produktionsanlagen versanken in düsterem Grau. Das Wetter passte zu Hennis Stimmung. Hier war Bille in den letzten Jahren ihres Lebens glücklich gewesen, hier hatte sie tatsächlich eine Aufgabe gefunden, die sie erfüllte. Hier hatte sie damals ihren Zusammenbruch erlitten. Hennis Blick wanderte die Straße hinunter. Nicht weit entfernt lag die schmale Straße, die zu der am Bahnholz gelegenen Frauenklinik führte. In einem anderen Leben hatte Bille dort auf der Säuglingsstation gearbeitet. Sie hatte damals versucht, ihren eigenen Weg zu gehen und sich nach den grausamen Erlebnissen im Osten wiederzufinden. Sie hatte ihr Kind verloren, den Mann, den sie liebte – viel zu früh ihr Leben. Henni schloss die Augen. Sie musste damit aufhören, schalt sie sich in Gedanken. Es war nun einmal, wie es war. Nichts und niemand auf der Welt konnte ihnen ihre Bille zurückgeben.

Sie straffte die Schultern und betrat das Filmgelände, wo heute die Dreharbeiten zu ihrem ersten Werbefilm für den Herzbergsekt stattfinden würden. Henni konnte es noch gar nicht glauben, dass dieser Kurzfilm schon bald im Fernsehen ausgestrahlt werden sollte. Ihr neu eingestellter Leiter der Werbeabteilung hatte sie auf die Idee gebracht. Schließlich müsse ein solch großes und schon bald europaweit agierendes Unternehmen wie die Kellerei Herzberg mit der Zeit gehen. Henni hatte seinem Vorschlag zugestimmt, und der Werbeleiter hatte sich höchstpersönlich in die Planungen gestürzt und eine Produktionsfirma beauftragt. Da die neuartige Werbung seiner Meinung nach Chefsache war, sollte auch Henni bei den Dreharbeiten dabei sein. Anfangs hatte er sogar in Erwägung gezogen, dass sie selbst in der Sendung mitwirken könnte, doch diesen Zahn hatte sie ihm gleich gezogen. Vor eine Fernsehkamera würde sie sich in diesem Leben nicht mehr stellen. Anfangs hatte man sogar darüber nachgedacht, einen deutschen Filmstar zu gewinnen, jedoch war der Gedanke rasch wieder verworfen worden, denn die Gagen sprengten das veranschlagte Budget erheblich. Der Werbeleiter hatte auch schon einen ins Ohr gehenden Spruch für die Fernsehwerbung aus dem Ärmel geschüttelt: »Herzberg, für die besonderen Momente im Leben.«

Henni gefiel das ausgesprochen gut, Georg hingegen fand es etwas zu profan. Eine bessere Idee hatte er jedoch auch nicht, also war es dabei geblieben. Die besonderen Momente im Leben, kam es Henni in den Sinn. Sie legte die Hand auf ihren Bauch. Auch sie würde in einigen Monaten, wenn hoffentlich alles gutging, wieder einen solchen Moment erleben dürfen. Nur leider wusste Georg von diesem Umstand noch immer nichts. Bisher hatte sich bedauerlicherweise nicht der passende Moment gefunden, um es ihm zu sagen. Henni wollte, dass dieser Augenblick perfekt war. Doch zwischen der vielen Arbeit, in der sie im Moment steckten, hatte es noch keinen solchen gegeben. Selbst Trude und Inge hatte sie ihr süßes Geheimnis noch nicht verraten, denn sie würden sich nur verplappern, und Henni wollte auf keinen Fall, dass Georg es von jemand anderem erfuhr. Lisbeth würde dichthalten, dessen war sie sich sicher. Ihr verrücktes Schwesterchen, das aktuell auf Wolken schwebte, denn Richard hatte ihr überraschend einen Antrag gemacht. Nun würde sie also in ihre bereits vierte Ehe gehen. Henni wünschte ihr, dass es dieses Mal ihr Leben lang halten würde. Und vielleicht würde auch Lisbeth noch das Glück erfahren und Mutter werden. Henni wusste, dass sie sich eigene Kinder sehnsüchtig wünschte.

In der Aufnahmehalle angekommen, sah sich Henni mit großen Augen um. Die Halle kam ihr riesig vor. Unzählige Kulissen waren hier aufgebaut, die sie staunen ließen. Rechter Hand war eine Wohnung errichtet worden, dazu ein Außenbereich mit Gartenzaun und Blumenbeet. Ein Stück weiter befand sich ein Zugabteil. Es war faszinierend. Um sie herum herrschte rege Betriebsamkeit. Mitarbeiter liefen an ihr vorüber, im Dachgestühl über ihr hingen Techniker, die Kabel montierten und Beleuchter befestigten.

»Frau Winkler«, hörte sie plötzlich die vertraute Stimme ihres Werbeleiters. Der rundliche Mann mit der dicken Hornbrille auf der Nase kam aufgeregt winkend auf sie zu. Er trug einen grauen Anzug und machte einen etwas mitgenommenen Eindruck. Schweißperlen standen ihm auf seiner hohen Stirn. Haare waren dem Mann nur noch wenige geblieben. Nach Atem ringend blieb er vor ihr stehen.

»Da sind Sie ja endlich. Die Produktion beginnt schon bald. Unsere Kulisse ist gleich dort vorne aufgebaut worden. Sie werden staunen.«

Henni folgte ihm an das hintere Ende der Produktionshalle. Dort war ein Kirchenportal aufgebaut worden. Ein Hochzeitspaar sollte freudig aus der Kirchentür kommen, und Reis sollte von der Hochzeitsgesellschaft geworfen werden. Dann würde ihr Sekt eingeblendet werden, wie er in ein Glas geschenkt wurde, und ein Sprecher würde den Werbespruch aufsagen. Der ganze Werbespot sollte nicht länger als eine Minute dauern. Ein Großteil der Schauspieler war bereits anwesend, und der Regisseur gab erste Anweisungen. Er schwitzte stark, seine Wangen waren gerötet, und Schweißperlen rannen seine Schläfen hinunter. Es war wegen der vielen Scheinwerfer an der Decke tatsächlich recht warm in der Halle.

»Ist das endlich die Braut?«, fragte der Regisseur hektisch und deutete auf Henni. »Das wurde aber auch Zeit. Wieso trägst du das Kleid noch nicht? Das hier ist eine professionelle Produktion und nicht irgendein Tingeltangel. Hier hat man pünktlich zu sein. Jetzt aber flott«, er wedelte mit den Armen, »wir haben ein Zeitfenster von zwei Stunden, dann muss alles im Kasten ein.«

»Das ist nicht die Braut«, merkte der Werbeleiter an, bevor Henni die Verwechslung klarstellen konnte. »Darf ich Ihnen Frau Henni Winkler, die Geschäftsführerin der Kellerei vorstellen.«

»Auch recht«, antwortete der genervte Regisseur. Manieren schienen für diesen Mann ein Fremdwort zu sein. »Dann eben die Geschäftsführerin. Sie ist blond, sie ist hübsch, uns fehlt eine Braut. Sie sind schlagartig engagiert, meine Teuerste.« Vor Überraschung sprachlos sah Henni den Mann an. »Jetzt guck nicht so dumm aus der Wäsche«, legte der Regisseur nach. »Was ist denn schon dabei, wenn die Frau die Braut spielt? Wenn wir jetzt nicht gleich anfangen, können wir den heutigen Drehtag vergessen. Und morgen brauchen die hier den Platz wieder für eine neue Kulisse. Also wird die gesamte Produktion vermutlich ins neue Jahr verschoben. Dann wird das nix mehr mit der Ausstrahlung der Werbesendung in der Weihnachtszeit.«

Hennis Blick wanderte kurz über die Hochzeitsgesellschaft. Es käme einer Katastrophe gleich, wenn die teure Produktion erst nach dem Weihnachtsfest ausgestrahlt werden würde. Immerhin war diese Zeit die umsatzreichste im gesamten Jahr. Besonders zu Silvester rissen sie ihnen die Sektflaschen beinahe aus den Händen. Sie beschloss, sich in ihr Schicksal zu fügen, und stimmte zu, die Rolle der Braut zu übernehmen.

Keine Minute später betrat sie mit klopfendem Herzen den Kostümfundus der Filmproduktion, die ehemalige Wirkungsstätte von Bille. Dort wurde sie von einer erstaunt dreinblickenden Gesine Bach in Empfang genommen. Als Henni den Grund für ihr Auftauchen erläuterte, zog die Schneiderin eine Augenbraue in die Höhe.

»Ach du je«, sagte sie. »So kommt man also unverhofft zum Film. Obwohl das schon seltsam ist, dass eine Schauspielerin nicht auftaucht. Besonders die Anfängerinnen sind froh um jede Rolle, die sie ergattern können. Der Weg nach Hollywood ist steil und steinig.«

»Keine Sorge«, antwortete Henni. Gesines Besonnenheit nahm ihr ein wenig die Aufregung. »Da will ich nicht hin. Ich nehme an, Sie finden rasch ein passendes Kleid?«

»Aber gewiss doch«, antwortete Gesine. Sie bedeutete Henni ihr zu folgen. Während sie zwischen den vollbehangenen Kleiderständern hindurchliefen, erkundigte sich Gesine nach den Zwillingen. Henni berichtete, dass es den Mädchen ausgezeichnet gehe. Das Lachen der beiden Mädchen war jeden Morgen ihre größte Freude.

Sie kamen in den Bereich, in dem die festlichen Roben untergebracht waren. Hier gab es alles, was Frauenherzen höherschlagen ließ: Ball- und Hochzeitskleider aus den unterschiedlichsten Epochen und in den verschiedensten Farben. Es glitzerte und funkelte, dass es eine Freude war.

»Bille hat diesen Teil des Kostümfundus immer am liebsten gemocht«, sagte Gesine, und ihre Stimme klang plötzlich traurig. »Sie hat angeblich auch gern selbst einige Kleider heimlich anprobiert. Mit dem rosafarbenen hier vorne soll sie sogar einmal durch die Halle getanzt sein. So war sie eben. Immer spontan und fröhlich. Ein richtiges Herzchen. Alle vermissen sie hier sehr.«

Henni hatte Mühe, ihre Emotionen im Griff zu behalten. Die Vorstellung, dass Bille in einem rosa Tülltraum durch den Raum getanzt war, gefiel ihr jedoch. In diesem Moment war sie bestimmt unendlich glücklich gewesen.

»Nun aber flott weiter«, sagte Gesine. »Wir müssen ja eine Braut aus Ihnen machen.«

Bald darauf stand Henni als Braut vor einem bodentiefen Spiegel. Das Kleid war ihr um die Taille herum etwas zu groß gewesen, zwei Sicherheitsnadeln im Rücken sorgten dafür, dass es richtig saß. Das unechte, silberfarbene Diadem in ihrem hochgesteckten Haar funkelte, ihr Spitzenschleier fiel bis auf ihre Taille herab. In den Händen hielt Henni einen künstlichen Blumenstrauß.

Als sie wenig später am Set eintraf, staunte Henni nicht schlecht, als sie Georg erblickte.

»Was tust du denn hier?«, fragte sie verdutzt. »Hattest du heute Nachmittag nicht den Termin mit den Technikern wegen der Elektrik in der neuen Gärhalle?«

»Der ist verschoben worden«, antwortete Georg und grinste. »Ich wusste gar nicht, dass du eine Heirat planst.« Er küsste sie kurz und raunte ihr leise zu: »Also wenn ich dich nicht schon längst geheiratet hätte, jetzt würde ich dich auf der Stelle zum nächsten Traualtar schleppen.«

Zur Antwort erhielt er einen lieb gemeinten Klaps.

»Jetzt wird hier auch noch getändelt«, schimpfte der Regisseur und tupfte sich mit einem Stofftaschentuch den Schweiß von der Stirn. »Zeit ist Geld, meine Herrschaften.« Er klopfte auf seine Armbanduhr. »Jetzt lasst uns endlich beginnen. Es darf doch nicht wahr sein, dass wir für diese lächerliche Szene so lange brauchen.«

Die Dreharbeiten begannen, und Henni wurde neben ihren

Bräutigam platziert. Ganze zehnmal mussten sie aus dem vermeintlichen Kirchenportal treten und sich von der fröhlichen Hochzeitsgesellschaft mit Reis bewerfen lassen, bis der Regisseur zufrieden war.

Der Werbeleiter der Kellerei Herzberg betonte mehrfach, wie großartig er Hennis spontanes Einspringen fand. »Besser hätte es die andere Braut auch nicht hinbekommen«, sagte er und wandte sich dann an den Regisseur, um mit ihm die weiteren Szenen zu besprechen.

»Und was machen wir jetzt mit der angefangenen Hochzeitssause?«, fragte Georg und zwinkerte Henni zu. »Also ich finde ja, dass es die Braut verdient hat, zum Essen ausgeführt zu werden.«

Henni, die erst jetzt bemerkte, dass sie Hunger hatte, stimmte zu. Das war die Gelegenheit, um Georg endlich die frohe Kunde von ihrer Schwangerschaft zu überbringen.

»Liebend gern«, antwortete sie lächelnd. »Aber nicht in diesem Kleid.«

Georg wollte sie an sich ziehen und küssen, doch da bemerkte Henni hinter ihm plötzlich Wolf. Er stand nicht weit von ihnen entfernt neben einer dunkelhaarigen Schönheit und starrte sie an wie das siebte Weltwunder.

24. Kapitel

Wiesbaden, 20. Oktober 1956

Henni betrat das Kurhausrestaurant mit gemischten Gefühlen. Sie wischte sich ihre schweißnassen Hände an ihrem Rock ab. Instinktiv hatte sie für dieses eigentümliche Treffen ein schwarzes Kleid gewählt. Wolf hatte kurz nach ihrer zufälligen Begegnung in den Filmstudios in der Kellerei angerufen und sie und Georg zu dem gemeinsamen Abendessen eingeladen. Es gebe etwas zu besprechen, hatte er gesagt. Henni schwante Übles, denn wenn jemand sich auf diese Weise ausdrückte, kam meist nichts Gutes dabei heraus. Sie ahnte, dass es mit den Zwillingen zu tun hatte und es ihr nicht gefallen könnte.

Wolf und die neue Frau an seiner Seite, die er ihnen als Jennifer vorgestellt hatte, saßen bereits an einem Fenstertisch, und Wolf winkte sie zu sich.

Nachdem die üblichen Begrüßungsfloskeln ausgetauscht worden waren und alle Platz genommen hatten, erklärte Wolf, dass er und Jennifer sich vor einer Woche spontan verlobt hatten. Demonstrativ hielt Jennifer ihre Hand hoch, an der ein Brillantring funkelte, und sie grinste wie ein Honigkuchenpferd. Henni schätzte sie auf höchstens Anfang zwanzig.

»Bedauerlicherweise spricht Jennifer nur wenig Deutsch«, sagte Wolf. »Wenn es euch nichts ausmacht, würde ich unser Gespräch gerne auf Englisch führen. Sonst fühlt sich mein Liebling ausgeschlossen, und das wäre doch unschön.« Er legte seine Hand auf Jennifers und warf ihr einen verliebten Blick zu. Henni wurde übel bei dem Anblick. Diese offen zur Schau gestellte Tändelei empfand sie als äußerst unpassend. Bille war noch nicht einmal ein halbes Jahr tot, und er wollte so ein junges Ding heiraten. So kannte Henni ihn gar nicht. Ihm schien die kalifornische Sonne nicht gut zu bekommen. Da Hennis Englisch eingerostet war, nahm sie an dem folgenden Gespräch nur wenig teil. Wobei Wolf eher einen Monolog hielt.

»Diese Produktion wird ganz groß«, erklärte er gerade und nippte an seinem Weinglas. »Unser Film wird der heißeste Anwärter für den Oscar werden, dessen bin ich mir sicher. Sollte es mir gelingen, den goldenen Burschen zu gewinnen, dann wäre das endgültig mein internationaler Durchbruch.«

Henni stocherte in ihrem Kalbsgeschnetzeltem mit Kartoffelgratin. Ihre Kehle war wie zugeschnürt. Jennifer hatte er, wie sollte es auch anders sein, am Filmset kennengelernt. Sie hatte nur eine kleinere Rolle ergattern können, doch er sah selbstverständlich das große Talent in ihr. Er nahm ihre Hand und führte sie zu seinen Lippen. Jennifer grinste und gab einen seltsamen Kiekser von sich. Henni unterdrückte ein Augenrollen. Dieses Püppchen würde Bille niemals das Wasser reichen können. Aber vielleicht hatte sie ja andere Qualitäten, über die Henni lieber nicht genauer nachdenken wollte.

Während Georg in etwas holprigem Englisch von den Fortschritten der Kellerei berichtete, begann sie sich zu fragen, weshalb Wolf sich bisher noch nicht mit einem Wort nach seinen Töchtern erkundigt hatte. Es erweckte den Eindruck, als weiche er diesem Thema bewusst aus. Oder bildete sie sich das nur ein?

Nachdem der Ober die Teller abgeräumt hatte, hielt Henni das oberflächliche Gerede nicht mehr aus. Irgendetwas stimmte hier ganz und gar nicht, und sie wollte endlich den wahren Grund für dieses Treffen erfahren. Obwohl sie bereits ahnte, dass es Wolf am Ende doch um die Zwillinge ging.

Sie sah ihn herausfordernd an und fragte: »Wieso sind wir wirklich hier? Es geht dir doch nicht darum, mit uns zu Abend zu essen und uns deine neue Liebe vorzustellen. Es kommt mir übrigens äußerst geschmacklos vor, sich so kurz nach Billes Tod erneut zu verloben. Findest du nicht?«

Es folgte einen Moment lang betretenes Schweigen. Wolf, der sich gerade den Mund mit einer Serviette abgewischt hatte, legte diese äußerst sorgfältig auf seinen Teller, als wollte er Zeit gewinnen, um die passende Antwort zu finden.

»Du hast recht«, antwortete er, und seine Miene wurde ernst. »Wir sind nach Deutschland gekommen, um die Zwillinge mit uns nach Amerika zu nehmen. Dadurch, dass ich heirate, gibt es nun ganz neue Voraussetzungen für die beiden in Amerika. Jennifer hat bereits als Kindermädchen in L. A. gearbeitet. Sie würde sich gern als Mutter um die beiden kümmern.«

»Als Mutter«, wiederholte Henni fassungslos. »Ich habe mich wohl verhört. Du weißt, dass die beiden nur eine Mutter haben, und das war Bille. Wie kannst du glauben, dass deine

Verlobte ihnen eine richtige Mutter sein kann, dass sie jemals ihren Platz einnehmen könnte? Du hast die Mädchen in unsere Obhut gegeben, weil wir ihre Familie sind. Und ich werde niemals zulassen, dass sie nach Amerika gebracht werden.«

Ihre Stimme war laut geworden, sie sprang auf, und ihr Herz schlug nun vor Aufregung wie verrückt. Wütend funkelte sie Wolf an. Er blieb seltsam gelassen.

»Ich bin der Vater«, entgegnete er in ruhigem Tonfall. »Ich kann meine Töchter hinbringen, wohin ich möchte, und das weißt du auch.«

Sämtliche Blicke der Restaurantbesucher waren nun auf sie gerichtet, die Gespräche waren verstummt. Doch Henni nahm diese Veränderung nicht wahr. Sie bebte vor Wut und Verzweiflung. Sie musste hier weg. Sie ertrug diesen fürchterlichen Mann nicht mehr. Wie hatte sich Bille nur in ihn verlieben können? Sie trat vom Tisch weg, lief zum Ausgang und nach draußen in den kühlen Nieselregen. Sie wusste nicht, wohin mit sich, und setzte sich auf eine der Bänke, die zwischen den Säulen der Theaterkolonaden standen. Tränen liefen ihre Wangen hinunter, und sie verschränkte die Arme vor dem Oberkörper. Der Schmerz hatte sie mit voller Wucht getroffen, und sie sah Bille vor Augen.

»Warum nur?«, sagte sie leise. »Warum hast du uns alleingelassen? Sie brauchen dich doch! Verdammt nochmal.«

Georg setzte sich irgendwann neben Henni, legte den Arm um sie, zog sie an sich und sagte: »Scht, meine Liebste. Es wird bestimmt alles gut werden.«

»Nein, das wird es nicht«, antwortete Henni und presste

die Augen zusammen. »Er nimmt sie mir weg. Er nimmt uns das Einzige weg, was uns von Bille geblieben ist. Das darf er nicht tun.«

»Ich weiß«, antwortete Georg. »Ich weiß.«

»Er will was?«, fragte Trude am nächsten Vormittag in der Küche des Guts entsetzt.

»Nur über meine Leiche«, sagte Inge und verschränkte die Arme vor der Brust. »Der hat sie doch nicht mehr alle beisammen. Zuerst überlässt er die beiden uns, sieht sie nicht einmal richtig an, und jetzt will er sie uns wieder wegnehmen. Ja, ist der denn verrückt geworden?« Ihr Tonfall war mit jedem Satz lauter geworden. »Ich dachte, er hätte keine Zeit für die Kinder und müsste Kindermädchen engagieren.«

»Das war, bevor Jennifer in sein Leben getreten ist«, antwortete Henni mit einem verächtlich klingenden Unterton. »Angeblich war es Liebe auf den ersten Blick.«

Henni saß am Tisch, Trude stand ihr gegenüber an die Arbeitsplatte gelehnt. Inge, die nicht so recht wusste, wohin mit ihren aufgewühlten Emotionen, wischte zum wiederholten Mal die Spüle aus und rückte auf den Regalen die Zwiebel- und Knoblauchtöpfe aus Porzellan zurecht. Es brannte Licht, denn so richtig hell wurde es an diesem Oktobertag nicht. Der Nebel vor dem Fenster war so dicht, dass man keine drei Meter weit sehen konnte. Auf der Arbeitsfläche lag bereits das Gemüse für das Mittagessen bereit. Die beiden jungen Damen, um die sich ihr Gespräch drehte, waren ebenfalls anwesend. Sie lagen nebeneinander in einem Stubenwagen und betrachteten mit großen Augen das über ihnen hängende Mobile aus bunten Holzfiguren.

Trudes Miene war finster.

»Aber die Mädchen gehören doch zu uns, wir sind jetzt ihre Familie. Mir wird es das Herz rausreißen, wenn wir sie weggeben müssen. Kann er das einfach so machen? Was sagen denn die Behörden dazu? Immerhin hat er sich bisher nicht gerade als fürsorglicher Vater gezeigt. Wie Gegenstände hat er die Kinder bei uns abgestellt und sich wochenlang nicht einmal nach ihnen erkundigt. Oder habe ich in dieser Hinsicht etwas verpasst?« Sie sah Henni fragend an.

»Nein, hast du nicht«, antwortete diese und blickte mit trauriger Miene auf das vor ihr liegende Anwaltsschreiben, das ihnen eben vom Postboten übergeben worden war. Es war bereits vor ihrem Treffen verfasst worden. Wolf hatte also mit Gegenwind von ihrer Seite gerechnet. Henni fühlte sich noch immer wie betäubt. Sie wusste, dass ihre Ausgangslage für diesen Kampf, sollten sie ihn führen, nicht gut war, denn ihnen oblag nur ein Fürsorgerecht, solange sich der Vater nicht persönlich würde kümmern können. Das bereits nach seinem Weggang angestrebte alleinige Sorgerecht war ihnen damals vom Amt nicht zugesprochen worden. Jetzt wollte er sich plötzlich kümmern. Jetzt, wo Billes Mädchen ein fester Bestandteil ihrer Familie geworden waren, wollte er sie ihnen wegnehmen und bis ins ferne Kalifornien bringen. Henni ahnte, dass sie die beiden dann niemals wiedersehen würden.

»Wir sollten kämpfen«, sagte Inge und verschränkte mit

entschlossener Miene die Arme vor der Brust. »Wir können uns auch einen Anwalt nehmen und das Sorgerecht beantragen. Du bist immerhin die Tante der Kleinen, und noch dazu eine Herzberg. Sie würden in einem behüteten und vermögenden Umfeld aufwachsen. So etwas muss doch in der Welt der Ämter etwas gelten, oder?«

»Ich weiß es nicht«, antwortete Henni niedergeschlagen. Sie fühlte sich müde und kraftlos. In der letzten Nacht hatten sie Alpträume geplagt. Sie war einen düsteren Flur mit vielen Türen hinabgelaufen und hatte Babygeschrei gehört. Sie hatte jede Tür zu öffnen versucht, doch sie waren alle verschlossen, der Flur war endlos gewesen, das Babygeschrei war immer lauter geworden. Georg hatte sie schließlich geweckt und beruhigt. Und weil sowieso niemals der richtige Moment kommen würde, hatte sie ihm endlich mitgeteilt, dass er erneut Vater werden würde. Sie hatte zu weinen begonnen, er hatte ihre Tränen von den Wangen geküsst und sie solange gehalten, bis sie irgendwann wieder eingeschlafen war.

Henni ahnte, dass sie es würde akzeptieren müssen, auch wenn sich der Verlustschmerz schon jetzt wie ein Messerstich ins Herz anfühlte. Wenn sie jetzt einlenken und sich kooperativ zeigen würden, hätten sie vielleicht noch die Chance, ein Teil im Leben der Mädchen zu sein. Henni könnte ihnen von ihrer wunderbaren Mutter auf eine Weise erzählen, wie es Wolf niemals gelingen würde.

»Er ist der Vater, und er hat das Sorgerecht«, sprach nun auch Trude die Tatsachen aus. »Ich fürchte, dass wir da nicht viel tun können.« Sie musterte Henni. »Du siehst blass aus, meine Liebe. Muss ich mir Sorgen machen, dass es noch etwas anderes gibt?«

Schlagartig fühlte sich Henni noch schlechter. Georg wusste nun endlich von ihrer Schwangerschaft, doch Trude und Inge hatte sie die frohe Botschaft noch immer nicht kundgetan. Sie wusste, dass sie es den beiden endlich sagen musste, doch im Angesicht eines solch schmerzhaften Verlustes würde die Freude über das kleine Wesen in ihrem Inneren vermutlich eher verhalten ausfallen.

»Sie hat ja auch noch gar nichts Anständiges gegessen«, sagte Inge. »Von der einen Tasse Caro-Kaffee am Morgen kann kein Mensch leben. Wieso du neuerdings diese Plörre trinkst, frage ich mich sowieso ständig. Ersatzkaffee hatten wir während des Kriegs weiß Gott genug, den musst du jetzt ja wirklich nicht mehr trinken. Ich könnte uns flott eine Kanne anständigen Bohnenkaffee aufbrühen und uns ein paar Eier in die Pfanne hauen. Was meint ihr? Mit vollem Magen hält es sich doch gleich viel besser Kriegsrat. Ich will nicht akzeptieren, dass er die Mädchen einfach so mitnehmen kann. Wir müssen eine Lösung finden.«

Lisbeth kam zu ihnen in die Küche, was einem Wunder gleichkam, denn seit ihrer Verlobung mit Richard war sie in Assmannshausen nur noch ein seltener Gast. Henni vermutete, dass es der drohende Verlust der Zwillingsmädchen war, der sie zu ihnen geführt hatte.

Lisbeths Blick blieb an dem Anwaltsschreiben auf dem Tisch hängen.

»Ist es das, was ich vermute?«

»So oder so ähnlich«, antwortete Henni. »Betrachte es als Drohschreiben seines Anwalts. Obwohl er so etwas nicht nötig hätte, denn immerhin ist er der Vater der Kinder.«

»Ja, ich weiß«, erwiderte Lisbeth und setzte sich Henni gegenüber an den Tisch. Sie nahm das Schreiben zur Hand, überflog kurz den Text und legte es wieder zurück. »Richard meint ebenfalls, dass unsere Aussichten, die Kinder behalten zu dürfen, äußerst schlecht stehen. So sehr es schmerzt: Wir werden uns mit dem Gedanken anfreunden müssen, dass er seine Töchter mit sich nach Amerika nehmen wird.«

»Nur über meine Leiche«, entgegnete Inge stur. »So etwas darf es nicht geben. Nein, das darf es einfach nicht!« Zur Bekräftigung ihrer Worte schlug sie mit der Faust auf den Tisch. Das ungewohnte Geräusch schien der kleinen Andrea nicht zu gefallen, denn sie begann zu schimpfen. Lisbeth nahm das Mädchen hoch und tätschelte ihm tröstend den Rücken.

»Ist gut, Kleines. Tante Inge wollte dich nicht erschrecken.« Sabine schien nicht ganz so zart besaitet zu sein, denn sie erfreute sich an der Aufmerksamkeit, die Trude ihr zuteilwerden ließ. Die kitzelte kurz ihren Bauch, was dazu führte, dass sie einen fröhlichen Kiekser ausstieß und kräftig mit ihren speckigen Beinchen strampelte. Die Fröhlichkeit des kleinen Mädchens sorgte dafür, dass Trude lächelte, doch Henni entging die in ihrem Blick liegende Wehmut nicht. Auch in ihr regte sich nun Widerstand. Lisbeth schien ebenso zu empfinden, denn sie sagte plötzlich: »Ich finde, Inge hat recht. Dieser Kampf ist erst verloren, wenn er verloren ist. Wir dürfen unsere Nichten nicht einfach so aufgeben. Sorgerecht hin oder her. Wir sind es Bille schuldig, dass wir uns um ihre Mädchen kümmern. Dass ihre Töchter von einer dahergelaufenen Jennifer erzogen werden, die selbst noch ein halbes Kind ist, hätte sie niemals gewollt. Das weiß ich bestimmt.«

Henni wollte Antwort geben, wurde aber durch das Schrillen des Telefons daran gehindert. Sie hielt Trude zurück, die rangehen wollte, erhob sich und nahm selbst den Hörer ab.

Es war Georg, der ihr aufgeregt berichtete, dass es auf dem Weingut der Merciers im Elsass ein verheerendes Feuer gegeben hatte. Er wolle sofort hinfahren. Henni sicherte ihm zu, ihn zu begleiten. Nachdem sie den Hörer zurück auf die Gabel gelegt hatte, ließ sie ihre Hand für einen Moment darauf liegen. Ein seltsames Gefühl ergriff in diesem Augenblick Besitz von ihr. Es fühlte sich düster und bedrohlich an. Eben erst schien die Welt nach dem tragischen Verlust von Bille wieder etwas heller geworden zu sein, doch nun versank sie erneut in Düsternis. Henni fröstelte.

25. Kapitel

Wiesbaden, 8. November 1956

Hennis Blick wanderte aus dem Fenster in den Innenhof der Kellerei, der an diesem grauen Novembertag einen trostlosen Eindruck erweckte. Das seit einigen Wochen anhaltend trübe Wetter passte zu Hennis gegenwärtiger Stimmungslage. Eigentlich sollte sie bester Laune sein, denn sie erwartete ein Kind, von dem sie niemals geglaubt hatte, dass sie es bekommen könnte. Es erschien ihr an manchen Tagen noch immer wie ein Wunder. Sie hatte inzwischen auch Trude und Inge von ihrer Schwangerschaft erzählt, und die beiden waren – trotz des abscheulichen Rechtsstreits, den sie um die Zwillinge zu führen begonnen hatten – vollkommen aus dem Häuschen gewesen. Nach kurzer Überlegung und Rücksprache mit ihrem Familienanwalt hatten sie beschlossen, das alleinige Sorgerecht für die Zwillinge zu beantragen. Ihre Gewinnaussichten standen zwar nicht gut, aber vielleicht hatten sie erneut Glück, und sie erwischten einen Richter, der ihnen zugetan war. Allerdings hatte auch das Jugendamt ein Mitspracherecht, und in dieser Hinsicht sah es eher schlecht aus. Eine Mitarbeiterin war vor drei Tagen unangemeldet in Assmannshausen aufgetaucht, um die häusliche Unterbringung der Mädchen zu prüfen. Bedauerlicherweise waren weder Henni noch Lisbeth zu Hause gewesen, und Trude hatte das

Bett gehütet, weil sie sich einen dicken Schnupfen eingehandelt hatte. Inge hatte sich alle Mühe gegeben, die Situation zu retten, aber die spitzen Bemerkungen und die Blicke der Dame – sie hatte sie als abscheuliche Matrone bezeichnet – hatten Bände gesprochen. Sie hatte sich in einem schwarzen Büchlein Notizen gemacht und jeden der Räume mit hochgezogener Augenbraue begutachtet. Auch hatte sie mit spitzer Stimme Fragen gestellt. Wieso sich Henni nicht persönlich um die Kinder kümmere? Weshalb es kein fachmännisch ausgebildetes Kindermädchen gebe? Zum Ende des Prüftermins hatte sie nochmals die Wichtigkeit der Anwesenheit der Mutter oder einer festen Bezugsperson betont. Die Tatsache, dass die beiden im Schoß einer gut betuchten Familie aufwuchsen, schien dieser Dame gleichgültig zu sein. Inge plagte heute noch das schlechte Gewissen, weil sie glaubte, alles falsch gemacht zu haben.

Am Nachmittag stand der Termin im Gericht an. Henni graute es schon jetzt davor.

Sie sah Georg mit dem Abteilungsleiter der Versandabteilung in Richtung Auslieferungslager gehen. »Die Arbeit lenkt mich von all dem Kummer ab«, hatte er erst am Abend zu ihr gesagt. Wenn es nur so einfach wäre, dachte Henni missmutig. Zusätzlich zu dem Sorgerechtsstreit waren es die schrecklichen Geschehnisse im Elsass, die sie immer wieder einholten. Als sie dort eingetroffen waren, war das Weingut der Merciers ausgebrannt gewesen, sämtliche Wirtschaftsgebäude waren zerstört. Das Feuer hatte die Familie im Schlaf überrascht, nur die alte Mariett und ihr Mann hatten gerettet werden können. Auch das Gästehaus, in dem sie so herrliche Nächte voller Zweisamkeit miteinander verbracht hatten, war abgebrannt. Die Dorfbewohner waren tief betroffen gewesen. Henni und Georg hatten mit ihnen getrauert und waren zur Beerdigung geblieben.

Auch finanziell gesehen bedeutete der Brand ein Desaster für die Kellerei. Sie hatten blauäugig agiert und ihre investierten Gelder nicht abgesichert. Henni und Georg hatten noch während der Rückfahrt aus dem Elsass beschlossen, von weiteren Investitionen im Ausland erst einmal Abstand zu nehmen.

Henni sah Albert Mercier vor Augen, seine Frau Nicole, die so wunderschön gewesen war und ihr gesamtes Leben noch vor sich gehabt hatte. Wie dumm sie doch gewesen war, zu glauben, dass das Leben nach dem Krieg besser werden könnte. Es schien ihr immer wieder Rückschläge zuteilwerden zu lassen.

»In diesem Jahr hatten wir ja die Weihnachtstombola hier im Haus geplant«, sagte Hiltrud in diesem Moment. Sie saß Henni an einem der Besprechungstische gegenüber und riss sie aus ihren Gedanken. »Wird unser Gustav wieder den Weihnachtsmann geben?« Sie blickte von ihren Unterlagen auf und sah Henni fragend an. Hiltrud hatte eine neue Lesebrille mit Goldrand, an die sich Henni erst noch gewöhnen musste.

»Ich nehme es an«, antwortete sie. »Er macht das doch jedes Jahr.«

»Schon«, erwiderte Hiltrud. »Aber es sollte trotzdem geklärt werden. Nicht, dass er plötzlich andere Pläne hat. Gibt es da nicht neuerdings diese seltsame Frau in seinem Leben? Wie war ihr Name noch gleich?«

»Renate«, antwortete Henni. »Ich finde sie auch ein wenig eigentümlich.«

»Mit dieser Einschätzung ist die Dame noch gut bedient«, meinte Hiltrud. »Mit ihren flatterhaften Kleidern mutet sie doch etwas sonderbar an.«

»Sie ist angeblich eine ›weiße Hexe‹«, teilte Henni ihr schmunzelnd mit, was sie am Morgen von den Damen aus der Verpackungsabteilung erfahren hatte. »Es geht das Gerücht um, dass sie einen kleinen Laden in Biebrich betreibt, in dem es allerlei seltsame Kräutermischungen, Tinkturen und Räucherkerzen zu kaufen gibt.«

»Ach du je.« Hiltrud grinste.

Immerhin machte Gustav, seit er eine neue Freundin hatte, wieder mehr aus sich. Er war beim Friseur gewesen, rasierte sich wieder täglich und trug ordentliche Kleidung. Bedauerlicherweise roch es nun leider in seinem Haus und im Pförtnerhäuschen nach diesen Räucherstäbchen. Angeblich führte das Einatmen der Dämpfe zu einem besseren Wohlbefinden. Henni war nach nur wenigen Minuten im Pförtnerhaus ganz benebelt gewesen. Was auch immer da in die Luft gedampft wurde, Wohlbefinden löste es bei ihr nicht aus.

»Ich muss sowieso gleich los zu dem Gerichtstermin. Dann kann ich Gustav fragen, ob er den Weihnachtsmann auch in diesem Jahr macht«, lenkte sie das Gespräch wieder auf das Geschäftliche zurück.

»Fein«, antwortete Hiltrud und setzte einen Haken auf ihrer Liste. »Ich habe die Anfrage von einem Ponyhof erhalten, ob wir für die Kinder Reiten anbieten möchten? Ich halte das für eine ganz wunderbare Idee. Im Innenhof der Kellerei wäre es möglich. Was meinst du?«

»Wieso nicht?«, antwortete Henni. »Solange sie keine horrenden Preise verlangen. Die Kinder werden an den Tieren bestimmt Freude haben. Wie steht es denn mit den Spielzeugspendern in diesem Jahr? Ich hoffe doch, dass die großen Kaufhäuser sich wieder beteiligen?«

»Selbstverständlich. Karstadt und Hertie sind dabei. Wir haben auch viele weitere Spender. Darunter auch wieder ein Fahrradhändler, der drei Drahtesel beisteuert. Diese könnten wir wieder als Hauptgewinn ausrufen. Was meinst du?«

»Perfekt«, antwortete Henni. »Und der Kirchenchor aus Biebrich wird ebenfalls auftreten. Dann kommt auch gleich noch etwas festliche Stimmung auf. Wir werden bestimmt ein hübsches Sümmchen für unseren Wohltätigkeitsverein zusammenbekommen. Ich hatte mit Georg darüber nachgedacht, in diesem Jahr fünfzig Weihnachtsbäume an bedürftige Familien zu spenden, dazu möchten wir selbstverständlich die üblichen Lebensmittelpakete verteilen. Ach, es ist schon ein Jammer, dass es in unserer Region noch immer so viele Menschen gibt, die solch eine Unterstützung benötigen.« Sie schüttelte den Kopf.

»Ja, das ist es«, pflichtete ihr Hiltrud bei.

Ein Klopfen an der Tür unterbrach ihr Gespräch.

»Wer ist das denn nun?«, entfuhr es Hiltrud.

Ohne ein Herein abzuwarten, betrat Gustav den Raum. Wenn man vom Teufel spricht, kam es Henni in den Sinn.

»Ei Gude, die Damen«, grüßte er und nahm seine Schiebermütze vom Kopf. »Ich hab da ein Anliegen, Chefin. Das wollt ich vorhin schon mit dir besprechen. Aber ich hab nicht so recht gewusst, wie ich es sagen soll. Doch jetzt ist es dringlich geworden, denn die Renate hat gemeint, dass unsere Mitfahrgelegenheit noch heute aufbrechen will.«

»Eure Mitfahrgelegenheit?«, wiederholte Henni verdutzt.

»Also, das ist so«, setzte Gustav zu einer größeren Erklärung an. »Die Renate plant so eine Sache in Südfrankreich. Ihr Bruder hat dort ein Haus, und sie wollen eine Kräuterfarm anlegen und Seminare für Heilkräuter anbieten. Sie hat mich gefragt, ob ich nicht auch mitkommen will. Ich hab ihr gesagt, dass das gar nicht geht, weil ich kann ja meine Pforte nicht im Stich lassen, und dich auch nicht, Chefin. Aber dann hab ich noch mal darüber nachgedacht. Ich hätte ja schon längst in Rente gehen sollen. Und so ein bisschen südliche Sonne würd meinem Rheuma auch nicht schaden.«

Henni sah Gustav betroffen an. »Du willst uns verlassen?«

»Wenn man es genau nimmt …«, stammelte er und zerknautschte seine Mütze.

»Ach, Gustav«, sagte Henni, stand auf und ging zu ihm. Er verströmte den Geruch der Räucherkerzen, sie versuchte, ihn zu ignorieren. »Ich habe dir doch schon öfter gesagt, dass du mir sagen sollst, wenn dir die Arbeit zu viel wird. Du kannst dich jederzeit zurückziehen. Aber denkst du wirklich, dass ein Leben in Südfrankreich mit Renate das Richtige für dich ist? Ich will sie dir nicht madig machen, aber ihr kennt euch erst seit drei Wochen.« In Hennis Hals hatte sich ein Kloß gebildet, und sie hatte Mühe, die Tränen zurückzuhalten. Die Kellerei war ohne Gustav nicht vorstellbar. Er war ihr Leben lang ein Teil von ihr gewesen.

»Manchmal weiß man es einfach«, antwortete er. »Und in meinem Alter hat man, wenn man Pech hat, auch nicht mehr so viel Platz für die Liebe. Mit Renate fühlt sich das Leben so herrlich leicht an. Sei mir nicht bös, Mädschen. Aber ich muss das tun.«

Henni liefen nun erste Tränen über die Wangen.

»Wenn das so ist«, antwortete sie. »Dann machst du das eben. Aber wenn du dich nicht wohlfühlst, dann weißt du, dass du jederzeit wieder hierher zurückkommen kannst.« Sie umarmten einander, und er tätschelte ihren Rücken.

»Das wird schon fein werden, Mädschen. Die Renate ist eine von den Guten. Das weiß ich bestimmt.« Sie lösten sich aus der Umarmung, und Gustav trat einen Schritt zurück. »Und für den Weihnachtsmann hab ich schon Ersatz gefunden.«

»Na dann«, antwortete Henni. »Lieb, dass du dich darum gekümmert hast.« Sie wusste nicht, was sie noch sagen sollte.

Nachdem sich die Tür hinter Gustav geschlossen hatte, herrschte für einen Moment Stille im Raum. Irgendwann sagte Hiltrud trocken: »Der ist noch nicht in Südfrankreich.«

Eine Weile darauf stieg Henni vor dem Amtsgericht aus dem Wagen. Georg, der ihr die Autotür geöffnet hatte, hielt schützend einen Schirm über sie, denn während der kurzen Fahrt von der Kellerei in die Innenstadt hatte es stark zu regnen begonnen. Sie eilten schnellen Schritte zum Gerichtsgebäude.

Die Eingangshalle war großzügig gehalten, ebenso der Treppenaufgang mit seinen Säulen und verzierten Kuppeldecken. Es herrschte die übliche Betriebsamkeit, die Deckenlampen brannten, denn das Tageslicht fand kaum seinen Weg ins Innere des Gebäudes. Eine Putzfrau beschäftigte sich gerade damit, eine der Treppen zu wischen, und warf ihnen, als sie mit leise gemurmelten Entschuldigungen an ihr vorüberliefen, böse Blicke zu.

Im zweiten Stock trafen sie vor dem Verhandlungssaal auf Lisbeth, die von Richard begleitet wurde, und ihren Familienanwalt Dr. Klausen, der zur Begrüßung dreimal kräftig nieste und in ein kariertes Taschentuch schnäuzte.

»Guten Tag, die Herrschaften«, grüßte er. »Ich gebe Ihnen besser nicht die Hand. Ich habe erfahren, dass Richter Stiefberg die Verhandlung führen wird. Ein harter Brocken. Im Vertrauen gesagt«, er senkte die Stimme, »er war früher ein übler Nazi, leitender Posten bei der SS. Ein großer Verfechter des propagierten Familienbilds, und er verteilte gerne Mutterkreuze. Wieder einer, der es irgendwie geschafft hat, sich sein Pöstchen zu sichern.« Der Anwalt nieste erneut kräftig.

Henni spürte, wie der Mut, den sie eben im Auto zu fassen versucht hatte, in sich zusammensackte.

Wolf und seine Jennifer trafen in Begleitung ihres Anwalts ein. Die drei blieben ein Stück von ihnen entfernt stehen und grüßten nicht. Jennifer trug ein schlichtes dunkelblaues Kostüm, das ihre schlanke Figur betonte, und hatte für Henni und Lisbeth nur verachtende Blicke übrig.

Wenige Minuten später wurden sie von einem Gerichtsdiener in den Verhandlungssaal gebeten. Henni nahm mit klopfendem Herzschlag rechter Hand des Richtertischs Platz. Neben ihr saßen Lisbeth und Georg. Richard hatte im Zuschauerbereich Platz genommen. Der Verhandlungsraum war eher klein und nüchtern eingerichtet und wurde von der grellen Deckenbeleuchtung in kaltes Licht getaucht. Henni fröstelte, und ihr Blick wanderte auf die andere Seite des Raumes, wo Wolf und Jennifer neben ihrem Anwalt Platz genommen hatten. Wolf tuschelte mit ihr und hielt ihre Hand. Wie sehr Henni ihn doch verabscheute. Noch vor wenigen Monaten hatte sie diesen Mann als ihren Schwager gemocht, sie hatten gemeinsam um Bille getrauert. Wie schnell sich das Leben doch verändern konnte.

Es erschien der Gerichtschreiber, ein dürres Männchen mit Nickelbrille auf der Nase, der in seinem viel zu großen Anzug zu versinken schien. Ihm folgte der Richter, und sämtliche Anwesende erhoben sich. Henni schüchterte der Anblick des Mannes bereits ein. Sein Gesicht war kantig, sein Blick kalt. Henni konnte sich gut vorstellen, dass dieser Mann seine Rolle in der NS-Zeit gerne ausgeübt hatte.

Ein Sprecher trug die Verhandlungssache vor. Der Richter blätterte in seinen Unterlagen. Zuerst sprach Klausen, und er schlug sich nach Hennis Meinung ausgezeichnet. Er trug ihre Begründung für die Beantragung des Sorgerechts sachlich und mit dem gewissen Maß an Emotionen vor. Auch die Tatsache, dass Wolf die Kinder einfach so in ihrer Obhut zurückgelassen und sie nach dem Tod der Mutter kaum eines Blickes gewürdigt hatte, ließ er nicht aus.

Nachdem er geendet hatte, erhob sich der blonde Anwalt der Gegenpartei und trug seine Sicht der Dinge vor. Er redete von dem schrecklichen Verlust der Ehefrau, davon, dass dieser hätte verarbeitet werden müssen. Er sprach davon, dass Kinder einen Vater und eine Mutter bräuchten. Das Ehepaar Kapplan könne dies gewährleisten. Ein intaktes Familienleben, wie es sein sollte, wenn auch in Amerika, denn dort wäre der berufliche Mittelpunkt des erfolgreichen Regisseurs.

Die Formulierung »Ehepaar« ließ Henni aufmerken. Ihr Blick wanderte zu Jennifers rechter Hand, und sie sah den Ring. Die beiden hatten geheiratet. Damit hatten sie und Lisbeth verloren. Er war der Vater, er hatte eine neue Frau an seiner Seite. Eine Mutter für die Mädchen.

Der Anwalt sprach weiter, redete davon, dass Henni erst kürzlich die Leitung der Sektkellerei übernommen habe, dass sie anscheinend nicht plane, für die Kinder kürzerzutreten. Selbst ihr eigener Sohn werde von einer Köchin und einer Hausdame erzogen. Seine Worte fühlten sich wie Nadelstiche an. Henni hätte am liebsten aufbegehrt und Widerworte gegeben, doch Klausen hatte beruhigend seine Hand auf ihren Arm gelegt. Auch Lisbeth bekam ihr Fett weg. Als alleinstehende Frau, die gerade eine schmutzige Scheidung hinter sich hatte, könne sie auf keinen Fall Verantwortung für zwei Säuglinge übernehmen. Er hatte seine Hausaufgaben gemacht, das musste man ihm lassen. Zu all dem Übel erschien als Zeugin auch noch diese Tante vom Jugendamt, die die Wohnverhältnisse in Assmannshausen zwar als wohlhabend schilderte, doch ein intaktes Familienleben sehe in ihren Augen anders aus.

»Gerade in den ersten Lebensjahren eines Kindes ist die Anwesenheit der Mutter meiner Meinung nach unerlässlich.« Sie sah kurz zu Henni, und ihr Blick war abwertend.

Henni sackte auf ihrem Stuhl immer weiter in sich zusammen und war den Tränen nahe. War sie wirklich eine schlechte Mutter, nur weil sie Ambitionen hatte, weil ihr das Familienerbe am Herzen lag, weil sie darum kämpfte? In diesem Moment stand Lisbeth mit entschlossenem Blick auf.

»Meine Schwester ist eine liebevolle Mutter und eine bemerkenswerte Frau, die mit bewundernswerter Entschlossenheit nach dem plötzlichen Tod unseres Vaters die Sektkellerei Herzberg durch die schweren Jahre nach Kriegsende gebracht hat«, begann sie mit fester Stimme. »Sie hat mich und Bille stets unterstützt. Sie war nach dem frühen Tod unserer geliebten Mutter wie ein Ersatz für mich. Ich habe sie oft beneidet, für ihre Stärke und ihren Mut. Der Verlust unserer kleinen Schwester hat uns bis ins Mark getroffen. Wir sind es Bille schuldig, dass wir uns um ihre Töchter kümmern, und ich weiß, dass sie es so gewollt hätte. Wir sind ihre Familie.«

Die Miene des blonden Anwalts veränderte sich, und sein siegessicheres Grinsen verschwand. Mit einer solchen Schlachtrede hatte er vermutlich nicht gerechnet. Lisbeth war zur Höchstform aufgelaufen. Wenn es auf hart auf hart kam, hielten sie eben zusammen, wie es sich für Schwestern gehörte.

Den Richter schien Lisbeths Rede unbeeindruckt zu lassen.

Er blätterte durch die Akte und räusperte sich. Lisbeth setzte sich wieder und atmete tief durch.

»Nun gut«, sagte Stiefberg. »Ich denke, wir haben genug gehört. Der Verlust der Mutter ist in diesem Fall äußerst bedauerlich und tragisch, das steht außer Frage. Nun geht es darum, die bestmögliche Betreuung für die beiden jungen Fräuleins zu gewährleisten.« Er suchte kurz den Blick der Jugendamtsmitarbeitern und blätterte nochmals eine Seite um. Die Spannung im Raum war spürbar. Er räusperte sich erneut und schloss dann die Akte.

»Nun gut. Wir wollen nicht lange um den heißen Brei herumreden und zu einem Ende kommen. Eigentlich war meine Entscheidung bereits vor dem Beginn der Verhandlung gefallen, und ich bleibe dabei.« Er stand auf, und sämtliche Anwesende erhoben sich für die Urteilsverkündung.

Henni umklammerte die Tischkante, ihr Blick war auf den Boden gerichtet, sie hielt den Atem an.

»Das alleinige Sorgerecht für die Zwillinge wird ihrer Tante Henni Winkler zugesprochen.«

Henni konnte kaum glauben, was sie hörte. Georg legte den Arm um sie und drückte sie kurz an sich.

»Ich begründe mein Urteil damit, dass Frau Winkler den Kindern durch ihre gesellschaftliche Stellung ein Aufwachsen in einem behüteten und gut betuchten Umfeld ermöglichen kann. Sie ist selbst Mutter und bringt Lebenserfahrung mit. Auch ist es für mich unverständlich, wie ein Vater seine Kinder für so viele Wochen einfach so in die Obhut anderer geben kann, ohne sich zu kümmern oder Interesse an den Kindern zu zeigen. Dieses Verhalten hat mich in meiner Entscheidung, das Sorgerecht Frau Winkler zuzusprechen, bestärkt. Die Verhandlung ist hiermit geschlossen.«

Er rauschte aus dem Raum. Henni konnte es noch immer kaum glauben. Sie hatten einen Sieg errungen. Die Mädchen durften bei ihnen bleiben.

26. Kapitel

Assmannshausen, 2. Dezember 1956

Lisbeth stand vor dem bodentiefen Spiegel in Hennis Anklei-
dezimmer und drehte sich nach rechts und wieder zurück. Ihr
Anblick gefiel ihr. Obwohl sie eigentlich nicht mehr in Weiß
und schon gar nicht in einer Kirche hatte heiraten wollen.
Schließlich war diese Ehe bereits ihre vierte. Ein klassisches
Kostüm und eine Zeremonie auf dem Standesamt hätten ihr
vollkommen ausgereicht. Aber es war anders gekommen. Richard war äußerst gläubig, und seine reizenden Eltern ebenso.
Also hatte Lisbeth sich geschlagen gegeben. Das aus reiner
Seide gefertigte Brautkleid, an dessen Schleppe Trude in die-
sem Augenblick zupfte und zuppelte, hatte sie in einem neu
eröffneten Brautmodengeschäft auf der Wilhelmstraße ge-
kauft. Es war eher schlicht gehalten und cremefarben. Lisbeths schmale Taille betonte ein breiter Seidengürtel, der
Stoff schimmerte sanft, auf verspielte Details wie Spitze oder
Perlen hatte sie verzichtet. Lisbeth war dezent geschminkt,
Rouge sorgte für etwas Farbe auf ihren Wangen. Ihr rotblondes Haar trug sie etwas kürzer, es war in sanfte Wellen gelegt.
Ein schlichter Schleier fiel bis auf ihre Taille.

Trude trat neben Lisbeth und betrachtete wohlwollend ihr
Spiegelbild.

»Du siehst entzückend aus, meine Liebe. Jetzt fehlen nur

noch die Schuhe und der Brautstrauß, dann kann es losgehen.«

Sie hatten sich zu einer Trauung in der Kirche von Assmannshausen entschlossen, danach sollte im Hotel Krone gefeiert werden. Auch dieses Etablissement war Lisbeth am Anfang als zu luxuriös vorgekommen, aber Richard hatte bereits sechzig Gäste eingeladen. Lisbeths Gästeliste sah dagegen äußerst dürftig aus. Henni und Georg standen darauf, Trude und Inge, weil sie ihrer Meinung nach mehr als nur Angestellte waren. Weitere Familienmitglieder gab es nicht. Erst als sie die Einladungen schrieben, wurde sich Lisbeth bewusst, dass sie kaum Freunde hatte, die sie zur Hochzeit einladen konnte. Ella hatte natürlich eine Einladung erhalten. Doch es schien, dass sie die Einzige war, die ihr in all den Jahren noch geblieben war. Sie dachte an ihre Zeiten in Berlin zurück, als sie von einer Party zur nächsten geeilt war, an ihre späteren Jahre in Wiesbaden, als sie auf Ellas Festen die Nacht zum Tag gemacht hatten. Es war alles nur oberflächlich gewesen, eine Gesellschaft, die sich kurz miteinander amüsierte und dann wieder verlor, engere Kontakte waren nicht vorgesehen. Aber nun würde alles anders werden. An Richards Seite konnte man sich gar nicht einsam fühlen. Lisbeth hatte die letzten Tage so viele neue Gesichter gesehen, Hände geschüttelt und war umarmt worden. Richards Familie hatte etwas Einnehmendes an sich. Früher hätte Lisbeth diesen Umstand vermutlich als aufdringlich empfunden, doch heute fühlten sich die Offenheit und Freundlichkeit, die ihr entgegengebracht wurden, herzerwärmend an. Lisbeth würde alles dafür tun, um diese Menschen – und auch Richard, den sie mit jedem Tag mehr zu lieben schien – nicht zu enttäuschen.

Henni trat ein. Sie trug ein rosa Kleid. In ihrem halblangen Haar funkelten mit Perlen besetzte Haarspangen, mit denen einige Strähnen seitlich festgesteckt worden waren. Sie trat näher, berührte lächelnd Lisbeths Kleid und gab ein krächzendes Geräusch von sich.

»Du sollst doch nicht reden«, ermahnte Trude sie mit strenger Miene. »Der Arzt hat dir striktes Sprechverbot erteilt. Sonst dauert die Heilung deiner Stimmbänder noch länger, und das will niemand.«

Henni zog den Kopf ein. Bedauerlicherweise hatten sich die Schluckbeschwerden, die sie vor einer Weile zu ärgern begonnen hatten, in eine üble Stimmbandentzündung verwandelt. Somit konnte Henni Lisbeth nur mit Gesten mitteilen, wie wunderschön sie sie fand. Sie reichte ihr den aus weißen Rosen und Efeu bestehenden Brautstrauß, und Lisbeth schlüpfte in ihre Pumps, die für das Wetter gänzlich ungeeignet waren, jedoch ausgezeichnet zum Kleid passten. Bedauerlicherweise war es am gestrigen Abend zu einem Kälteeinbruch gekommen. Anfangs hatte es noch geregnet, dann waren kleine Eiskörner vom Himmel gefallen, und alles war innerhalb kürzester Zeit von einem dicken Eispanzer überzogen, am späten Abend hatte es zu all dem Übel auch noch kräftig zu schneien begonnen.

Lisbeth bereute beim Blick aus dem Fenster, dass sie ihre Hochzeit nicht noch ein Weilchen aufgeschoben hatten. Aber nun war es eben, wie es war.

Lisbeth verließ in Begleitung von Trude und Henni das Ankleidezimmer und schritt die Treppe in die Eingangshalle hinab. Inge wischte sich vor Rührung ein Tränchen aus dem Augenwinkel. Neben ihr stand der Zwillingskinderwagen, in dem die beiden jüngsten Hochzeitsgäste den ersten Auftritt der Braut selig verschliefen.

Doch dann geschah das Unglück. Lisbeth übersah eine Stufe und verlor den Halt. Sie schaffte es noch, sich mit der linken Hand am Geländer festzuhalten, jedoch knickte sie mit dem Fuß um. Ein stechender Schmerz schoss in ihren Knöchel, und sie sank mit einem Aufschrei auf die Stufen. Henni, die hinter ihr gestanden hatte, beugte sich zu Lisbeth hinunter.

»Mein Knöchel. Verflixt noch mal«, fluchte diese. »Er tut ganz scheußlich weh.« In ihre Augen traten Tränen.

Einen Augenblick schienen alle wie erstarrt zu sein. Henni, die nicht reden durfte, sah Trude hilfesuchend an.

»Nein, so was aber auch«, rief die alte Hausdame plötzlich in einem Tonfall, den Henni schon lange nicht mehr gehört hatte. Nicht mehr, seit sie und ihre Schwestern sich als Kinder kleinere Verletzungen zugezogen hatten, bei denen ein Pflaster und liebevolles Pusten geholfen hatten. »Diese dumme Stufe.« Sie trat vor Lisbeth und schob recht patent das Kleid nach oben. »Wo tut es denn weh?«

»Überall«, jammerte Lisbeth. »Das darf doch jetzt nicht wahr sein. Was bin ich nur für ein Tollpatsch.« Sie begann zu weinen.

»Jetzt beruhigen wir uns erst einmal. Vielleicht ist es ja gar nicht so schlimm, und es war hauptsächlich der Schreck.« Henni, die neben Trude getreten war, begutachtete den betroffenen Knöchel eindringlich. Bedauerlicherweise begann er bereits anzuschwellen.

Inge war unterdessen in die Küche geeilt, um einen kühlen Lappen für den Fuß zu holen.

»Kindchen, Kindchen, was machst du nur für Sachen«, sagte sie und legte den nicht mehr ganz sauberen Spüllappen auf Lisbeths Knöchel.»Das war es dann wohl mit dem eleganten Einmarsch der Braut in die Kirche. Also ich hatte ja eher die Sorge, dass es das tückische Glatteis sein könnte, das uns Kummer bereiten könnte, aber doch nicht die Treppe. Hilft der Lappen schon?« Sie sah Lisbeth hoffnungsvoll an.

»Ich weiß nicht recht«, antwortete sie und zog die Nase hoch. Ihre Wimperntusche klebte inzwischen unter ihren Augen, schwarze Tränenspuren zeigten sich auf ihren Wangen. Vorbei war es mit der glücklichen Braut.»Vielleicht ein wenig.«

Im nächsten Moment öffnete sich die Tür, und Richards Vater trat ein. Er hatte sich dazu bereiterklärt, seine zukünftige Schwiegertochter in die Kirche zu führen.

»Kinder, Kinder, das ist ein Wetter da draußen«, setzte er an und klopfte sich den Schnee vom Mantel.»Wenn das so weitergeht, haben wir heute Abend über einen Meter Schnee. Man sagt ja, Regen bringt dem Brautpaar Glück. Wie das bei solchen Schneemengen aussieht, kann ich nicht sagen.«

Sein Blick blieb an Lisbeth hängen.»Was ist denn hier geschehen?«

»Ich würde sagen, Schneesturm bedeutet nichts Gutes«, kommentierte Trude. »Treppensturz.«

»Geht mal zur Seite, die Damen. Ich werde mir das Malheur mal ansehen.« Er wedelte mit den Armen, und Trude und Henni gingen die restlichen Stufen nach unten.

»Zum Glück heiratet sie in eine Arztfamilie ein«, merkte Inge an.

»Und er ist auch noch Chirurg, besser geht es gar nicht«, fügte Trude, die neben sie getreten war, leise hinzu, während Rüdiger Jakobi Lisbeths Knöchel fachmännisch begutachtete.

»Es ist eine Verstauchung«, stellte er fest. »Das ist unschön, aber immerhin kein Beinbruch.« Er lachte über seinen eigenen Witz und tätschelte Lisbeth die Schulter. »Nicht weinen, Mädchen. Das wird schon wieder. Ich leg dir jetzt flott einen Stützverband an, die Damen bringen uns eine Schmerztablette, und dann müsste es rasch besser gehen. In die Kirche bekomme ich dich schon irgendwie, Hochzeitstänze werden überbewertet.«

Trude holte rasch einen Verbandskasten, Inge eilte aus der Halle, um Aspirin zu organisieren, und Henni bemühte sich, während der Brautvater den Verband anlegte, Lisbeths Makeup wieder in Ordnung zu bringen.

Mit vereinten Kräften wurde die humpelnde Braut danach ins Auto verfrachtet, einen Mercedes, der mit hübschen Bändern geschmückt worden war.

Als die Gesellschaft nur wenige Minuten später an der Kirche eintraf, konnte Lisbeth schon wieder ein wenig lachen.

Ein Schirm sorgte dafür, dass sie nicht als eingeschneite Braut zum Altar schreiten musste.

Lisbeth konnte inzwischen tatsächlich wieder auftreten. Der Knöchel schmerzte zwar noch, aber am Arm von Rüdiger würde sie es bis zum Altar schaffen, davon war sie überzeugt. Nachdem Henni, Trude und Inge mit dem Kinderwagen den Altarraum betreten hatten, umfasste Lisbeth Rüdigers Arm und atmete tief durch. Nun galt es. Die Orgel begann zu spielen.

»Bereit?«, fragte ihr zukünftiger Schwiegervater und zwinkerte Lisbeth zu.

»Bereit«, antwortete Lisbeth und straffte die Schultern.

Sie setzten sich in Bewegung, und während Lisbeth von allen bewundert den Mittelgang der Kirche hinunterschritt, hatte sie ihren Blick auf den Mann im Hochzeitsanzug vor dem Altar gerichtet. Sie hatte es nach dem Tod von Wolfgang und der kurzen und unrühmlichen Ehe mit Dieter nicht für möglich gehalten, dass sie einen Mann noch einmal so würde lieben können. Doch es war geschehen. Richard war wie ein Engel in ihr Leben gekommen und hatte ihr gezeigt, dass man niemals aufhören sollte, an die Liebe zu glauben. Als er ihr, nachdem er sie von seinem Vater übergeben bekommen hatte, zuraunte, wie wunderschön sie sei, rannen erneut Tränen über ihre Wangen. Doch dieses Mal waren es Tränen der Freude.

27. Kapitel

Wiesbaden, 27. Dezember 1956

Henni nippte an ihrem Kaffeebecher und sah kurz nach draußen, wo es erneut in dicken Flocken zu schneien begonnen hatte. Sie liebte den Trubel und die Hektik, die in der Zeit zwischen den Jahren in der Kellerei herrschten. Viele Firmen Wiesbadens machten an diesen Tagen Urlaub, oder es war nur wenig Personal anwesend. Bei ihnen im Haus lief der Betrieb jedoch auf Hochtouren, denn es ging auf das große Jahresendgeschäft zu, und es flatterten nur so Bestellungen ins Haus. Silvester war der umsatzstärkste Tag des Jahres, seltsamerweise schien es in ganz Deutschland alle Jahre wieder Händler zu geben, die sich nicht mit ausreichend Sekt eingedeckt hatten. So galt nach Weihnachten bis zum Neujahrstag im Hause Herzberg eine Urlaubssperre, und an allen Fronten wurde gewerkelt. Sämtliche Schreibtische in der Auftragsabteilung waren besetzt, es wurde abgefüllt, etikettiert und verpackt, was das Zeug hielt, und ein Lieferwagen nach dem anderen verließ das Gelände. Erst um die Mittagszeit des Silvestertages würde Ruhe einkehren.

Die Feiertage hatten sie im Familienkreis in Assmannshausen verbracht, und es war – sie hatten gar nicht mehr daran glauben wollen – eine weiße Weihnacht geworden. Zwei Tage vor Heiligabend hatte es in dicken Flocken zu schneien begonnen, und sie hatten gemeinsam mit Thomas große Freude an der weißen Pracht gehabt. Sie hatten Schneeballschlachten gemacht, und im Garten stand jetzt eine ganze Schneemannfamilie. Der Weihnachtsbaum hatte in diesem Jahr zum ersten Mal eine elektrische Lichterkette bekommen, was besonders Trude nicht so großartig fand. Georg hatte die Neuerung eingeführt, denn ihm war die Brandgefahr durch die echten Kerzen am Baum nie geheuer gewesen. Ein großes Geschenk hatten Henni und Georg dem gesamten Hausstand gemacht: In der Wohnstube stand nun ein Fernsehgerät. Inge hatte für alle Pullover in eigentümlichen Farben gestrickt, Henni fragte sich, wann sie die Zeit dafür gefunden hatte. Thomas erhielt weiteres Zubehör für seine Modelleisenbahn und eine Ritterburg, selbstverständlich bekamen auch die Zwillinge Geschenke. Es gab ein neues Mobile, lustige Greiflinge und entzückende Babykleidchen von Trude, die bei Hertie einfach nicht daran hatte vorbeigehen können.

Lisbeth hatte im Kreis von Richards Familie gefeiert. Am ersten Feiertag waren sie jedoch zum üblichen Gänseessen erschienen und hatten Unmengen an Päckchen mitgebracht. Henni hatte von Lisbeth eine wunderschöne Perlenkette mit passenden Ohrringen geschenkt bekommen. Sie hatte in ihrem cremeweißen Wollkostüm wunderschön ausgesehen, und sie und Richard hatten sich ständig verliebte Blicke zugeworfen. Es war so schön gewesen, sie so glücklich zu sehen. Das letzte Jahr war für sie alle hart gewesen, besonders Billes Verlust hatte sie tief getroffen. Auch sie hatten alle schmerzlich vermisst. Henni hatte ihr am vierten Advent einen kleinen geschmückten Weihnachtsbaum aufs Grab gestellt. Sie hätte ihre wahre Freude an den Zwillingmädchen gehabt, die die gesamten Festtage bester Laune gewesen waren und um die Wette gestrahlt hatten.

Ein sanfter Tritt des Babys sorgte dafür, dass Hennis Lippen ein Lächeln umspielte, und sie legte die Hand auf ihren Bauch. Das Jahr mochte viel Unglück gebracht haben, doch das ungeborene Kind fühlte sich schon jetzt wie ein heller Lichtstrahl an. Jedes Mal, wenn Henni eine der Kindsbewegungen spürte, erfüllte sie eine ganz besondere Wärme. Sie wusste, dass es nicht leicht werden würde, ihre Tätigkeit als Geschäftsführerin nach der Geburt weiter auszuführen. Aber irgendwie würde es schon gehen. Das tat es doch immer.

»Henni?«, riss Hiltrud sie aus ihren Gedanken. »Hast du die Zahlen soweit überblickt?«

Hennis Blick fiel auf die Seite des Abrechnungsbuches.

»Ja, du kannst umblättern«, sagte sie. »Ist alles notiert.« Sie klopfte mit ihrem Kugelschreiber auf den Notizblock.

Hiltrud und Henni brüteten bereits über den Jahresabschlusszahlen. Dieses Jahr hatten sie, trotz der fürchterlichen Tragödie im Elsass, erneut eine beträchtliche Gewinnsteigerung erzielen können. Henni betrachtete die Zahlen wohlwollend.

»Es war bisher unser bestes Jahr«, sagte sie freudig. »Wenn wir jetzt noch die Umsätze des Dezembers mit reinnehmen, übertreffen wir sogar die Zeiten vor der Weltwirtschaftskrise, die mein Großvater gerne als die goldenen Jahre bezeichnet hat.«

»Und den Großteil der Einnahmen generieren wir inzwischen mit unserer Fassgärung. Da ist es doch eine ausgezeichnete Idee, dass Georg einen weiteren Ausbau plant.«

Verdutzt sah Henni Hiltrud an. Von einem weiteren Ausbau hörte sie zum ersten Mal. Sie hätte eher gedacht, dass sie durch ihre Erfolge den Mitarbeitern einen zusätzlichen Bonus auszahlen könnten. Sie wusste durch ihre täglichen Rundgänge und ihre Mitarbeit in den unterschiedlichsten Abteilungen, was sie sich wünschten, wovon sie träumten. Ein erstes eigenes Auto sollte es sein, ein Urlaub in Italien, ein neuer Fernseher für die gute Stube. Henni hatte von ihrem Großvater gelernt, die Mitarbeiter stets als hohes Gut anzusehen und sie an Erfolgen zu beteiligen. Sie waren der Pulsschlag eines Unternehmens, und den galt es am Leben zu erhalten. Sie war stolz darauf, dass die Kellerei Herzberg einen ausgezeichneten Ruf als Arbeitgeber genoss, täglich flatterten unzählige Bewerbungen ins Haus. Viele Winzer aus der Region freuten sich über eine Zusammenarbeit mit ihnen, denn sie zahlten faire Abnahmepreise.

Hiltrud deutete Hennis Gesichtsausdruck richtig, und ihre Miene wurde betreten.

»Ich dachte, du wüsstest davon«, sagte sie kleinlaut. »Georg hat mir neulich einen Investitionsplan für den Bau neuer Gärhallen auf dem Nachbargelände hinter Gustavs Haus gegeben. Es hat sich anscheinend durch Zufall ergeben, dass wir die Fläche ankaufen könnten.«

»Hinter Gustavs Haus«, wiederholte Henni verdutzt. »Das Gelände gehört doch dem Steinmetzbetrieb Glaser, und es ist nicht sonderlich groß. Da passt niemals eine komplette Gärhalle drauf.«

»Glaser gibt es wohl nicht mehr«, antwortete Hiltrud. »Der Senior hat Mitte Dezember das Zeitliche gesegnet, und seine Tochter hat mit dem Betrieb nichts am Hut.«

»Das mag sein«, entgegnete Henni. »Trotzdem ist das Gelände zu klein. Es nützt uns nichts. Wie kommt er auf die Idee, es zu kaufen?«

Henni wusste in diesem Moment nicht so recht, was sie fühlen sollte. Wieso hatte Georg nicht längst mit ihr über den geplanten Kauf gesprochen? Sie war die Geschäftsführerin, sie war die Hauptanteilseignerin der Kellerei. Solch eine wichtige Entscheidung konnte er doch nicht einfach über ihren Kopf hinweg treffen. Groll stieg in ihr auf, und ihre Miene wurde finster.

»Nun ja«, wand sich Hiltrud, doch dann rückte sie mit der Wahrheit heraus. »Es ist groß genug, wenn man Gustavs Haus abreißt.«

Hennis Augen wurden groß.

»Er will was?«, fragte sie entsetzt. »Nur über meine Leiche.« Sie sprang auf. »Deshalb war er heute Morgen auf der Fahrt so still. Ich werde das sofort klären. Solange ich in dieser Kellerei die Chefin bin, wird niemals jemand Hand an Gustavs Haus legen.« Sie eilte aus dem Raum.

Es dauerte eine Weile, bis sie Georg gefunden hatte. Er befand sich in einem ihrer Auslieferungslager und stand gemeinsam mit einem ihrer Mechaniker vor einem ihrer voll beladenen Lieferwagen, dessen Motorhaube geöffnet war. Henni schäumte inzwischen vor Wut, weshalb sie ohne Umschweife sofort zum Punkt kam.

»Du willst Gustavs Haus abreißen«, schnauzte sie Georg sogleich an. »Ja bist du denn verrückt geworden?«

Der Mechaniker zog sogleich den Kopf ein und ging. Der Fahrer des Lieferwagens folgte ihm auf dem Fuß.

»Du weißt es also bereits«, antwortete Georg. »Ich hatte Hiltrud eigentlich gebeten, meine Pläne für sich zu behalten. Ich wollte in aller Ruhe mit dir darüber reden. Die ganze Angelegenheit hat sich zufällig durch den Tod von Glaser ergeben. Seine Tochter hat mich angesprochen.«

»Mag sein«, entgegnete Henni, ihr Blick war noch immer giftig, die Arme hatte sie abweisend vor der Brust verschränkt. »Aber wie konntest du nur einen Moment auf die Idee kommen, dass wir Gustavs Haus abreißen? Es stand schon vor dem Bau der Kellerei dort.«

»Na ja«, begab sich Georg nun auf gefährliches Terrain, wie er wusste. »Das mag sein. Aber im Moment steht das Haus leer, und unser guter Gustav ist mit seiner Freundin nach Südfrankreich abgehauen. Er wird es also nicht vermissen, und wir können die Gärhalle errichten. Wie du weißt, haben wir auf dem restlichen Gelände keinen Platz dafür, und die Nachfrage ist so hoch, dass wir sie kaum noch bedienen können. Auf der anderen Seite ist eine Erweiterung des Geländes aufgrund des geplanten Straßenbaus nicht möglich. Es tut mir um das alte Haus ja auch leid. Aber es hilft alles nichts.«

Henni sah Georg finster an. Sie wusste, dass er rechthatte,

wollte es aber nicht wahrhaben. Gustavs Haus war immer da gewesen, es war ein vertrauter Anblick und gehörte in ihren Augen zur Kellerei wie die Rotunde oder der Sektkeller.

»Und was ist, wenn Gustav zurückkommt? Das könnte doch sein. Die Kellerei und das Häuschen sind sein Zuhause. Wir können es ihm nicht wegnehmen. Großvater hätte niemals zugelassen, dass wir es abreißen.«

Seine Erwähnung war der letzte Strohhalm, an den sich Henni verzweifelt klammerte.

»Sollte er wirklich zurückkommen, werden wir bestimmt eine Lösung finden«, antwortete Georg. »Aber wir können uns diese großartige Möglichkeit doch nicht einfach durch die Lappen gehen lassen, weil wir glauben, Gustav könnte irgendwann wiederkommen. Hinzu kommt, dass das Haus in keinem guten Zustand ist. Das Dach ist an einer Stelle undicht, die Wasserleitungen sind marode.«

Henni wusste, dass alles, was er sagte, stimmte, doch sie war einfach nicht bereit dazu, sich von dem Häuschen am Ende des Kellereigrundstücks zu verabschieden, an dem so viele Erinnerungen hingen. Tränen stiegen in ihre Augen, und sie konnte nicht verhindern, dass sie ihre Wangen hinunterliefen.

»Das weiß ich doch alles«, brachte sie heraus. Ihre Wut war nun endgültig verraucht, und sie fühlte sich niedergeschlagen. Sie wusste, dass der Kampf verloren war. »Aber es ist Gustavs Haus. Er wird es uns nie verzeihen.«

Georg nahm sie nun in die Arme und strich ihr beruhigend über den Rücken.

»Aber vielleicht wird er niemals davon erfahren, dass es fort ist. So ist nun einmal das Leben. Veränderungen gehören dazu, auch solche, die uns nicht gefallen.« In seiner Stimme schwang Wehmut mit.

»Also gut«, sagte Henni schließlich, löste sich aus seiner Umarmung und wischte sich die Tränen von den Wangen. »Wir werden es abreißen. Sollte Gustav zurückkehren, kann er in der Gästewohnung im Kellereigebäude untergebracht werden.«

Georg stimmte zu und antwortete: »Du wünschst dir, dass er zurückkommt.«

Sie fühlte sich ertappt.

»Ja, das tue ich«, gab sie zu. »Es fühlt sich seltsam an, im Pförtnerhaus nicht sein Gesicht zu sehen. Mein Leben lang saß er dort.«

»Ich weiß«, antwortete Georg. »Ich vermisse ihn auch.«

Am späten Nachmittag hatten Henni und Hiltrud den ersten Schwung der Abrechnungsbücher soweit geprüft, und Hiltrud verabschiedete sich in einen etwas früheren Feierabend. Nachdem sie gegangen war, ging Henni noch einmal den Stapel Bewerbungen durch, der sich auf ihrem Tisch für die unterschiedlichsten Unternehmensbereiche angesammelt hatte. Noch immer entschied sie jede Einstellung mit, denn nur so konnte sie von Beginn an eine Beziehung zu dem jeweiligen Mitarbeiter aufbauen. Eine Bewerbungsmappe weckte ihr Interesse. Es war die einer alleinerziehenden jungen Mutter, die sich für eine Anstellung als Schreibkraft bewarb. Das beigefügte Bewerbungsfoto zeigte eine hübsche dunkelhaarige Frau mit einem charmanten Lächeln. Dem Lebenslauf entnahm Henni, dass sie zwei kleine Töchter hatte. Das in persönlichem Ton verfasste Bewerbungsschreiben rührte Henni. Die junge Frau schilderte darin, dass ihr Ehemann in diesem Jahr bei einem Verkehrsunfall ums Leben gekommen war und sie von ihrer mageren Witwenrente gerade mal die Miete bezahlen konnte. Um die Betreuung der Kinder würde sich die bei ihnen lebende Großmutter kümmern. Henni überlegte kurz, wo im Haus sie noch eine zusätzliche Schreibkraft benötigen könnten. Ihr wollte keine Abteilung mit einer vakanten Stellung einfallen, sämtliche Sekretariatsposten waren besetzt, gerade im kaufmännischen Bereich. Sie sah sich die Bewerbung noch einmal an. Die Dame hatte eine Sekretärinnenschule besucht und diese mit ausgezeichneten Leistungen abgeschlossen. Sie konnte Schreibmaschine schreiben und beherrschte Stenografie. Es musste doch irgendeine Möglichkeit geben, sie zu beschäftigen.

Da fiel es ihr plötzlich ein. Sie selbst hatte keine Sekretärin mehr. Hiltrud übte zwar diese Aufgaben noch aus, aber seitdem sie weitere Tätigkeiten als stellvertretende Geschäftsführerin übernahm, blieben häufig Dinge liegen. Hinzu kam, dass Henni sich nach der Geburt ihres Kindes erst einmal eine Auszeit nehmen und nur noch sporadisch im Betrieb sein wollte. Eine versierte Unterstützung einzustellen, wäre also angebracht. Die Idee gefiel Henni so gut, dass sie euphorisch zum Hörer griff und die Telefonnummer wählte, die in der Bewerbung angegeben war. Sie landete in einem Gemüseladen, was sie verwunderte. Als sie sich nach der jungen Frau erkundigte, wurde sie um Geduld gebeten, und sie hörte, wie jemand angewiesen wurde, zu Neumeyers hochzulaufen. Es dauerte eine gefühlte Ewigkeit, bis Henni endlich die Stimme einer jungen Frau hörte. Sie fragte, ob sie Betty Neumeyer am Telefon habe. Als die Frau bejahte, stellte sie sich vor und fragte, ob sie spontan noch Zeit für ein Vorstellungsgespräch hätte. Eine Sekunde herrschte Stille am anderen Ende der Leitung. Dann kam ein freudiges »Ja« als Antwort.

»Fein«, sagte Henni. »Dann erwarte ich Sie in einer Stunde in der Kellerei. Ich freue mich darauf, Sie kennenzulernen.« Sie hatte den Hörer noch nicht aufgelegt, da hörte sie einen Freudenschrei am anderen Ende der Leitung, der ihr ein Schmunzeln entlockte.

Betty Neumeyer erschien überpünktlich, und Hennis erster Eindruck von ihr war so, wie sie es sich gewünscht hatte. Die junge Frau war schlicht gekleidet. Sie trug einen dunkelblauen knielangen Rock und einen hellbeigen Rollkragenpullover dazu. Ihr Haar war etwas zerzaust, was vermutlich die Wollmütze verursacht hatte, die sie in Händen hielt.

»Schön, dass Sie so spontan Zeit gefunden haben«, begrüßte Henni sie. Nachdem Betty ihren Mantel, Schal und Mütze an der Garderobe aufgehängt hatte, bot sie ihr sogleich einen Kaffee an.

»Bei uns zu Hause gibt es nur Caro-Kaffee«, sagte sie, nachdem Henni ihr die Tasse gefüllt hatte. »Normaler Bohnenkaffee ist ein Luxus, den ich mir im Moment verkneife.«

»Dann trinken Sie ruhig«, antwortete Henni. »Hier im Haus gibt es reichlich davon. Wir haben einen internen Handel mit einem Kaffeelieferanten. Günstigerer Sekt gegen günstigeren Kaffee. Es ist ein Segen. Der Muckefuck ist mir mit der Zeit unerträglich geworden. Aber Sie sind nicht hier, weil wir über Kaffee reden wollten«, sagte Henni. »Sie hatten sich bei uns im Haus als Schreibkraft beworben, haben aber eine Sekretärinnenschule besucht und diese ausgezeichnet abgeschlossen. Kann ich Sie fragen, weshalb Sie sich unter Wert verkaufen?«

»Anfangs habe ich es mit den Sekretärinnen-Stellungen versucht«, antwortete Betty ehrlich. »Aber es kamen überall Absagen. Es liegt an den Kindern. Niemand stellt gerne eine alleinerziehende Mutter in einer verantwortungsvollen Position ein.«

»Und da nahmen Sie an, dass Sie als einfache Schreibkraft vielleicht bessere Möglichkeiten bekämen«, vollendete Henni ihre Ausführungen.

»Geholfen hat es auch nichts«, erwiderte Betty und ließ die Schultern hängen. »Es scheint, als hätte ich einen Makel an mir kleben, nur weil ich Witwe geworden bin und nun meine Kinder und die Großmutter irgendwie durchbringen muss. Mein Hannes war nur ein einfacher Automechaniker in einer Werkstatt in Kostheim. Sie können sich vorstellen, was da an Witwenrente übrigbleibt. Kurz vor seinem Tod hat er eine Zusage für eine Stellung bei Opel erhalten. Da hätten sie ihm das Doppelte bezahlt. Wir hatten uns so sehr gefreut.« In ihren Augen schwammen plötzlich Tränen. Henni fühlte mit ihr, kurz kam ihr Bille in den Sinn. Auch sie hatte ihr Leben noch vor sich gehabt. Der plötzliche Verlust eines jungen Menschen schmerzte besonders.

Das kurze Kennenlernen bestärkte Henni in ihrer Entscheidung, sie einzustellen.

»Bei uns im Haus ist aktuell keine Stellung für eine Schreibkraft frei«, sagte sie. »Aber auf einer solchen Position sehe ich Sie ehrlich gesagt auch nicht. Ich hätte Sie gerne als meine persönliche Assistentin.«

Bettys Augen wurden groß.

»Gucken Sie nicht so«, antwortete Henni lachend. »Aufgrund einiger Umstrukturierungen ist diese Stellung wieder vakant. Könnten Sie sich vorstellen, als Assistentin der Geschäftsleitung für uns tätig zu werden? Wenn ja, können Sie nach Neujahr sofort anfangen.«

Betty überraschte das Stellenangebot von Henni so sehr, dass sie gar nicht so recht zu wissen schien, was sie sagen sollte.

»Assistentin der Geschäftsleitung. Ich? Du meine Güte.«

Es schien, als könnte sie ihr Glück kaum fassen.

»Bedeutet das, dass Sie mein Angebot annehmen? Ihren Gehaltsvorstellungen aus der Bewerbung kann ich allerdings so nicht entsprechen. Es wird vermutlich ein klein wenig höher ausfallen. Auch könnte es sein, dass Sie im Laufe dieses Jahres nur noch mit unserer lieben Hiltrud zusammenarbeiten, aus schönen Gründen.« Sie legte ihre Hand auf den Bauch und lächelte versonnen. »Ich hoffe, das ist soweit in Ordnung für Sie. Ich versichere Ihnen, dass Hiltrud eine äußerst liebenswerte Person ist. Sie werden gut miteinander zurechtkommen.«

»Natürlich nehme ich Ihr großartiges Angebot an«, sagte Betty nun. »Und Ihnen gratuliere ich schon mal.« Sie wirkte überwältigt.

»Fein«, antwortete Henni, erhob sich und reichte Betty die Hand. »Dann sehen wir uns schon am zweiten Januar. Ich lasse Ihren Arbeitsvertrag von unserer Personalabteilung aufsetzen. Und dann heiße ich Sie ganz herzlich willkommen in der Herzberg-Familie!«

Nachdem die junge Frau gegangen war, fühlte sich Henni plötzlich erschöpft, und sie beschloss, ihren Arbeitstag zu beenden. Vielleicht hatte sie Glück, und Georg konnte sich etwas eher loseisen. Sie sehnte sich danach, ihre Beine hochzulegen, gewiss hatte Inge etwas Vorzügliches gekocht. Sie nahm ihren Mantel von der Garderobe, schlüpfte hinein und legte ihren Schal um den Hals.

In der nur von den Wandleuchten erhellten Marmorhalle empfingen sie die Stille und das schummrige Licht eines Winternachmittags.

Da bemerkte sie aus dem Augenwinkel eine männliche Gestalt, die näher kam. Sie wandte sich dem blonden Mann zu, der einen grauen Wintermantel trug und einen Hut in Händen hielt.

»Ja bitte?«, fragte sie.

»Ich möchte zu Henni Herzberg«, antwortete er. »Sie ist doch hier, oder?«

»Ja, ich bin das.« Es war schon eine ganze Weile nicht mehr

vorgekommen, dass sie jemand mit ihrem Mädchennamen angesprochen hatte. »Wer sind Sie?«

»Mein Name ist Karl«, antwortete er. »Ich bin dein Halbbruder.«

28. Kapitel

Wiesbaden, 10. Januar 1957

Lisbeth schob das auf der Empfangstheke stehende Tablett mit den Sektgläsern ein Stück nach links und zupfte noch einmal an der Schleife des Blumengestecks. Sektflaschen standen neben mit Orangensaft oder Wasser gefüllten Glaskaraffen. Eben waren die Bediensteten des Partyservices mit dem Aufbau des Büfetts, das aus Kanapees bestand, fertiggeworden. Für die Einweihungsparty von Richards erster eigener Praxis sollte alles perfekt sein. Lisbeth liebte die Praxisräume schon jetzt.

Sie waren in modernem Stil im ersten Obergeschoss eines Altbaus in der Wilhelmstraße eingerichtet, die sechs Zimmer waren groß und luftig, die hohen Decken mit Stuck verziert. Richards Innenarchitekt hatte großartige Arbeit geleistet. Lisbeth hatte moderne Gemälde eines Künstlers aus Mainz ausgewählt. In diesen Räumlichkeiten würden sich die Patienten mit Sicherheit wohlfühlen.

Anfangs hatte Richard darüber nachgedacht, seine Praxis in seinem Privathaus im Untergeschoss einzurichten, doch diesen Gedanken hatte er schnell wieder verworfen, denn ihm war die Trennung von Arbeits- und Privatleben wichtig.

Lisbeth hatte sich dem Anlass entsprechend herausgeputzt. Sie trug ein hellblaues ärmelloses Kleid aus einem schimmernden Seidenstoff, das äußerst figurbetont war, dazu weiße

Pumps. Ihr am Vortag frisch gekürztes Haar hatte sie in sanfte Wellen gelegt, sie war dezent geschminkt. Ihre Hände zitterten ein wenig, während sie über den Stapel weißer Papierservietten strich, die als Tellerersatz vorgesehen waren. Es gab, zusätzlich zu der Praxiseröffnung, noch einen weiteren Grund, der dafür sorgte, dass sie nervös war. Ein kleines Geheimnis, das sie im Moment noch ganz für sich behielt. Sie war seit zehn Tagen mit ihrer Zeit überfällig. Vielleicht hatte sich nun doch noch das so sehr gewünschte Glück eingestellt, und sie würde endlich Mutter werden. Doch noch plagten sie Zweifel, zu viele Male war sie bereits enttäuscht worden. Also würde sie weiter abwarten und auf die Zeichen ihres Körpers achten. Übelkeit verspürte sie keine, auch sonst ging es ihr körperlich gut. Sie musste geduldig bleiben, auch wenn es schwerfiel. Sie hatte die Tage zurückgerechnet und war zu dem Entschluss gekommen, dass das Kind vermutlich vor ihrer Eheschließung, vielleicht sogar in ihrer Hochzeitsnacht gezeugt worden war. Versonnen lächelnd legte sie kurz ihre Hand auf den Bauch, ließ sie jedoch gleich wieder sinken, als Richard den Empfangsraum betrat. Er sah in dem schwarzen Anzug und mit der roten Krawatte äußerst elegant aus. Sein blondes Haar war mit Pomade nach hinten frisiert, er war glatt rasiert.

»Lisbeth, Liebes. Es sieht phantastisch aus«, lobte er das kleine Büfett. Er legte lächelnd den Arm um sie, küsste sie kurz, und seine Hand wanderte zu ihrem Po. »Ich glaube, ich hatte vergessen, dir zu sagen, wie hübsch ich dich finde«, raunte er ihr ins Ohr und brachte ihre Haut zum Kribbeln. »Wo zum Teufel hast du nur dieses Kleid her? Wir könnten die

Sause noch absagen, essen alles allein auf, treiben es in jedem Zimmer und betrinken uns sinnlos. Was meinst du?«

»Das ist eine großartige Idee«, antwortete Lisbeth. »Allerdings dürften sich die meisten unserer Gäste bereits auf dem Weg hierher befinden. Eine Absage könnte sich schwierig gestalten.«

In diesem Moment öffnete sich die Tür, und die Arzthelferin trat ein.

»Es tut mir schrecklich leid«, entschuldigte sie sich und japste nach Luft. »Ich wollte eigentlich schon früher da sein. Aber mir ist der vermaledeite Bus vor der Nase weggefahren.« Ihre Stimme war dunkel und hatte einen rauen Unterton.

»Schon gut«, beschwichtigte Richard.

Hinter ihr öffnete sich die Tür erneut, und weitere Gäste strömten in den Raum. Unter ihnen waren Angestellte und natürlich der Großteil von Richards Verwandtschaft. Es fanden sich auch zahlreiche Wegbegleiter und Kollegen ein. Auch Henni und Georg ließen es sich nicht nehmen, die neuen Praxisräume zu besichtigen.

Henni war ihre Schwangerschaft inzwischen anzusehen und sie sah mit ihrem Kugelbauch wunderschön aus. Sie trug ein weinrotes Hängekleid und hatte ihr blondes kinnlanges Haar mit kleinen Spängchen seitlich aufgesteckt. Sowohl sie als auch Georg lobten die Räumlichkeiten und hatten, weil es ja Glück bringen sollte, Brot und Salz mitgebracht, was Lisbeth rührte. Henni machte sich über das Büfett her, besonders die Käsehappen hatten es ihr angetan.

»Von Käse kann ich im Moment nicht genug bekommen«,

sagte sie mit vollem Mund. »Dazu die Weintrauben, köstlich. Was habt ihr denn da noch Feines? Frikadellen! Gibt es auch Süßes?«

»Wir haben kleine Törtchen mit Buttercremefüllung«, mischte sich eine der Arzthelferinnen ein. »Sie stehen hier, ganz am Ende der Theke, und sind einfach nur köstlich.« Henni bedankte sich, nahm sich eines der Küchlein und biss hinein.

Lisbeth beobachtete ihre Schwester amüsiert. Ob es bei ihr wohl auch zu solchen Fressattacken kommen könnte? Oder zu seltsamen Gelüsten? Ach, sie würde sich diese Schwangerschaft so sehr wünschen. Am liebsten hätte sie mit Henni über ihren Verdacht gesprochen, doch sie unterließ es. Jetzt war nicht der richtige Zeitpunkt für ein solches Gespräch. Außerdem war die erste Person, die von dem Baby erfahren sollte, Richard.

Henni hatte inzwischen im Eilverfahren fünf kleine Törtchen verputzt und wischte sich mit einer Serviette einen Rest Buttercreme vom Mundwinkel.

»Guter Gott«, sagte sie und rülpste kaum hörbar. »Ich glaub, ich hab zu viel davon gegessen. Verträgt sich Buttercreme überhaupt mit Weintrauben, Käse und Essiggürkchen?«

Schlagartig wurde sie blass, und Lisbeth schwante Übles.

»Mir wird schlecht«, brachte Henni noch heraus, dann hielt sie sich prompt die Hand vor den Mund und begann zu würgen. Lisbeth reagierte blitzschnell, packte ihre Schwester am Handgelenk und zog sie in die Damentoilette, wo sich Henni übergab.

Lisbeth blieb an ihrer Seite und strich ihr beruhigend über den Rücken. Es dauerte nicht lange, bis sich Henni beruhigt hatte, und Lisbeth reichte ihr eine Papierserviette. Henni ließ sich auf einen kleinen Hocker sinken und lehnte ihr vor Anstrengung gerötetes Gesicht gegen die hellgelben Fliesen, murmelte eine Entschuldigung und fügte hinzu: »Es tut mir leid, Liebes. Jetzt ruiniere ich dir noch die ganze Party.«

»Du ruinierst gar nichts«, tröstete Lisbeth. »Und es ist nicht meine Party, sondern die von Richard. Das Schlimmste konnten wir Gott sei Dank abwenden.« Sie zwinkerte Henni grinsend zu. »Du solltest für die Zukunft solch wirre Essenskombinationen auf wichtigen Partys besser vermeiden.«

»Keine schlechte Idee«, stimmte Henni ihr zu. »Obwohl Frustessen ein ganz guter Ersatz für Frusttrinken ist. Im Moment würde ich nur allzu gern ein Glas Whiskey trinken, gerne auch zwei oder drei. Oh Gott, wie ich diesen Kerl doch hasse.«

Lisbeth wusste sofort, von wem die Rede war, und ihre Miene verfinsterte sich.

»Wie steht es denn mit unserem angeblichen Brüderchen?«, fragte sie abfällig.

»Nicht so gut«, antwortete Henni und seufzte.

Der Moment, als Karl Listmann in der Marmorhalle vor ihr gestanden und sie mit seinen kalten blauen Augen angesehen hatte, hatte sich tief in ihr Gedächtnis gebrannt. Sie war wie erstarrt gewesen und hatte nicht gewusst, was sie antworten, wie sie reagieren sollte. Er war nähergetreten und hatte sie überschwänglich umarmen wollen. Henni war erschrocken zurückgewichen und erleichtert darüber gewesen, dass in diesem Moment ihr Lagermeister Ulrich aufgetaucht war und sie gebeten hatte, sich einen Schaden an einem Kellerfenster anzusehen. Sie war ihm gefolgt und hatte den ominösen Halbbruder einfach stehen gelassen.

Doch bereits am nächsten Tag war ein Anruf von der Pforte gekommen, dass ein gewisser Karl Listmann sie sprechen wolle. Es gehe um eine Familienangelegenheit. Henni hatte sich verleugnen lassen. Kurz darauf hatte er in Assmannshausen vor der Tür gestanden. Dort hatte sie bereits das gesamte Hauspersonal angewiesen, ihn nicht ins Haus zu lassen. Erst als Trude ihm durch die geschlossene Tür lautstark mitgeteilt hatte, die Polizei zu informieren, war er abgezogen. Henni kam es vor, als wäre sie schlagartig in einem bösen Traum gelandet, und sie traute sich seit seinem Auftauchen kaum noch alleine aus dem Haus.

Georg hatte äußerst aufgebracht reagiert. Von einem Betrüger hatte er gesprochen, einem verrückten Erbschleicher. Auch er hatte den Mann bei einem erneuten Versuch, Henni zu kontaktieren, darauf hingewiesen, die Polizei zu rufen, sollte er nicht auf der Stelle verschwinden. Doch so einfach ließ sich der ominöse Halbbruder nicht abwimmeln.

»Heute Morgen ist mir ein Anwaltsschreiben zugestellt worden«, sagte Henni. »Ich wurde darüber informiert, dass ein einwandfrei nachgewiesenes Vater-Sohn-Verhältnis bestehe und Herr Karl Listmann ein Recht auf das ihm zustehende Erbe hätte.«

»Ach, du liebe Güte«, antwortete Lisbeth. »Da zeigt jemand

rasch, worauf es ihm ankommt. Das riecht ja förmlich nach einem Betrüger. Was hat Georg dazu gesagt?«

»Dass wir jetzt ebenfalls einen Anwalt einschalten werden. Georg ist der festen Überzeugung, dass es sich um einen Erbschleicher handelt. Etwas anderes kann ich mir auch nicht vorstellen. Unser Vater hätte Mutter niemals so etwas Abscheuliches angetan.«

»Nun ja«, antwortete Lisbeth. »So wie du mir diesen Karl beschrieben hast, scheint er deutlich älter zu sein als wir. Es wäre doch möglich, dass es vor der Eheschließung mit Mama ein Stelldichein mit dieser Dame gegeben hat. Mir gefällt diese ganze Angelegenheit auch nicht, aber möglich wäre es doch, oder? Papa war ein gut aussehender Mann, der gewiss von vielen Damen umschwärmt worden ist.«

»Das wäre schon möglich«, antwortete Henni zögerlich. »Aber wieso taucht er erst jetzt auf?«

»Das ist eine gute Frage«, erwiderte Lisbeth. »Ich werde es herausbekommen, das verspreche ich dir. Ich werde Kontakt zu ihm aufnehmen und ihn aushorchen. Wir wissen ganz genau, wie das Leben unseres Vaters vor seiner Eheschließung ausgesehen und wo er sich aufgehalten hat. Mal sehen, wie seine Version dieser ach so ominösen Liebesgeschichte ist.«

»Ich weiß nicht, ob das so eine gute Idee ist«, erwiderte Henni mit skeptischem Blick.

»Wieso nicht? Immerhin ist er ja auch mein Halbbruder. Ich verstehe sowieso nicht, wieso er immer nur dich belagert. Von meiner Existenz scheint der Knabe anscheinend nichts zu wissen, oder ich bin uninteressant für ihn. Aber das wird sich jetzt ändern. Der soll mich kennenlernen, dieser elende Hochstapler, der er ist.«

Lisbeth spürte etwas von dem alten Kampfgeist in sich aufsteigen, der sie früher stets dazu gebracht hatte, zu rebellieren, sobald ihr etwas nicht passte. Dieser Bursche hatte keine Vorstellung davon, mit wem er sich anlegte.

Einen kurzen Moment sagte keine der Schwestern etwas, und es lag eine seltsame Stimmung im Raum.

»Und wenn wir ihn beide treffen?«, fragte Henni irgendwann. »Wir könnten sein Vertrauen gewinnen, und er könnte unvorsichtig werden.«

»Keine schlechte Idee«, meinte Lisbeth. »Aber wir müssen es schaffen, ihn einwandfrei als Betrüger zu identifizieren. Was hältst du von dem Einsatz eines Privatdetektivs?«, fragte sie. »Solche Leute sind großartig darin, in der schmutzigen Wäsche anderer zu wühlen. Eine Bekannte von mir könnte mir da vielleicht jemanden empfehlen. Sie hat eine Detektei auf ihren Mann angesetzt, weil sie sein Fremdgehen vermutet hatte. Der Laden hat ihr gute Dienste erwiesen und ihn auf frischer Tat ertappt. Ich kann sie gern morgen anrufen und nach den Kontaktdaten fragen.«

»Tu das«, antwortete Henni. »Das ist eine ausgezeichnete Idee. Und ich werde Georg bitten, keinen Anwalt einzuschalten. Wir sollten es besser vermeiden, noch zusätzliches Öl ins Feuer zu gießen. Für das Treffen eignet sich ein Restaurant oder Café gut. Vielleicht ja das Café Blum. Was meinst du?«

Lisbeth stimmte zu. »So machen wir es. Wir werden schon herausbekommen, was es mit diesem Burschen auf sich hat.

Schließlich sind wir Herzbergfrauen. Er hat keine Ahnung, mit wem er sich angelegt hat.«

Ihre Stimme klang entschlossen, nur fühlte sie sich in diesem Moment nicht so. Aus irgendeinem unerfindlichen Grund hatte sich in den letzten Minuten ein ungutes Gefühl in ihr ausgebreitet, und ihr war etwas flau im Magen. Sie schluckte, doch es half nichts. Lisbeth eilte zur Toilette und erbrach den eben getrunkenen Sekt und die drei Häppchen, die sie zu sich genommen hatte. So schnell, wie die Übelkeitsattacke gekommen war, verschwand sie auch wieder. Konnte es sein, dass das ein erstes Zeichen ihrer Schwangerschaft war?

»Was ist denn nur los?«, fragte Henni misstrauisch. »Du hast doch gar keine Cremetörtchen gegessen. Also wenn ich es nicht besser wüsste, würde ich glatt annehmen, dass du schwanger bist.«

Lisbeth drehte sich um und sah Henni direkt in die Augen. Die Augen ihrer Schwester wurden groß, und Lisbeth sagte: »Ich bin zehn Tage über der Zeit.«

Im nächsten Moment öffnete sich die Toilettentür. Die Arzthelferin trat ein und sah sie irritiert an. »Die Damen. Sie werden bereits vermisst. Gibt es in dieser Toilette etwas Spannendes zu erleben?«

29. Kapitel

Wiesbaden, 25. Januar 1957

Henni stand an ihrem Familiengrab auf dem Biebricher Friedhof und blickte auf die vielen Namen hinab, die auf dem aus hellem Marmor gefertigten Grabstein eingraviert waren. Eine dicke Schneeschicht lag auf dem Grab, das kleine Bäumchen, dass sie Bille zu Weihnachten gebracht hatte, war zu einem weißen Hügel geworden. Die gesamte letzte Nacht hatte es fest und langanhaltend geschneit. Doch in den frühen Morgenstunden war der Himmel aufgerissen und die Sonne hervorgekommen. Nun strahlte sie von einem wolkenlosen Himmel, aber es war bitterkalt. Henni hatte zwei langstielige rote Rosen mitgebracht, die sie aufs Grab legte. Der Kontrast der tiefroten Blüten zu dem weißen Schnee hätte Bille gefallen, das wusste sie.

»Ich weiß, ich bin eine schlechte große Schwester«, sagte Henni irgendwann. »Ich hätte dich in der letzten Zeit viel öfter besuchen sollen. Aber du weißt ja, wie das immer so ist. Ständig kommt etwas dazwischen. Deinen Mädchen geht es prächtig. Sie gleichen dir mit jedem Tag mehr und sind die reinsten Frohnaturen. Sie bringen uns jeden Tag mit ihrer Fröhlichkeit Freude ins Haus. Andrea kann inzwischen sogar schon etwas krabbeln. Sabine lässt es lieber etwas ruhiger angehen. Sie ist eher der gemütliche Typ, hat Inge erst neulich treffend bemerkt. Unsere liebe Bärbel ist ein ausgezeichnetes Kindermädchen, du würdest sie lieben. Sie spielt häufig mit den beiden auf der Krabbeldecke oder macht Spaziergänge mit ihnen. Es war ein Segen, dass wir sie eingestellt haben.« Henni verstummte für einen Moment. »Was tue ich hier eigentlich?«, fragte sie sich plötzlich selbst. »Wieso erzähle ich einem Grabstein all diese Alltäglichkeiten. Du wirst sie sowieso nicht hören. Ich wünschte so sehr, du wärst noch bei uns. Auch wenn das vielleicht bedeutet hätte, dass du mit Wolf nach Amerika gegangen wärst. Wir hätten das gemeinsam verkraftet. Dessen bin ich mir sicher. Obwohl ich mich inzwischen frage, ob eure Ehe tatsächlich gehalten hätte. Er hat sich so verändert, ich habe ihn bei unseren letzten Begegnungen kaum noch erkannt.«

Sie starrte einen Moment lang auf den Grabstein. Namen und Daten, mehr blieb am Ende eines Lebens nicht. Und irgendwann würden auch sie verschwinden. Sie dachte an ihren Vater, ihren Großvater. Ihr Lebenswerk war die Kellerei gewesen. Unumstößlich trotzte ihr prachtvoller Firmensitz jedem Sturm, und mochte er noch so heftig sein. Die Kellerei war ihr Leben lang wie ein Schutzschild gewesen, etwas Beständiges, für das es sich zu kämpfen lohnte. Sie stellte jedoch auch eine Belastung dar.

»Manchmal wünschte ich, wir wären noch immer die arglosen kleinen Mädchen von früher, die in meinem Zimmer miteinander auf dem Bett saßen, Armbänder aus Bast geflochten haben und davon geträumt haben, sich zu verlieben. Gut, du hast nie davon geträumt. Du wolltest Ärztin werden. Dieser Traum ist dir verwehrt geblieben.« Den letzten Satz hatte Henni leiser ausgesprochen, und sie spürte die Tränen in ihren Augen.

Schritte näherten sich, und Henni wandte den Kopf. Lisbeth. Auch sie hatte zwei rote Rosen dabei. Als sie Hennis Blumen auf dem Grab erblickte, schmunzelte sie und sagte: »Zwei Dumme, ein Gedanke.« Sie bückte sich und legte ihre Blumen neben Hennis.

Lisbeth trug einen schwarzen Wintermantel und eine hellbraune Baskenmütze. Ihre Hände steckten in Lederhandschuhen. Eine Weile schwiegen sie beide, und es lag eine eigene Stimmung in der Luft. Lisbeth sagte: »Leider kann sie uns heute nicht zur Seite stehen. Billes Kraft und Mut hätten wir gerade jetzt gut gebrauchen können.«

»Das hätten wir«, bestätigte Henni. In Gedanken wiederholte sie noch einmal den Spruch, den Lisbeth eben von sich gegeben hatte. *Zwei Dumme, ein Gedanke.* Vielleicht hatte ihr Gang zu Billes Grab etwas mit Kraftschöpfen zu tun. An diesem Ort hatten sie das Gefühl, Bille ganz nah zu sein. Sie hätte den ominösen Stiefbruder, mit dem sie sich in weniger als einer Stunde treffen wollten, gewiss genauso verabscheut wie sie.

Lisbeth war diejenige gewesen, die ihre Idee von der Einweihungsparty in die Tat umgesetzt hatte und sich um die Vereinbarung des Treffens gekümmert hatte. Weder Georg noch Richard hielten es für eine gute Idee, aber sie wussten beide, dass sie ihren Plan nicht würden verhindern können. Hier ging es um eine Angelegenheit der Herzbergs. Die beiden

Männer kannten ihre Grenzen und hielten sich zurück. Was nicht bedeutete, dass sie nicht sogleich zur Stelle wären, sollten sie Hilfe benötigen.

»Wie ist das Treffen mit dem Privatdetektiv gelaufen?«, erkundigte sich Lisbeth. Sie hatte Henni die Kontaktdaten gegeben.

»Ausgezeichnet«, antwortete Henni. »Herr Stein ist pünktlich in der Kellerei erschienen, und Georg und ich haben ein gutes Gespräch mit ihm geführt. Er scheint ein fähiger Mann zu sein und hat bereits Erfahrung mit Erbschleichern. Er wollte sofort mit seinen Nachforschungen beginnen.«

»Das hört sich doch gut an«, antwortete Lisbeth. »Es tut mir schrecklich leid, dass ich bei dem Gespräch nicht dabei sein konnte. Aber diese Übelkeit ist unberechenbar. Wenn es nach Richard ginge, würde ich das Haus gar nicht mehr verlassen. Er hat mir heute Morgen sogar das Frühstück ans Bett gebracht. Bedauerlicherweise hat er mir ein Kaffeeverbot erteilt, und rauchen darf ich auch nicht mehr.« Sie zog eine Grimasse.

Henni grinste.

»Ja, so eine Schwangerschaft ist kein Zuckerschlecken. Ich erinnere dich daran, dass du sie dir sehnlichst gewünscht hast. Also hör auf zu jammern.«

»Tu ich doch gar nicht«, verteidigte sich Lisbeth. »Es ist alles gut. Ich kaue jetzt Sonnenblumenkerne. Das soll gegen die Übelkeit helfen.« Sie holte ein Papierbeutelchen aus ihrer Manteltasche und bot Henni welche an. Henni fischte einige Kerne aus der Tüte. Nachdem sie sie in den Mund gesteckt hatte, fiel ihr Blick auf ihre Armbanduhr.

»Wir müssten dann auch los. Ich bin gespannt, wie er sein wird, und vielleicht haben wir ja Glück, und wir können ihn heute bereits als Betrüger entlarven.«

Ein letztes Mal las sie die Namen ihrer Familie auf dem Grabstein und sagte: »Wünscht uns Glück.«

Im Café Blum ergatterten Henni und Lisbeth einen Tisch in der Nähe des Eingangs. Nachdem sie ihre Mäntel an der Garderobe aufgehängt hatten, orderten sie bei der Bedienung zwei Portionen Kaffee und zwei Stücke von der köstlich aussehenden Nusssahnetorte. In dem beliebten Café herrschte die nachmittägliche Betriebsamkeit. Die Mehrzahl der Tische war besetzt, Bedienungen in adretten schwarzen Kleidern mit weißen Schürzen und Häubchen kümmerten sich um die Gäste. Der Rauch der unzähligen Zigaretten waberte durch den Raum.

Henni war so nervös, dass ihre Hände zitterten und schweißnass waren. Sie wischte sie an ihrem Rock ab und summte die Melodie des im Hintergrund gespielten Liedes mit. Es war ein Stück von Caterina Valente, gewohnt fröhlich und peppig. Die Bedienung brachte den Kaffee und die Tortenstücke.

Immer wieder wanderten ihre Blicke zur Tür. Doch Karl Listmann wollte einfach nicht auftauchen. Henni und Lisbeth leerten ihre Kaffeekännchen und begannen ein sinnloses Gespräch über die Dinge, die einer Schwangeren verboten waren, um sich abzulenken. Nach einer Weile kamen sie auf die Straußenwirtschaft und den Weinladen zu sprechen. Lisbeth konnte diesen in ihrem Zustand im Frühjahr auf keinen Fall betreuen, es musste also eine Lösung gefunden werden. Henni graute es schon jetzt davor, die passende Person auszuwählen. Aber die Hoffnung starb bekanntlich zuletzt. Leider auch die Hoffnung darauf, dass ihr ominöser Halbbruder noch auftauchen würde.

»Na, das war ja ein schöner Reinfall«, sagte Lisbeth irgendwann und sah auf die Uhr. »Jetzt sitzen wir hier schon seit bald zwei Stunden, und er ist immer noch nicht aufgetaucht.«

»Vielleicht ist ihm etwas dazwischengekommen«, mutmaßte Henni und kratzte die letzten Reste ihrer Sahnetorte auf dem Teller zusammen.

»Ich denke eher, der feine Herr kneift. Vielleicht hat er geahnt, dass wir ihn in die Zange nehmen wollen. Wir dürfen gespannt sein, was als Nächstes kommen wird. Es bleibt zu hoffen, dass Stein seinem guten Ruf gerecht wird und wir durch seine Nachforschungen hinter diese unschöne Angelegenheit bald einen Haken setzen können.«

Henni erleichterte es insgeheim, dass Karl Listmann nicht aufgetaucht war. Die Anspannung, die sie seit dem Morgen verspürt hatte, ließ nun endgültig nach.

»Vielleicht ist es doch besser, diese Angelegenheit in die Hände von Anwälten und der Polizei zu übergeben«, sagte sie. »Ich glaube, ich bin nicht so gut darin, Detektivin zu spielen.« Sie legte eine Hand auf ihren Bauch, in dem sich das Ungeborene geregt hatte. »Zusätzlich erwarten wir beide ein Kind. Da sollte Aufregung eher vermieden werden.«

Lisbeth antwortete damit, dass sie eine Grimasse zog. Sie winkte die Bedienung näher und bezahlte. Ihre Nachforschungen auf eigene Faust schienen beendet, bevor sie richtig begonnen hatten.

Wenig später verabschiedeten sich die beiden mit einer kurzen Umarmung voneinander, und jede ging ihres Weges. Inzwischen hatte es sich wieder zugezogen und leicht zu schneien begonnen. Henni hatte eigentlich mit dem Bus zurück nach Biebrich in die Kellerei fahren wollen, doch sie beschloss spontan, noch einen kurzen Spaziergang durch den im Schnee versunkenen Kurpark zu machen. Die frische Luft und das Laufen würden ihr guttun und sie endgültig beruhigen. Sie überquerte die Wilhelmstraße, betrat die Parkanlage und schlenderte einen der mit Split gestreuten Wege hinunter. Auf dem Weiher tummelten sich unzählige Schlittschuhläufer, vom Kleinkind, das an der Hand seiner Mutter zaghafte erste Rutschversuche machte, bis zu einer wahren Eislaufkünstlerin, die mühelos Pirouetten drehte.

Henni beobachtete die Frau in dem dunklen, tailliert geschnittenen Mantel eine Weile bei ihrem grazilen Lauf. Sie war ganz in den Anblick versunken, und nach einer Weile ging sie weiter und hielt auf den hinteren Parkausgang zu.

Doch dann sah sie ihn plötzlich und blieb abrupt stehen. Ihr Herzschlag beschleunigte sich. Karl Listmann saß nur wenige Meter von ihr entfernt auf einer Parkbank. Sie machte einen Schritt rückwärts, doch es war zu spät. Ihre Blicke trafen sich. Henni fühlte sich wie erstarrt. Was sollte sie jetzt tun? Er regte sich nicht, und irgendwann wandte er den Blick wieder ab, was Henni verwunderte. Sie wusste nicht so recht, wie sie jetzt reagieren sollte, also blieb sie stehen. Er schien keine Notiz mehr von ihr zu nehmen, sein Blick war auf die Wiese vor ihm gerichtet. Henni fiel auf, dass er seltsam niedergeschlagen wirkte. Oder bildete sie sich das nur ein? Vielleicht stellte dieser Mann gar keine Gefahr für sie dar, kam es ihr in den Sinn. Sie überlegte kurz, dann gab sie sich einen Ruck und setzte sich einfach neben ihn. Schweigend saßen sie eine ganze Weile nebeneinander. Ihr Herz wummerte wie verrückt, doch mit jeder verstreichenden Minute wurde sie etwas ruhiger.

»Ich habe alles falsch gemacht«, sagte Karl irgendwann. »Das weiß ich jetzt. Ich hätte euch nicht so überfallen sollen.«

Henni hätte am liebsten geantwortet, dass er rechthatte. Dass er von Glück reden konnte, dass sie nicht die Polizei geholt hatten. Doch sie schwieg. Er setzte seine Rede fort.

»Meine Mutter ist vor drei Monaten gestorben. Lungenkrebs, es ging schnell. Der Mann, den ich mein ganzes Leben lang als Vater kannte, hat schon Jahre vor ihr das Zeitliche gesegnet. Ich hatte nie eine besonders gute Beziehung zu ihm. Jetzt weiß ich den Grund dafür. Instinktiv haben wir wohl beide gespürt, dass wir nicht zueinander gehören. Ich hab in ihrem Nachlass Briefe gefunden. Wunderschöne und romantische Liebesbriefe, die mir zu Herzen gingen. Sie hat mit einem Heinrich geschrieben, und sie hat ihm in einem ihrer letzten Briefe gestanden, dass sie ein Kind erwartet. Sie hatte darauf gehofft, dass er sie heiraten würde, doch dazu ist es nicht gekommen, denn er war längst mit einer anderen verlobt. Ich habe anfangs nicht gewusst, wer dieser Heinrich ist. Bis mir einer der Briefumschläge in die Hände fiel, und darauf waren sein Nachname und seine Adresse vermerkt. Heinrich Herzberg, wohnhaft in der Rheingaustraße in Wiesbaden. Ich konnte es kaum glauben. Mein Vater sollte der Besitzer einer der größten Sektkellereien Deutschlands sein? Dann habe ich erfahren, dass er nicht mehr am Leben ist und ich Halbgeschwister habe.«

Henni wusste noch immer nicht, was sie sagen sollte. Seine Worte bestätigen Lisbeths Vermutung. Aber wieso hatte ihr Vater nicht zu der Frau gestanden? Das passte nicht zu ihm.

»Du fragst dich jetzt bestimmt, weshalb er meine Mutter nicht zur Frau genommen hat«, erriet Karl ihre Gedanken. »Sie war ein einfaches Dienstmädchen. Zur damaligen Zeit konnte es diese Ehe nicht geben.«

Henni nickte. Er hatte recht. Zu diesen Zeiten heiratete ein Mann aus gut betuchtem Haus kein einfaches Dienstmädchen, auch wenn er es noch so liebte. War die Ehe ihrer Eltern also nur Theater gewesen? Oder hatten sie einander wirklich geliebt? Henni dachte an die vielen Gesten, die sie früher beobachtet hatte. An das Händchenhalten, die zärtlichen Blicke, daran, wie ihr Vater weinend am Totenbett ihrer Mutter gesessen und ihre Hand gehalten hatte. Nein, es konnte nicht sein. Er musste sie geliebt haben.

»Das mit dem Anwalt tut mir leid«, sagte Karl. »Das war ein Fehler. Ich weiß nicht, was in mich gefahren ist. Ich weiß ehrlich gesagt langsam gar nicht mehr, was ich hier soll. Ich diskreditierte meine Mutter und deinen Vater. Es scheint mir im

Augenblick besser zu sein, die Vergangenheit ruhen zu lassen. Der einzige Vater, den ich kannte, lebt nicht mehr.«

»Kann ich die Briefe sehen?«, fragte Henni nach einer Weile.

Karl sah sie verwundert an und antwortete: »Aber gern.«

30. Kapitel

Wiesbaden, 2. Februar 1957

»Es besteht kein Zweifel«, sagte Lisbeth und ließ den Brief sinken. »Es ist eindeutig die Handschrift unseres Vaters. Wie konnte er sich nur auf eine solche Beziehung einlassen? Er wusste doch, dass sie keine Zukunft haben würde. Die arme Frau hat sich anscheinend tatsächlich Hoffnungen gemacht. Es kommt einem Wunder gleich, dass sie in ihrer Lage noch jemanden gefunden hat, der sie heiratete. Ich möchte ihr nicht zu nahetreten, aber es könnte schon sein, dass sie ihm das Kind untergeschoben hat. Wäre nicht das erste Kuckuckskind in diesem Land.«

»Ich hätte nie gedacht, dass unser Vater sich einer Frau gegenüber so schäbig verhalten würde«, sagte Henni und schüttelte den Kopf. »All die Jahre hat er auch Mama belogen. Es ist eine Schande.«

»Ja, das ist es«, pflichtete Lisbeth ihr mit betroffener Miene bei.

Die beiden saßen in der Kellerei in Hennis Büro an ihrem Besprechungstisch, Betty hatte ihnen Kaffee und Kekse gebracht, die sie jedoch noch nicht angerührt hatten. Der Innenhof lag im Dämmerlicht des winterlichen Spätnachmittags. Es hatte in der letzten Nacht starken Regen gegeben, und die Schneeberge am Rande des Hofes sorgten mit ihrem Schmelzwasser dafür, dass die Pfützen auf dem Asphalt nicht kleiner wurden.

Kurz nach Hennis Gespräch mit Karl im Park und nachdem sie die Briefe von ihm erhalten hatte, hatten sie eine erste Rückmeldung des Privatdetektivs erhalten. Karls Angaben stimmten. Ihr Vater war zu der besagten Zeit Gast auf einer Hochzeit in einem Haus gewesen, in dem Karls Mutter als Dienstmädchen tätig gewesen war. Auch die Daten stimmten alle. Karl war ziemlich genau neun Monate, nachdem sie ihrem Vater von der Schwangerschaft geschrieben hatte, in einem Bonner Krankenhaus zur Welt gekommen. Damals war die Frau allerdings bereits verheiratet gewesen. Nicht nur Henni und Lisbeth hatten diese Entwicklungen sprachlos werden lassen. Auch Georg und Richard hatten nicht gewusst, was sie sagen sollten. Damit, dass dieser Mann tatsächlich ihr Halbbruder war, hatte niemand gerechnet. Durch den Detektiv wussten sie inzwischen auch Näheres über ihn. Karl hatte das Lebensmittelgeschäft seines Onkels in Bonn übernommen. Den Laden hatte er zwischenzeitlich zu einem der modernen Selbstbedienungsläden ausbauen lassen, denn sonst hätte er mit der Konkurrenz nicht mehr schritthalten können. Das hatte ihn eine hübsche Stange Geld gekostet, und er hatte einen Kredit aufnehmen müssen. Vielleicht war dies der Grund dafür gewesen, weshalb er versucht hatte, seine Ansprüche auf das Familienerbe geltend zu machen. Wie es in dieser Hinsicht aussah, konnte allerdings zum jetzigen Zeitpunkt noch niemand so recht sagen. Vermutlich stand ihm tatsächlich ein Pflichtteil zu. Darüber sollten sich ihre Anwälte die Köpfe zerbrechen.

»Wo steckt er jetzt eigentlich?«, fragte Lisbeth. »Hast du ihn seit der Übergabe der Briefe noch einmal gesehen?«

Henni verneinte. »Er wirkte damals im Park traurig und redete davon, die Vergangenheit ruhen lassen zu wollen. Vielleicht ist er zurück nach Bonn gefahren.«

»Was nicht das Schlechteste wäre. Sollte er bei dieser Meinung bleiben, macht er uns wenigstens keine Probleme mehr«, antwortete Lisbeth trocken.

»Du machst es dir zu einfach«, entgegnete Henni und warf ihr einen strafenden Blick zu. »Er ist unser Halbbruder, vergiss das nicht. Es reicht schon, dass unser Vater ihn sein gesamtes Leben lang verleugnet hat. Findest du nicht?«

Lisbeth gab ein undefinierbares Geräusch von sich. Sie war ratlos.

»Was hätte Bille jetzt getan?«, fragte sie irgendwann.

Lisbeth sah sie verdutzt an und fragte: »Wie meinst du das?«

»Na, wenn sie jetzt noch hier wäre und von Karl erfahren hätte. Was hätte sie in unserer Situation getan?«

»Sie hätte sich gefreut, nehme ich an«, erwiderte Lisbeth.

»Und sie hätte ihn nicht einfach irgendwo in Bonn bleiben lassen.«

»Du willst nicht das tun, was ich annehme?«, hakte Lisbeth nach.

»Doch«, antwortete Henni. »Wir sollten nach Bonn fahren, ihn suchen und in unserer Familie willkommen heißen. Ich finde, das sind wir ihm und auch seiner Mutter schuldig.«

Lisbeth rollte zur Antwort mit den Augen. »Immer diese verdammte Großmütigkeit«, entgegnete sie. »Bille hatte oftmals zu viel davon.« Sie blickte nachdenklich an Henni vorbei ins Leere. »Aber in diesem Fall könnte ein Entgegenkommen tatsächlich nicht schaden. So einen Halbbruder bekommt man ja nicht jeden Tag geschenkt.« Sie grinste und fügte hinzu: »Teufel nochmal, was würde ich jetzt für eine Zigarette geben. Eine kleine Kippe könnte doch nicht schaden, oder?«

»Dann fahren wir nach Bonn?«, hakte Henni nach, ohne auf Lisbeths Frage einzugehen.

»Meinetwegen«, stimmte Lisbeth zu.

»Na, dann los«, antwortete Henni und erhob sich.

»Jetzt gleich?«, fragte Lisbeth mit hochgezogenen Augenbrauen.

»Wieso nicht?«, antwortete Henni und ging zum Garderobenständer. »Oder hast du heute noch etwas anderes vor?«

Die Fahrt nach Bonn verlief ungemütlicher, als Henni angenommen hatte, denn das Wetter zeigte sich nicht gerade von seiner besten Seite. Nachdem sie Wiesbaden hinter sich gelassen und die Ebene des Rhein-Main-Gebiets verlassen hatten, hatte es erst zu graupeln und zu schneien begonnen. Nachdem sie endlich die Stadtgrenze erreicht hatten, fühlte sich Henni erschöpft. Sie lenkte den Wagen an den Straßenrand und schaltete den Motor ab. Die Niederschläge hatten zwischenzeitlich nachgelassen, und es nieselte leicht.

»Du liebe Zeit«, sagte Lisbeth. »Was für eine Fahrt. Aber wer hätte solch winterliche Wetterverhältnisse auch erahnen können?«

Henni antwortete nicht, denn sie hatte am Morgen durchaus etwas von Schneefall in den höheren Lagen in der Zeitung gelesen. Damit, dass es so schlimm werden würde, hatte sie jedoch nicht gerechnet.

»Denkst du, wir schaffen die Rückfahrt heute noch?«, fragte Lisbeth. »Oder sollten wir nicht besser ein Hotelzimmer nehmen und morgen früh zurückfahren?«

»Das geht nicht«, antwortete Henni, die sich langsam klar darüber wurde, dass diese Aktion doch etwas zu spontan gewesen sein könnte. »Morgen ist für acht Uhr früh eine Sitzung des Aufsichtsrates angesetzt. Es geht dabei um die Erweiterung des Kellereigeländes und den Abriss von Gustavs Haus. Ich möchte unbedingt dabei sein und mein Veto einlegen.«

»Du willst was?«, hakte Lisbeth nach. »War die Sache mit Georg nicht geklärt? Du wirst ihm doch nicht etwa in den Rücken fallen wollen?«

»Vermutlich schon«, erwiderte Henni. »Obwohl ich mir noch nicht ganz sicher bin. Hiltrud hat mich in dieser Angelegenheit noch auf einen weiteren Stolperstein aufmerksam gemacht, den Georg nicht bedacht haben könnte. Gustavs Haus ist über vierhundert Jahre alt. Es stand bereits an dieser Stelle, als es unsere Kellerei noch nicht gab. Es einfach so abzureißen, könnte schwierig werden und den Denkmalschutz auf den Plan rufen. Nenn es Nostalgie. Ich finde, es gehört einfach an diesen Platz. Dort stand es seit Jahrhunderten. Es abzureißen fühlt sich einfach nicht richtig an.«

»Ich nehme an, Hiltrud hat bereits die Fühler Richtung Denkmalschutzbehörde ausgestreckt«, sagte Lisbeth.

»Ja, aber die Prüfung läuft noch.«

»Du riskierst damit eine handfeste Ehekrise. Dessen bist du dir bewusst?«

»Abwarten«, antwortete Henni. »Wenn das alte Häuschen tatsächlich unter Denkmalschutz steht, dann kann er mich für das Scheitern seine Pläne nicht verantwortlich machen. Aber jetzt sehen wir besser zu, dass wir Karl finden. Wie hieß die Straße gleich noch mal, in der sein Laden liegt?«

»Dorotheenstraße«, antwortete Lisbeth und kramte einen Stadtplan von Bonn hervor, den sie vor ihrer Abfahrt noch rasch erworben hatten.

Wenig später parkte Henni ihren Wagen hinter einem weißen VW Käfer am Straßenrand der Dorotheenstraße, die mit ihren hübschen Gründerzeitbauten einen freundlichen Eindruck erweckte. Das Lebensmittelgeschäft ihres Halbbruders lag nur wenige Schritte von ihnen entfernt. Auf der gepflasterten Straße spielte eine Gruppe Jungen Fußball. Jedes Mal, wenn sich ein Auto näherte, sprangen sie rasch zur Seite.

Über dem kleinen Schaufenster, das nur dürftig mit einigen Warenkartons dekoriert war, stand der Name *Listmann* in geschwungenen Lettern. Ein Schild im Schaufenster wies auf die Selbstbedienung hin.

»Na dann, auf in den Kampf«, sagte Henni und straffte die Schultern. Lisbeth öffnete die Tür, und sie traten ein. Der Laden war größer als gedacht. Mit Waren gefüllte Regale füllten die Wandseite rechter Hand komplett aus, auch eine Gemüsetheke war vorhanden. Auf Holzregalen stapelten sich Konserven, Milchpulverpackungen und weitere Lebensmittel. Henni entdeckte eine Kühltheke, in der sich Milchprodukte und andere Frischwaren befanden. Im hinteren Bereich befand sich eine Wurst- und Käsetheke, hinter der ein älterer Herr und eine dickliche Frau in weißen Kittelschürzen auf Kundschaft warteten. Überall an den Wänden hingen Plakate mit den wöchentlichen Angeboten. Essiggurken gab es im Tagesangebot. An der Kasse saß eine junge Frau mit einer blauen Kittelschürze und musterte sie neugierig. Kundschaft von auswärts kam hier vermutlich eher selten, mutmaßte Henni.

Lisbeth ergriff die Initiative und fragte die Kassiererin sogleich nach Karl. Verdutzt sah die junge Frau sie an.

»Was wollen Sie denn vom Chef?«, fragte sie neugierig und musterte erst Lisbeth, dann Henni neugierig.

»Das geht dich nichts an«, blaffte Lisbeth sie eine Spur zu grob an. Der Gesichtsausdruck des Mädchens wurde verschlossen, und sie verschränkte abweisend die Arme vor der Brust.

»Er ist nicht da«, entgegnete sie nun prompt.

Na bravo, dachte Henni. Wieso war Lisbeth nur so unfreundlich? Sie wollte sich in das Gespräch einmischen, doch sie wurde von einer Kundin unterbrochen, die gerade mit ihrem gefüllten Korb zur Kasse gekommen war.

»Also den Herrn Listmann hab ich gerade am hinteren Ende des Ladens in einem der Lagerräume gesehen. Die Tür stand offen.«

Henni bedankte sich bei der Dame für die Auskunft, und sie und Lisbeth gingen in die von der Frau gewiesene Richtung.

Sie fanden Karl im Hinterhof, wo er gerade Müll entsorgte. Verblüfft sah er sie an und ließ den Müllsack fallen, den er in Händen gehalten hatte.

»Das glaub ich jetzt nicht«, sagte er. »Was macht ihr denn hier?«

»Das wissen wir ehrlich gesagt nicht so recht«, antwortete Henni aufrichtig. »Aber eines steht fest: Du bist unser Halbbruder, und damit ein Teil der Familie Herzberg. Der Rest wird sich schon irgendwie finden.«

Es folgte ein Moment des Schweigens, dann traten sie aufeinander zu und umarmten sich.

31. Kapitel

Es war einer dieser Tage, die einem hoffnungsvoll das Ende des Winters versprachen. Die Sonne schien von einem wolkenlosen Himmel, erste Bienen summten durch die Luft, eben hatte Henni sogar einen Zitronenfalter flattern sehen. In den Blumenbeeten zeigten sich die ersten Frühblüher, gelbe und lila Krokusse, Schneeglöckchen und sogar einige vorwitzige Narzissen standen bereits kurz davor, ihre Blütenköpfe zu öffnen. An einen erneuten Frosteinbruch wollte Henni nicht mehr denken. Die sonnigen Tage hoben ihre Stimmung ebenso wie Margit, die sich neuerdings um ihren Weinladen und die Straußenwirtschaft kümmerte. Sie hatte früher einen kleinen Kiosk in Rüdesheim betrieben. Sie hatte ihr neues Reich umgehend in Beschlag genommen und eine bemerkenswerte Putzaktion gestartet. Sämtliche Wein- und Sektflaschen waren aus den Regalen geholt, entstaubt und fein säuberlich wieder einsortiert worden. Auch die Küche und Fenster hatte sie auf Hochglanz poliert. Dann hatte sie allerlei regionale Köstlichkeiten zubereitet, die sie den Gästen während der Saison anbieten wollte. Sämtliche Hausbewohner hatten sie gekostete, und es hatte ausgesprochen gut geschmeckt. Ein wenig erinnerte Margit sie an Käthe. Sie war ähnlich kräftiger Statur und hatte ebenso krauses, graues Haar.

Henni und Thomas genossen das sonnige Wetter und spielten im hellen Schein der Nachmittagssonne mit seiner Ritterburg an einem der neuen Wirtshaustische vor der Straußenwirtschaft. Hennis fortschreitende Schwangerschaft zwang sie dazu, kürzer zu treten, weshalb sie nun mehr Zeit mit Thomas verbringen konnte. Die Tatsache, dass sie sich dadurch in Assmannshausen verkriechen konnte, wie Lisbeth es bissig genannt hatte, kam ihr entgegen, denn seit der Aufsichtsratssitzung im Februar hing zwischen ihr und Georg der Haussegen mächtig schief. Die Tatsache, dass sie seine Pläne nun doch torpediert hatte, hatte Georg so wütend werden lassen wie lange nicht. Er hatte ihr vorgehalten, gegen die Firma zu arbeiten. Der Ausbau hätte neue Arbeitsplätze geschaffen, sie wären im Ansehen der Stadt als wichtiger Arbeitgeber weiter gestiegen. Auch die Tatsache, dass wenige Tage nach der Sitzung ein Schreiben des Amtes für Denkmalschutz eintrudelte, das den Abriss des Hunderte Jahre alten Gebäudes verbot, konnte Georg nicht besänftigen. Er bereue längst, die Geschäftsleitung aus der Hand gegeben zu haben, hatte er sie angeblafft. Frauen seien eben zu sentimental für manche Entscheidungen.

Ihr Streit hatte dazu geführt, dass er in die Gästewohnung der Kellerei gezogen war. In den letzten Tagen hatten sie sich einander wieder ein wenig angenähert, aber ihr Verhältnis war noch immer unterkühlt. Henni war sich keiner Schuld bewusst, und Lisbeth war der festen Überzeugung, dass er sich wieder beruhigen würde.

»Ihr seid eben beide manchmal störrisch wie Esel«, sagte

sie. »Aber ihr liebt einander. Also wird das schon wieder.« Henni hoffte es, denn sie hatte es noch nie leiden können, wenn es zwischen ihr und Georg Verstimmungen gab. Aber immerhin hatte sie eines durchgesetzt: Gustavs Haus würde stehen bleiben. Auch wenn darin niemand mehr wohnte. Henni hatte eigentlich darauf gehofft, dass sich der alte Pförtner melden würde. Eine hübsche Postkarte oder ein Anruf hätten ihr als Lebenszeichen gereicht. Doch es war nichts gekommen, was sie traurig hinnahm. Sie konnte nur annehmen, dass es ihm dort, wo er jetzt war, gut ging.

»Du bist das Burgfräulein«, erklärte Thomas und riss sie aus ihren Gedanken. Er hielt ihr die passende Spielfigur, ein Holzpüppchen mit gelben Wollhaaren und einem weißen Kleid, hin. »Und ich bin der Ritter, der erst den Drachen tötet, dich dann rettet und heiratet.«

»Aber was ist, wenn ich gar nicht heiraten möchte?«, erkundigte sich Henni scherzhaft. Thomas sah sie verwirrt an. Mit einer solchen Frage schien er nicht gerechnet zu haben. Er überlegte kurz. Dabei hatte er die Angewohnheit, sich auf die Lippe zu beißen, was Henni ganz entzückend fand.

Die letzten Tage hatte sie viel Zeit mit ihrem Sohn verbracht. Sie hatten miteinander Türme aus Bausteinen gebaut, mit der Modelleisenbahn gespielt und gemeinsam mit Inge Kekse gebacken. Sogar das Flechten von Armbändern aus Bast hatte sie Thomas beibringen wollen, doch darin war er nicht sonderlich geschickt gewesen, und er war der Arbeit schnell müde geworden. Henni flocht trotzdem weiter, denn diese Tätigkeit erinnerte sie an ihre frühen Kindertage und sorgte dafür, dass sich ein besonders warmes Wohlgefühl in ihrem Inneren ausbreitete. Gemeinsam mit Lisbeth und Bille hatte sie bei schlechtem Wetter oft in einem ihrer Zimmer auf dem Bett gesessen, Bänder geflochten und dabei Lieder gesungen. Damals hatten sie so viele herrlich kindliche Träume gehabt, ihr gesamtes Leben noch vor sich. Es war nicht so geworden, wie sie es sich erträumt hatten. Der Krieg mit all seinem Elend und Schrecken hatte ihnen die Jugend geraubt, Bille war nicht mehr bei ihnen. Selten wurde ein Leben so, wie man es sich als Kind erträumte. Sie alle waren Spielbälle des Schicksals und konnten nur auf das Beste hoffen. Tage wie der heutige waren mit all ihrer Einfachheit ein Geschenk. Henni wusste es zu schätzen.

»Aber alle Burgfräulein heiraten doch den Helden«, antwortete er. »So ist es immer.«

»Da ist was dran«, pflichtete Henni ihm bei. »Aber was ist, wenn dieses Burgfräulein ein mutiges Fräulein ist und es schafft, den Drachen selbst zu töten? Oder noch besser: Was wäre denn, wenn der Drache der beste Freund des Fräuleins wird? Das könnte doch auch sein. Müssen Drachen immer böse sein?«

»Ja, das müssen sie«, antwortete Thomas und hob die Drachenfigur hoch, die tatsächlich arg grimmig dreinblickte. »Das hat schon alles so seine Richtigkeit, Mama. Das kannst du mir glauben. Die Ritter machen es immer so. Sie töten den Drachen, retten das Burgfräulein, heiraten es, und dann leben sie glücklich bis ans Ende ihrer Tage. Ich hab nie gehört, dass der Drache lieb gewesen wäre.«

»Ich auch nicht«, gab Henni zu. »Aber findest du es nicht langweilig, dass diese Geschichte immer gleich erzählt wird?«

»Nein. Also bist du jetzt das Burgfräulein?

Henni fügte sich seufzend in ihr Schicksal, stellte die Figur zurück auf den Burgturm und begann, um Hilfe zu rufen.

Obwohl sie das Spiel am Ende so spielten, wie Thomas es vorgab, glaubte Henni mit ihrem Einwand etwas erreicht zu haben. Sie mochte es, ihn zum Nachdenken anzuregen, denn sie fand es interessant, wie er auf Gegenargumente reagierte. Trude war der Meinung, dass er reif für sein Alter sei. Henni freute sich darüber. Ihrem Sohn schien eine berufstätige Mutter anscheinend nicht zu schaden, wie es diese dumme Pute vom Jugendamt angenommen hatte.

Das Spiel dauerte nicht besonders lange. Thomas' Ritter hatte den Drachen flott getötet und war erstaunlich zügig auf den Turm geklettert, um sich sein Burgfräulein zu holen. Doch bevor es zu einer Hochzeit kommen konnte, trat Margit mit zwei Tellern an ihren Tisch, auf denen Bienenstichstücke lagen.

»Ich dachte, die Rittersleut könnten eine kleine Stärkung gebrauchen«, sagte sie und stellte die Teller auf den Tisch. »Wenn es euch nix ausmacht, dann leiste ich euch ein paar Minuten Gesellschaft. Kundschaft scheint ja keine erscheinen zu wollen, und das bei dem tollen Sonnenschein. Vermutlich glauben die, wir sitzen noch in einem verspäteten Winterschlaf.« Sie winkte ab, ging zurück ins Haus und kam mit einem Tablett wieder, auf dem sich ein weiteres Stück Bienenstich, eine Flasche hausgemachte Limonade und drei Gläser befanden. Sie setzte sich neben Thomas und wuschelte ihm durch sein kastanienbraunes Haar.

»Dann lass es dir mal schmecken, tapferer Held.«

Das ließ sich Thomas nicht zweimal sagen. Innerhalb kürzester Zeit hatte er sein Tortenstück verputzt und zwei Gläser der köstlichen Zitronenlimonade getrunken.

Ein Kindergartenfreund aus der Nachbarschaft entband Henni endgültig von ihrer Burgfräuleinrolle, und sie erlaubte ihrem Sohn, noch für zwei Stunden mit seinem Freund zu spielen. Nachdem er fort war, gesellte sich Lotte, das Kindermädchen der Zwillingsmädchen zu ihnen. Sie war gerade mit den beiden Damen von einem längeren Spaziergang in den Weinbergen zurückgekehrt und hatte sich prompt einen leichten Sonnenbrand auf der Nase eingefangen. Die beiden jungen Fräuleins lagen selig schlafend in ihrem Kinderwagen.

»Frische Luft macht müde«, sagte das Kindermädchen und grinste. Margit erhob sich, um ihr ein Stück Bienenstich und Limonade zu holen, ein Zitronenfalter flatterte an ihnen vorüber.

Es könnte alles so schön sein, dachte Henni und ließ ihren Blick über den Hof hinweg bis zu den nahen Weinbergen schweifen. Wenn nur der Streit mit Georg nicht wäre. Ihr Blick wanderte zu der bekiesten Einfahrt. Ach, wie sehr sie sich in diesem Augenblick doch wünschte, Georg würde mit seinem dunkelblauen Opel vorfahren, aussteigen, sie in seine Arme schließen, und sie würden ihren dummen Streit mit einem Kuss beenden, wie sie es früher oft getan hatten.

Margit kehrte mit dem Bienenstich zurück, stellte ihn auf den Tisch und setzte sich wieder.

»Also wenn das diesen Monat so weitergeht, hat es wenig Sinn zu öffnen. Vielleicht sollten wir erst ab April jeden Tag aufsperren, sonst langweile ich mich hier ja zu Tode, und ich kann euch ja nicht den ganzen Tag mit Bienenstich füttern, sonst werdet ihr noch kugelrund. Nun gut, du bist es bereits, Henni. Aber das hat andere Gründe.«

Henni wollte Antwort geben, doch etwas störte sie plötzlich. Sie erhob sich und blickte erschrocken auf eine nasse Stelle auf der Bank. Sogleich wusste sie, was geschehen sein könnte, und Panik ergriff von ihr Besitz.

»Ich glaube, meine Fruchtblase ist eben geplatzt. Aber das geht doch noch gar nicht. Der Geburtstermin ist erst in vier Wochen, das ist doch viel zu früh.«

Sofort lief Margit zum Haupthaus und kam mit Trude und Inge wieder zurück.

Trude wies Henni sogleich an, sich nicht zu bewegen. Inge war vor Aufregung puterrot angelaufen und strich ihr recht hilflos dreinblickend über den Arm.

»Was sollen wir denn jetzt machen?«, fragte Henni und sah Trude an. In diesem Augenblick fühlte sie sich wieder wie das kleine Mädchen, das von der alten Hausdame beschützt werden wollte. Und Trude tat das, was sie schon immer getan hatte. Sie behielt die Nerven.

»Wir bringen dich jetzt erst einmal ins Haus, und du legst dich hin. Dann rufe ich den Arzt an, und wir sehen, was er sagt.«

Sie legte fürsorglich den Arm um Henni und brachte sie zum Haus.

Die gesamte Truppe folgte ihnen, auch Lotte, die den Kinderwagen vor sich herschob, in dem die Zwillinge fröhlich mit ihren Beinchen strampelten. Das Telefonat mit dem Arzt dauerte nur wenige Minuten. Er empfahl, aufgrund der Frühe des Blasensprungs, Henni mit einem Krankenwagen in die Frauenklinik nach Wiesbaden bringen zu lassen. Es geschah genau das, was Henni auf jeden Fall hatte verhindern wollen. Sie war den Tränen nahe. Sie musste ihr Baby in der Klinik auf die Welt bringen, in der sie ihre geliebte Bille verloren hatten.

Einige Stunden später befand sich Henni in einem Krankenzimmer der Wiesbadener Frauenklinik, und sie fühlte sich so unwohl wie niemals zuvor in ihrem Leben. Sie hatte alles dafür getan, um einer Geburt in dieser verhassten Klinik zu entgehen, und seit Wochen alles für eine Hausgeburt vorbereitet. Doch nun lag sie in diesem Krankenhaus und fühlte sich wie eine Gefangene. Geburtswehen hatten noch keine eingesetzt, doch der Arzt, der vor einer gefühlten Ewigkeit nur einmal äußerst kurz und unhöflich mit ihr gesprochen hatte, war der Meinung gewesen, dass diese gewiss nicht mehr lange auf sich warten lassen würden.

Henni war den Tränen nahe. Sie fühlte sich schrecklich alleingelassen und erschöpft.

Doch dann öffnete sich plötzlich ihre Zimmertür, und Georg erschien, ihm folgten Lisbeth und Richard, und Henni konnte ihren Augen kaum trauen: Den dreien folgte die alte Hebamme Ulla, die Henni sich für ihre Hausgeburt als Beistand gewünscht hatte.

Georg eilte zu ihr und schloss sie in seine Arme.

»Henni, Liebes. Es wird alles gut. Ich bin jetzt bei dir. Unser Streit tut mir so leid. Ich war ein Hornochse. Du hattest von Beginn an Recht, entschuldige, meine Liebste.«

Henni war von ihren Gefühlen so überwältigt, dass sie zu weinen begann.

»Es war eben Gustavs Haus«, brachte sie heraus.

»Ich weiß«, antwortete er. »Und es wird stehen bleiben, für immer, wenn du das willst. Wir werden für den Ausbau eine andere Lösung finden. Oder besser gesagt: Du wirst sie finden, denn du bist die Chefin.«

»Nun ist aber mal gut mit dem unnötigen Geplapper«, mischte sich Ulla in resolutem Tonfall ein. »Wir sind hier nicht wegen irgendwelcher Häuser, sondern weil jemand auf die Welt möchte. Treten Sie mal zur Seite, guter Mann. Eigentlich haben Sie hier gar nichts verloren.« Georg wich zurück und stellte sich neben Lisbeth und Richard.

»Georg hat mich angerufen«, sagte Lisbeth. »Ich dachte, es wäre gut, wenn ich Richard mitbringe. Er ist ja vom Fach.«

Ihr letzter Satz sorgte dafür, dass Ulla, die gerade ihren Hebammenkoffer geöffnet hatte, mit den Augen rollte.

»Vom Fach«, hörte Henni sie murmeln. »Dass ist ich nicht lache.« Laut sagte sie: »Alle raus hier. Auch der Herr Doktor, wenn es genehm ist. Ich muss die Schwangere jetzt untersuchen.«

Die Zimmertür wurde geöffnet, und eine jüngere Krankenschwester trat ein, die sie pikiert musterte.

»Was ist denn hier los?«, fragte sie. »Aktuell sind keine Besuchszeiten. Die Patientin benötigt Ruhe.« Ihr Blick fiel auf Ullas geöffneten Hebammenkoffer, und ihre Augen wurden groß. »Was soll das denn? So geht das aber nicht. Ich hole besser den Arzt.« Sie eilte hinaus und kehrte keine Minute später mit dem unhöflichen Stationsarzt zurück, der ruppig darauf hinwies, dass hier nur das Klinikpersonal Untersuchungen durchführte.

»Frau Winkler benötigt absolute Ruhe«, sagte er. »Ihre Fruchtblase ist geplatzt, die Wehentätigkeit kann jeden Moment einsetzen. Das ist doch hier kein Tollhaus!« Er sah Ulla grimmig an.

Doch er unterschätzte Ulla. Bestimmt trat sie ihm entgegen.

»Dass dieses Krankenhaus kein Tollhaus ist, ist mir durchaus bewusst. Trotzdem kann ich meine Patientin als Hebamme untersuchen, denn ich habe ihre Betreuung schon übernommen, da hatten Sie von dieser Schwangerschaft noch gar keine Ahnung. Also lassen Sie mich jetzt endlich meine Arbeit machen.« Sie hatte die Hände in ihre breiten Hüften gestemmt und funkelte ihn wütend an. Jeder andere wäre nun so schlau gewesen nachzugeben, doch der junge Arzt tat es nicht.

»In diesem Haus ist sie nicht Ihre Patientin«, wies er Ulla erneut zurecht und erwiderte stoisch ihren Blick. »Untersuchungen werden in dieser Klinik nur vom Personal durchgeführt, sonst von niemanden. Ich gehe jetzt und informiere den Sicherheitsdienst. Solche Frechheiten lassen wir uns hier nicht gefallen.« Er blickte noch einmal in die Runde, dann verließ er den Raum.

Dann ging alles blitzschnell.

»Es sind nur vier Wochen vor Termin, vielleicht drei, grob geschätzt«, sagte Ulla flott. »Das bekommen wir auch ganz entspannt bei einer Hausgeburt geregelt. Wir türmen.«

»Wir tun was?«, fragte Lisbeth verdutzt.

»Wir hauen ab, machen uns vom Acker, sehen zu, dass wir Land gewinnen«, antwortete Ulla und klappte flott ihren Hebammenkoffer wieder zu. »Oder wollt ihr, dass das Kind von diesem – Entschuldigung, wenn ich es so direkt sage – Dummkopf auf die Welt geholt wird?«

Henni schüttelte nur sprachlos den Kopf.

»Fein, dann los.«

Keine fünf Minuten später hatten sie Henni flott in einen Rollstuhl verfrachtet und drängten sich in den Fahrstuhl. Henni kam sich vor wie in einem Agentenfilm. Im Taxi ging es zurück nach Assmannshausen. Die ersten Weinberge tauchten im Licht der tief stehenden Sonne auf, der Rhein funkelte und glitzerte, dass es eine Freude war. Und kurz nachdem sie den Weinort Oestrich Winkel mit seinem am Ufer stehenden historischen Kran hinter sich gelassen hatten, setzten heftige Wehen ein.

32. Kapitel

Wiesbaden, 3. Mai 1957

Henni stand am Eingang zur Kellerei und betrachtete fassungslos die zerbrochene Fensterscheibe neben dem Haupteingang. Nachdem sie am Morgen von dem Einbruch erfahren hatte, hatte sie sich umgehend auf den Weg gemacht, um nach dem Rechten zu sehen. Sie hoffte, dass die Klärung der Sachlage nicht zu viel Zeit in Anspruch nehmen würde, denn sie erwartete zur Mittagszeit Besuch. Karl hatte sich angemeldet. Er wollte seine Nichte und seinen Neffen kennenlernen. Nach ihrer Spontanaktion im Februar hatten sie telefonisch Kontakt gehalten, zur Geburt der kleinen Gisela hatte Karl Blumen und Schokolade geschickt. Es war geplant, dass er übers Wochenende bleiben würde, Georg wollte ihm die Kellerei zeigen und ihm einiges zur Sektherstellung erklären. Die Existenz eines Halbbruders fühlte sich noch immer sonderbar an, aber sie würden sich schon daran gewöhnen. Sie hatten auch bereits mit ihren Anwälten gesprochen, was eventuelle Ansprüche von Karl in finanzieller Hinsicht anging. Er sollte auf keinen Fall annehmen, dass er nicht erhielt, was ihm zustand. Es würde auf einen Pflichtanteil hinauslaufen. Allerdings stand noch nicht fest, wie hoch dieser sein sollte. Aber er würde vermutlich ausreichen, dass Karl seine Pläne, einen weiteren Selbstbedienungsladen zu eröffnen, problemlos in die Tat würde umsetzten können. Daran, Bonn zu verlassen, dachte er nicht. Die Stadt war seine Heimat, dorthin gehörte er, dort lebten seine Freunde. Anderswo würde er sich nur fremd fühlen. So hatte er es Henni während eines Telefonats erklärt. Sie konnte seine Beweggründe verstehen. Auch sie würde den Rheingau und Wiesbaden um nichts auf der Welt verlassen wollen.

»Die Polizei ist noch im Haus«, sagte Hiltrud, die mit ernster Miene neben Henni stand. Sie hatte es heute mit ihrem süßlichen Parfüm etwas zu gut gemeint, wie Henni befand. Sie roch so arg danach, als hätte sie darin gebadet. »Wer kommt nur auf den Gedanken, in eine Sektkellerei einzubrechen?« Hiltrud schüttelte den Kopf.

»Das frage ich mich auch«, antwortete Henni. »Das Einzige, was an Bargeld in diesem Haus gelagert wird, ist der Inhalt der Kaffeekasse. Schmuck oder andere Wertgegenstände haben wir nicht. Wir sind doch keine Bankfiliale. Und Sekt hätten sie besser aus einem der Lagerhäuser gestohlen. Da hätten sie es einfacher gehabt.«

»Wenn es überhaupt mehrere Einbrecher waren«, antwortete Hiltrud. »Es könnte durchaus auch ein Einzeltäter gewesen sein. Der Inspektor verdächtigt zwar eine Bande, aber ich wäre mir da nicht so sicher.« Es hörte sich an, als ob sie sich mit Einbrüchen gut auskannte, dachte Henni. Hoffentlich würde ihre gute Hiltrud nicht zu einer zweiten Miss Marple mutieren. »Der Inspektor befindet sich mit Georg in einem der Besprechungsräume, Betty hat den Herren Kaffee und Kekse gebracht. Seine Männer sind noch dabei, den Tatort zu sichern.«

»Den Tatort«, wiederholte Henni und schüttelte den Kopf. »Das hört sich an wie in einem Krimi. Was sichern sie denn? Doch hoffentlich keine Leichen.«

»Entschuldigung«, erwiderte Hiltrud, während sie zur Treppe gingen. »Ich lese eindeutig zu viele Bücher über Mord und Totschlag. Ich meine natürlich, sie sind noch dabei, das Personal zu befragen. Obwohl dabei vermutlich nicht viel herauskommen wird, schließlich ist der Täter nachts eingestiegen.«

Sie betraten den Besprechungsraum. Georg und der Kommissar standen am Fenster und wandten sich um.

Der Kommissar reichte Henni die Hand. Er war ein Mann wie ein Schrank und überragte selbst Georg um ein ganzes Stück. Er hatte eine Halbglatze und trug einen buschigen Schnauzer, in dem einige Kekskrümel hingen. Mit Höflichkeiten hielt er sich nicht lange auf.

»Wir vermuten, dass es eine uns bereits bekannte Diebesbande war, die für den Einbruch verantwortlich ist, Frau Winkler. Wir sind Ihnen bereits länger auf der Spur, konnten die Bande jedoch bedauerlicherweise noch nicht dingfest machen. Sie sind für ihre Einbrüche in wohlhabende Anwesen bekannt und stehlen gerne Schmuck, wertvolle Gemälde und Antiquitäten. Sie haben anscheinend vermutet, dass es hier etwas zu holen gibt.«

»Gibt es aber nicht«, antwortete Henni. »Ich kann allerdings verstehen, dass unser Haus Begehrlichkeiten weckt. Besonders unser Marmorsaal ist beeindruckend. Ich hatte es eben Frau Groß schon gesagt«, sie deutete auf Hiltrud, »das einzig Wertvolle, was gestohlen werden kann, sind die Kaffeekassen in den Büroräumen.«

»Vielen Dank für Ihre Auskunft, Frau Winkler«, antwortete der Kommissar. »Meine Männer sind ja gerade dabei, mit Ihren Mitarbeitern zu sprechen. Es sollte schnell klar sein, was entwendet worden ist. Wurden denn noch anderweitig Beschädigungen festgestellt?« Er sah sie fragend an. Hilfesuchend richtete Henni ihren Blick auf Georg.

»Soweit wir überblicken konnten, nicht«, antwortete er. »Aber sollte unseren Mitarbeitern noch etwas auffallen, melden wir uns bei Ihnen.«

»So machen wir es«, antwortete der Kommissar. »Dann wollen wir mal hoffen, dass wir diese Diebesbande bald Dingfest machen.« Er verabschiedete sich mit festem Händedruck, Henni glaubte, er würde ihr die Finger brechen. Hiltrud begleitete ihn hinaus.

Henni und Georg blieben zurück.

»Du hättest nicht extra herkommen müssen«, sagte er irgendwann. »Wir hatten die Sache im Griff.«

Sie warf ihm einen kurzen Blick zu, den er zu deuten wusste.

»Du bist die Herzberg, ich habe schon verstanden. Aber nun kannst du ja beruhigt nach Assmannshausen zurückfahren. Karl wollte doch heute Mittag eintreffen, oder?«

Henni ahnte, dass hinter seiner Nachfrage mehr steckte.

»Ich kann auch noch ein Weilchen bleiben«, antwortete sie und sah ihn vielsagend an.

»Ich nehme an, Hiltrud konnte ihren Mund mal wieder

nicht halten«, deutete er ihren Blick richtig. »Ich hatte sie extra darum gebeten, dir erst etwas davon zu sagen, wenn alles in trockenen Tüchern ist.«

»Es war nicht Hiltrud«, verteidigte Henni sie. »Betty hat sich gestern am Telefon verplappert.«

»Immer diese Sekretärinnen«, stieß Georg aus und stöhnte. »Zeigst du mir jetzt die neuen Erweiterungspläne?«, hakte Henni nach und grinste.

Er legte die Arme um sie. »Aber nur, wenn ich einen Kuss bekomme.«

Seine Lippen näherten sich den ihren, und seine Zunge drang in ihren Mund ein. Rasch wurde sein Kuss leidenschaftlicher, seine Umarmung inniger, und seine Hand wanderte auf ihren Po. Als er damit begann, ihren Hals mit Küssen zu überziehen und an dem obersten Knopf ihrer Bluse zu nesteln, rückte Henni von ihm ab.

»Ein Kuss, mehr nicht«, antwortete sie und hob mahnend den Zeigefinger. Er grinste breit und antwortete: »Was ein Jammer. Du fehlst mir, hatte ich das schon gesagt? Zu Hause muss ich ständig mit einem entzückenden kleinen Mädchen konkurrieren, das eindeutig eine andere Lautstärke an den Tag legt, als ich es jemals tun würde.«

»Ich weiß«, antwortete Henni und seufzte. »Unsere Gisela hat ein kräftiges Organ. Das muss man ihr lassen.«

Der Gedanke an ihre kleine Tochter wärmte Henni das Herz. Sie hatte einen Tag nach ihrer hanebüchenen Flucht aus dem Krankenhaus in Assmannshausen das Licht der Welt erblickt und war von der ersten Sekunde an ein äußerst lautstarkes Persönchen. Davon, dass sie vier Wochen zu früh auf die Welt gekommen war, hatte man nicht viel gemerkt. Sogar die gute Ulla hatte die Kleine mit ihren kräftigen Lungen überrascht. »Wie ein solch zartes Bobbelsche nur so plärren kann«, hatte sie kurz nach der Geburt kopfschüttelnd gemeint. Doch als sie sie dann in Hennis Arme gelegt hatte, war Gisela ganz still geworden und hatte sie mit ihren großen blauen Augen angesehen.

»Am niedlichsten sind sie in diesem Alter, wenn sie schlafen«, hatte es Trude neulich nach einer äußerst anstrengenden Nacht auf den Punkt gebracht. Es galt zu hoffen, dass sich Gisela bei dem bevorstehenden Kennenlernen mit ihrem Onkel von ihrer ruhigen Seite zeigen würde.

»Aber nun zu den Ausbauplänen. Ich habe gehört, dass du die neue Gärhalle am anderen Ende des Geländes neben unserer Autowerkstatt planst? Aber dort haben wir doch auch nicht genügend Platz, oder?«

»Da gebe ich dir recht«, antwortete er. »Aber ich denke anders. Wenn du magst, zeige ich es dir vor Ort. Dann kannst du es dir besser vorstellen.«

Wenig später schlenderten sie Hand in Hand über das Kellereigelände, und Henni fühlte sich in diesem Augenblick glücklich wie lange nicht. Immer wieder wurden sie von Mitarbeitern gegrüßt, der Leiter des Fuhrparks winkte ihnen aus seinem Büro zu. Um sie herum herrschte die herrliche Geschäftigkeit, die Henni so liebte. Hier auf dem Gelände schlug das Herz ihres Herzberg-Sekts, der, trotz so mancher Rückschläge, immer mehr zur ersten Sektmarke Deutschlands avancierte. Sie konnten stolz darauf sein, wie sie die Kellerei in die neue Zeit geführt hatten. Gerade jetzt wünschte sich Henni, sie könnte das alles ihrem Großvater und auch ihrem Vater zeigen. Sie wären bestimmt stolz auf sie.

Sie erreichten den hinteren Teil des Kellereigeländes. Rechter Hand stand Gustavs Haus. Henni betrachtete es kurz wehmütig. Es sah irgendwie einsam aus. Konnte ein Haus einsam sein?

Georg führte sie nach rechts. Dort war der Zaun zum Nachbargelände niedergedrückt, Brennnesseln überwucherten ihn. Dahinter lag das Grundstück, das sie erwerben hatten wollen.

»Und?«, fragte Henni. »Was ist jetzt anders als damals?«

»Damals hatten wir keine Möglichkeit, das Grundstück daneben zu erwerben«, antwortete er und deutete noch weiter nach rechts. Hinter einem grünen Metallzaun befanden sich zwei mittelgroße Lagerhäuser, davor zwei rauchende junge Burschen.

»Der Eigentümer dieses Grundstücks hat sich die Tage bei mir gemeldet und es mir zum Verkauf angeboten. Er hat das Grundstück wohl von seinem Großvater geerbt, der kürzlich verstorben ist, und kann damit nichts anfangen. Ist das nicht großartig? Allerdings bin ich zu dem Entschluss gekommen, dass wir die Gärhallen alle an einem Ort belassen sollten. Also spiele ich mit dem Gedanken, unsere Autowerkstatt nach hier hinten zu verlegen. Was meinst du?«

»Das ist eine großartige Idee«, erwiderte Henni. Sie wollte noch etwas hinzufügen, wurde aber durch das Auftauchen eines Mitarbeiters unterbrochen.

»Frau Winkler?«, sagte der junge Bursche. »Frau Groß schickt mich. Es gibt ein wichtiges Telefonat für Sie.«

Henni sah ihn mit gerunzelter Stirn an. Was mochte das für ein Telefonat sein, wenn Hiltrud sie extra suchen ließ? Sie folgte dem jungen Mann raschen Schrittes zurück zum Haupthaus.

Als sie Hiltruds Büro betrat, wirkte diese aufgeregt. Sie hatte ihre Hand auf die Sprechmuschel gelegt und sagte leise: »Ich habe Gustav in der Leitung. Es ist ein R-Gespräch. Er befindet sich anscheinend in Nürnberg.«

Henni sah sie verwirrt an und nahm den Hörer entgegen.

»Gustav. Ich bin es, Henni. Was ist passiert?«

»Ei Gude, Fräulein Henni«, hörte sie Gustavs vertraute Stimme. »Da bin ich aber froh, dich zu erreichen. Ich wollte fragen, ob du mir helfen kannst. Das alles ist mir schrecklich peinlich. Aber ich hab nicht gewusst, was ich sonst machen soll. Mir hat doch glatt so ein Dummbatz meine Tasche gestohlen, und da war meine Fahrkarte drin und mein Geldbeutel. Der Schaffner wollte mir das nicht glauben, und ich musste in Nürnberg aus dem Zug raus. Ich kann froh sein, dass ich keine Anzeige wegen Schwarzfahren kriege, hat er gesagt. Ich hab mich so geschämt. Wie einen Schwerverbrecher haben die mich behandelt. Das mit Südfrankreich war eine Schnapsidee. Ich hätte auf dich hören sollen, Fräulein Henni. So einen alten Hessen wie mich verpflanzt man halt nicht mehr.«

»Wo genau bist du jetzt?«, fragte Henni.

»In einer Telefonzelle am Nürnberger Hauptbahnhof«, antwortete er. »Arm wie eine Kirchenmaus. Was soll denn nun werden?

»Gut«, antwortete Henni. »Ich kümmere mich. Warte kurz.«

Sie legte die Hand auf die Hörmuschel und fragte Hiltrud rasch, ob sie aktuell einen Fahrer in Nürnberg hätten. Hiltrud griff rasch zum Hörer und rief in der Auslieferungsstelle an. Keine fünf Minuten später hatte sie Auskunft erhalten.

»Ja, haben wir. Ein Mitarbeiter liefert dort an Großhändler und größere Supermärkte aus. Ich erhalte gleich einen Rückruf, wo er steckt. Wenn wir Glück haben, erreichen wir ihn bei irgendeinem Kunden.«

Es dauerte nicht lange, bis der ersehnte Anruf kam und alles in die Wege geleitet war. Zum Glück kannten Gustav und der Fahrer einander, so würden sie sich rasch finden können.

»Du bist schon bald wieder zu Hause«, sagte Henni zu Gustav. »Alles wird gut.«

Am frühen Abend saß Gustav neben Henni auf der Bank vor dem Haus, von den letzten Sonnenstrahlen beschienen, und genoss die Brotzeit, die Henni für ihn in der Betriebskantine hatte zubereiten lassen. Es gab Frankfurter Würstchen mit Kartoffelsalat, dazu ein Glas seines geliebten Äpplers. Henni war nur kurz in Assmannshausen gewesen und hatte Karl die Umstände erklärt. Er hatte verständnisvoll reagiert. Sie hätten ja noch das ganze Wochenende Zeit für Unternehmungen.

Gustavs Anblick hatte Henni erschreckt. Er glich einem Landstreicher. Seine Hosen waren an den Enden zerrissen, sein kariertes Hemd stand vor Dreck, und er trug einen ungepflegten Bart, sein Haar war lang und struppig. Seine Schuhe waren staubig. Hinzu kam, dass er einen unangenehmen Geruch verströmte. Wann er zuletzt gebadet hatte, ließ sich nur erahnen.

»Also dass die Renate so gemein sein kann, dass hätte ich niemals im Leben gedacht«, sagte er. »Die ist zur reinsten Hexe mutiert, das sag ich dir. Und betrogen hat sie mich auch. Mit so einem aufgeblasenen Möchtegernengländer, der angeblich ein Earl gewesen ist. Und schön war das da auch nicht. Das Haus war runtergekommen, keine Heizung, und im Winter hat es ständig geregnet und gestürmt. Ich glaub, jetzt lass ich das mit den Frauen endgültig bleiben. Die bringen nix als Ärger.« Er sah kurz Henni an. »Außer dir natürlich, Fräulein Henni. Danke noch mal fürs Retten.«

»Wir hätten auch anders einen Weg gefunden, um dich wieder nach Hause zu bekommen«, antwortete Henni und tätschelte ihm kurz den Arm. »Du weißt, dass ich dich nie im Stich lassen würde.«

»Ja, das weiß ich, Fräulein Henni. Deshalb hab ich dich auch angerufen. Sonst hätte ich bei den Obdachlosen unter der Brücke schlafen müssen. Aussehen tu ich ja schon wie einer.«

»Vielleicht ein wenig«, antwortete Henni und stieß ihm sanft in die Seite.

Sie war so froh darüber, ihn wiederzuhaben, und zum Glück hatten sie sein Häuschen nicht abgerissen. Das kleine viereckige Fachwerkhaus am Ende des Kellereigeländes war

sein Zuhause und würde es für den Rest seines Lebens bleiben.

Ihr Gustav war wieder bei ihnen, und sie wusste bereits
jetzt, dass er morgen früh pünktlich um sechs Uhr an seiner
geliebten Pforte sitzen würde.

33. Kapitel

Wiesbaden, 10. Mai 1957

Lisbeth saß in der Hollywoodschaukel auf der Terrasse ihres Hauses und beobachtete mit einer Tasse Tee in den Händen, wie über der Stadt langsam die Sonne aufging. Sie hatte ihren warmen Morgenmantel übergezogen, denn in den Morgenstunden war es noch kühl. Bereits seit einer ganzen Weile hatte sie nicht mehr schlafen können, und sie hatte sich rastlos im Bett hin und her gewälzt. Bedauerlicherweise war Richard nicht hier. Er war am Vortag zu einem Ärztekongress nach Los Angeles aufgebrochen und würde erst in der nächsten Woche zurückkehren. Er fehlte ihr schon jetzt mit jeder Faser ihres Körpers. Sie wusste, dass es nur eine knappe Woche war, die er fort sein würde. Doch so lange waren sie seit ihrem Kennenlernen nicht voneinander getrennt gewesen. Immerhin hatte sie heute etwas zu tun. Schon bald würden die ersten Bewerberinnen für die Stellung der Hauswirtschafterin erscheinen, die sie neu zu besetzen hatten. Die alte Wirtschafterin Gertrude hatte von Beginn an keinen Hehl daraus gemacht, dass sie die neue Frau an der Seite des Hausherrn nicht leiden konnte. Sie hatte sich Lisbeth gegenüber äußerst abweisend verhalten. Sie hatte von sich aus gekündigt, womit sie Richard zuvorgekommen war. Daran, selbst einen Finger im Haushalt krummzumachen, dachte Lisbeth weiß Gott nicht. Sie war schließlich eine geborene Herzberg und eine Arztgattin. Auch würde sie in absehbarer Zeit Mutter sein, und aus Erfahrung mit der fröhlichen Kinderschar in Assmannshausen wusste sie nur zu gut, wie sehr einen solch ein kleines Menschlein in Beschlag nehmen konnte. Wie es die bürgerlichen Frauen hinbekamen, Haushalt und Kinder unter einen Hut zu bringen, würde ihr vermutlich für immer ein Rätsel bleiben.

Die Sonne war inzwischen aufgegangen und sandte ihre wärmenden Strahlen auf die großzügige, aus rostroten Terrakottafliesen gefertigte Terrasse, auf der Lisbeth sich gerne aufhielt. Um sie herum blühten in bepflanzten Kästen unzählige Blumen, von denen sie nur die Geranien erkannte. Die Gartenarbeit hatte Gertrude stets gern gemacht, sogar ein hübsches Kräuterbeet hatte sie angelegt. Vielleicht fand sich ja eine Nachfolgerin, die für Pflanzen ebenfalls ein gutes Händchen hatte.

Plötzlich rief jemand ihren Namen. Lisbeth erkannte die etwas quietschig klingende Frauenstimme ihrer Nachbarin Susanne sofort. Ihr Ehemann war der Inhaber von gleich drei gut gehenden Autohäusern in Wiesbaden. Susanne war seine vierte Ehefrau, Mitte zwanzig, hübsch und einsam. Jedenfalls glaubte Lisbeth das, denn sie schien nur selten Besuch zu bekommen und verließ kaum das Haus. Sie hatte, kurz nachdem Lisbeth bei Richard eingezogen war, mit einem riesigen Kuchenmachwerk aus Sahne und Biskuit vor der Tür gestanden, und Lisbeth hatte ein übles Kaffeetrinken über sich ergehen lassen, in dem die Hauptgesprächsthemen etwas mit den gängigen Schönheitsidealen zu tun hatten. Susannes Angebot doch mal zur Montagsgymnastik mitzukommen, hatte Lisbeth bisher noch nicht angenommen. Obwohl auch sie sich in ihrem neuen Leben häufig langweilte. Eine wirkliche Aufgabe schien eine Frau Doktor, wie sie sich jetzt betiteln durfte, nicht zu haben. Anfangs war sie ab und an noch in der Praxis erschienen, doch rasch war ihr klar geworden, dass sie dort nichts verloren hatte. Die Arzthelferinnen hatten alles im Griff, sie stand nur im Weg herum. In Assmannshausen gab es für die illustre Kinderschar inzwischen sogar zwei Kindermädchen, und um den Weinladen und die Straußenwirtschaft kümmerte sich jetzt Margit, eine Frau aus dem Ort, die Lisbeth sogleich ins Herz geschlossen hatte. Aber mit der Geburt des Kindes würde sich ihr langweiliges Leben schlagartig ändern. Sie sollte die Ruhe vor dem Sturm noch genießen.

Ohne zu fragen, schlüpfte Susanne durch ein Gartentor, das die beiden Grundstücke aus irgendeinem unerfindlichen Grund miteinander verband. Sie trug ein helles Sommerkleid mit blauen Streublümchen darauf, darüber eine kurz geschnittene Strickjacke, an ihren Füßen befanden sich Pumps, und ihr halblanges blondes Haar lag in perfekten Wellen. Sogar Lippenstift hatte sie aufgetragen. Lisbeth kam sich in ihrem Morgenmantel und mit ihrem ungekämmten Haar schäbig vor.

»Guten Morgen, meine Liebe«, flötete Susanne. »Da hat es dich aber heute Morgen schon früh aus den Federn getrieben. Ich hab gehört, dass du seit gestern Strohwitwe bist, und dann fehlt euch ja auch noch immer eine patente Hauswirtschafterin. So jemanden in Wiesbaden aufzutreiben, stellt inzwischen eine wahre Schwierigkeit dar. Meine hat eben den Frühstückstisch gedeckt, sie hat sogar Croissants gebacken. Wenn du möchtest, kannst du mir gerne Gesellschaft leisten.« Ihr Blick wanderte kurz über Lisbeths Bademantel, und Lisbeth ahnte, was sie dachte. Aber erst, wenn du vorzeigbar aussiehst. Sie stieß innerlich einen Seufzer aus. Wieso musste ausgerechnet nebenan eine solch aufdringliche Person wohnen? Sie würde einen Teufel tun und mit Susanne frühstücken. Allerdings durfte sie auch nicht zu unfreundlich zu ihr sein, denn schließlich waren sie Nachbarn, und mit so jemanden sollte man sich besser gutstellen.

»Das Angebot klingt verlockend«, antwortete Lisbeth möglichst freundlich und schenkte Susanne ein verbindliches Lächeln. »Aber es passt mir heute leider gar nicht. Ich bin nur deshalb so früh wach, weil der Tag mit Terminen ausgefüllt ist. Ich muss mich jetzt auch gleich zurechtmachen gehen. Aber ein andermal gern.«

Susannes Lächeln gefror auf ihren Lippen. Mit einer Absage hatte sie anscheinend nicht gerechnet.

»Termine also, und davon gleich mehrere. Na, das klingt ja spannend. Dann eben ein andermal.«

Nachdem sie wieder in ihrem Garten war, atmete Lisbeth erleichtert auf und beschloss, sich nun zurechtzumachen. Bis die erste Bewerberin zum Gespräch erscheinen würde, dauerte es noch einen Moment, aber sie konnte sich bis dahin ja etwas zu essen machen. Inzwischen verspürte sie Hunger.

Drei Stunden später saß Lisbeth erneut mit einer Tasse Tee auf der Terrasse in der Hollywoodschaukel und fühlte sich erschöpft. Zwei Bewerberinnen für die neue Stellung waren erschienen, und innerhalb weniger Minuten war bei jeder von ihnen klargewesen, dass sie ungeeignet war. Die eine war nach Lisbeths Maßstäben zu jung und zu hübsch. Nicht, dass sie ihrem Mann misstraute, aber Vorsorge schadete ja nichts. Die zweite Bewerberin hatte dagegen Pluspunkte durch ihr durchschnittliches Äußeres gesammelt. Sie war Ende fünfzig und stammte aus Mainz, wo sie bis vor Kurzem im Haushalt eines wohlhabenden älteren Ehepaars tätig gewesen war. Nachdem der alte Herr an einem Herzinfarkt verstorben war, sollte das Haus jedoch verkauft werden. Leider hielt sie sich mit Klagen über ihre alten Arbeitgeber nicht zurück, und Lisbeth hatte nur mit bedauernder Miene genickt. Sie fand es aber völlig inakzeptabel, bei seinem neuen Arbeitgeber so taktlos über den vorherigen zu sprechen.

Nachdem sie gegangen war, blieb Lisbeth noch für einen Moment am Tisch sitzen und starrte auf die handgeschriebenen Bewerbungsunterlagen, die vor ihr lagen. Susanne mochte anstrengend und nach Lisbeths Einschätzung nicht die Hellste sein, aber in einem Punkt schien sie richtig zu liegen: Eine passende Hauswirtschafterin zu finden, würde sie noch viele Nerven kosten.

Im nächsten Moment ließ das schrille Läuten des Telefons Lisbeth erschrocken zusammenzucken. Sie erhob sich, ging ins Haus und nahm den Hörer ab. Es war Henni.

»Ich weiß, du bist jetzt verheiratet und eine Frau Doktor.

Aber vielleicht hast du ja Lust, dich um die Betreuung unseres Wohltätigkeitsvereins zu kümmern?«, fragte sie geradeheraus. »Du hattest das ja schon einmal für eine Weile gemacht und kennst dich damit aus. Neuerdings ist auch noch eine Einrichtung für alleinstehende, junge Damen aus schwierigen sozialen Verhältnissen hinzugekommen. Aber die Details kannst du dir ja dann in Ruhe noch ansehen. Hiltrud und ich kommen mal wieder nur leidig dazu, und ich glaube, die Aufgabe könnte dir gefallen. Es wäre auch für die Kellerei gut, wenn eine Herzberg sich diesen wichtigen Themen annehmen würde. Findest du nicht?« Sie wartete ihre Antwort nicht ab, sondern redete weiter: »Wenn du magst, können wir alles Weitere gerne heute Nachmittag bei Kaffee und Kuchen im Café Blum besprechen. Würde dir drei Uhr passen?«

Lisbeth wollte Antwort geben, doch ein plötzlich auftretender, stechender Schmerz in ihrem Unterleib hielt sie davon ab. Dem Schmerz folgten schreckliche Krämpfe. Sie schrie auf, ließ den Hörer auf den Tisch fallen und schlang die Arme um ihren Unterleib. Mit Schrecken registrierte sie einige Bluttropfen auf dem Fußboden.

»Henni«, rief sie panisch und sank auf die Knie. »Henni, hilf mir. Das Kind, mein Bauch ... Es tut so schrecklich weh.« Ein weiterer Krampf raubte ihr den Atem. Sie krümmte sich zusammen, hörte Hennis Stimme dumpf aus dem Hörer, und erste Tränen liefen ihr über die Wangen.

Das Baby, sie würde es verlieren.

Zwei Tage später saß Henni bei Lisbeth am Krankenbett. Sie hatte ihr die neuesten Zeitschriften und selbstgebackenen Kuchen mitgebracht. Dazu Nussschokolade, weil sie wusste, dass Lisbeth sie gernhatte. Auf dem Tisch am Fenster standen unzählige Blumensträuße, der größte stammte von Richard, der sich, nachdem er erfahren hatte, was vorgefallen war, darum bemüht hatte, seinen Flug umzubuchen. Heute Abend würde er eintreffen.

»Einer unserer Fahrer wird ihn selbstverständlich vom Flughafen abholen, und die Schwester hat mir eben versichert, dass er auch außerhalb der Besuchszeiten zu dir kommen darf«, hörte Lisbeth Henni sagen. Ihre Stimme klang, als wäre sie weit entfernt. Lisbeth fühlte sich noch immer wie betäubt. Henni hielt ihre Hand und tätschelte sie ständig, als würde es das wiedergutmachen. Doch nichts würde es jemals wiedergutmachen, denn sie hatte ihr Baby verloren. Es hatte eine gefühlte Ewigkeit gedauert, bis Hilfe eingetroffen war. Mit dem Krankenwagen war sie rasch in die von ihnen allen so verhasste Klinik am Bahnholz gebracht worden. Dort angekommen, hatte ihrem kleinen Schatz niemand mehr helfen können. Es war eine Fehlgeburt gewesen.

Lisbeth hatte viel Blut verloren und fühlte sich schwach und müde. Die ersten Stunden, nachdem sie auf Station gebracht worden war, hatte sie mithilfe von Beruhigungsmitteln schlafend verbracht. Nachdem sie erwacht war, hatte sie sofort diese Leere in ihrem Inneren verspürt, die sie von ihrer ersten Fehlgeburt bereits kannte. Wieso nur konnte sie kein Kind bekommen? Dieses Mal hatte sie so sehr gehofft, dass alles gutgehen würde. Doch sie hatte das kleine Wesen nicht beschützen können. Sie hatte seit ihrer Ankunft mit niemanden gesprochen, die Schwestern angeschwiegen, jedes Essen abgelehnt. Auch die von Henni mitgebrachten Leckereien lagen unberührt auf ihrem Nachttisch. Sie konnte keine Mutter werden. Was war, wenn Richard sie deshalb nicht mehr lieben würde? Sie wusste, dass er sich viele Kinder wünschte. War sie noch die richtige Frau an seiner Seite? Und nun saß Henni neben ihr und versuchte, sie zu trösten. Erneut stieg in Lisbeth das vertraute Gefühl von Neid auf. Henni hatte das Glück eines weiteren Kindes erleben dürfen, obwohl sie doch angeblich keine mehr bekommen konnte. Sie hatte die kleine Gisela gesund zur Welt gebracht und hatte ihren Thomas. Vielleicht würde sie sogar noch mehr Kinder bekommen. Zusätzlich kümmerte sie sich noch um die Zwillingsmädchen, ihr war das Sorgerecht zugesprochen worden. Darüber, dass auch Lisbeth sich gut um die beiden hätte kümmern können, war nie gesprochen worden. Die Tatsache, dass sie als alleinstehende Frau niemals das Sorgerecht hätte zugesprochen bekommen, blendete sie in diesem Moment aus. Sie sah nur Hennis Glück, die große Schwester, der erneut alles zuzufallen schien. In ihrem Leben schien alles glattzulaufen, selbst der von ihr vermisste Gustav war wieder aufgetaucht. Lisbeth hingegen sah ihre Ehe bereits den Bach hinuntergehen.

Eine Ärztin trat ein und blieb vor Lisbeths Bett stehen.

»Guten Tag, die Damen. Mein Name ist Doktor Michaelis. Ich habe Sie nach Ihrer Einlieferung behandelt, Frau Jakobi. Ich dachte, ich lasse Ihnen ein wenig Zeit, um wieder etwas munterer zu werden bevor ich das Gespräch mit Ihnen suche. Sie haben viel Blut verloren, so etwas kostet Kraft.« Sie sah zu Henni, die sich vorstellte und nachfragte, wie es aussah. Die Ärztin schien zu wissen, worauf Henni hinauswollte, und sie sprach den Satz aus, der Lisbeth erleichtern sollte, es jedoch nicht tat: »Sie können auch weiterhin Kinder bekommen, meine Liebe. So eine Fehlgeburt schmerzt, ich weiß. Aber wir haben bei der gestrigen Untersuchung nichts gefunden, was einer erneuten Schwangerschaft im Wege steht. Die Natur weiß schon ganz genau, weshalb sie manche Dinge tut. Ihr Kind wies einige Fehlbildungen auf, und es war für die sechzehnte Woche zu klein. Es ist unschön, es so zu sagen, aber ihr Körper hat darauf reagiert. So ist nun mal das Leben. Aber das bedeutet nicht, dass es beim nächsten Mal ebenso sein muss. Ich habe bereits einige Frauen behandelt, denen es ähnlich ergangen ist wie Ihnen, und sie alle hielten spätestens ein Jahr nach dem traumatischen Ereignis ein gesundes Kind im Arm, eine von ihnen wurde sogar Mutter von Drillingen.« Sie zwinkerte Lisbeth lächelnd zu. »Also Kopf hoch.«

»Siehst du«, sagte Henni, nachdem sich die Tür hinter der Ärztin geschlossen hatte. »Du hast nichts falsch gemacht. Es wird alles gut werden. Das weiß ich bestimmt.« Sie drückte Lisbeths Hand ganz fest.

Lisbeth wusste nicht so recht, was sie mit den Worten der Ärztin anfangen sollte. Sie hatten sich wie tröstende Floskeln angehört, die sie vermutlich jeder Patientin mit einer Fehlgeburt erzählte.

»Und was ist, wenn sie nicht recht hat?«, fragte Lisbeth und sah Henni fest in die Augen. Tränen kullerten über ihre Wangen, sie konnte sie nicht stoppen. »Vielleicht ist das noch immer Gottes Strafe für mich, weil ich früher so ein schlechter Mensch gewesen bin. Auch zu dir war ich gemein. Selbst gerade eben war ich schon wieder neidisch auf dich. Dir scheint alles zu gelingen, und bei mir geht ständig alles schief. So war es früher schon, und so ist es heute auch noch. Es wird sich niemals ändern.«

»Ach, das ist doch Unsinn«, antwortete Henni. »Mir gelingt nicht alles, und bei dir geht auch nicht alles schief. Ich will niemals wieder hören, dass Gott dich für irgendetwas strafen will.« Sie hob mahnend den Zeigefinger. »Ja, du hattest eine Fehlgeburt, und das ist furchtbar. Daran gibt es nichts zu rütteln. Aber du hattest in der letzten Zeit auch viel Glück im Leben. Du hast Richard gefunden, und ihr liebt einander. Das ist doch wunderbar. Wir beide haben den Kampf um die Zwillinge gewonnen. Und auch wenn mir das Sorgerecht zugesprochen worden ist, weil ich verheiratet war, so bist du genauso ihre Ersatzmutter, wie ich es bin. Wir zwei müssen uns um die beiden kümmern. Das sind wir Bille schuldig. Was hat Trude zu uns früher immer gesagt, wenn wir geweint haben?«

»Heulen macht hässlich«, antwortete Lisbeth und wischte sich die Tränen von den Wangen.

»Richtig«, antwortete Henni und stellte eine Frage, die Lisbeth eine gefühlte Ewigkeit nicht mehr gehört hatte: »Wie machen es die Prinzessinnen?«

»Aufstehen, Krönchen zurechtrücken und weitermachen«, antwortete Lisbeth, und ihre Lippen umspielte plötzlich sogar ein Lächeln. »Danke«, sagte sie leise und drückte Hennis Hand. »Ich glaube, das hab ich vergessen zu sagen. Danke dafür, dass du hier bist.«

Im nächsten Moment öffnete sich erneut die Tür des Krankenzimmers, und Richard stürmte in den Raum.

»Lisbeth, Liebes. Ich bin hier«, rief er. »Ich hatte Glück und habe eine frühere Maschine bekommen.« Er zog sie in seine Arme und drückte sie an sich. Lisbeth überwältigte seine körperliche Nähe, der Duft nach seinem Eau de Toilette hüllte sie ein, seine Bartstoppeln kitzelten ihre Wange. »Ach, Liebes«, sagte er. »Es tut mir so leid, dass ich dich allein gelassen habe. Das werde ich mir niemals verzeihen.«

Aus dem Augenwinkel nahm Lisbeth wahr, wie Henni den Raum verließ. Ihre Arbeit als große Schwester war für den Moment getan.

34. Kapitel
Assmannshausen, 2. Juni 1957

»Das werden die schönsten und besten Geburtstagstörtchen, die Assmannshausen jemals gesehen hat«, sagte Inge und schmierte noch mehr Buttercreme auf den unteren Teil des Biskuitbodens einer der Törtchen, das sie in drei Teile geschnitten hatte. »Unten kommt eine Schicht Buttercreme drauf und in die Mitte Himbeermarmelade. Verziert wird mit einer Sahne-Himbeercreme und hübschen Marzipanblümchen. In die Mitte kommt natürlich eine Kerze.« Inges Augen strahlten vor Freude, und ihre Wangen waren von der Wärme im Raum gerötet. Sie trug ihre geblümte Kittelschürze, und ihr ergrautes Haar hatte sie zu dem üblichen Dutt am Hinterkopf gebunden. Die letzten Tage hatte sie mit der Kuchenplanung für die Geburtstagssause verbracht. Da es zwei Mädchen waren, die heute ihren ersten Geburtstag feiern würden, war sie schnell zu dem Schluss gekommen, dass es selbstverständlich zwei Torten geben musste. Die jungen Damen waren auch bereits wach und wurden von Lisbeth bespaßt, die es sich natürlich nicht nehmen ließ, diesen besonderen Tag mit ihren Nichten zu verbringen. Die Tatsache, dass der Geburtstag der kleinen Zuckermäuse auch Erinnerungen an Billes Kampf mit dem Tod zurückbrachte, versuchten sie, so gut es ging, auszublenden. Bille hätte es gewollt, dass die beiden einen von

Fröhlichkeit erfüllten Tag hatten, davon war Henni überzeugt. Auch Petrus schien zu wissen, dass es ein besonderer Tag war, denn die Sonne strahlte von einem wolkenlosen Himmel, und es war bereits zu dieser frühen Stunde wunderbar warm. Die Luft war vom Duft der Rosen und fröhlichem Vogelzwitschern erfüllt, es war herrlich. Der richtige Tag für eine Gartenparty. Henni steckte ihren Finger in die Schüssel mit der Himbeer-Sahnecreme und schleckte ihn genüsslich ab. Sogleich kassierte sie dafür einen Klaps auf die Hand von Inge.

»In meiner Küche wird nicht genascht. Was trödelst du hier eigentlich herum? Hattest du nicht gesagt, heute würde noch eine wichtige Aufsichtsratssitzung in der Kellerei anstehen? Davon halte ich ja eh nix. Am ersten Geburtstag der Mädchen muss ihre Mama arbeiten. Diese Sitzung hätte ruhig verschoben werden können.« Ihre Stimme klang missbilligend.

»Bedauerlicherweise nicht«, antwortete Henni und stieß einen Seufzer aus. »Es geht um die geplante Erweiterung, und ich möchte unbedingt dabei sein, wenn die Ausbaupläne vorgestellt werden. Georg ist schon vor Sonnenaufgang aufgebrochen, um noch einmal sämtliche Pläne durchzugehen. Er plant später sogar eine Führung über das Gelände, damit alle es sich besser vorstellen können. Aber wir werden natürlich pünktlich zum Geburtstagskaffee zurücksein. Das verspreche ich.«

Trude trat ein. Ihr rechter Arm lag in einer Schlinge, denn sie war am Vortag böse gestürzt. Eines der Kinder hatte sein Spielzeug im Flur liegen gelassen, und sie war darüber gestolpert. Es war nur eine Verstauchung, aber der Arzt hatte gemeint, dass eine Ruhigstellung unumgänglich wäre.

»Dieses dumme Handgelenk aber auch«, jammerte sie los. »Jetzt kann ich die Geburtstagskinder nicht einmal hochheben. Wie konnte ich aber auch so ungeschickt sein?«

»Das hätte jedem von uns passieren können«, tröstete Henni. »Gräm dich nicht. Dann gibst du unseren beiden Schätzchen einfach einige Küsschen mehr. Davon können sie zurzeit ja gar nicht genug bekommen.«

Mit dieser Aussage hatte Henni recht. Andrea und Sabine liebten es im Moment, Küsschen zu verteilen und welche zu bekommen. Sie kicherten, und ihre Augen strahlten über das ganze Gesicht, was einem das Herz wärmte.

»Ich hab auch extra für dich noch einen Erdbeerkuchen geplant«, fügte Inge hinzu. »Ich weiß ja, wie gern du ihn hast.«

»Ach, das ist aber lieb von dir«, antwortete Trude gerührt.

Lisbeth erschien. Sie hatte die kleine Andrea auf dem Arm, die noch ihren Schlafanzug trug. Auch Lisbeth war noch nicht angezogen und trug noch ihren Morgenmantel. Sie war bereits am gestrigen Abend mit Richard zu ihnen nach Assmannshausen gekommen, und sie hatten gemeinsam eine herrlich laue Sommernacht auf der Terrasse verbracht. Lisbeth hatte sich nach der Fehlgeburt wieder gefangen. Richard hatte ein längeres Gespräch mit der Ärztin geführt, und auch er hatte ihr erklärt, dass es nicht ihre Schuld sei. Manches Mal passiere so etwas einfach. Wichtig war, dass Lisbeth auch weiterhin Kinder würde bekommen können. Gestern Abend waren die beiden so verliebt gewesen, Richard hatte die ganze Zeit über Lisbeths Hand gehalten oder den Arm um sie gelegt. Georg und Henni waren beide der Meinung, dass es gewiss nicht lange dauern würde, bis ihnen die beiden erneut die frohe Kunde einer Schwangerschaft überbringen würden.

»Guten Morgen, die Damen. Wir wollten uns nach einem Frühstück erkundigen«, sagte Lisbeth.

»Ach du je«, entgegnete Inge und schlug sich vor die Stirn. Vor lauter Geburtstagskuchen hab ich doch glatt vergessen, den Frühstückstisch zu decken. So was aber auch.« Sie eilte zu einem der Geschirrschränke und holte Teller heraus.

Es dauerte nicht lange, bis sie mit vereinten Kräften den Frühstückstisch auf der Terrasse gedeckt hatten. Auch Margit war inzwischen eingetroffen und half mit, obwohl sie ja eigentlich viel zu tun hatte, wie sie betonte. Schließlich gab es bei dem herrlichen Wetter zahlreiche Kundschaft, die versorgt werden musste.

»Gestern haben mir gleich acht Wandergruppen regelrecht die Haare vom Kopf gefressen«, sagte sie und schüttelte den Kopf. »Zwischenzeitlich kam es mir so vor, als wären wir im ganzen Dorf der einzige Ort, der etwas Essbares verkauft. Ich will gar nicht wissen, wie es in der Höllengasse und unten am Rhein zugegangen ist. Nachher kommt gleich Ferdinand und bringt neue Lebensmittel, dann muss ich flott in die Küche und alles fertigmachen. Aber ein schnelles Käffchen geht noch. Ich hab auch ein Geschenk für unsere kleinen Zuckermäuse. Das bring ich nachher vorbei, wenn der Kuchen im Ofen ist.«

Der herrliche Duft von Kaffee zog durch die Räume des Gutshauses, und Henni schnupperte. Inge platzierte unzählige Marmeladengläser auf dem Tisch, es folgte ein Korb mit frischen Brötchen. Auch hartgekochte Eier gab es. Henni griff sich rasch eines der noch warmen Brötchen, brach es auseinander und schob sich ein Stück in den Mund. Selbst ohne Belag schmeckte es köstlich. Ihr Kindermädchen erschien mit der kleinen Gisela auf dem Arm, an der Hand hielt sie Thomas, der noch etwas müde in die Sonne blinzelte.

»Guten Morgen, mein Schätzchen«, begrüßte Henni ihren Sohn und wuschelte ihm durch sein kastanienbraunes Haar. Im Gegensatz zu seinen Cousinen konnte er Küsschen aktuell so gar nicht leiden, weshalb sie sich zurückhielt. Henni nahm dem Kindermädchen ihre Tochter ab und drückte auch ihr einen Kuss auf die Wange. Gisela lachte sie an.

Plötzlich waren aus dem Garten begeisterte Rufe von Lisbeth zu vernehmen, und Henni, Trude, Thomas und Inge, die gerade eine Käseplatte auf den Tisch gestellt hatte, eilten auf den Rasen, um nachzusehen, was geschehen war. Und da sahen sie es: Die kleine Andrea kam ihnen auf ihren Speckbeinchen und über das ganze Gesicht strahlend, ein wenig schwankend noch, entgegengelaufen. Ihr folgte Sabine, die vor Freude kräftig quietschte. »Da sieh dir einer die beiden Fräuleins an«, rief Trude aus und klatschte vor Freude in die Hände. »Da laufen sie doch glatt, und das an ihrem ersten Geburtstag. Man glaubt es kaum.«

Henni nahm Andrea in Empfang und wirbelte sie durch die Luft, Lisbeth hob Sabine hoch und drückte sie an sich. Die beiden kleinen Mädchen jauchzten, dass es eine Freude war. Es war ein so herrlicher Moment des Glücks, doch nachdem Henni die kleine Andrea wieder abgestellt hatte, verspürte sie auch das Gefühl von Wehmut in sich, das sie auszublenden versucht hatte.

Lisbeth schien zu erkennen, was die Stimmung ihrer Schwester trübte, denn sie trat neben sie, legte ihr die Hand auf den Arm und sagte:»Ich bin sicher, unsere Bille sieht die beiden, und sie wird ihr Leben lang wie ein Schutzengel auf sie achtgeben. Das weiß ich.«

»Ja, das wird sie«, antwortete Henni. Sie blinzelte die Tränen fort und schluckte den Kloß hinunter, der sich in ihrem Hals gebildet hatte. Die tröstenden Worte, die die Ärztin in der Klinik zu Lisbeth gesagt hatte, kamen ihr plötzlich in den Sinn. So ist nun mal das Leben. Heute schenkte es ihnen einen Tag voller Glück und Sonnenschein, doch bereits morgen könnten erneut dunkle Wolken aufziehen. Sie würden ihnen trotzen, so wie sie es stets getan hatten. Sie nahm Lisbeths Hand und drückte sie fest. Sie waren die Herzbergfrauen, und es galt, das Geschaffene zu bewahren und es zu beschützen. Henni wusste, dass sie und Lisbeth trotz ihrer Verschiedenheit jeden dunklen Schatten überwinden würden. Die Zukunft tapste über ihren Rasen, sie mussten sie nur gemeinsam gestalten.

Eine Weile darauf – Henni hatte sich nur schweren Herzens von den anderen trennen können – hielt sie mit ihrem Wagen vor dem Pförtnerhaus des Kellereigeländes und kurbelte die Scheibe nach unten.

Gustav trat nach draußen. Sein Anblick sorgte dafür, dass Henni das Herz warm wurde. Es war so schön, ihn wieder hierzuhaben, und sie hoffte, er würde noch für lange Zeit in seinem geliebten Pförtnerhaus seinen täglichen Dienst tun.

»Ei Gude, Fräulein Henni«, grüßte er fröhlich und lüpfte kurz seine dunkelblaue Schiebermütze. »Es ist schön, dich zu sehen.«

Nachwort

Eine ganze Weile lang durfte ich die Herzbergfrauen auf ihrem Lebensweg begleiten, nun glaube ich, dass ich sie guten Gewissens gehen lassen kann. Der Tod von Bille war auch für mich schwer zu verarbeiten, aber wie in der Geschichte erzählt: So ist nun mal das Leben. Es kann hell und voller Glück, aber auch düster und voller Traurigkeit sein.

Natürlich wünsche ich Henni und Lisbeth nur das Beste für die Zukunft, Lisbeth viele Kinder – ich glaube, sie wird noch eine tolle Mutter. Henni ist eine so großartige und starke Frau, und mit Georg hat sie den perfekten Partner an ihrer Seite. Sie wird das Familienerbe in eine großartige Zukunft führen, dessen bin ich mir sicher. Ihr Großvater wäre stolz auf sie gewesen. Und Gustav sitzt bestimmt noch eine Weile in seinem Pförtnerhaus.

Wie man vielleicht erkennen kann, schreibe ich über meine Figuren, als hätte es sie tatsächlich gegeben. Ich weiß, ich habe sie mir alle ausgedacht, aber es kommt jedes Mal wieder der Moment, an dem sie für mich real sind und ich nur noch als Beobachter neben ihnen herlaufe und ihre Geschichte mitschreibe. Ich war gern mit ihnen allen im Wiesbaden der fünfziger Jahre und im wunderschönen Rheingau.

Mein Dank dafür, dass ich die Geschichte meiner Herzberg-Mädchen erzählen durfte, geht an das gesamte Team des Aufbau Verlags. Ich danke meiner großartigen Lektorin Constanze Bichlmaier, die meine Mädels ebenso ins Herz geschlossen hat, wie ich es getan habe. Ich bedanke mich bei meiner Agentin Franka Zastrow fürs Zuhören und Mitdenken. Natürlich auch bei meiner Familie, allen voran bei meinem Mann Matthias, der – natürlich nur, weil es fürs Buch so wichtig war – mit mir stundenlang durch die Weinberge gelaufen ist. Und ich bedanke mich bei meinen Lesern.

Danke dafür, dass Ihr meine Bücher kauft, lest, sie liebt, sie vielleicht auch mal kritisiert, und weiterempfehlt.

Leseprobe

Prolog
Mimi

Dunkelblau und glitzernd windet sich der Kanal zwischen sattgrünen Wiesen hindurch. Schlanke Birken neigen sich in der sanften Brise elegant mal hierhin, mal dorthin. Nur an wenigen Stellen ist das Ufer durch Beton befestigt. Mimi setzt behutsam einen Fuß vor den anderen. Kleine Schritte. In ihrem Alter macht man keine großen Sprünge mehr. Sie hat noch ein ausgesprochen feines Gehör, nimmt das Summen einer Hummel wahr, die von einer Butterblume zur nächsten fliegt. Sie lauscht dem Plätschern des Wassers, das über die unzähligen nass glänzenden Steine schwappt, jeder einzelne von ihnen meist schon vor langer Zeit mit Bedacht platziert. Ein Segelschiff zieht geschmeidig vorbei. Ein Mann an Bord hat Mimi entdeckt und winkt. Sie hebt lächelnd die Hand. Am Horizont taucht ein mächtiger Frachter auf. Er kommt aus Richtung Kiel. Auf einer Strecke von knapp hundert Kilometern wird er Felder und Weiden passieren, Städte und Dörfer, Brücken und Schleusen, ehe er sich bei Brunsbüttel in die Elbe schieben und dem Land zwischen den Meeren Lebewohl sagen wird. Mit dumpfem Wummern kommt er näher, immer schneller klatschen kleine Wellen an Land. Es ist, als hätte jemand das blaue Band, das eben noch ruhig unter dem weiß betupften Frühsommerhimmel lag, an beiden Enden gepackt und zum Schwingen gebracht. Mimi lässt ihren Blick schweifen. Für einige ist dieser Kanal wohl einfach nur die Verbindung von Nord- und Ostsee. Das Wattenmeer mit seinen Gezeiten, Inseln, der Halligwelt, mit seinen Salzwiesen, auf denen Schafe grasen auf der einen Seite, die sanften Buchten, weit ins Land vordringenden Förden, die Städte und feinen Seebäder auf der anderen Seite. Für so manche ist es ein Brückenschlag von Ost nach West, von den baltischen Ländern zum Vereinigten Königreich und weit darüber hinaus. Für Mimi würde der Kanal immer das Band zwischen den Seelen ihrer Eltern sein. Ein Band, das ihre Mutter mehr als einmal zu ersticken gedroht und das sie dennoch immer stolz durch ihr Leben getragen hat, als sei es ein Schmuckstück. Mimis Vater war besessen davon gewesen, eine Wasserstraße von einem deutschen Meer zum anderen zu bauen. So schien es. In Wahrheit wollte er für seine Dorothea West und Ost näher zusammenbringen, um ihr die gesamte Welt zu Füßen legen zu können. Tag und Nacht hat er gearbeitet, um mit dem Verdienst für seine Familie ein Fleckchen im Grünen zu kaufen. Doch es war alles anders gekommen. Mimi schließt kurz die Augen und saugt den Geruch ein, der ihr so vertraut ist. Ein Hauch von Algen und Fisch, doch wesentlich zarter als an der See. Der Frachter ist schon wieder aus ihrem Blickfeld verschwunden. Sie geht ein paar Schritte, um die Levensauer Hochbrücke mit etwas Abstand in voller Pracht betrachten zu können. Die Wappenschilde mit dem Kaiseradler gibt es nicht mehr. Auch die vier über das schmiedeeiserne Gerüst ragenden Türme mit ihren Torbögen sind verschwunden. Trotzdem ist sie noch immer eine der eindrucksvollsten Kanalbrücken, vielleicht die schönste von ihnen. Weil sie mächtige massive Pfeiler aus rotem Backstein mit einem geradezu filigran wirkenden Metallüberbau verbindet. Weil sie über dem Kanal schwebt, als würde sie schützend ihre Arme darüber ausbreiten. Es ist Mimis Lieblingsplatz. Sie war bei der feierlichen Eröffnung am dritten Dezember 1894 und ist so manches Mal mit dem Zug darübergefahren. Dann mussten die Fuhrwerke und Kutschen anhalten und der Eisenbahn die Vorfahrt lassen. Sogar eine kleine Station gab es dort oben auf der Brücke. Mimi legt eine Hand über die Augen und den Kopf in den Nacken. Seit Kurzem halten da keine Züge mehr, der Betrieb ist eingestellt. Dafür rauschen die Automobile jetzt in großer Zahl von einer Seite zur anderen. Als Mimi noch ein Kind war, war ein Auto noch eine Sensation.

»Mit dem Fortschritt verhält es sich wie mit einem an die Wand gelehnten Holzbalken, der ins Rutschen gerät«, hat sie plötzlich die Stimme ihres Vaters im Kopf. »Er setzt sich langsam in Bewegung, gewinnt dann jedoch rasant an Tempo. Die Menschen müssen irgendwie mithalten. Dazu sind schnelle Verbindungen nötig.« Und noch etwas hat er immer gesagt: »Veränderungen erfordern die Erschaffung passender Bauwerke, die wiederum für Veränderungen sorgen. Und sie erfordern Mut.« Mimi muss unwillkürlich lächeln. Ihr Vater, Heinrich Hermann Dahlström, hatte diesen Mut, er hat diese schnelle Verbindung geschaffen. Gegen alle Widerstände. Und davon gab es viele. Mimi spürt, dass es Zeit wird, zurückzugehen, ihre Beine werden ihr schwer, immer häufiger muss sie stehen bleiben und Atem schöpfen. Sie ist eben kein junges Ding mehr mit langen dunklen Zöpfen und Augen, die voller Neugier in die Zukunft blicken. Jetzt schaut sie eher zurück, denn vor ihr ist der Horizont erschreckend nah.

Ihr Vater erholte sich gerade von einer ernsten Erkrankung, als er zu ihr sagte: »Mimi, ich werde dir irgendwann die Geschichte meines Lebens diktieren.«

Er hat nie die Zeit dafür gefunden. Und auch ihre Zeit geht allmählich zu Ende. Doch auch ohne Diktat hat Mimi sein Leben in ihrem Kopf und ihrem Herzen. In unzähligen Stunden hat sie es mit ihm geteilt und er hat ihr alles erzählt. Fast immer ging es um den Kanal. Er ist untrennbar mit ihm verbunden, mit der gesamten Familie. Er gehört zu ihrem Vater wie ein Sohn, der ihm etliche graue Haare beschert und ihn am Ende doch unendlich stolz gemacht hat. Er gehört zu Mimi wie ein Bruder, der es stets verstanden hat, sich die gesamte Aufmerksamkeit der Eltern zu sichern, und die kleine Schwester immer gerade rechtzeitig in Staunen versetzt hat, um ihre Eifersucht in grenzenlose Liebe zu verwandeln. Wahrscheinlich kann sie deshalb noch immer nicht lange ohne ihn sein, so wie es einen automatisch zum Verwandtenbesuch drängt, wenn der letzte bereits zu weit zurückliegt.

Keine Bank weit und breit, keine Möglichkeit, sich auszuruhen, nur das glitzernde, sanft wogende Band, eingebettet in sattes Grün, behütet von einem blauen Himmel mit Schäfchenwolken. Die Erinnerung nimmt Mimi fast die Luft. Schäfchen hat ihr Vater ihre Mutter genannt. Wer ihn nicht kannte, hätte den Kosenamen falsch verstehen können. Doch Mimi weiß genau, wie er es meinte.

Ihre Mutter hatte es ihr erzählt: »Er hat mich schon auf dem Mühlenberg so genannt, wo ich aufgewachsen bin. Den Tag vergesse ich nie. Ich war auf den von Mehl bedeckten Stufen nach oben geklettert, in den Raum unter der Kuppel, über die sich ein grünes Kupferdach spannte. Mein blaues Kleid war über und über weiß betupft. Mehl. Ich war unachtsam gewesen, als ich der Katze Milch hingestellt und mich nah ans Holz gepresst hatte, um besser aus der Luke schauen zu können.

›Es sieht beinahe aus wie Löckchen aus Schafwolle‹, hatte er gesagt.« Und dann hatte sie Mimi davon erzählt, dass auch die Dahlströms auf dem Mühlenberg gelebt hatten. Während ihre Mutter ihr Versteck unter dem Helm der über hundert Jahre alten Mühle für seine Geborgenheit liebte, die sogar Katzen nutzten, um dort ihre Jungen großzuziehen, war ihr Vater fasziniert vom Rattern und Vibrieren der Mühlsteine gewesen, vom zuverlässigen Ineinandergreifen der Räder. Die Begeisterung für die Aussicht über die Anhöhe des Stintfangs auf die Masten der Schiffe teilten sie. Auch ein Stückchen Elbe konnten sie von dort sehen. Hamburgs Lebensader. Ein blaues Band, das die Hansestadt mit der Welt verband. Mimi bekommt eine Gänsehaut. Als hätten Dorothea und Hermann damals bereits auf ihr Schicksal geschaut. Sie heirateten bald darauf in der Michaeliskirche, nur einen Steinwurf entfernt von ihrem mehlbestäubten Ausguck.

Obwohl sie erschöpft ist, zögert Mimi den Abschied raus. Nicht anzunehmen, dass sie noch einmal die Reise von ihrem Haus in Wohldorf durch halb Schleswig-Holstein schaffen wird, hierher an ihren Lieblingsplatz unter der Levensauer Hochbrücke. Ein Abschied für immer also. Ein Raddampfer zieht vorbei. Seine Schaufeln bringen das Wasser zum Schäumen und Rauschen. Heutzutage ein seltener Anblick. Erschrocken bringt eine Entenmutter ihre Jungen, noch grau und flauschig, über die Böschung hinauf in Sicherheit. Sie ahnt nichts von der Bedeutung des Kanals. Ob Mimis Vater in seinem Begeisterungsrausch für die gewaltige künstliche Wasserstraße geahnt hat, wie sie den Norden des Kaiserreichs verändern wird? Nicht nur den Norden, sondern das gesamte Reich, wenn nicht gar die ganze Welt! Die Entstehung dieses Jahrhundertbauwerks hat sein Leben bestimmt und das derer, die es erschaffen haben. Seine und ihre Geschichte soll hier erzählt werden.

Kapitel 1
Mimi

Hamburg, Hochallee Nr. 8, Ende Februar 1886

Der März stand vor der Tür, an manchen Stellen ließen sich schon grüne Blätter mit feinen weißen Streifen im Rasen ausmachen. Krokusse, die ihre Köpfchen der Sonne entgegenschoben. An diesem Tag stürmte Mimi achtlos an ihnen vorüber. Sie hatte keinen Blick dafür, weil eine Freude sie ausfüllte, wie sie sie nicht mehr empfunden hatte, seit ihre Mutter im Juli des vergangenen Jahres gestorben war. Seit diesem schrecklichen Tag fühlte es sich an, als hinge ein bedrohlicher Nebel in allen Winkeln des Hauses, der darauf lauerte, die Familie mit Haut und Haaren zu verschlingen, sollte einer es wagen, zu lachen, herumzutoben oder auch nur in gewöhnlicher Lautstärke zu sprechen. Sie war nachts gestorben. Mimi hatte nicht weinen können, am Morgen, als ihr Vater sie stumm in den Arm nahm, und auch nicht, als sie das Leinentuch vom Gesicht der Mutter zogen, damit die Kinder sie noch einmal sehen konnten. Friedlich hatte sie auf Mimi gewirkt, als würde sie etwas Schönes träumen. Die Tränen, die sie am von Kerzen und Blumen üppig eingerahmten Sarg vergossen hatte, waren wohl in erster Linie den vielen schluchzenden Menschen geschuldet, die gekommen waren. Vor allem aber dem Kummer, der aus den Augen ihres Vaters gesprochen hatte. Es war, als sei er durch

Mutters Tod versteinert, unfähig, eine Gefühlsregung zu zeigen. Das würde sich jetzt ändern, da war Mimi sicher. Welch ein glücklicher Zufall, dass sie ausgerechnet heute schon so früh auf den Beinen gewesen war. Sie hatte ein Hausstandsbuch besorgt, denn sie hatte die neue Hausdame in Verdacht, sich regelmäßig Lebensmittel abzuzweigen, die auf Dahlströmsche Rechnung geliefert wurden. Zwar litten sie nicht gerade Hunger, lebten aber auch nicht im Überfluss. Vater hatte schließlich sämtliche Ersparnisse in sein Kanalprojekt gesteckt. Auf dem Heimweg hatte sie dann einen Zeitungsjungen gehört, der die Schlagzeile herausbrüllte: »Kanal beschlossene Sache, der Nord-Ostsee-Kanal kommt!«

Für einen Moment war ihr geradezu die Luft weggeblieben. Das war eine gute Nachricht, ach was, das war die beste Nachricht, die sie sich vorstellen konnte. Sie würde ihren Vater ganz bestimmt aus seiner Trauer reißen und ihm mehr als nur ein Lächeln entlocken. Sofort hatte sie eine Ausgabe gekauft und war nach Hause gerannt. Trotz der Kälte lief ihr der Schweiß den Rücken herunter, als sie jetzt das Haus betrat. Sie hielt die Aufregung nicht mehr länger aus.

»Vati?«, rief sie, kaum dass sie die Tür hinter sich geschlossen hatte. Er antwortete nicht. Wo steckte er nur? »Vati!« Noch in Stiefeln und Mantel stürmte sie ins Speisezimmer. Da saß er und stocherte in seinem Rührei herum. Ohne eine erkennbare Regung sah er sie an. Er schimpfte nicht einmal, dass ihre dreckigen Sohlen Flecken auf dem Teppich hinterlassen könnten.

»Der Nord-Ostsee-Kanal ist genehmigt, Vati.« Sie wedelte mit der Zeitung vor seiner Nase herum. »Es steht alles hier drin«, brachte sie atemlos hervor und strahlte ihn an. Er lächelte nicht, seine Lippen waren fest aufeinandergepresst, seine Kieferknochen traten hervor. »Das ist die Nachricht, auf die du so sehnsüchtig gewartet hast«, sagte sie. Als ob er das nicht selbst am besten wüsste.

Nur brachte seine Reaktion, seine fehlende Freude sie eben komplett aus dem Konzept. Glaubte er ihr nicht? Eilig schlug sie die Seite auf und tippte mit dem Finger auf den Artikel. Er schluckte hart, beugte sich über die Rubrik Aktuelles und las. Gespannt betrachtete sie seine Augen, die von einer Zeile zur nächsten eilten. Höchstens noch eine Sekunde, dann würden sich seine Lippen verziehen und sein Gesicht würde leuchten. Sie konnte es nicht erwarten. Endlich blickte er zu ihr auf, die Wangen fahl, die Augen leer.

»Der Reichstag hat dem Gesetzentwurf zugestimmt. Der Kanal wird gebaut werden«, sagte er heiser.

»So ist es, Vati. Ist das nicht wunderbar?« Mimi lachte.

»Sie hat es nicht mehr erleben dürfen«, antwortete er so leise, dass sie glaubte, sich verhört zu haben. »Zu spät, Mimi, begreifst du das denn nicht?«, schrie er plötzlich auf. »Deine Mutter hat es nicht mehr erlebt, es hat keinen Sinn mehr.« Er schlug die Hände vor das Gesicht und begann zu weinen. Wie lange hatte sie sich gewünscht, er würde seine Gefühle zeigen, seine Trauer mit ihr teilen. Wenigstens wenn er allein mit ihr war, mit seiner Erstgeborenen. Jetzt erschreckte es sie. Noch nie zuvor hatte sie ihn so verletzlich gesehen, so hilflos. Was sollte sie nur tun? Mimi legte die Arme um seine bebenden Schultern. Kurz meinte sie, er würde sie wegstoßen. Sie presste sich fest an ihn und merkte, dass auch ihr die Tränen über die Wangen liefen. So lange hatte sie sich zusammengerissen, war sie stark geblieben für ihre jüngeren Geschwister. Vor allem für Brüderchen Paul. Nicht einmal seinen ersten Geburtstag hatte Mutter erlebt. An ihrem Sarg hatte Mimi ihr still versprochen, ihm die Mutter zu ersetzen. Sie riss sich zusammen, wenn die Trauer sie auch manches Mal zu überwältigen drohte. Jetzt stürzte die Mauer auf einen Schlag ein, die sie um ihren Kummer gebaut hatte. Mimi und ihr Vater kämpften nicht mehr. Für ein paar Sekunden kümmerte es sie nicht, dass sie ein Vorbild sein müssten, die Kleinen sie womöglich hören könnten. Der Schmerz rollte über sie hinweg wie eine riesige Welle, und sie überließen sich einfach der Strömung.

»Sie hat so viel mit mir durchgemacht«, murmelte er schließlich, rieb sich die Augen und sah Mimi an. »Manchmal denke ich, der Kanal hat schon einen Menschen auf dem Gewissen, ehe er überhaupt gebaut ist.«

»Sie war krank«, wandte sie ein, »dafür kann doch der Kanal nichts.« Vor ziemlich genau einem Jahr hatte das Unglück seinen Anfang genommen. Großmutter Dreyer war gestorben. Mit 93 Jahren, ein unvorstellbares, ein wunderbares Alter. Natürlich waren Vater und Mutter zum Begräbnis gegangen, trotz des starken Schneetreibens und des biestigen Oststurms. Danach hatte ihre Mutter schrecklich zu husten begonnen. Zuerst war von einer schweren Erkältung die Rede gewesen, später sprach der Arzt von Rippenfellentzündung. Fünf lange Monate hatte sie im Bett gelegen und gegen die Fieberflammen gekämpft, die ihren Körper zu verschlingen drohten. Sie hatte den Kampf verloren.

»Hast recht, Kind«, sagte er und räusperte sich. »Ich darf nicht ihm in die Schuhe schieben, was mir anzukreiden ist. Ich bin der Schuldige, mit dem sie zu viel hat durchmachen müssen.« Ihm brach die Stimme.

»Aber das stimmt doch nicht, Vati«, erwiderte sie zitternd und streichelte ihm über den Arm. »Du warst immer gut zu ihr. Sie hat dich sehr lieb gehabt, das weiß ich genau.«

»Vielleicht hat sie mich mehr geliebt, als ich es verdient habe.« Er putzte sich die Nase und sah Mimi an. »Hat sie dir je von meinen Reisen für Alfred Nobel und sein Sprengöl erzählt?« Mimi schüttelte den Kopf. »Ich habe es für ihn in deutschen Grubenbezirken vorgeführt, bin damit sogar nach London und Russland gereist.« Er lächelte schwach. »Wie oft habe ich meine Geschichten zum Besten gegeben! Hinterher hatte ich gut lachen, doch ihr blieb die Heiterkeit manches Mal im Halse stecken. Sie hatte vollkommen recht, mir war damals nicht einmal klar, dass der falsche Umgang mit dem explosiven Stoff lebensgefährlich war. Ich habe ihn einfach in der Reisetasche herumgetragen und zu gern zu Demonstrationszwecken an die Wand geschleudert.«

»Wie bitte?«

»Ja, du hast richtig gehört. Der arme Kerl, der nach mir für Nobel in der Welt unterwegs war, hatte weniger Glück als ich. Er ist mitsamt seinem Wagen in die Luft geflogen. Nichts ist von ihm geblieben, außer einem Stiefel, der hoch über der Unfallstelle in einem Baum gefunden wurde.« Für ein paar kostbare Sekunden nahm er sie mit in die Vergangenheit, in der ihre Mutter noch lebte und alles in schönster Ordnung war. »Deine Mutter muss Todesängste ausgestanden haben«, sagte er matt. »In ihren Augen war Dynamit ein wahres Teufelszeug.« Er griff Mimis Hände so plötzlich, dass sie beinahe aufgeschrien hätte. »Dabei ist es ein Geschenk. Was hat es nicht alles möglich gemacht?« Dann schwärmte er von dem Genfer Bauunternehmer Louis Favre, der mit Hilfe des Sprengstoffs in Rekordzeit einen Tunnel durch das Schweizer Gotthardmassiv getrieben hatte. »Der längste Tunnel der Welt, Mimi. Siebzehn Kilometer. Und sie haben nicht einmal siebeneinhalb Jahre gebraucht. Eine wahre Meisterleistung der Ingenieurskunst! Die Zeitungen waren voll davon.« Seine Augen glänzten beinahe fiebrig, Mimi wusste nicht, was sie von diesem plötzlichen Stimmungsumschwung halten sollte. »Nur über die Arbeiter, die, vom Ehrgeiz Favres angespornt, bis zur kompletten Erschöpfung geschuftet haben, war keine Silbe zu lesen. Der Anstand hätte es verlangt, ihre Leistung anzuerkennen.«

Kurz kehrte Stille ein. Mimi wollte auf sein eigenes Sensations-bauwerk zu sprechen kommen. Der Nord-Ostsee-Kanal war genehmigt. Zu spät für Mutter, gewiss, aber Vater war noch am Leben. Er musste weitermachen, in die Zukunft schauen.

»Du wirst es besser machen, Vati, du wirst dafür sorgen, dass die Kanalarbeiter angemessen gewürdigt werden«, sagte sie und lächelte.

»Wie soll ich das tun ohne sie?« Er verbarg sein Gesicht wieder hinter seinen Händen.

Ihre Mutter hatte die gleiche Sorge gehabt. Sie hatte Angst gehabt, ihn im Stich zu lassen, wenn sie ans Bett gefesselt war. Wie sollte Hermann denn alles allein schaffen, die fünf Kinder, den Kanal? Dieser Gedanke hatte sie umgetrieben, das wusste Mimi, obwohl ihre Mutter alles darangesetzt hatte, es vor ihr zu verbergen.

Noch etwas fiel Mimi ein: »Sie war schrecklich stolz auf dich. Immer hat sie davon gesprochen. ›Wer hätte gedacht, dass der Sohn eines Klavierbauers einmal das größte Unternehmen des Kaiserreichs planen würde?‹«, ahmte sie ihre Mutter nach. »Sie hat mir erzählt, dass du den Betrieb deines Vaters übernehmen solltest, aber nicht konntest, weil du zu schmächtig warst und allergisch auf Holzstaub«, sagte sie jetzt mit leiser Stimme.

»Ich habe meine Ausbildung sehr wohl gemacht«, verteidigte er sich, wischte sich über die feuchten Wangen und setzte zerknirscht hinzu: »Allerdings ist es wahr, der feine Staub hat meinen Atemwegen so sehr zugesetzt, dass ich in der Werkstatt einen Blutsturz bekam.«

»Gut so«, meinte Mimi munter. Als er fragend die Augenbrauen hob, sagte sie: »Mutti behauptete immer, du bist ein Tüftler, kein Tischler. Sie hat mir erzählt, du hättest dir ein wahres Wunderding ausgedacht, als du gerade mal sechzehn warst.«

»Ein mit Wasserstoffgas betriebenes Perpetuum mobile«, erklärte er stolz. Wie es aussah, gelang ihr Ablenkungsmanöver. »Das sollte es zumindest werden. Na ja, meine Maschine war noch nicht ausgereift, war aber immerhin so interessant, dass sie die Aufmerksamkeit von Werner von Siemens erregt hat. Er ist extra zu uns nach Hause gekommen, um sich meine Konstruktion anzusehen. Siemens wollte mich sogar nach Berlin holen. Tja, daraus wurde nichts.«

Mimi und ihr Vater hatten sich immer nahegestanden. In gewisser Weise war sie aus dem selben Holz wie er. So wie an diesem Morgen hatten sie jedoch noch nie miteinander gesprochen. Er vertraute sich ihr an, wie er sich sonst wohl nur seiner Frau anvertraut hatte. Ein Gefühl tiefster Zufriedenheit breitete sich in ihr aus. Sie sah ihn an und bekam Angst, denn er starrte plötzlich wieder vor sich hin. Alles Lebendige, über das sie sich eben noch so gefreut hatte, war dahin.

»Vati?«

»Es ist und bleibt meine Schuld.« Ehe sie Einspruch erheben konnte, fuhr er fort: »Vier Geburten allzu rasch nacheinander haben ihr die Kraft geraubt. Es war zu viel für sie. Und selbst während sie in Kiel im Krankenhaus lag, hatte ich nur mein Projekt im Sinn.«

»Ich denke, du warst in Kiel, um in ihrer Nähe zu sein«, warf sie zaghaft ein. Er seufzte so tief, dass es ihr das Herz zerriss.

»Und doch habe ich sie zu oft allein gelassen und mich in Unterlagen vergraben. Ich konnte doch nicht zulassen, dass Henry Strousberg Elbe und Oder durch eine Wasserstraße verbindet und damit Berlin zum ersten Handelsplatz des Reiches macht«, stieß er verzweifelt hervor.

»Strousberg?«

Er nickte. »Ihm gehörte ein Hüttenwerk in Dortmund, ich hatte ihn durch das Dynamit kennengelernt. Eisenbahnkönig wurde er genannt«, sagte er abfällig. »Die Art und Weise, wie Strousberg Konzessionen für so manche Strecke erworben hat, soll ebenso wenig seriös gewesen sein wie seine Finanzierungskonzepte. Trotzdem ist er kein übler Kerl. Bloß dass er sich mit einem Kanal beschäftigt hat, der quer durch Schleswig-Holstein führen sollte, habe ich ihm angekreidet. Er vertrat den Standpunkt, Berlin sei das wirtschaftliche und kulturelle Zentrum des Reiches, das müsse seine Lage widerspiegeln. Strousberg wollte allen Ernstes und ganz bewusst dem Hamburger Hafen das Wasser abgraben.« Vater schüttelte den Kopf. »Ihm war die privilegierte wirtschaftliche Stellung der Hansestadt schon länger ein Dorn im Auge. Sein Plan war nicht realisierbar, das war mir klar, doch allein seine Idee war schon eine Provokation. Was wäre geschehen, wenn er Irre gefunden hätte, die ihn unterstützt hätten? Ich konnte nicht zulassen, dass die Bedeutung des Hamburger Hafens an Berlin abgetreten würde.«

»Das hätte sie auch nicht gewollt«, sagte sie.

»Ach, Mimi, du hast ja recht. Du bist schon so erwachsen mit deinen zwölf Jahren. Deine Mutter hat den Kanal beinahe so sehr gewollt wie ich. Sie hat mich ausgehalten, wenn ich mich wie besessen durch Berge von Papier gewühlt, statistisches Material gesammelt, zuverlässige Ertragsberechnungen angestellt und Schriften herausgegeben habe, wenn ich mich mit bedeutenden Männern traf, um sie zu überzeugen. Ich wollte unbedingt derjenige sein, der aus der ewigen Vision endlich ein reales Bauwerk macht, zum Wohle des Reiches und zum Wohle Hamburgs!« Hatte er eben noch kämpferisch geklungen, drang jetzt wieder ein Laut aus seiner Kehle, der ihr durch Mark und Bein ging. »Es hat mich mein Vermögen gekostet. Unser Vermögen. Ich wollte ihr die Welt zu Füßen legen, mit ihr von Finnland durch meinen Kanal reisen und weiter bis nach London oder nach Irland. Wenigstens ein Häuschen im Grünen wollte ich ihr kaufen. Nicht mehr ständig getrennt sein, mit euch durch die Wälder streifen, Tannenzapfen sammeln oder Kastanien. Das hätte ihr gefallen. Ich werde ihr nie etwas dafür zurückgeben können!« Seine Stimme brach erneut, Tränen rannen ihm über die Wangen.

»Ja, das hat sie sich sehr gewünscht«, sagte Mimi sanft. »Weißt du auch, warum?« Er antwortete nicht. »Weil sie wusste, wie sehr du es genossen hättest.« Er blickte auf. »Das hat sie mir verraten. ›All die Planer und Ingenieure, mit denen er zu tun hat‹, hat sie mal zu mir gesagt, ›erleben ihn nur energisch und konzentriert. Sie können ihn sich nicht ausgelassen tobend vorstellen.‹ Und dann hat sie noch etwas gesagt, nämlich dass du der sensibelste und romantischste Mensch bist, der ihr je begegnet ist. Du hast ihr die schönsten Liebesbriefe geschrieben, die man sich überhaupt nur vorstellen kann, hat sie gesagt.« Mimi schluckte. »Vielleicht hast du ihr viel mehr gegeben, als du ahnst.«

Ihr Vater schnäuzte sich und lächelte, seine Augen glänzten.

»Du hast recht, Mimi, es ist gut, dass der Kanal kommt, es ist sogar ganz wunderbar.«

Gut zwei Wochen später, am 16. März 1886 gab es kein Zittern und Bangen mehr, Kaiser Wilhelm hatte aus dem Entschluss ein Gesetz gemacht:

Wir, Wilhelm, von Gottes Gnaden Deutscher Kaiser, König von Preußen, verordnen im Namen des Reichs, nach erfolgter Zustimmung des Bundesrats und des Reichstags, was folgt: Es wird ein für die Benutzung durch die deutsche Kriegsflotte geeigneter Schifffahrtskanal von der Elbmündung über Rendsburg nach der Kieler Bucht … hergestellt.